Die Personen und Handlungen der nachfolgenden Erzählung sind frei erfunden. Sollten sich Ähnlichkeiten mit realen Personen oder Handlungen ergeben haben, so sind diese Ähnlichkeiten reiner Zufall und nicht beabsichtigt.

**Bibliografische Information
der Deutschen Nationalbibliothek:**
Die Deutsche Nationalbibliothek verzeichnet diese Publikation in der Deutschen Nationalbibliografie; detaillierte bibliografische Daten sind im Internet über dnb.dnb.de abrufbar.

© 2017 Lydia Lenz

Herstellung und Verlag:
BoD – Books on Demand, Norderstedt

ISBN: 9 783743 140493

LYDIA LENZ

QUARK MIT MARMELADE

An einem arschkalten, verregneten Dezemberabend, nicht weit von Köln entfernt

Also, wenn Ihr mich fragt ist das eine echt saudoofe Schnapsidee. Niedrigstes Doku-Soap Niveau. Familienurlaub! Fast drei Generationen eine Woche unter einem Dach. Ich bin raus aus der Nummer.

»Wer ist für die Finca von Eddie und wer für die andere, die aus dem Internet?« Supersascha, der Typ mit der trendigen Vollglatze für über 40jährige, der immer alles genau und auf jeden Fall besser weiß, platzte laut in meinen stillen Dialog zum Thema Familienurlaub auf Mallorca. Na denn, das ist jetzt wohl die letzte Möglichkeit meine Meinung zu äußern und ein Urlaubsdesaster, mit noch nicht absehbaren Folgen für den Familienfrieden und meine Beziehung zu Willi, zu stoppen. Statt jedoch zu protestieren oder wenigstens lässig ein ehrliches, »Ich habe keinen Bock auf Familienurlaub, ich bleibe hier«, einzuwerfen, mische ich mich in das lautstarke Stimmengewirr, entgegen jeder Vernunft und irgendwie auch völlig plemplem, mit fester und noch lauterer Stimme ein: »Die von Eddie finde ich besser. Die hat keine blauen Liegestühle. Mir gefallen die Teakholzstühle bei der Eddie-Finca besser, als die Plastikstühle der Internet-Finca.«

War ich das? Habe ich das jetzt gesagt? Was rede ich da. ICH WILL DIESEN FAMILIENURLAUB NICHT! – Egal mit welchen Stühlen.

»Alex, ich glaube nicht, dass das echtes Teakholz ist.« Supersascha.

Langsam drehe ich meinen Kopf in seine Richtung. Langsam, weil ich brauche Zeit. *Teakholz, Fichtenholz, Eukalyptus ... der Typ hat doch eine Vollmeise.*

»Echt, is ja ein Ding.« Ich sehe zu, wie Sascha die Gartenstühle auf dem iPad heranzoomt. Ein Sascha wird jetzt, wo er sein Besserwissen zum Besten geben kann ganz sicher nicht auf eine ausführliche Wiedergabe eben jenes Wissens verzichten.

Ich verdrehe die Augen, denn exakt dieses Wissen interessierte mich gerade ganz und gar nicht. »Die Stühle sind aus Holz und sehen einladend aus. Alles Weitere interessiert nicht.« Ich war genervt, wie immer, wenn Sascha seine Profilierungs-Momente hat. Unbeeindruckt von meinem Desinteresse googelte Sascha, während er sich seinen rötlichen Wochenend-Stoppelbart kraulte, nach Teakholz. Irgendwo in den Untiefen des Netzes würde er garantiert die Bestätigung für seine Behauptung finden.

»Sascha! Es sind Holzstühle und du wirst jetzt auch nicht rausfinden aus welchem Holz genau die sind.«

»Nein, Willi, das könnte tatsächlich auch eine Nachahmung aus Plastik sein. Ich habe das mal bei *Galileo* gesehen. Sehr interessante Geschichte. Wäre auch was für euren Garten. Moment, ich hab's gleich.« Sascha ließ sich nicht beirren und googelte eifrig weiter.

Sein älterer Bruder Willi, der Typ, mit dem ich seit knapp neun Jahren Bett und Kühlschrank teile, schüttelte den Kopf und winkte ab. Man kannte Sascha Schmütz nicht anders, er würde nicht aufgeben, bis seine Behauptung durch höhere Instanzen, in dem Fall das Internet, bestätigt wäre und er das Ergebnis seiner Recherche triumphal unters Volk bringen konnte.

»Ich bin auf jeden Fall auch für die Eddie-Finca. Die Stühle sind mir egal, aber die Eddie-Finca hat einen größeren Pool und außerdem würde Eddie uns zum Flughafen fahren und auch wieder abholen.« Willi schaute in die Runde. »Was meint ihr«, fragte er seine Eltern, die bisher recht still auf der harten Holzbank saßen und der Dinge harrten, die da kommen mochten. Rentnerbescheidenheit oder doch die Angst was Falsches zu sagen, weil man irgendwas nicht richtig verstanden hat? Auf jeden Fall schien Mutter Schmütz darauf gewartet zu haben, dass man sie endlich nach ihrer Meinung fragt.

»Kann ich die Bilder von der Finca mal näher sehen?« Laut, schrill, mit rheinländischem Singsang und irgendwie verbal polternd. Die Frau hielt vermutlich jeden in ihrer Umgebung für hörgeschädigt. Mitten in seiner mächtig wichtigen Google Recherche gestört, reichte ihr Sascha den Tablet-PC widerwillig über den Tisch.

»Vorsicht, Mam, nicht fallenlassen. Is teuer.«

»Jung isch bin doch nid blöd. Isch kann dat schon noch halten.«

Wer sich jetzt fragt, was das denn für ein Dialekt ist, wir befinden uns im Rheinland. Nicht weit von Köln entfernt, im sogenannten Speckgürtel der beliebten Nord-Rhein-Westfalen Metropole. Wobei, ist halt eine Stadt mit Altstadt. Verfügt im Zentrum über eine ständig renovierungsbedürftige alte Kirche und die Menschen trinken gerne Bier aus Reagenzgläsern. Nichts allzu Außergewöhnliches.

Willi beugte sich zu seiner Mutter und wechselte mit einem *Fingerwisch* von den Google-Suchergebnissen für Teakholz, zurück zur Finca. Er erklärte seiner Mutter, wie sie die Bilder vergrößern kann, um sich die Schlafzimmer, die Badezimmer, das Wohnzimmer, Küche und den Garten mit Pool, genauer anzuschauen. Nach einer kleinen Ewigkeit der konzentrierten Stille endete ihr iPad Abenteuer mit einem begeisterten:

»Isch freue mich jo op dä Fluch, d'r Start – am Besten ess ed, wenn ed janz toll schaukelt. Jung, isch freu mich.«

Sie klopfte ihrem Jüngsten kräftig auf den Bizeps und schaute enthusiastisch in meine Richtung.

Warum schaut die mich jetzt mit diesem Wahnsinn im Blick an?

Ich nickte ein verständnisvolles »Mmm«, und hoffte meine Mimik drückte das nötige Desinteresse an einer weiteren Ausführung von Dingen die Mama Schmütz an einem *Fluch* nach Ma*ll*orca toll findet, aus.

»Mam, die Finca. Bist du mit der Eddie-Finca einverstanden?«

»Dat ess ne tolle Finca, Jung. Soviel Luxus han isch zuhause jo nid. Wenn do de ausgesucht hes, dann passt dat.« Sie wandte sich an ihren Mann: »Karl-Friedhelm, sach do doch och mal wat!«

»Meinetwejen. Dat wird schon in Ordnung sein.«

Gebongt. Da Papa Karl-Friedhelm Schmütz offenbar nichts einzuwenden hatte und Saschas Freundin Inke eh alles toll fand was *Saschaschatz* toll fand, war der Drops gelutscht. Es würde die Finca werden, die *Eddies-Reisen*, das ortsansässige Reisebüro, für Familie Schmütz ausgesucht hatte.

Na denn. Der Typ wollte sicher seinen Ruf in der Kleinstadt nicht ruinieren. Die Finca würde wohl in Ordnung sein und die Bilder nicht mehr versprechen, als tatsächlich im Norden Mallorcas auf uns wartete, hoffte ich zumindest.

Mein Blick streifte meine Küchenuhr die über dem großen Esstisch hängt, an dem gerade die Planung für einen Generationen übergreifenden Urlaub stattfand. Kurz vor 20 Uhr. Super. Finca ist durch, die Salzstangen sind gegessen, *Supersascha* hat die Lizenz zu buchen. Familie Schmütz kann abrauschen und ich sitze um 20:15 vor dem Fernseher und verpasse nicht den neuen Tatort aus Münster. Gedanklich war ich schon beim Rioja und einem Stück Ziegenkäse mit

3

Feigensenf als sich Inke überraschend und ein bisschen zu schrill zu Wort meldete:

»Saschaschatz, was machen wir denn, wenn die anderen abgereist sind. Können wir in der Finca bleiben, oder müssen wir noch was anderes buchen?« Sie kullerte mit ihren getuschten Augen Richtung *Saschaschatz*, erwartungsvoll und vermutlich auf eine Überraschung hoffend.

Aha, die beiden planten also den Urlaub vom Familienurlaub vorausschauend mit. Sehr geschickt.

Sascha versank nach der Frage seiner zierlichen Freundin in seinem zehnseitigen, gedruckten Exposé zur Finca.

Stille.

Tick, tack, tick, tack ... Wenn ich den Tatort verpasse...

»Aaah!«, kam da ein euphorischer Ausruf von *Saschaschatz*.

»Kostet für 3 Tage mehr, nur 150 Euro mehr. Für alle. Also insgesamt.«

Ich schaute Willi an und schrie ein stilles Nein.

Willi lächelte liebevoll zurück, blickte dann in die Runde, schaute zu seinen Eltern, drückte meine Hand unterm Tisch. Ich atmete auf. Das ist ganz großes Beziehungskino. Sich mit Blicken verständigen und verstehen. *Mensch, wie ich diesen Typ liebe.*

»Also, ich habe eh zwei Wochen Urlaub. 150 Euro sind bei sieben Leuten gerade mal etwas mehr als 21 Euro pro Person.« Willi schaute wieder zu mir und offenbar lag ich mit dem großen Beziehungskino komplett daneben, denn meinen runtergeklappten Kiefer deutete er, wie sein nächster Satz zeigte, als Zustimmung.

»Sascha, dann buch doch die drei Tage für uns alle noch dazu. Erholen tut man sich eh erst ab dem siebten Tag. Das habe ich mal irgendwo gelesen.«

Danke, Willi. Ich liebe dich auch.

Zehn Tage, statt wie geplant sieben fluffige Tage in der Sommerhitze Mallorcas, mit Familie Schmütz und meiner Mutter. Also, unter anderem, mit drei nicht älteren, sondern alten Menschen. Das kann man bei Menschen, die sich an die Entbehrungen des zweiten Weltkrieges noch erinnern können, ohne weiteres so sagen. Es handelt sich damit um die Sorte Mensch, deren Wohlbefinden eng an die Wetterlage geknüpft ist. Menschen, denen wir Sprüche wie: »Viel zu warm, zu schwül und das so plötzlich«, zu verdanken haben. Wie viel Grad Außentemperatur hat Mallorca im Juli – 28, 30, 36 oder mehr? Ich sah das Blaulicht vom Rettungswagen schon rotieren. Das würden die niemals aushalten, wenn die sich nicht den ganzen Tag im voll klimatisierten Wohnzimmer verbarrikadieren. Ich schüttelte stumm meinen Kopf. Das Schicksal wollte es wirklich wissen und wenn man nicht in der Lage ist, seine Wünsche und Bedenken deutlich, klar und laut zu äußern, dann muss man auch mit Würde und Kraft die Konsequenzen ertragen. Das galt für die übermütigen Rentner, genauso wie für mich.

20:11. Wenn ich jetzt wortlos aufstehe, ins Wohnzimmer gehe und Fernsehen schaue, dann bin ich für Willis Mutter in den nächsten Wochen Gesprächsthema Nummer eins. Sitzen bleiben? – Auch blöd. So oft gibt es keinen neuen Tatort aus Münster.

Die Runde wollte und wollte sich nicht auflösen. Man schwelgte jetzt in Erzählungen über die zu erwartenden Urlaubsfreuden. Mama und Papa Schmütz bekamen erklärt, dass die Finca im Norden *Malles* liegt, direkt am Fuße des Tramuntana Gebirges.

»Wie heißt dat?« »Mam, T-r-aaaaa-muuuun-taaanaaaa.«

»Wird dat mit h geschrieben?« Mama Schmütz hatte ihren Kugelschreiber und ihr kleines Notizbuch mit Häkelüberzug gezückt, um sich die Details aufzuschreiben, damit sie jedem der sich nicht wehrte, haarklein von dem bevorstehenden großen Urlaub, mit ihren ganz tollen Söhnen, erzählen konnte.

Sascha, inzwischen vom Gartenstuhl-Rohstofffachmann ins phonetische Fach gewechselt, wurde nicht müde den Gebirgsnamen zu wiederholen, damit seine Mutter beim Kaffeekränzchen auf keinen Fall die Familie blamieren würde. Als die Sache mit dem Gebirgsnamen schließlich, zumindest vorläufig, geklärt war, folgte noch eine generelle Einweisung ins Spanische. »*Jot*, doppel *el* wird wie *jot* ausgesprochen, Mam. Es heißt nicht Ma*ll*orca, sondern Ma*j*orca.«

Es reichte. Familie Schmütz interessierte weder mein Uhrenblick noch mein mehrmaliges Gähnen und da auch Räuspern nicht half, musste ich handeln, wenn ich den Mord nicht verpassen wollte.

»Okay, dann ist ja alles klar.« Schwungvoll stand ich auf und verabschiedete mich mit einem kurzen Winker ins Wohnzimmer. *Geht doch, war ja gar nicht so schwer.*

Kurz, ganz kurz, überlegte ich, die Glastür zum Wohnzimmer hinter mir zu schließen. Wenn Mutter Schmütz wegen irgendwas Banalem ihre Lache auspackte, dann würde *ich* nämlich zuverlässig entscheidende Sätze und Witze von Thiel, Boerne und Alberich nicht mitbekommen. Ich entschied dann aber doch, die Lautstärke entsprechend anzupassen. Man musste es ja nicht übertreiben, mit den Signalen.

An einem arschkalten, verregneten Tag im Juli,
noch ziehmlich weit von Mallorca entfernt,
in meinem Homeoffice.

Meine weißen Büro-Orchideen blühten in üppiger Pracht. *Nicht mehr lange.* Ab morgen würde sich hier für die kommenden zehn Tage keiner um meine Pflanzen kümmern – der Familienurlaub, mein persönliches Waterloo, stand vor der Tür.

Ich hatte mich mit Sätzen wie,»wird schon nicht so schlimm«, »auch *die* Tage gehen vorbei«,»hast mit Sicherheit schon Schlimmeres erlebt« und,»freu dich doch auf die Insel«, versucht bei Laune zu halten. Mit mäßigem Erfolg. Von Vorfreude, auf meiner Seite, keine Spur. Morgen, in aller Herrgottsfrühe, Abfahrt mit Eddie zum Flughafen Köln-Bonn. In noch nicht einmal 12 Stunden würde ich im Flieger sitzen. Bei dem Gedanken überkam mich schon wieder eine Welle der Übelkeit, wie so oft in den letzten Wochen.

Ich schaute über die totgeweihten Orchideen, versuchte, mich auf meine Monatsabrechnung zu konzentrieren. Funktionierte nicht so richtig.

Regen perlte vom Fenster. Es goss in Strömen. Dabei handelte es sich nicht um ein kräftiges Sommergewitter, worauf dann wieder Sonnenschein folgt, wie man es halt Anfang Juli erwarten würde. Es war arschkalt und es regnete schon seit Wochen am Stück. Zumindest gefühlt. Bauern prognostizierten Ernteausfälle in Millionenhöhe, die gute alte Klimakatastrophe beherrschte die Nachrichten. Sommerloch. Da wird so ein verregneter Sommer schon mal schnell von den Medien zur Apokalypse erklärt.

Als hätte sich das globale oder auch regionale Wetter jemals an den Kalender gehalten. Ein heißer April, Rasen mähen an Weihnachten, ein arschkalter, verregneter Juli, das ist Natur, so was passiert.

Direkt Endzeitstimmung zu propagieren, schien mir, auch wenn die Welt sicherlich aktuell in jeder Hinsicht stark problembehaftet ist, einigermaßen übertrieben. Viel greifbarer war da für mich die bevorstehende Urlaubs-Katastrophe. Ab morgen würde ich gefangen auf einer Insel sitzen, im Auge des familiären Hurrikans. Dagegen hatte es Tom Hanks in Castaway, mit seinem stillen, erwartungslosen Football Wilson, auf seiner einsamen Insel richtig nett.

Neben der die-Familie-für-eine-Woche-auf-einen-Haufen Problematik, hatte sich im Laufe der letzten Monate noch ein anderes Problem dazugesellt.

Ich bin Grafikdesignerin. Freiberuflich. Selbstständig.

Da das komplette Jahr bisher ein wirtschaftliches Desaster war, begeisterte mich mein beruflicher Status aktuell eher wenig. Aus dem Grund war mir, im Hinblick auf das bisher miserable Geschäftsjahr mehr nach Geld bei mir behalten, statt Geld auszugeben, was nun mal nicht unwesentlicher Bestandteil eines Urlaubs ist.

Und als ob das nicht reichen würde, lief ich auch noch seit einigen Wochen mit Bauchschmerzen rum. Mir war zum Kotzen. Mal mehr, mal weniger, auf jeden Fall rebellierte mein Magen fast täglich gegen Nahrungsaufnahme. *Magengeschwür vielleicht?* Ich schob dieses ständig mulmige Gefühl und den mangelnden Appetit auf den Stress den mir meine allgemeine Lebenssituation bereitete. Nach Mallorca, da war ich mir sicher, würde es mir, zumindest körperlich, wieder tiptop gehen. Ein Arztbesuch war da aus meiner Sicht nicht notwendig.

Außerdem hatte ich auf dem Weg inzwischen fast vier Kilo abgenommen. Um meine Bikinifigur musste ich mir immerhin keine Gedanken machen.

Die Abrechnung war, bei den wenigen Einnahmen und Ausgaben, mit ein bisschen Konzentration, schnell für den Steuerberater vorbereitet und eingetütet. Ich schrieb noch ein paar Emails und erledigte Kleinkram, bevor ich den Rechner runterfuhr. Ich zog das Stromkabel aus der Steckdose – sicher ist sicher – und widmete mich dann dem Kofferpacken. Da mit Regen auf der Balearen-Insel, laut Wetter-App, nicht zu rechnen war, in den nächsten Tagen, sollte sich das Packen eigentlich recht einfach gestalten. Das heißt, wenn nicht alle Sommerklamotten noch in den hinteren Kleiderstapeln auf besser Wetter warten würden, und wenn Willi nicht diese romantische Birne im Schlafzimmer eingedreht hätte, dann würde ich nämlich auch sehen, was ich aus dem Schrank greife und die ganze Sache wäre in einer halben Stunde gegessen. Aber nein, der musste ja dieses allerletzte Energiesparteil reindrehen, was erst nach einer gefühlten Ewigkeit seine volle Lichtstärke erreicht.

Männer!

Es war mir echt ein Rätsel, wie die das so lange geschafft haben die wichtigsten Rollen in der Weltgeschichte zu besetzen.

Je tiefer ich in dem Schrank wühlte, umso tiefer grub ich mich in meinen Frust. Garantiert würde ich in den zehn Tagen *den* Auftrag meines Lebens verpassen. Mein Lebenstraum, das frisch sanierte und renovierte Bauernhaus, mein Zuhause, würde abbrennen und wer war Schuld? Mir war nach einmal laut »*Arschloch!*« durchs Haus rufen. Ich tat es selbstverständlich nicht, wusste ich doch, nicht ganz unschuldig an meiner Misere zu sein. Wer nicht redet und seine Wünsche äußert ist selbst schuld. Ich hätte ja hartnäckiger nein sagen können, als Willi die Idee zum ersten Mal vorbrachte.

»Ohne dich ist aber blöd ...« Ja, was machst du in dem Moment, willst ja nicht deiner großen Liebe den Spaß, respektive den einen 50igsten Geburtstag vermasseln. Man feiert den ja nur einmal und Willi hatte sich stur in den Kopf gesetzt das halbe Jahrhundert auf Mallorca, mit all seinen Lieben, zu feiern. Ich wurde weich, es passierte was Willi plante und jetzt stand ich in der Folge vor vollendeten Tatsachen und musste, mehr übel als wohl, packen.

Wer A sagt muss – zumindest wenn noch andere beteiligt sind und man sich nicht komplett zum Arsch machen will – auch B sagen.

»Alex! Wie weit bist du? Ruf mich, wenn du Hilfe brauchst, beim Koffer zu machen oder tragen.«

Ja, ja, sitzt gemütlich vorm Fernseher und guckt irgendwas ganz Männliches auf dem für ganze Männer Sender DMAX.

Läuft da so ein kamerageiler Möchtegern Naturbursche durch die DMAX-Steppe und erklärt theoretisch und praktisch, wie man eine Schlange tötet, enthäutet und roh isst. Survivaltraining. Und warum tut das dieser ambitionierte Busch-Bruce Willis? Nein, nicht weil er den Zuschauern praktische Lebenshilfe geben möchte – die Wahrscheinlichkeit in die brenzlige Situation zu geraten, so sehr am Hungertuch zu nagen, Schlangen, Schildkröten oder möglicherweise den eigenen Hund abschlachten zu müssen, halte ich doch für sehr, sehr, gering. Hier wurde schlicht und ergreifend für die Quote gemordet. Indiskutabel, für mich als Vegetarier und Tierfreund.

Tief ein und ausatmen, damit mein vermutetes Magengeschwür nicht platzt. Wäre allerdings ein echt triftiger Grund nicht zu fliegen, so ein geplatztes Magengeschwür, überlegte ich.

Betont ruhig rief ich nach unten: »Ja, ich ruf dich. Aber das mit dem Kofferpacken bekomme ich schon alleine hin.« Etwas leiser ergänzte ich: »Schau du dich nur schlau. Dann wissen wir wenigstens, wie wir auf Mallorca überleben, sollte die Versorgung der Insel zusammenbrechen oder *airberlin* aus Versehen die Insel verpassen und im Mittelmeer landen.«

»Denk dran, nur 24 kg. Jedes weitere Kilo kostet extra.«

Willi. DMAX hatte ihn offenbar ins Bett geschickt. Er stand in der Schlafzimmertür.

Der hatte Nerven. Wir fliegen morgen Früh um sieben Uhr, müssen um sechs Uhr am Flughafen sein und der will sich jetzt schon ins Bett legen. Typisch. Über die Gefahren, die ein nicht geleerter Mülleimer und Kühlschrank, wenn sie zehn Tage alleine sind, mit sich bringen, machte der sich gerade mal gar keine Gedanken. Oder es war ihm schlicht egal, wenn Stubenfliegen während unserer Abwesenheit Sexorgien feiern und eine Millionenschar quirliger Maden im Haus hinterlassen.

Männer!

»Komm, ich wiege den Koffer mal. Denk dran, du hast noch kein Duschzeug und so, eingepackt. Die Flaschen wiegen auch noch was.«

Ohne meine Antwort abzuwarten bückte er sich über den schwarzen Nylonkoffer, zog den Reisverschluss zu und stellte sich auf die digitale Waage. »Hmmmm«, leise rechnete er, bevor er verkündete, »2,8 kg zu viel! Da muss ein bisschen raus, wenn du noch die Badezimmer-Sachen reinbekommen willst.«

»Die will ich ja gar nicht reinbekommen. Die können doch ins Handgepäck.«

»Aha, und deine Laufschuhe, deine Wanderschuhe, wo willst du die hin packen oder willst du in Flip Flops im Gebirge wandern? Zutrauen würde ich es dir ja.«

»Pfh, wandern. Als ob wir mit deinen Eltern und meiner Mutter wandern könnten.«
»Fängst du schon wieder an. Wir werden ganz sicher auch die Zeit finden, was alleine zu machen.«
»Ja, ist klar.«
Um kurz vor ein stand mein Koffer endlich fertig gepackt im Flur. Ich war hundemüde, am Ende. Wenn ich ganz früh aufstehe, dann würde es zeitlich noch möglich sein, die Wohnung auf zehn Tage ohne sich kümmernde Bewohner vorzubereiten, überlegte ich.

Mein Rücken schmerzte, mein Magen wusste nicht genau was er wollte, Nahrung oder kotzen. Reisepanik ging schleichend in Reisefieber über.

44 ist halt nicht 24. Bevor Willi und ich letztes Jahr den kleinen Hof gemeinsam renoviert hatten, fühlte ich mich wenigstens noch wie 33. Die Anstrengungen der Renovierung hatten mich aber schlagartig in die biologische Zukunft katapultiert. Ich war 44 und fühlte mich aktuell wie 64. Zumindest stellte ich es mir so vor, sich mit 64 durch die Gegend zu schleppen.

Ich versuchte mein Gedankenkarussell, rund um Job, Familienurlaub und Bauchschmerzen, zu stoppen, um wenigstens zwei, drei Stündchen Schlaf zu bekommen. Der Tag morgen würde anstrengend werden. Zum Flughafen fahren mit Eddie. Einchecken. Warten. Fliegen. Mietwagen klar machen. Quer über die Insel gurken und Finca suchen.

Die unerwarteten Dinge wie, Finca ist unbewohnbar, neue Bleibe ausfindig machen, erwähne ich an der Stelle gar nicht erst. Wir werden vermutlich die nächsten 24 Stunden kein Bett, kein Badezimmer, kein Dach über dem Kopf haben. Nein, es war nicht einfach meinen Kopf zu leeren.

Ich sah und roch den schwarzen Ecken-Schimmel förmlich. Klammes Bettzeug mit undefinierbaren Flecken, dreckige Handtücher, Kakerlaken, der Möglichkeiten gab es viele und ich war mir sicher, irgendeine dieser Unmöglichkeiten würde auf uns zukommen. Mindestens aber mal ein verdreckter Swimming-Pool.

Ich schämte mich jetzt schon für den Aufstand, den die Schmütz-Brüder machen würden. Nichts gegen vernünftig vorgebrachte Beschwerden, aber ich kannte Familie Schmütz nach über zehn Jahren ein wenig. Das würde ganz großes Beschwerde-Kino werden. War ich pessimistisch? – Nein, ich fand, ich zählte lediglich die Wahrscheinlichkeiten auf.

Das Pling meines iPhones weckte mich, bald nachdem ich eingeschlafen war. Ein Wunder, dass Willi tief und fest schlummerte, in nächster Nähe eines eingeschalteten Handys. Immerhin war er derjenige, der nicht müde wurde, mich vor der bösen Strahlung zu warnen. »Da kann keiner schlafen, wenn du das nicht wenigstens in den Flugmodus schaltest.«

Mein Schädel brummte – Handystrahlung, vermutlich.

Ich knipste das Display an, was mich kurzzeitig erblinden ließ. 04:38 Uhr. Mein Netzanbieter informierte mich über die Roaming Gebühren für Spanien. Ich hatte nach einer Flatrate für zehn Tage Mallorca gefragt und wurde nun informiert, dass es die nicht gibt. 49 Cent pro MB. *Ganz groß.* Ich will nicht sagen, ich bin netzsüchtig, aber so ein bisschen Kontakt zur Außenwelt brauche ich schon. Hier ein bisschen Facebook, dort Emails abrufen (und feststellen, dass ich *den* Auftrag meines Lebens verpasse). Ein paar MB kommen da garantiert zusammen.

Das ist nicht spaßig, wenn der Netzzugang limitiert ist. Kaum zu glauben, aber meine Lust auf diesen Urlaub konnte tatsächlich noch weiter sinken.

Medizinischen Notfall vortäuschen! Die Sache mit dem Magengeschwür vielleicht? Welche Symptome müsste ich aufzählen? Keinen Schimmer. Außerdem, ging nicht, da meine Mutter gleich auch am Flughafen parat stehen würde. Das konnte ich ihr unmöglich antun. Mit dem Schmütz-Clan alleine auf der Insel. Zudem halte ich nicht all zu viel von meinen schauspielerischen Fähigkeiten. Den medizinischen Ernstfall würde mir keiner abkaufen und ob Krankenhaus oder Familienurlaub auf Malle nun schlimmer ist, war auch nur schwer zu beantworten.

Augen zu und durch. Auf Autopilot umschalten.

Da im Bett rumwälzen irgendwann schweißtreibend wird und Willi bei meinen vielen Seufzern vermutlich schon feuchte Fantasien entwickelte, stand ich auf. Der Tag war eh für die Tonne, ob ich nun eine halbe Stunde länger oder weniger schlafen würde.

Im Badezimmer entschied ich mich für mindestens mal ein halbe Stunde Vollbad mit ganz viel prickelndem Schaum. Verwöhn Programm. Vermutlich ist das für die nächsten zehn Tage das letzte Mal in einem Schimmel- und Kakerlakenfreien Badezimmer. Im warmen Wasser schloss ich die Augen, lauschte dem Knistern der Seifenblasen. Ich bin vermutlich der einzige Mensch in Deutschland, der noch nie auf Mallorca Urlaub gemacht hat. Nach der Trennung von Jan, vor 11 Jahren, besuchte ich Italien, einmal Spanien. Rügen. Pfalz. Das Frankenland. Zweimal Holland. In den letzten Jahren war ich nicht gerade in der Welt herumgekommen. Wie auch, als Selbstständige stand mir kein vertraglich gesicherter Urlaub zu. Hatte ich Arbeit, hatte ich Geld und musste arbeiten. Hatte ich keine Arbeit, hatte ich kein Geld, hätte aber Zeit gehabt. Ein Teufelskreis. Hinzu kam dann auch noch der Kauf eines maroden Bauernhauses, was noch mehr Arbeit und noch weniger Geld zur Folge hatte. Wenn jemand sich in den letzten Jahren urlaubsreif geschuftet hatte, dann ich.

Die gebuchte Finca lag im Norden Mallorcas zu Füßen des Tramuntana Gebirges. *Gebirge? Mallorca?* Den ein, oder anderen, Reisebericht hatte ich schon verfolgt im Fernsehen. Ich wusste, die Insel hat weitaus mehr, als Sangria aus Eimern, Ballermann, Promis und Kegelclub zu bieten. Aber statt beeindruckende Natur, konnte ich nicht verhindern, dass sich vor mein inneres Auge der faltige Jürgen Drews, grinsend, im roten Samtmantel mit Krone und Zepter schob. Wird schon schief gehen, ich tauchte mit dem König von Mallorca unter und machte meinen Körper dann urlaubsfein.

Vor dem großen Badezimmerspiegel, rubbelte ich meine kurzen, schwarzen Haare trocken. Willi klopfte an die Tür.

»Kann ich reinkommen?« Ich brummte ein »Ja« und er betrat nackt den Raum, setzte sich aufs Klo und schaute mir beim Abtrocknen zu.

»Für eine 44jährige – alle Achtung!« Er pfiff durch die Zähne. Ich sah sein breites Grinsen hinter mir, im Spiegel.

»Für eine 44jährige? – ich glaub, es hackt.« » Echt jetzt, wie zwei knackige, reife Äpfel. Viiiielleicht sogar noch knackiger als damals, als ich zum ersten Mal das Vergnügen hatte.«

Willi stand vom Klo auf, zog die Spülung und umarmte meinen Körper. Er massierte meinen Nacken, küsste meinen Hals. Über neun Jahre Beziehung und er wusste es immer noch nicht. Ohne Zähne putzen läuft morgens gar nichts. Nie. Niemals.

Wenn ich ihn jetzt mit Worten wie: »Jetzt nicht«, abwinke, dann weiß ich, Minimum 5 Stunden beleidigt, gefolgt von einem »Ich muss da mal was loswerden« Gespräch. Während ich überlegte wie ich ohne zwischenmenschliche Spätfolgen aus der bevorstehenden *Nummer* rauskomme, spürte ich nicht nur seine Erregung, sondern, ganz nebenbei, auch noch meine Erregung.

Seltsam, merkwürdig, versteh einer sich selbst.

Die ganzen Problematiken der letzten Wochen hatten Lust und Sex in die Wüste geschickt. Konnte nicht, ging nicht, völlig indiskutabel. Jetzt, auf den letzten Drücker, der Stress eilte seinem Höhepunkt entgegen, stand ich im Badezimmer mit noch ungeputzten Zähnen kurz vor einem Orgasmus.

Als Willi, hinter der Glaswand unter der Dusche stehend, dieses unsägliche »Can you blow my whissle Baby ...«, von, muss-man-nicht-kennen, pfiff und sang, stand ich nackt vorm Waschbecken, spürte wie sein Sperma an den Innenseiten meiner Oberschenkel entlanglief und war völlig überwältigt von den letzten fünf Minuten. Ich bewegte mein Gesicht näher an den Spiegel. Mir war gar nicht bewusst, wie verspannt ich in der Vergangenheit tatsächlich war. So sah es also aus, wenn sich meine Mundwinkel nach oben biegen.

Ehrlich, ich hatte schon befürchtet einmal mit dem gleichen Gesichtsausdruck wie Angela Merkel mein Leben zu beenden. Diese Kerbe, rechts und links vom Mundwinkel, die das Gesicht wie eine Marionette, wie *Chucky die Mörderpuppe*, oder so, aussehen lässt.

Offenbar hatten sich meine Sorgen noch nicht auf immer und ewig in meine Mimik reingearbeitet. Es bestand noch Hoffnung. Ich war erleichtert und nahm mir vor, in Zukunft deutlich mehr Sex zu haben. Schien in Bezug auf Anti-Aging effektiver als Botox, Creme oder irgendwelche Zauberampullen.

**Unsere Koffer, plus Handgepäck,
warteten fertig gepackt im Hausflur auf die Abfahrt.**

Ein paar Minuten blieben mir noch, um den Stubenfliegen in unserer Abwesenheit den Spaß zu verderben. Mülleimer, Spülmaschine Kaffeeautomat, die Feuchtgebiete halt. Ich klappte den Mülleimerdeckel hoch und staunte nicht schlecht. Leer und es duftete nach Zitrone. Ich öffnete den Kühlschrank. Abgesehen von einer Tube Tomatenmark einer Packung Butter und zwei Marmeladengläser, leer, und auch hier, Zitronenduft. Heinzelmännchen! Es gab sie also doch. Die hatten für mich nichts mehr zum Erledigen übrig gelassen. Das hieß, bevor Eddie uns mit dem Kleinbus abholen würde, könnte ich in aller Gemütlichkeit noch einen Kaffee trinken, wenn nicht auch der Kaffeeautomat schon stillgelegt worden wäre. Ich war verblüfft. Da die Sache mit den Heinzelmännchen zweifelhaft war, musste wohl Willi der Verursacher dieser Zitronenfrische sein. Super Sex und dann auch noch eine echte Haushaltsunterstützung. Vielleicht hatte ich ja doch Mister Perfect an meiner Seite? Gäste WC, Wohnzimmer, picobello. Vielleicht war ja gestern Abend die Folge »Survival im Haushaltsdschungel« auf DMAX gelaufen?

Ich setzte mich, immer noch perplex von dem was ich gesehen und gerochen hatte, in die Küche und widmete mich meinem Smart Phone, genoss ein letztes Mal WLAN und Flatrate. Surfte alles ab, was die Netzwelt so wunderbar machte. Aber, abgesehen von der Uhrzeit, bot die digitale Wunderwelt nicht viel Neues seit gestern Abend. Vielleicht hatte ich ja tief in mir drin gehofft, mein Handy könnte mir einen triftigen Grund für eine spontane Absage liefern. Aber leider informierte weder Spiegel online, noch sonst wer, über einen möglichen Streik am Kölner Flughafen. Das Wetter auf Malle war immer noch bombig. Kein Tsunami, kein Hurrikan, nichts dergleichen zu erwarten.

Ich seufzte. *Zwanzig nach fünf.* Zeit einen Blick nach draußen zu werfen und dem Unvermeidlichen ins Gesicht zu sehen.

Der Wind pfiff um die Ecke und trieb einen kalten Nieselregen vor sich her. Vielleicht sollte ich doch eine dickere Jacke anziehen. Baumwollstrick war ein bisschen zu frisch, bei der Wetterlage. Andererseits, in ein paar Stunden wäre selbst die Baumwolljacke zu warm.

Ich konnte es mir, angesichts der Kälte hier, zwar noch nicht vorstellen, aber meine Wetter-App kündigte hochsommerliche Temperaturen für Palma an. Von Eddies Bus ins Flughafengebäude und ab da konnte mir das Sauwetter gestohlen bleiben. Baumwollstrick musste reichen.

Da noch kein Eddie zu sehen war und untätig von einem Fuß auf den anderen wippen nicht mein Ding ist, zumindest seitdem ich das Rauchen drangegeben hatte, überprüfte ich nochmal meine Handtasche.

Geld, Ausweis, Scheckkarte, Führerschein. Irgendwas vergisst man immer. In Gedanken ging ich nochmal die Must-haves durch. Kontaktlinsenflüssigkeit und Linsen-Behälter, Brille, Sonnenbrille.

Tampons?

Hatte ich eigentlich Tampons eingepackt? In meinem Kulturbeutel, das wusste ich, lagerten noch drei Stück in der Reißverschlusstasche. *Brauche ich eigentlich Tampons in den nächsten 10 Tagen?*

Ich überlegte angestrengt, wann ich das letzte Mal meine Tage hatte. Die letzten drei Wochen konnte ich rekapitulieren und wusste, ich hatte in der Zeit meine Tage nicht gehabt. Was darüber hinaus ging war eh egal. Drei Wochen Periode frei, zehn Tage Urlaub, ich brauche definitiv Tampons.

Außerdem, egal ob ich mich verrechnet habe, ich habe immer meine Tage, wenn ich in Urlaub fahre, dass ist so ein ungeschriebenes Gesetzt.

Mein Koffer pickepacke voll und mein Handgepäck wollte ich auch nicht nochmal aus dem Gleichgewicht bringen. Na, ja, ein bisschen komprimierte Watte würde wohl nicht allzu sehr ins Gewicht fallen. Dennoch, der Einfachheit halber packte ich die Tampons in das Seitenfach meiner Handtasche und zog den Reißverschluss zu. Die Vorstellung am Zoll von innen nach außen gekrempelt zu werden und dabei kullern meine OBs über den Flur finde ich nicht so prickelnd.

Willi hüpfte in sportlicher Reiseklamotte, dieses unsägliche Whistle-Lied pfeifend, die Treppe herunter. Man sollte wirklich nicht meinen, dass dieser Mann nächste Woche ein halbes Jahrhundert feiert, ging mir durch den Kopf.

Willi zählte nicht zu den Männern, die ihrer verlorenen Haarpracht nachtrauern. Zumindest sagte er nie etwas in der Richtung. Er trug den Rest seiner Haarpracht kurz geschnitten. Geschnitten, nicht geschoren, darauf legte er Wert. »Ein bisschen Frisur muss sein.«

Als ich ihn kennenlernte, war es dieses Jungenhafte in seinem männlich, kantigen Gesicht, was mich gefangen nahm. Ein Bruce Willis ganz alleine für mich alleine. Als wir uns näher kamen, was recht schnell passierte, kam noch sein Geruch hinzu und noch bis heute, nach über neun Jahren Beziehung, vergrabe ich meine Nase gerne in seinem warmen Körper und schmiege mich an die weichen Löckchen seiner Brust.

»Seufz.«

Nein, jetzt war nicht der passende Moment, um genau das zu tun, woran ich gerade dachte. Eddie würde jeden Augenblick hupend vor der Tür stehen, außerdem soll man ja nicht gierig werden. Wir hatten ja schon. »Seufz.«

»Alex! Einmal seufzen reicht. Ich weiß, dass du keinen Bock auf Familienurlaub hast, aber freu dich doch wenigstens auf Sonne und Mallorca. Die ist nämlich sehr schön, die Insel.«

»Ich habe nicht wegen Malle geseufzt«, antwortete ich, entgeistert, wie ihm der Grund meines Seufzers entgehen konnte. Der musste doch am Seufzer hören, dass es nicht das »ich habe keinen Bock auf Familienurlaub« Seufzen war. *Männer! Merken aber auch wirklich gar nichts.*

Draußen hupte es. Einmal, zweimal.

»Eddie ist da. Lass mich mal vorbei, damit ich an die Koffer ran komme.«

Kalter Wind fegte ins Haus, als ich die Haustür öffnete.

»Willst du nicht eine Jacke anziehen, Willi? Es ist ziemlich frisch draußen.«

»Boah, Phuu, frisch? – Ich schwitz wie irre. Es ist Sommer. Es ist warm.«

Wieder so ein Männerding. Kaum kommen die Krokusse raus rennen die schon im Kurzärmeligen rum während andere noch mit dicker Strickweste und bis zur Unterlippe hochgezogenem Schal frieren. Du denkst, Mensch, Junge, du musst hier nicht den Harten markieren, aber das ist wirklich so, denen ist warm.

Ich zuckte die Schultern. »Ich hab's nur gesagt. – Aber für den Flieger hast du eine Jacke griffbereit? Da wird garantiert kalt drin.«
Willi winkte mit mit seiner grauen Adidas Jacke.
»Gut«, antwortete ich unbetont.
»Lexa, du weißt aber schon wo wir hinfliegen?«
Er zückte sein iPhone und hielt mir die Wetter-App vor meine Nase. Samstag, Palma - 33°, sonnig. Wie auch am Sonntag, am Montag usw. Tendenz, Temperatur steigend.
»Du wirst dir noch wünschen ein bisschen frisch zu haben, in den nächsten 10 Tagen.«
Draußen hupte es jetzt langanhaltend.
Mit seinen muskulösen Armen war es für Willi noch nicht einmal anstrengend 50 kg mit einem Mal zum Kleinbus zu schleppen. Ich hingegen jappte schon mit Handtasche und zweimal acht Kilo Handgepäck. Ja, macht schon Sinn, Beziehung. Zumindest in Augenblicken, wo ein Mehr an Muskeln von Vorteil ist.

Da saß sie, im trüben Licht der Innenbeleuchtung des Kleinbusses.
Meine Reisegruppe für zehn volle Tage.

Willis Familie. Eingeklemmt auf der hinteren Sitzbank des dunkelblauen Familien-Vans. Mama Schmütz aufgedreht wie ein Duracell-Häschen, Papa Schmütz in sich ruhend und die zierliche Inke, farbenfroh und frisch gepudert aus dem Gesicht grinsend.
Alphamännchen Sascha stand hinter der großen Kofferraumklappe, zusammen mit Eddie und koordinierte das Kofferstapeln.
Praktischerweise war Familie Schmütz auf der Rückbank so eingeklemmt, dass die Begrüßung ohne großes Umarmen, Geknutsche und Freude heucheln, auskommen musste. War halt zu anstrengend und zu kompliziert auszusteigen und außerdem waren wir spät dran.
»Alles, klar?« rief Sascha fragend vom Beifahrersitz während Eddie den Wagen startete.
»Noch jemand aufs Klo oder was vergessen? Jetzt ist der letzte Augenblick. *The Point of now return* sozusagen.«
»Jung, ich hab heute morjen extra nix jetrunken, kannst losfahren«, polterte Mutter Schmütz von hinten.

»Können losfahren, Schatz«, zwitscherte Inke und da die anderen Mitreisenden sich nicht mit einem Veto meldeten, startete Eddie den Wagen und die mehr oder weniger fröhliche Reisetruppe machte sich auf den Weg in den gemeinsamen Urlaub.

Ich war noch nicht ganz 18, da packte ich meine paar Sachen und zog mit Jan, meiner ersten großen Liebe, zusammen.

Ich stellte fortan meine Füße unter den eigenen Tisch, beziehungsweise unter den alten Küchentisch meiner Mutter, den sie mir, mütterlich fürsorglich, überlassen hatte.

Länger als unbedingt notwendig im Elternhaus wohnen zu bleiben war für mich keine Option gewesen. Service, wie kochen, putzen und waschen war zwar nett, Sex auf der Wohnzimmercouch oder auf dem Küchentisch, schlafen solange wie man es selbst für richtig hält und ins Bett gehen, wenn einem danach ist, fand ich sehr viel netter.

Regelrecht euphorisch war ich, von meinen drei älteren Brüdern und meiner Mutter getrennt meinen Alltag leben zu können, auch wenn mein Umzug mich tatsächlich nur drei Straßen weiter führte, ich die Wäsche zu meiner Mutter brachte – abnabeln ist halt nicht so einfach, wenn das Budget eng ist – und Sex auf dem Küchentisch nicht stattfand. Lag wohl auch daran, weil das gute Stück alt und damit nicht mehr allzu stabil war.

Knapp fünf Jahre später, der Alltag hatte nicht nur den Sex, sondern auch die Euphorie in die Wüste geschickt, da zog ich mit Jan in die 30 km entfernte *Großstadt*, zwecks Designstudium. Meine Mutter war mäßig begeistert ihr Nesthäkchen und einziges Mädchen im Wurf nicht mehr fußläufig erreichen zu können, insbesondere da sie keinen Führerschein hatte. Mir hingegen machten die Kilometer nichts aus. Sollte mich die Sehnsucht treiben, *ich* hatte einen Führerschein und dank Mutti einen Fiat 127. Allerdings, das Studium und nebenbei arbeiten nahm mich reichlich in Anspruch, für Besuche blieb da kein Zeitfenster. Idealerweise gab es auch, genau gegenüber unserer Studenten-Wohnung, einen Waschsalon.

Vielleicht ist ja bei meiner Sozialisation irgendwas schief gelaufen. Zu wenig Liebe, zu wenig Unterstützung. Vater zu früh gestorben, zu viele blaue Flecken auf meiner Seele. Scheiß Kindheit halt, da soll sich keiner von der Familie wundern, wenn ich jetzt nicht auf jeder Hochzeit, jedem Geburtstag und jeder Beerdigung freudig Kuchen in mich reinschaufle und den Familienmensch simuliere.

Mein Studium zur Grafikdesignerin beendete ich nach knapp fünf Jahren mit Diplom und Auszeichnung. Interessierte meine Mutter aber nur am Rande. Lag wahrscheinlich daran, dass sie mit dem Wort Kommunikationsdesign gerade mal gar nichts anfangen konnte.

»Arbeitest du dann bei der Telekom?«

Es hatte ein paar Sekunden gedauert, bis ich begriff, warum Telekom. Ich hatte herzhaft gelacht und versucht, den Unterschied, beziehungsweise den Zusammenhang zwischen Kommunikation und Design zu erklären. Vergebliche Liebesmüh. Die mit stolz geschwellter Brust gezeigten Semesterarbeiten entlockten ihr nur ein »Mmmm, schön«.

Es fiel ihr halt schwer, die Arbeit, die in einer grafischen Tuschezeichnung steckte, zu erkennen. Aber immerhin entlockten ihr die Aktzeichnungen ein »Aha, sehr schön. Du konntest schon immer gut zeichnen.«

Bausparvertrag, heiraten, Nachwuchs zeugen und Doppelhaushälfte hätte sie vermutlich stolz gemacht, stand aber nun mal nicht auf meiner persönlichen Lebenswunschliste und es anderen Recht machen war auch noch nie mein Ding. Außerdem, *sie* hatte mich erzogen, da musste sie jetzt auch mit einer Tochter die Familiengründung mit Einkerkerung gleichsetzte klarkommen. Und an der Stelle sei gesagt: Meine Mutter hatte ihren Ehemann und meinen Vater mit jungen 26 Jahren verloren. Seither lebte sie alleine und betonte bei jeder Gelegenheit, ihre Unabhängigkeit niemals aufgeben zu wollen und Männer seien ihr zu bestimmend. Ich würde an der Stelle sagen, der Apfel fällt halt nicht weit vom Stamm.

Nach dem Studium zog es Jan und mich in die Medienstadt Köln. Wir waren jung und bereit für den Aufstieg auf der Karriereleiter. Und Karriere macht man in der Kreativbranche nicht, wenn man um 17 Uhr den Rechner runterfährt und sich am Wochenende, bei lässig rumhängen, erholt. Nachhause fahren? – Ging gar nicht mehr. Da musste meine Mutter einfach Verständnis haben.

Ich verbrachte die nächsten Jahre damit, meinen Chef und meine Bank glücklich zu machen. Ich verlor nicht nur meine Mutter, sondern auch Jan aus den Augen. Trotz gemeinsamer Wohnung und einem 160cm breiten Bett, hatten wir uns entfremdet. Er arbeitete viel, ich arbeitete viel. Wenn du dann die Unterhosen und Socken deines Partners von der Wäscheleine faltest, stellst du dir irgendwann die Frage, ob es nicht eine Arbeitserleichterung wäre, wenn du diese Socken und Unterhosen nicht auch noch mitfalten müsstest.

Ich lebte fortan alleine und ohne Jan hatten sich die Gründe nach Hause zu fahren halbiert. Meine Mutter sah mich noch seltener.

Die Bemerkung meiner Mutter, warum ich mich denn von Jan trennen würde, der würde mich doch nicht schlagen und trinken würde der auch nicht, konnte ich nur mit staunenden Augen quittieren. Hatte ich doch bis dahin vermutet, Eltern würden sich da ein bisschen mehr, als einen nicht trinkenden und schlagenden Partner, für das Leben ihrer Kinder wünschen.

Vielleicht drei, kann auch fünf Mal gewesen sein, schaute ich in diesen Jahren bei meiner Mutter vorbei.

Sie war inzwischen 65 Jahre und sammelte Auszeichnungen im Eifelverein fürs Zurücklegen von Wanderkilometern. Ich musste mir keine Sorgen machen, vor allem auch deshalb, weil einer meiner Brüder inzwischen mit Frau und Kind unser Elternhaus übernommen hatte und meine Mutter im Erdgeschoss wohnte. Alles bestens. Elterliche Altersversorgung gesichert.

Ich lebte weiter, von Familie ungestört, mein aufregendes Leben zwischen Arbeit, Wohnung, und, ach ja, nachdem Jan nicht mehr da war und ich ohne seine Socken und Unterhosen Zeit gewonnen hatte, musste ich diese Lücke füllen. Ich datete mich im Internet mit nahezu jedem der nicht nein sagte.

Hin und wieder grübelte ich über den Inhalt von Wörtern wie Heimat, Zuhause oder die Formulierung, »... meine Wurzeln ...«. Mir fiel aber nie was Bedeutendes dazu ein.

Als ich Willi kennenlernte war es mit meiner Zeit in die Eifel zu fahren auch nicht besser bestellt. Lange Rede kurzer Sinn, meine Mutter und ich hatten uns in den letzten 26 Jahren selten gesehen, wenig zu sagen und in den letzten 44 Jahren noch nie gemeinsam Urlaub gemacht.

Mallorca! Ein echtes Mutter Tochter Experiment stand bevor.

Der bunt beleuchtete Gebäudekomplex des Kölner Flughafens lag im Nieselregen, bei schlappen 7°, vor uns. Ein 1A Grund sich trotz allem auf die Insel, mit ihren angekündigten sonnigen 33 Grad, zu freuen.

Eddie parkte seinen VW Bus direkt am Eingang. So mussten wir nicht weit gehen und unser Fahrer konnte direkt, ohne Umwege und Kurverei durchs Parkhaus, nachhause fahren.

»Pap, besorg mal zwei Wagen für eure Koffer«, rief Sascha, vor einem beachtlichen Kofferberg stehend seinem Vater zu, der gerade seiner Frau helfen wollte aus dem Van auszusteigen.

»Lass, so alt bin ich nit. Isch kann noch alleine aussteijen.« Mutter Schmütz schubste die helfende Hand ihres Mannes zur Seite und hüpfte geradezu mädchenhaft aus dem Van. Es war wohl reine Glückssache, dass sie sich bei der Aktion keinen Bruch zugezogen hatte. Kennt man nämlich, bei Menschen in dem Alter. Blöd gefallen. Oberschenkelhalsbruch. Lungenentzündung. Tot.

Triumphierend schaute sie ihren Mann an. Statt über die wenig freundliche Ablehnung seiner Hilfe zu meckern, hatte Pap Schmütz direkt ein Kompliment über ihre Gelenkigkeit parat. Goldene Hochzeit. 50 Ehejahre schafft man vermutlich nur, wenn ein Partner sein Ego runterschraubt und dem anderen Partner jeglichen Raum zur Entfaltung überlässt. Zwei Egozentriker würden es vermutlich nicht einmal bis zur eisernen Hochzeit schaffen. Anders ausgedrückt, ich hätte mir diese Behandlung nicht gefallen lassen. Die Hand, die einem helfen will abzulehnen ist okay, aber sie wegzuschlagen, ist ganz dünnes Eis.

Niemals, so schwor ich mir beim Beobachten dieser ehelichen Szene, werde ich heiraten und mich selbst aufgeben. Keine Kompromisse. Niemals.

Willi und Inke hatten noch weitere Kofferwagen besorgt und nachdem wir uns von Eddie verabschiedet hatten, machte sich die Truppe, angeführt von Sascha, auf den Weg in das Flughafengebäude. Mein Handy vibrierte. Mein Bruder, der meine Mutter zum Flughafen chauffierte.

»Hallo, Andreas, wo seit ihr?«, meldete ich mich.

»Wir fahren gerade auf den Flughafen zu, Richtung *Departure*.«

»Fahr einfach weiter, du müsstest uns sehen, wenn du an den Eingängen vorbei fährst. Da sind Parkbuchten und zum Koffer ausladen kannst du da halten.«

»Schwesterherz, ist nicht das erste Mal, dass ich am Kölner Flughafen bin. Ah, Moment, ich sehe dich.«

Ich hielt meinen Kopf in die Höhe und da so früh noch nicht viel Betrieb war, konnte ich recht schnell den dunkelgrünen Mercedes meines Bruders ausmachen. Ein hochkonzentriertes, von dunklen Locken umrahmtes Gesicht auf dem Beifahrersitz. Meine Mutter.

Klar, Flughafen, das war für eine 75jährige Frau, die in ihrem Leben alles andere als Flugmeilen gesammelt hatte, um nicht zu sagen, noch nie geflogen war, eine ganz große Geschichte.

Die Parklücke von Eddies Van war noch frei und mein Bruder manövrierte sich rückwärts rein. Ich drehte mich kurz Richtung Schmütz-Clan, vergewisserte mich, ob alles lief. Willi hatte unser Gepäck inzwischen auf einen Trolli gepackt, ich konnte mir den über gebliebenen Trolli für meine Mutter nehmen.

Mein Bruder stand am geöffneten Kofferraum und hievte einen schwarzen Nylonkoffer und eine Reisetasche auf den Bordstein. »Na, Lexa'chen«, begrüßte er mich knapp und boxte mir in den linken Oberarm. Ich rieb die Stelle und war mehr sicher, als gespannt, seine *freundliche* Begrüßung würde einen blauen Fleck hinterlassen.

»Hi«, antwortete ich knapp und ein bisschen säuerlich.

»Nächstes Mal nehmt einen späteren Flug. Ist ja nicht feierlich, Samstagsmorgens, um halb fünf Uhr aufzustehen.«

»Wirst du schon überleben. Außerdem, dafür hast du dann mehr vom Tag und wenn du dich beeilst kannst du deine Frau auch noch mit frischen Brötchen überraschen.«

Aus den Augenwinkeln konnte ich sehen, wie meine Mutter mühselig versuchte aus dem Wagen auszusteigen. Mit ein paar Schritten war ich bei ihr und reichte ihr meinen Arm. Sie zog sich hoch. Als sie endlich sicher stand, drückte sie mich.

»Hallo, meine Tochter.«

»Seid ihr gut durch gekommen?«, fragte ich überflüssigerweise. Zwar fährt der Eifler gerne samstags Richtung Köln, um seinem Bedürfnis nach Shopping in der Großstadt nachzukommen, aber das macht der Gebirgler in der Regel nicht morgens um halb fünf. Soviel wusste ich noch, aus meiner Eifelzeit. Seitdem ich allerdings ständig in Köln unterwegs war und vor den Toren der Stadt wohnte, bewegte ich mich, als geborene Eiflerin, kaum noch shoppenderweise in der Stadt. Zuviel Betrieb, nervig und man findet eh nicht das was man gerade sucht. Online-Shoppen war da deutlich entspannter und effektiver.

»Super, überhaupt kein Betrieb und dein Bruder ist ganz klasse gefahren. Kompliment.« Sie nickte Richtung Andreas, der mit den Schultern zuckte. Wenn meine Mutter ein solches Kompliment aussprach, dann hieß das, mein Bruder hatte 120 km/h auf der Autobahn nicht überschritten. Auch wenn sein Mercedes vermutlich jedes Gefühl für Geschwindigkeit schluckte, meine Mutter würde den Tacho im Auge behalten. Insbesondere da es regnete und stürmisch war. Für meine Mutter galt, das wusste ich, langsam gleich sicher.

So mangelte es dann auch nicht an guten Fahrtipps für den Heimweg. »Komm gut nachhause und fahr vorsichtig. Es ist nass und windig.«

»Ja, mach ich.« Mein Bruder hob kurz die Hand, hieß übersetzt vermutlich so was wie, einen schönen Urlaub, hab euch auch lieb – könnte aber einfach nur *Tschö* heißen – und verschwand dann in seinem komfortablen Firmenwagen.

Ich sortierte das Gepäck meiner Mutter auf den Trolli und fragte aufmunternd lächelnd:

»Bist du bereit?«

»Muss ich ja. Bleibt mir ja jetzt keine andere Wahl«, antwortete, sie mit einer Portion Galgenhumor. *Wie die Mutter, so die Tochter.* Sie schnallte sich ihren kleinen Lederrucksack vor die Brust – weiß ja jeder, Flughafen, und überhaupt, große Menschenansammlungen, da wird geklaut wie bei den Raben. Als zusätzliche Sicherheitsmaßnahme verschränkte sie ihre Arme über dem kleinen Beutel und inspizierte die Menschen um uns rum mit misstrauischem Blick. Diese kleine, verloren wirkende Frau, war meine Mutter. Sie sah in diesem Moment so schutzbedürftig aus, zwischen all den zielstrebig hastenden Menschen, die bereit waren jedes Hindernis umzurennen, um ihren Flieger zu bekommen. Ungern ließ ich meinen Blick von ihr. Zu groß schienen mir die Gefahren des Flughafenbetriebes für die Gesundheit meiner Mutter, aber, wo war der Schmütz-Clan abgeblieben?

Ich reckte meinen Kopf, suchte den Bürgersteig ab. Kein Schmütz zu sehen. Typisch Reisegruppe. Wenn da nicht einer ist, der regelmäßig durchzählt, dann macht jeder was er will. Ich suchte nach Willis grauer Adidas-Jacke. Was ich fand war nur ein kleiner dicker Mann, mit quietschgrüner Adidas-Jacke. Scheiße, konnten die nicht warten? Was hatte Sascha gesagt, Eingang D?

»Wo ist denn Willi«, fragte meine Mutter und behielt ihren skeptischen Blick irgendwo auf den Menschen um uns herum.

»Der ist offenbar schon vorgegangen, ...«, knurrte ich und schob den Trolli fluchend Richtung Eingang D »... müssen wir wohl suchen.«

Keine Familie Schmütz zu sehen, weder rechts noch links.

»Boah, diese Familie, echt jetzt.« Ich kramte in meiner Handtasche nach den Ausdrucken, die mir Willi am Morgen in die Hand gedrückt hatte. Da musste auch irgendwo ein Zettel dabei sein, mit der Info, zu welchem Schalter wir mussten, um die Koffer abzugeben.

Anfahrtsbeschreibung Finca, ein DIN A4 Einkaufszettel mit allen Wünschen der Familie Schmütz fürs kulinarische Wohl auf *Malle* und eine Liste mit möglichen Wanderungen im Tramuntana Gebirge. Kein Zettel mit einer Schalterinfo. Super.

»*airberlin*, Alex schau mal da hinten, auf den Schildern steht *airberlin*. Wir fliegen doch *airberlin*?«

Ich folgte dem schmalen Zeigefinger meiner Mutter. Ein *airberlin*-Schalter neben dem anderen. Dann konnte Familie Schmütz ja auch nicht allzu weit sein.

Nach ein paar Schritten Richtung *airberlin* entdeckt ich Willi. Mit seinen 189 cm überragte er die meisten Köpfe. Er hatte uns gerade erst gesehen und hob bei meinem Anblick beide Hände über den schüttelnden Kopf.

Was sollte denn jetzt der empörte Blick? War *der* einfach abgerauscht oder ich? *Arsch!*

»Alex, ich such dich überall! Dich kann man auch echt nicht alleine lassen.«

»Geht's noch? Du und deine liebreizende Familie, ihr seit doch stillschweigend abgerauscht. Hätte ich meine Mutter vielleicht alleine lassen sollen?«

»Nein, aber *Du* hättest ja mal etwas sagen können. Ich kann ja nicht riechen, dass deine Mutter angekommen ist. Außerdem hatten wir mit Andreas vereinbart, uns am Schalter von *airberlin* zu treffen. Reden, Alex, hilft ungemein.«

»Oh, da isses wohl anders gekommen, als geplant. So was auch. Flexibilität ist ja bekanntermaßen nicht direkt eine Schmütz'sche Eigenschaft.«

Der ganze Frust der sich in den vergangenen Monaten aufgestaut hatte, der Ärger über diesen beknackten Urlaub, er drohte just in diesem Moment sich schreiend Gehör zu verschaffen. Ich bin halt nicht der rationalste Mensch, wenn es darum geht Konflikte zu bewältigen und ich merkte förmlich wie mir das Blut heiß ins Gesicht schoss und mein Körper zu vibrieren anfing.

Tief durchatmen. Einmal, zweimal. Ein ganzer Flughafen als Bühne, meine Mutter war dabei und der sollte ich den Start in ihren ersten Flugurlaub nicht verderben. Sehr viele *Nettigkeiten* lagen mir auf der Zunge und drängten nach draußen. Angefangen bei A, wie Arschloch über B, wie Bullshit, bis T wie Trennung. Tief ein, tief ausatmen. Es wird schon gehen. Einfach runterschlucken.

Grinsen, lächeln und wenn das nicht funktioniert, schnell mal aufs Klo gehen, einmal laut in die Kloschüssel schreien, Spülung ziehen und nochmal von vorne anfangen.

Offenbar kannte meine Mutter mich besser als ich dachte. Sie strich mit ihrer Hand über meinen Rücken: »Ist ja jetzt gut, Alex. Der Willi, der hat sich halt Sorgen gemacht.«

»Ja, das wird es wohl sein«, nuschelte ich knirschend und warf dem Schwiegermutter Traum tötende Blicke zu.

»Können wir dann?«, fragte Willi in versöhnlichem Tonfall, nahm mich fest in den Arm und gab mir einen Kuss. Harmoniebedürftig bis zum Abwinken.

»Meinetwegen. Lässt sich ja nicht mehr ändern.«

Unsere Koffer waren abgegeben, ich hatte mir einen Fensterplatz gesichert, wir standen wieder mit dem Rest der Reisegruppe zusammen und warteten auf den Aufruf unseres Fluges. Willi, als echter Schwiegermutter Liebling, wurde von meiner Mutter innig begrüßt. Sie drückte ihn, er drückte sie:
»Na, Carmen, freust du dich? Jetzt geht's endlich los.«
»Ja, ja, Willi, wenn wir nur nicht abstürzen.«
Meine Mutter, oder sollte ich sagen, typisch Familie Engel? Galgenhumor war da Programm und das letzte Wort von einem Engel war garantiert immer die Ankündigung einer Katastrophe. Da kam meine Mutter ganz nach mir.
»Ach, papperlapapp«, winkte Willis Vater ab. »Die Flieja sin heute so sicher, da is et jefährlicher mit dem Auto in Urlaub zu fahren.«
Er begrüßte meine Mutter mit einer kurzen Umarmung, in der die kleine Frau fast verschwand, bevor Mutter Schmütz, die gerade im Schlepptau von Inke aus Richtung Klo kam ihr Begrüßungszeremoniell startete.
Damit war meine Mutter für die nächste halbe Stunde garantiert mit bester Unterhaltung versorgt. Es gab ja soviel zu erzählen. Was Mutter Schmütz alles machen würde auf Mallorca, wie dusselig sich ihr Mann beim Kofferpacken angestellt hatte und wie günstig Sonnenmilch bei *Rossmann* war. Ich nutzte die Gelegenheit und verabschiedete mich Richtung Feuchtträume. Schließlich hatten wir noch einen langen Tag vor uns und auch, wenn ich aktuell nicht aufs Klo musste, sicher ist sicher.
Öffentliche Toiletten. Bahnhof, Flughafen und überall da wo nicht zuhause ist, abgesehen vielleicht von halbwegs guten Hotels, sind keine guten Orte. Spontan erinnere ich in solchen Momenten Bilder von Hautausschlägen, mal eitrig, mal krustig, die ich als Kind in dem dicken Medizinwälzer meiner Mutter mit gruseliger Faszination betrachtet hatte. Ob alte gelbweiße Kacheln oder stylisches Ambiente mit klaren Linien und Designmischbatterien, immer das gleiche Bild. Klopapier und Pfützen auf dem Boden. Pfützen vor den Waschbecken und Pfützen vor den Klos.
Ich versuchte so wenig wie möglich von der Einrichtung anzufassen und war den Erbauern für die Kleiderhaken in den Kabinen

dankbar. So musste ich meine sauteure Handtasche nicht mit den Flüssigkeiten am Boden konfrontieren.

Ich befand mich aktuell auf den Weg in den Urlaub, ergo, ich rechnete jede Sekunde mit dem Einsetzen meiner Menstruation. Ich notiere mir halt die Tage nie und so musste ich mich auf mein Gefühl, beziehungsweise auf die Regelmäßigkeit verlassen.

Nichts. Keine Periode.

Während ich mir die Hände wusch und mein Aussehen im grellen Licht einer unerbittlichen Neonröhre kontrollierte, war ich ein wenig erschrocken. Ist so, lange Jahre bemerkst du sie einfach nicht, die Spuren der Zeit. Du schaust dir alte Bilder an, siehst immer noch so aus wie damals, denkst du zumindest. Das ein oder andere graue Haar vielleicht, aber sonst ... – vielleicht war es ja auch nur das kalte, bläuliche Neonlicht, auf jeden Fall kam mir in dem Moment der Gedanke, dass ich nicht mehr als junge Frau durchging. Ich bewegte mich mit großen Schritten auf die 50 zu. Na, ja, noch sechs Jahre, aber was waren schon sechs Jahre? Vor ein paar Tagen noch hatte ich ein Plakat in der Stadt gesehen. Es warb für eine Veranstaltung. »Ü50 – Lebensfreude auch im Alter.«

Ich war fit, machte Yoga, joggte immer noch drei Mal in der Woche meine acht Kilometer. Ich könnte nicht sagen, irgendein Zipperlein zu haben, aber wenn ich mir selbst begegnen würde, ich würde mich nicht mehr, ohne nachzufragen, duzen. Vielleicht hätte ich mir aber auch einfach meine Haare färben sollen. Zwischen den fast schwarzen Haaren hatte sich nämlich eine unübersehbare graue Strähne eingenistet. Ich wusste von den vereinzelt grauen Haaren, aber die Strähne war neu. Zumindest hatte ich sie noch nie so deutlich wahrgenommen. Vermutlich steckte ich schon mitten drin, im Klimakterium. Kommen die Wechseljahre eigentlich abrupt, von heute auf morgen oder schleichen sie sich heimlich an? Die Tage zwischen den Tagen, wie zwischen Weihnachten und Neujahr. Etwas endet, etwas Neues fängt an und dazwischen befindet sich das düstere Niemandsland.

Möglicherweise war ich ja, ohne es zu wissen, schon durch, mit dem Thema Tampon. Völlige Ahnungslosigkeit. Von Hitzewallungen hörte man, aber die hatte ich nur, wenn ich, wie vorhin, wütend bin.

Ach, was. Es kommt wie es kommt.

Ich zuppelte meine Haare in Form, cremte meine Hände und verließ dann den Feuchtraum.

Meine Reisegruppe stand familiär zusammen. Die Senioren etwas abseits, unsicher um sich blickend. Willi und Sascha, sportlich in Jeans und Sneakers, waren in eine Unterhaltung vertieft, die nicht ohne Hände klarkam. Wahrscheinlich diskutierten sie umwälzende Ideen, wie man den Flughafen, in dem ein oder anderen technischen Detail, bahnbrechend verbessern könnte und wie blind die Architekten und Konstrukteure waren, weil sie eben diese Details nicht gesehen und demzufolge nicht bedacht hatten. Darin waren die Schmütz-Brüder nämlich erste Klasse. Probleme erkennen, Probleme beseitigen, also, wenigstens theoretisch. Den Berliner Flughafen hätten die garantiert in drei Wochen betriebsfertig. Zumindest theoretisch.

Die kleine Inke war in ihr Smart Phone vertieft und wischte mit ihren glitzernden Fingernägeln über die Scheibe des Samsung.

Ich musste schon wieder seufzen, beim Betrachten der Gruppe. Vater Schmütz in braunen Sandalen, weißen Socken, einer viel zu kurzen, hellgrauen Cargo Hose und cremefarbener, karierten Schiebermütze auf den weißen Resthaaren. Mutter Schmütz, etwas zu bunt, in pinker Hose mit weißen Bama-Sandalen an den Füßen und einer Streuwiese auf dem Viskose Schal. Daneben meine Mutter. Klein – auch wenn ich meiner Mutter wie aus dem Gesicht geschnitten bin, bei der Größe hatten die Gene einen Evolutionssprung von 160 auf 174cm gemacht – , farblich anständig in Beige und Rot abgestimmt. Hübsch, adrett und unauffällig. Meine Beschäftigung und Resignation in Sachen familiäres Urlaubs-Styling wurde durch den Aufruf unseres Fluges unterbrochen.

»Die Passagiere für den Flug 9250 nach Palma werden zum Ausgang D50 gebeten. The Passengers ...« Ob am Bahnhof, oder am Flughafen, aus einem unerfindlichen Grund versteht man diese Ansagen immer nur häppchenweise und muss sich dann den Inhalt des Lückentextes zusammenpuzzeln.

»Was hat die gesagt?«, fragte meine Mutter denn auch.

»Wir können gehen, glaube ich. So richtig verstanden habe ich das Genuschelte auch nicht.« Ich schaute Willi an und der packte seine Sachen und winkte die Reisegruppe, gut gelaunt, hinter sich her:

»Folget mir.«

»Das sagt sich leicht, wenn man nur einen Rucksack zu tragen hat«, gab ich, weniger gut gelaunt, von mir. »Willi!«, rief ich und bestimmt 15 Köpfe, die sich nach mir umdrehten und offenbar auch Willi hießen, bekamen meinen genervten Blick ab. Einzig der Willi, der gemeint war, schaute nicht, sondern diskutierte angeregt mit seinem Bruder weiter. Mein Blick wechselte von genervt zu wütend.

Ich schulterte meine Handtasche, mein Handgepäck und schnappte mir mit der noch freien Hand das Handgepäck meiner Mutter. Mit ausgreifenden Schritten wollte ich Willi folgen, um ihm wenigstens einmal acht Kilo in die Hand zu drücken. Ich musste mich aber schnell ausbremsen, weil meine Mutter alles andere als Tempo machte. *Ruhig, Alex.* Sie ist nicht mehr die Jüngste. Fix ist da eine andere Dimension.

Seit einigen Jahren machten ihr die Gelenke zu schaffen, was sie nicht nur langsam, sondern wie ich in diesem Moment auch bemerkte, recht wacklig auf den Beinen machte. Gesundheitliche Entwicklungen die mir vollkommen neu waren. Dachte ich doch, nach den wöchentlichen Telefonaten mit meiner Mutter und ihren Berichten über die Wanderungen mit dem Eifelverein, sie sei noch rüstig und fit. Fürs Erste machte ich mir nur still Gedanken, nahm mir aber vor, sie bei Gelegenheit zu fragen, wie weit so eine Eifelverein Wanderung eigentlich geht und wie sie das mit dem Gehen im Mittelgebirge hinbekommt. Ich bot meiner Mutter sicherheitshalber meinen linken Arm an. Sie hakte sich ein und ihr Schritt wurde merklich sicherer.

Der Rest der Truppe war inzwischen hinter der Absperrung verschwunden. War ja heute nicht das erste Mal. »Arsch!«, grummelte ich in mich rein. *Wenn das die nächsten 10 Tage so weiter geht, dann sind wir getrennte Leute, nach diesem Urlaub, das schwör ich.*

Irgendwann hatten dann auch wir es an den Stewardessen vorbei, in die Gangway geschafft. Diese flexiblen Verbindungen zwischen Gebäude und Flieger sind eine tückische Angelegenheit. Jedenfalls, wenn man seine Mutter eingehakt hat, die nicht mehr all zu gut zu Fuß unterwegs ist und obendrein noch von all den ungewohnten Dingen um sie herum ihren Blick überall, nur nicht da wo ihre Füße hingingen, hatte. Die erste Biegung und damit Überlappung des Metallbodens brachte meine Mutter dann auch zum Stolpern. Gott sei dank, hatte ich sie am Arm und konnte einen Sturz abfangen. Zwar kullerten die 16 kg Handgepäck über den Boden, aber die Sache mit dem Oberschenkelhalsbruch war fürs Erste abgewehrt. Bis ich wieder mit den kleinen Reisetaschen bepackt war, hatte sich hinter mir eine Schlange gebildet die schon begann ungeduldig rumzunöhlen.

Meine Mutter, im Gegensatz zu mir von ihrem Bewegungsapparat überzeugt, war voran gegangen. Eine leichte Panik ergriff mich, alleine beim Zuschauen. Die Frau guckte einfach nicht, wo sie hintrat und es grenzte an ein Wunder, wie sie dennoch unversehrt die kleine Stufe in den Flieger erreichte.

»*Mutt*, pass auf, hier ist eine Stufe«, ermahnte ich sie, als ich bei ihr angekommen war. Ich nannte meine Mutter, wenn ich sie denn ansprach *Mutt*. Mutti fand ich kindisch, Mutter ging auch irgendwie nicht, also war ich bei *Mutt* gelandet. Irgendwas zwischen Mutti und Mutter. Oft lag es mir auf der Zunge, sie einfach bei ihrem Taufnamen, Carmen, anzusprechen. Aber aus einem unerfindlichen Grund bekam ich das nicht über die Lippen. Als würde man auf geradem Weg ins Fegefeuer gespült, wenn man seine Eltern plötzlich als Individuum und nicht in ihrer Funktion als Eltern anspricht. Für mich war klar, wenn ich Kinder bekommen hätte, die hätten mich von Anfang an Alex genannt. Alex und nicht Teil eines Serviceteams, rund um den Quengelmops.

Platzsuche. Reihe 22, wenn ich mich richtig erinnerte. Ich schaute über meine Mutter und die Köpfe der anderen Passagiere hinweg und fand Willis hochgereckten Kopf in der Touristen-Schlange. Er winkte mir zu. Okay. Platz war offenbar gefunden.

Wehe, irgendwer sitzt an meinem Fensterplatz.

Als wir vor der Reihe standen, drei Plätze auf der rechten Seite des Fliegers, schickte ich meine Mutter, einem Impuls folgend, als erstes rein. Na, ja, Fensterplätze im Flieger konnte *ich* wohl noch öfter im Leben genießen. Völlig unerwartet überkam mich das Bedürfnis zu heulen. Vielleicht hatte Willi ja recht: »Wer weiß, wie lange wir noch die Gelegenheit dazu haben, mit unseren Eltern so was zu erleben.«

Links neben mir nahm Willi platz und auf der anderen Seite, über den Gang, saßen Inke und Sascha. Auf die grauen Hinterköpfe von Mutter und Vater Schmütz konnte ich eine Reihe vor uns gucken.

Mutter Schmütz, die auch am Fenster saß und mit Flugerfahrung glänzen konnte, informierte meine Mutter ausführlich darüber, wie

toll fliegen sei und, dass sie auch gar keine Angst haben müsste, wenn das Flugzeug ein bisschen wackelt. Das wäre dann am Lustigsten.
»Das sagst du so, Gertrud. Man hört und sieht soviel in den Nachrichten. Da war doch erst vor kurzem dieses Flugzeug verschwunden. Das haben die doch bis heute nicht gefunden.«
»Ach was, Carmen, die Flugzeuge nach Mallorca machen das so oft, da kann gar nix passieren. Außerdem, ist das ja gar nicht weit, bis Mallorca.« Mutter Schmütz, die Flugexpertin.

Ich konzentrierte mich auf die Informationsbroschüren zum Flugzeug, um nicht diesem dringenden Impuls nachzugeben, mich einzumischen und Mutter Schmütz zu erklären, dass die meisten Autounfälle auf Kurzstrecken passieren, die der Fahrer täglich fährt. Und Mutter Schmütz zum millionsten Mal auf die Sache mit dem doppel-l in Mallorca aufmerksam machen, wollte ich auch lieber ihren Söhnen überlassen.

Nach geschlagenen 20 Minuten kam endlich die entscheidende Durchsage. Starterlaubnis. Der Flieger zuckelte aus seiner Parkposition in Richtung Startposition. Mutter Schmütz musste sich umdrehen und um ihre Sitzgurte kümmern. In Reihe 22 kehrte Ruhe ein.

»Alles in Ordnung bei dir?« Meine Mutter hielt die Sitzlehnen etwas zu fest umschlossen, für mein Empfinden. »Ja, alles gut.«

»Wenn dir gleich beim Start oder so schlecht wird«, ich griff nach den Kotzbeuteln in der Sitztasche vor mir, »dann sind die hier deine erste Wahl.« Mit einem Lächeln versuchte ich die Sache mit dem Start nicht allzu schlimm darzustellen. »Ich habe mir schon eine parat gelegt.« Sie zeigte auf eine schon einsatzbereite Tüte auf ihrem Schoß und lächelte zurück. »Ja dann, kann ja nix mehr schief gehen.«

Sie heftete den Blick aus dem Fenster, wo die Flughafengebäude vorbeizogen und ein Bataillon von *airberlin* Fliegern in Parkposition auf ihren Einsatz wartete.

Zwei Stewardessen turnten die obligaten Sicherheitshinweise runter, ich faltete die Anschauungskotztüte wieder zusammen und schob sie zwischen die Prospekte in der Sitztasche vor mir. Die Stewardessen verschwanden und der Flieger nahm Fahrt auf.

Bye, bye Deutschland. Bye, bye Leben, wie ich es bisher kannte.

Ich war mir so sicher, wie das vielzitierte Amen in der Kirche, irgendein blöder Satz von Mutter Schmütz, eine überflüssige Scharfsinnigkeit von Sascha, wahlweise könnte es auch Willi sein der für bombige Stimmung sorgt, auf jeden Fall wird mich in den nächsten zehn Tagen irgendwas zum schreien, flüchen, platzen bringen. Drei Stunden bei Kaffee und Kuchen gelassen bleiben, das konnte ich leisten, aber zehn Tage, also zehn mal 24 Stunden ... – vermutlich sind Willi und ich getrennte Leute nach diesem Urlaub, denn, wenn ich emotional explodiere, dann äußert sich das, und das liegt ja schon in der Natur des Emotionalen, mit Sicherheit nicht in Form von rationalen Argumenten. Wie sehr und in welcher Form sich mein Leben nach diesem Urlaub verändern würde, dass hätte ich mir, bei aller Fantasie, nicht ausmalen können. Aber es kommt ja meistens anders als man denkt und das bekam ich schon kurz nach dem Start zu spüren. Der Flieger stieg und stieg und mit jedem Meter wurde mir schlechter und schlechter. *Noch nie wurde mir schlecht beim Fliegen.* Kalter Schweiß und es fühlte sich an, als hätte eine fremde Macht jegliches Blut aus meinem Körper gebeamt.

»Alex! Alex! Was ist los, du bist kalkweiß.« War das Willis Hand in meinem Gesicht oder der Tot, der mir zärtlich hallo sagte?

»Tüte«, flüsterte ich und jeder Buchstabe schien zu viel verbrauchter Sauerstoff. Von rechts schoss eine geöffnete Tüte in meine Hand. Gerade noch rechtzeitig.

Ich hatte mich so gefreut, auf den Flug. Bilder aus dem Fenster machen. Lecker Bordverpflegung, ein bisschen lesen, vielleicht spielen mit dem iPad, und jetzt das? –Auch nachdem die Pasta vom Vortag in der Tüte war, ging es mir nicht viel besser.

Die Stewardessen schenkten mir ihre volle Aufmerksamkeit und da der Flieger voll besetzt war und kein Liegeplatz zur Verfügung stand, wurde ich kurzerhand in die fast leere Business Klasse bugsiert und durfte eine ganze Sitzreihe zum Liegen nutzen. Die Stewardessen wollten nicht riskieren, dass ich komplett kollabiere und stabile Seitenlage ist halt bei dem Platzangebot in der Touristen-Klasse illusorisch.

Willi fluchte natürlich, weil er mich nicht in die erste Klasse begleiten durfte.

Genießen konnte ich den weichen Liegeplatz mit Aussicht jedoch nicht. Mein Kreislauf spielte den ganzen Flug über verrückt und jedes Mal, wenn ich mich traute einen Blick aus dem Fenster in die Tiefe zu werfen, brach mir der kalte Schweiß aus.

Ich gab's auf, versuchte zu schlafen. Ging aber auch nicht. Die Sache mit den Wechseljahren? – kann sicherlich sein, aber ist 44 nicht ein bisschen früh?

Ich war noch nie ein großer Arztgänger. Mein Vertrauen in ärztliche Verantwortung war dahin, seitdem ich privat versichert war und Einblick in die Rechnungen vom Arzt hatte. Privat versichert heißt im Ärztedeutsch nämlich »Kannste alles mit machen weil kannste alles abrechnen«. Die fragen da wenig nach Notwendigkeit, sondern nur nach Wirtschaftlichkeit. Meine Panik, ohne wirklichen Grund unterm Messer zu landen, war inzwischen so groß, dass ich seit geschätzten zwei Jahren nicht mehr bei irgendeinem Arzt vorbeigeschaut hatte. Von klein auf lernt Frau ja, mindestens zweimal im Jahr zur Vorsorge gehen. Untenrum und so. Eine feststehende Institution. Vorsorge. Jahrelang habe auch ich regelmäßig diese Termine gemacht und durchgezogen. Habe in Wartezimmern rumgesessen, bin im T-Shirt, ohne Schlüpfer im Untersuchungsraum rumgestanden und rumgelegen, habe mir in den Uterus gucken lassen, Abstriche machen lassen und bin stolz wie ein Pfau aus der Praxis marschiert, nur weil Frau Doktor meinte, würde alles super aussehen. »Alles völlig glatt und eben.« Was jetzt genau das über meine Gebärmutter aussagte, habe ich bisher noch nicht erfahren können, auf jeden Fall gab es mir das Gefühl alles richtig zu machen. Bin ich doch ohne Dellen und Beulen in der Gebärmutter über 40 Jahre alt geworden. Als ich mit 42 das letzte Mal beim Frauenarzt vorbeischaute und Frau Doktor rumzickte, von wegen Pille über 40 und noch rauchen, sei sehr problematisch, zog ich es vor weiter zu rauchen und auf die Pille zu verzichten. Ich lebte und liebte ja mit Willi und der hatte, laut ärztlichem Attest, miese Spermien und damit war das Thema schwanger eh durch.

Ohne »Ich brauche ein Rezept« war meine Motivation zum Frauenarzt zu gehen dann komplett dahin.

Es behagte mir gar nicht, aber wenn es mir nach diesem Urlaub immer noch so beschissen gehen würde, musste ich wohl oder übel in den sauren Apfel beißen und einen Termin bei irgendeinem Arzt machen. Der Zustand hielt nun schon zu lange an und möglicherweise könnte es ja auch dieser Spaßkiller Krebs sein.

»Kenne ich dich nicht irgendwoher?« Eine quietschige Stimme holte mich aus meiner angestrengten Gedankenwelt. Ich öffnete langsam die Augen und drehte meinen Kopf vorsichtig nach rechts. Schnelle Bewegungen waren überhaupt nicht gut.

Eine blonde, nein gelbhaarige Frau mit blassen Lippen, im rosa Jogginganzug und einem dicken Schal um den Hals. Sie trug eine graue Basecap mit einem verschlungenen Logo an der Stirnseite. *Sehr lässiger Reiseschick. ‚Wer Jogginghose trägt hat die Kontrolle über sein Leben verloren.'* Irgendwoher kannte ich die Frau, aber es fiel mir nicht ein. Immerhin, sie hatte mich geduzt. Vielleicht bestand ja doch noch Hoffnung in Bezug auf mein optisches Alter.

»Kann schon sein, du kommst mir auch bekannt vor«, antwortete ich, »aber es fällt mir gerade nicht ein, woher wir uns kennen könnten.«

»Bist du nicht diese Schauspielerin – ich komme gerade nicht auf den Namen. Steht dir aber gut, die kurzen Haare. Ich habe dich vor kurzem in einem Krimi gesehen, Kommissarin, da hast du noch längere Haare gehabt.«

»Äh, nein, Schauspielerin bin ich mit Sicherheit nicht. «Ich musste unweigerlich lachen und wurde sofort mit einem Gruß vom Kreislauf dafür gerügt.

»Alex Engel«, stellte ich mich stöhnend vor.

»Ne, sagt mir nichts, der Name. Aber du siehst dieser dunkelhaarigen Schauspielerin schon verdammt ähnlich.«

»Ich bin übrigens die Dani.«

»Mmmm.« Ich war nicht ernsthaft an einer Unterhaltung interessiert, wollte einfach hier in Ruhe liegen und mich aufs Überleben konzentrieren.

»Mensch, du bis abba blass um die Nase, Alex. Verträgste das Fliegen nisch? Biste schwanger? Schwangere vertragen dat Fliegen meistens auch nicht. Also, in meiner Schwangerschaft war das so.«

Die gelbhaarige Dani lachte und zeigte zwei Reihen schneeweiße Zähne.

»Schwanger! Guter Witz«, antwortete ich und hatte meine Augen schon wieder geschlossen, darauf hoffend mein Desinteresse an weiterer Kommunikation damit ausreichend zum Ausdruck gebracht zu haben.

»Wieso Witz? Biste ne Frau oder biste keine? Du wärst nicht die erste, die im Alter noch ein Kind zur Welt bringt.«

Im Alter! Die hatte sich doch den Grips ausm Hirn blondiert.

»Sehe ich so alt aus?«, fragte ich.

»Na, ja, wahrscheinlich nur weil du so blass und gerade nicht gut druff bis. Abba üba dreißisch biste doch, sowas sehe ich.«

Da, jetzt musste ich schon wieder lachen.

»Danke für das Kompliment. 44. Da ist die Sache mit dem Kinderkriegen soweit gelaufen.«

»Wieso gelaufen? Kennste die Lemper, die Ute Lemper, die hat doch mit 48 noch ein Kind bekommen. Und diese Rocksängerin, Italienerin. Ich komme jetzt nicht auf den Namen, die hat eins mit 50 bekommen. Und, hier die Janet Jackson, fufzisch, is doch auch schwanger. Da biste doch noch im besten Werfalter. Ha, ha ...«

Sie zeigte wieder ihre beeindruckend weißen Zähne.

Eine Stewardess kam vorbei und fragte mich, wie es mir ginge.

»Ich lebe noch«, antwortete ich scherzhaft.

»Möchten Sie einen Tee, vielleicht einen Tomatensaft?«

Ich schüttelte den Kopf. »Ein Glas Wasser, wenn es geht.« Jetzt, wo sie mich fragte, merkte ich, dass meine Kehle ausgetrocknet war, ich einen Mordsdurst verspürte. Von ihrem Servierwagen zauberte Sie ein Glas kühles Wasser, inklusive frischer Zitrone und Eiswürfel. Richtig, wir sind ja hier in der ersten Klasse, da waren Plastikbecher wohl eher nicht Standard. Ich fischte die Zitrone aus dem Becher. Sonst immer gerne, Zitrone im Wasser, aber jetzt und hier krampfte mein Magen alleine vom Anblick der gelben Frucht.

»Sie rufen, wenn Sie was brauchen«, verabschiedete sie sich und schickte mir ein aufmunterndes Lächeln entgegen.

Ich leerte das Glas in einem Zug und schielte rüber zur Dani darauf hoffend, sie hätte inzwischen eine Alternativbeschäftigung gefunden und ich keine weiteren Fragen, Diagnosen und Vermutungen zu meinem Zustand erwarten musste.

Hat die kein Handy mit dem sie spielen kann? Sie hatte nicht und strahlte mich weiß blitzend an, als der Servierwagen vorbei war.

»Die sind nett, die Mädels von *airberlin*. Gell?

»Ja, sind ganz nett.«

»Also, ich wünsch mir ja auch noch ein Kind. Eins hab ich ja schon. Haha, aber das weiß ja inzwischen eh jeder. Noch ein Junge wäre super. Isch hab ja lange gesucht, bis ich den passenden Typen gefunden habe, mit dem de dir das vorstellen kannst. Meine Güte, das sind doch heute alles Luftpumpen. Haha ... Hast du einen Typ, oder kriegste das Kind alleine? ...«

Die plapperte immer weiter.

Meinen erneuten Hinweis, auf meinen Nicht-schwanger-Zustand überplapperte sie und bekam den vermutlich gar nicht mit.

Nach einer gefühlten Ewigkeit und einer ausführlichen Berichterstattung über diverse *Luftpumpen* im Umkreis von der Dani, kam endlich die erlösende Nachricht aus den Lautsprechern: »Wir befinden uns nun im Landeanflug auf Mallorca.

Die Außentemperatur beträgt 28° Grad. Die Wettervorhersage für diese Woche verspricht blauen Himmel und Temperaturen bis zu 34°. Wir wünschen Ihnen einen angenehmen Aufenthalt auf der Insel und freuen uns, sie wieder bei *airberlin* begrüßen zu dürfen.«

Als der Flieger seine Parkposition erreicht hatte, klingelte mein Handy. Willi.

»Wie geht es dir, kannst du gehen?«, fragte er besorgt. »Soll ich rüberkommen und dir helfen?«

»Nein, lass mal, sonst zicken die Stewardessen wieder. Ich komme schon klar. Es geht mir wieder recht gut. Also, zumindest muss ich nicht mehr kotzen – glaub ich.«

»Lass die Saftschupsen mal zicken, ich zicke zurück. Die bekommen eh noch ein saftiges Schreiben von mir.«

»Ist schon gut, Willi. Ich hab mich bestens versorgt gefühlt. Musst dich nicht beschweren. Wo treffen wir uns?«

»Ich warte unten an der Treppe auf dich, das heißt, falls ich vor dir unten bin, ich vermute, du bist eher da, hast ja kein größeres Handgepäck und Familie im Schlepptau, und darfst als erste-Klasse-Gast vermutlich eh vor mir aussteigen.«

»Okay. Bis gleich.«

Nachdem mein Körper nicht mehr den Extremen ausgesetzt war, funktionierte es. Ein bisschen wackelig noch, aber ich meisterte die ersten Schritte ohne mich zu übergeben. Ich war so konzentriert auf meinen Körper, dass ich die Dani komplett vergaß und erst registrierte, als ich auf der Treppe nach unten war und sie sich verabschiedete.

»Mach's gut, Alex und viel Spaß auf der Insel. Vielleicht kommste ja mal bei mir vorbei, wennste in der Nähe bist. Ich würde mich riesig freuen. Dann kannste auch mal meinen allerbesten Liebsten und meine kleine Maus kennenlernen.«

»Wo wohnst du denn?«, fragte ich, mehr aus Höflichkeit, denn ich würde das Mädel sicher nicht besuchen.

»Moment.« Sie kramte aus ihrer Handtasche, ihrer Dolce und Gabana Handtasche, wie ich bemerkte, einen Block mit Kugelschreiber und schrieb mir eine Handynummer auf. »Hab leider keine Visitenkarte dabei.« Sie reichte mir den mit großen Zahlen und ihrem Namen in Druckbuchstaben beschrifteten, hellrosa Zettel.

»Ruf an, wenn dich die Familie nervt. Ich bin die nächsten drei Wochen auf der Insel.« Sie lachte und ich wunderte mich, dass gelbblond und emphatisch in einer Person vorkommen konnte. »Okay. Das kann schneller passieren als du denkst«, erwiderte ich verschwörerisch grinsend und meinte die Sache mit der nervenden Familie. Die Blonde hatte es eilig, umarmte mich kurz, hüpfte winkend an mir vorbei und bemerkte zum Abschied grinsend: »Schwanger! Das sehe ich so.« *Scherzkeks.*

Ich erinnere mich noch genau, ich war 13 oder 14 Jahre alt, kam von der Schule und hatte das erste Mal Blut im Schlüpfer. Ich mein, ich war aufgeklärt, wusste worum es sich da handeln musste, aber irgendwie seltsam war es schon. Irgendwas zwischen krank und auf ewig verstümmelt. Schlimm genug, aber, dass unsere Nachbarin Frau Becker auch noch stehenden Fußes von meiner Mutter in dieses denkwürdige Ereignis eingeweiht wurde, setzte dem ganzen das Sahnehäubchen auf. Aber auch das, ich hätte es vermutlich vergessen, irgendwann, wäre die matronenhafte Frau Nachbarin nicht mit einer Wärmflasche rübergekommen, die sie mir, mit Mutter Teresa Blick und mit vielsagend nickendem Kopf, in die Hand drückte.

»Liebchen, das wirst du jetzt in Zukunft brauchen.«

Damals war diese Wärmflasche für mich ein Rätsel mit Millionen Siegeln. Bis auf diese Blutsache ging es mir blendend. Warum schenkte die mir mit diesem Mitleid im Gesicht eine Wärmflasche? Ich traute mich aber auch nicht zu fragen, weil, war ja doch ein heikles Thema, was ich mit der Wärmflasche sollte und wo der kausale Zusammenhang zu meiner Menstruation bestand. Erst sehr viel später begriff ich, was es mit der Wärmflasche auf sich hatte.

Lange Rede kurzer Sinn, der Blick von Gertrud Schmütz, während sie die Treppe runter auf mich zuschritt, katapultierte mich auf direktem Weg in die Vergangenheit, in die speckigen Arme von Frau Becker. So ein Blick bei dem man spontan über die ordnungsgemäße Regelung des eigenen Nachlasses nachdenkt.

Alex, da musst du jetzt durch. Sei stark.

»Kind, wenn wir in der Finca sind, dann leg dir eine Wärmflasche auf den Bauch, das ist das Beste in deinem Zustand.«

Kniepte die mir verschwörerisch zu?

Nachdem meine Familie mich begrüßt hatte und dank der zwar warmen, aber mit reichlich frischem Sauerstoff angereicherten Inselluft, ging es mir deutlich besser. Mein Kreislauf hatte sich wieder ins Unauffällige zurückgezogen.

Ich verspürte sogar so was wie Hunger. Für einen Tomatensalat würde ich töten. Manche brauchen Tomatengedöns im Flieger, ich brauche Tomate offenbar nach kotzen und Landung.

Nach einer endlos langen Wanderung durch ewig lange Gänge mit Rollbändern, erreichten wir schließlich, so ziemlich als letzte unseres Fluges, die Halle mit der Gepäckausgabe.

Die Koffer liefen schon durch und es dauerte nicht lange bis alle ihre Gepäckstücke beisammen hatten. Mal etwas was nicht lange dauerte. Es bestand wohl doch noch Hoffnung, vor Sonnenuntergang die Finca zu erreichen.

Die Sache mit den Mietwagen war super vorbereitet, wie wir alle den ausführlichen Erzählungen Saschas entnehmen konnten. Wir würden also auch hier ratzfaz durch sein.

Dank Senioren angepasster Geschwindigkeit, hatten wir nicht nur als letzte das Gepäckband erreicht, sondern reihten uns, respektive die männlichen Mitglieder der Familie Schmütz, auch als letzte in die Schlange bei der Autovermietung ein. Die Schlange war so lange, dass ich meine Kalkulation, wir könnten ratzfatz durch sein und damit ratzfatz die Finca finden, stark in Frage stellen musste.

Meine Mutter und Gertrud Schmütz machten es sich, nachdem ich tausendfach versichert hatte sie müssten sich keine Sorgen machen, mir ginge es blendend, auf der schmalen Bank gegenüber von *Sixt* gemütlich. Ich verstaute im Handgepäck meine Strickweste und kramte die vorsorglich griffbereit eingepackten Flipflops aus.

»Möchte jemand was zu trinken, oder zu essen?« Ich schaute rüber zu dem Imbiss und hoffte auf irgendwas mit Tomate. »Ich geh an den Imbiss dort drüben was holen«, ergänzte ich.

»Was gibt es denn da«, fragte meine Mutter.

»Weis ich noch nicht, Fritten, Getränke, Brötchen, denke ich.«

»Ich habe mir genug eingepackt. Möchte jemand?«

Mutter Schmütz, nach anstrengenden Flug nur noch halb munter, reichte eine Tupperdose mit kleingeschnittenen Äpfeln und grünen Trauben rum.

Meine Mutter winkte ab: »Lieber nicht. Ich muss aufpassen, sonst muss ich zu oft aufs Klo. Es dauert ja noch ein bisschen, bis wir in unserem Haus sind.«

»Okay, dann bin ich kurz zum Imbiss.«

»Moooomeeeent, ich komme mit.«

Inke schloss sich mit Singsang Stimme an und wir überließen die Gepäckaufsicht den beiden Müttern.

»War das nicht diese Blonde mit dem Silikonbusen, die aus dem Fernsehen. Die man immer auf RTL sieht?«, fragte mich Inke, als wir wartend am Tresen standen.

»Wer?«, fragte ich irritiert.

»Na, die kleine Blonde auf der Treppe, vor dem Flieger. Die Tussi, die dieses Café auf Mallorca hat. Die sieht man doch ständig im Fernsehen.«

»Ich weiß, wen du meinst. Jetzt wo du es sagst. Die kam mir bekannt vor und hieß Dani. Würde passen, wenn sie nicht so blass gewesen wäre. Ich kenne die aus dem Fernsehen nur mit Extrem-Makeup.«
»Klar, die fliegt bestimmt ständig von Deutschland auf die Insel und zurück. Hat ja hier das Café und in Deutschland tritt die ja auch ständig bei irgendwas auf.«
»Mmmm«, antwortete ich.
Der Imbiss verfügte neben Tomaten-Sandwiches auch über einen Ständer mit Magazinen und Zeitschriften. Zehn Tage Urlaub konnten eine lange Zeit werden. Während die Frau hinter dem Tresen unsere Bestellung einpackte, suchte ich mir eine Zeitung raus. Traditionell las ich in meinen Urlauben immer eine dieser mächtig dicken Wochenzeitschriften. Die FAZ, die Süddeutsche aber am Liebsten DIE ZEIT. Genug Text für zehn Tage. Ich war hocherfreut meine Lieblings-Urlaubszeitung im Ständer vorzufinden. Ich griff nach dem dicken Wälzer und deutete der Verkäuferin, dass die noch dazukommt.
» Euro dieciocho quince centavos, por favor." *Häh?* Ach, ja, Mallorca, Spanien, spanisch. Ich durchforstete nervös meinen spärlichen, spanisch Wortschatz.
Die Verkäuferin zeigte verständnisvoll auf das Display der Kasse. Ah, ja. Hätte ich auch drauf kommen können. Kassen und Zahlen sind spätestens seit dem Euro so was wie international. DIE ZEIT lesen wollen, aber noch nicht einmal das bisschen Touristenkommunikation auf die Reihe bekommen. Ganz groß.
»Bitteschön.«
Bitteschön?!
Ich musste mir unbedingt ein Wörterbuch kaufen. Das war ja peinlich. Wieder am Gepäckwagen ließen wir uns auf den weichen Koffern nieder. Ich mit einem himmlischen Tomatenbaguette und Inke mit einer Dosencola. Ich nahm mir die ersten Seiten der ZEIT heraus, steckte den Rest der Zeitung in meine Handtasche. Ich faltete mir das Blatt in ein lesefreundliches Format, hatte gerade eine bequeme Position gefunden, um Baguette und Zeitschrift zu balancieren, da unterbrach mich Inke mit Konversation bei meiner ersten Urlaubstätigkeit.

»Hier laufen bestimmt ständig Promis rum. Da, guck, das könnte der Micky Krause sein, aber den kennt man ja auch nur mit Perücke. Ohne ist das dann schwer den noch zu erkennen. Oder hier, der sieht doch aus wie Dirk Bach. Ach, ne, kann ja nicht, der ist doch tot. Da macht doch inzwischen so ein großer mit Brille das Dschungelcamp. Wie heißt der noch – ...«

Ohne Punkt und Komma, das hatte ich doch heute schon mal. Ich gähnte, schaute auf mein Handy. 10:55. Die standen jetzt schon fast seit einer Stunde am Schalter.

»Guck mal, guck mal ganz schnell. Das ist doch der schwule ... Aaaaah, wie heißt der noch?« Inke haute mir aufgeregt auf den Oberarm.

Ich schaute entlang der Achse ihres sehr zierlichen Zeigefingers, der in glitzernden Signalpink Richtung Toiletten zeigte. Da gingen mehrere Männer die möglicherweise schwul sein könnten, aber ich sah niemanden der mir bekannt vorkam.

»Ach, Mensch, ich komm nicht auf den Namen.«

»Ist ja auch eigentlich egal«, beruhigte ich sie und zuckte mit den Schultern.

»Och Mensch, es liegt mir auf der Zunge.« Inke kaute auf ihrer rosa Unterlippe und man sah förmlich wie ihre Hirnzellen nach der gesuchten Information scannten.

Ich war nun seit gut neun Jahren mit Willi zusammen, dessen Bruder war mit Inke seit, ich glaube, drei Jahren zusammen. Ich hatte die Frau, fernab von Familienveranstaltungen wie Kaffee trinken und zu Weihnachten gemeinsam Essen gehen, noch nicht wirklich kennengelernt. So ganz oberflächlich gesehen stellte sie für mich eine 1A Tussi dar. Gemachte Fingernägel, rosa Lippenstift, blonde Strähnchen.

Sie war 28 und verdiente ihr Geld als Kosmetikerin. Vor kurzem gelang ihr der Sprung auf der Karriereleiter nach ganz oben. Sie war zur Filialleiterin eines Nagelstudios hochgestiegen. Viel mehr wusste ich eigentlich auch nicht über die Frau. Lag auch daran, weil ich noch nie das Bedürfnis verspürt hatte, längere Gespräche mit ihr zu führen.

Vielleicht sollte ich wenigstens für die nächsten zehn Tage ein bisschen Interesse entwickeln oder wenigstens heucheln.

Die Nageldesignerin blickte immer noch, nach *Very Important Persons from RTL* suchend, über den Metallrand ihrer Coladose und schlürfte lautstark den Rest des Getränks. Ich entschied, dass mit dem zwischenmenschlichen Interesse musste warten.

»Ich suche mir mal eine Toilette«, verabschiedete ich mich vom Schlürf Geräusch und war schon auf dem Sprung.

»Ich komme mit.«

Meine Mutter erhob sich mühsam von der Bank und hakte sich bei mir ein. Eigentlich musste ich ja gar nicht aufs Klo. Ich wollte ein bisschen alleine sein, Emails abrufen, ein paar Bilder vom Flughafen machen, die Atmosphäre spüren. Aber gut, sie war nun mal meine Mutter. Wir schlenderten den Gang links runter und ich suchte nach Toilettenhinweisschildern.

»Ist denn wieder alles in Ordnung mit dir?«, fragte sie mich.

»Ja, bestens. Ich weiß auch nicht, normalerweise bin ich nicht zimperlich, was das Fliegen angeht.«

»Ich weiß, du hast schon als Kind immer gerne im Auto vorne gesessen und dich gefreut wenn der Papa schnell gefahren ist. Anders als dein Bruder Andreas. Der hat sich immer übergeben.«

Wir gingen schweigend weiter, meine Gedanken kreisten um meinen kotzenden Bruder Andreas und mein Kopf drehte in alle Richtungen um die Toiletten zu finden.

»Bist du schwanger?«

»Häh? Schwanger!? Ich? Wie kommst du denn darauf? Nein, ganz sicher nicht.« Ich schüttelte den Kopf. Sollte das der Running Gag dieses Urlaubs werden?

»Kann man nicht mal einfach eine Magenverstimmung haben, ohne gleich schwanger sein zu müssen?« Damit das Thema endgültig vom Tisch wäre, ergänzte ich: »Willi hatte irgendwann in seiner Ehe mal sein Sperma untersuchen lassen, weil er und seine Frau unbedingt Kinder haben wollten. Ergebnis: Willis Spermien taugen nichts, sind zu langsam, was weiß ich und da ich keinen Lover habe, wird das weder heute noch morgen was, mit dem Schwanger sein.« Ich hoffte, dem Thema jetzt endlich die Gurgel abgeschnitten zu haben.

»Schade, ich würde mich freuen, nochmal Oma zu werden. Auch wenn sie viel Arbeit machen, es ist doch schön Kinder zu haben. Ich hätte es dir gewünscht, Mutter zu werden.«

Ich dachte an meine Kindheit, an meine drei Brüder, den kotzenden Andreas, Robert der mittlere und Michael, der älteste meiner Brüder. Meine Mutter schien da ein wenig die Vergangenheit zu verklären. Ich jedenfalls erinnerte mich an das ein oder andere Mal, wo meine Mutter wegen ihren halbwüchsigen Kindern geweint hatte. Aus Verzweiflung oder Wut, so genau wusste ich das natürlich nicht mehr. Freudentränen, das wusste ich mit Sicherheit, hatte ich bei ihr im Zusammenhang mit ihren Kindern nie erlebt. Mag möglicherweise auch daran liegen, weil meine Mutter uns Kinder, nach dem tödlichen Arbeitsunfall meines Vaters, alleine großziehen musste. Eine Lebensumstand der sicher selten einfach war.

Ich bin noch nicht zu alt, um mich nicht zu erinnern, keiner, weder ich, noch meine Brüder waren ein echter Quell der Freude. Nicht im Haushalt geholfen, frech und von den Anekdoten der Pubertät will ich gar nicht erst anfangen. Wurde meine Mutter etwa dement?

»Na, ja, *Mutt*, dann hast du aber vermutlich einiges verdrängt. Blümchen hat dir von den Jungs nie einer geschenkt. Ich kann mich noch sehr gut daran erinnern, wie du dich mit dem Michael gezofft hast, weil er und sein Kumpel Stefan das ein oder andere Mal so richtig Blödsinn gemacht hatten. Ich geh jetzt nicht ins Detail aber du warst schon ganz schön mit den Nerven runter.« Michael war zehn Jahre älter als ich. In einer Zeit groß geworden, in der Jugendliche auf Bruce Lee standen und Bravo Starschnitte von Suzie Quadro und Elvis Presley im Kinderzimmer an den Wänden kleben hatten. Damals dachte ich, mein Bruder wäre ein ganz großer Kung Fu Kämpfer, weil eben Bruce Lee an seiner Zimmerwand hing und er auch dieses Kampfdingsbums, Nunchaku hieß das Teil, besaß.

Erst viel später wurde mir klar, mein Bruder konnte nicht wie Bruce Lee kämpfen und auch nicht wie Suzie Quadro singen. Meine Drohungen, wenn mich wieder mal jemand auf dem Schulhof blöd angemacht hatte, ich würde meinen Bruder rufen»... und der kann Karate« hatten auf jeden Fall meistens ihren Zweck erfüllt. Froh konnte ich im Nachhinein sein, dass es nie zum Ernstfall kam.

Warum mir meine Mutter Kinder an den Hals wünschte war mir echt ein Rätsel. Ich auf jeden Fall war froh, und irgendwie auch stolz, die Frage nach Kindern in jedem Formular und zu jedem Klassentreffen mit »Nein.« beantworten zu können. Gestern nicht, heute nicht und morgen auch nicht – aber das erübrigt sich wohl eh mit 44 Jahren und einem fast 50jährigen Freund mit lahmen Spermien.

»Kinder sind auch einfach zu teuer. Rechne doch mal durch. Die Windeln, solange die noch undicht sind, sind aufs Ganze gesehen noch der kleinste Posten. 180.000 Euro, habe ich mal irgendwo gelesen, kostet so ein Plag bis es 18 Jahre alt ist. Und mit 18 ist ja noch lange nicht vorbei. Dann wollen die noch studieren, haben hier und da Geldprobleme ... Und, – das weißt du ja selbst – so ein Vater ist schneller weg als man gucken kann und dann bleibst du alleine aufden Kosten und der Erziehung, was ja vielleicht auch gar nicht so schlecht ist, ich meine, das mit der Erziehung, sitzen. Nein, danke. Dann lieber die Bude voller Katzen oder Hunde.«

»Alex, du hast ja, irgendwie, auch recht. Aber trotzdem. Es ist schon schön, Kinder zu haben. Enkelkinder. Da bist du nicht so ...«

»Da, die Toiletten«, unterbrach ich meine Mutter, hoch erfreut dem Thema zu entkommen.

Geschlagene anderthalb Stunden standen die Schmütz Jungs in der Schlange, ehe sie, triumphierend winkend, mit Papieren und Autoschlüsseln, den *Sixt* Schalter verließen.

Wenigstens waren es nur ein paar Schritte bis zu den beiden Autos, die im Schatten des Flughafenparkhauses auf uns warteten. Zwei total praktische VW Caddys. Bequemer Einstieg für die Rentner, viel Platz fürs Gepäck. Kaum einer der Reisegruppe hatte Bock noch viel zu reden oder rumzualbern. So waren die Koffer schnell auf die Wagen verteilt und nachdem Sascha und Inke ihren Nikotinbedarf aufgefrischt hatten, machten wir uns auf dem Weg in den Supermarkt. Sascha am Steuer des einen, Willi am Steuer des anderen Autos und weil Sascha voll der Inselkenner ist, fuhr er natürlich vor. Ziel war ein Supermarkt, in der Nähe des Flughafens, am Rande von Palma. Eine lange Einkaufsliste wartete darauf abgearbeitet zu werden.

Es war inzwischen fast ein Uhr und die Mittelmeersonne machte ihrem Namen und Ruf alle Ehre.

Sie brannte heiß vom Himmel während wir zwei große Einkaufswagen Richtung Supermarkt-Eingang schoben.

»*Maus*, hast du die Sonnenmilch dabei?« Sascha beäugte kritisch seine helle Haut und rieb sich mit seiner Hand über den Kopf. »Mist, ich habe meine Mütze vergessen. Ich muss nochmal zurück zum Auto. *Maus!* Die Sonnenmilch!«

»Ich hab die nicht in meiner Handtasche.« Inke schüttelte energisch ihre blond gesträhnte, schon leicht mitgenommene, Frisur. Ich schob den mir anvertrauten Einkaufswagen unbeirrt weiter Richtung Eingang. »Stopp! Alex, wir müssen kurz warten. Sascha ist nochmal zum Auto.« Ich schob und ging weiter. »Alex!« Jetzt laut geschrien. Ich drehte mich um, beschattete meine Augen mit der Rechten. »Ich bin nicht taub, Willi. *Schatz* kennt sich doch hier aus, der wird den Eingang und uns schon finden. Ist ja ein großer Junge.«

»Du kannst doch ein paar Minuten warten. Komm runter. Wir haben Urlaub. Du musst nicht durch den Supermarkt hetzen.«

»Ich warte im Eingang auf euch. Ich habe keine Lust hier in der Sonne stehenzubleiben.« Sagte es, hakte meine Mutter wieder ein und schob weiter Richtung Supermarkteingang. Mutter Schmütz war offenbar auch nicht Willens auf ihren Jüngsten zu warten und schloss sich uns an.

Der Eingangsbereich begrüßte uns mit einem kühlen Lüftchen. Klimaanlage. »Hier bleib ich.« Kaum zu glauben, noch vor ein paar Stunden hatte ich vor Kälte gezittert und überlegt, ob Baumwollstrick wohl warm genug wäre. Heute morgen noch im Nieselregen und jetzt auf Mallorca bei 33 Grad die Erfrischung einer Klimaanlage genießen. Irre, welche klimatischen Wendungen so ein Tag nehmen konnte.

Als die Reisegruppe wieder vollzählig war, drangen wir weiter in den Supermarkt ein. Vorbei an einem Blumenhändler, an Handy- und Netzanbieter, einem Zeitungsstand und einer Bäckerei. Wären wir nicht umringt von rot- und braun gebrannten Menschen in spärlicher Kleidung, hätte ich glauben können, wir sind in irgendeinem deutschen Supermarkt. Von südländischem Flair weit und breit keine Spur.

Rechts und links, in hohen Regalen, begrüßten uns Grillkohle, Plastiksandalen, Schwimmreifen und Getränke. Lockangebote für Touristen.

»Da, da sind Eier«, rief Gertrud Schmütz und stürmte auf den großen Eieraufbau in der Mitte des Ganges zu.

»Äh, Gertrud, ich glaube die haben bestimmt noch eine gesonderte Eierabteilung. Ich würde die hier eher nicht kaufen. Sind mit Sicherheit aus der Legebatterie und so richtig gekühlt sieht das hier im Eingangsbereich auch nicht aus.«

»Aber 2,10 Euro und da sind doppelt so viele Eier drin wie bei uns im *REWE*. Das ist billig.« Mutter Schmütz hielt triumphierend einen großen Karton mit Eiern in der Hand. »Am besten ich nehme gleich zwei Packungen mit.«

Ich ging energisch auf Gertrud zu, schnappte ihr die beiden Kartons aus der Hand und legte sie auf den Stapel zurück. »Wenn schon Eier, dann Bio.« Die Frau starrte mich verständnislos an. »Versteh einer dich, Alex. Du bist echt komisch. Das eine sag ich dir aber, braune Eier kannst du alleine essen. Bio Eier sind immer braun und die schmecken nicht.«

Ich verdrehte die Augen und holte tief Luft: »Die haben bestimmt irgendwo auch Bio Eier in weiß. Ich bin mir sicher. Und außerdem, einen kausalen Zusammenhang zwischen Bio-Ei und Ei-Schalen-Farbe gibt es nicht.«

Gertrud schaute mich noch verständnisloser an.

»Weiß, braun, die Frau hat doch eine Schuss«, flüsterte ich Willi zu.

»Meine Mutter. So is sie halt.« Willi lächelte und zuckte mit den Schultern.

»Komm, Mam, wir finden schon korrekte Eier, die dir und auch der Alex gefallen.«

Mutter Schmütz schaute wenig überzeugt unter ihrem grauen Pony hervor, ließ sich aber von ihrem Sohn sanft vorwärtstreiben.

»Alex! Ich bräuchte noch eine Nagelschere. Meinst du, die haben hier so was?«

»Mit Sicherheit«, entgegnete ich meiner Mutter und taxierte den langen Gang vor uns.

»Da unten rechts sieht es nach Kosmetik aus.«

Ich war schon mit großen Schritten unterwegs, da stoppte mich Willi mit einem festen Griff am Oberarm. »Autsch, das tut weh! Was ist? Ich suche die Nagelschere für meine Mutter.«
»Entschuldigung.« Willi wechselte seinen Griff von hart zu zart. »Das wird doch Chaos, wenn jetzt alle nach *irgendwas* gucken. Kommt mal alle her.« Willi winkte die Reisegesellschaft zu sich.
»Ich schlage vor, wir teilen uns. Alex, du hast die Einkaufsliste. Zeig mal her – wir gucken nach Obst, Gemüse, Käse, Kaffee, Tee und Brot, ihr nach Wasser, Klopapier, Grillkohle und Fleisch, würde ich sagen.«
Nickende, schüttelnde, murmelnde Köpfe rundum. Sollte wohl so was wie ja-nein heißen.
»Ich muss aber meine Kiwis selbst aussuchen.«
»Mam, wir haken nur die Liste ab. Wenn jemand spezielle Wünsche hat, um froh zu sein, in den nächsten zehn Tagen, dann kann natürlich jeder, wie es ihm gefällt, sein Zeug zusammensuchen.«
»Ach, so. Dann ist ja gut.«
»Wo treffen wir uns wieder?«, fragte Sascha.
»Dahinten links, in der Obstabteilung. Die Abteilung scheint riesig, die findet jeder. Da können wir dann die Liste abhaken und wenn was fehlt nochmal ausschwärmen.«
Alle waren einverstanden und offenbar konsumausgehungert, denn die Gruppe sprengte augenblicklich in die unterschiedlichsten Richtungen auseinander.
Das Nagelscheren-Regal war schnell gefunden.
»Schau mal, *Mutt*. Welche willst du denn? Hier gibt es verschiedene.«
Meine Mutter durchforstete das Regal und zog die Nase kraus.
»Die sind alle nicht so richtig. Ich habe zuhause so eine spitze, kleine und die hier sind alle nicht so spitz.«
»Mmmmm«, ich schaute über die Nagelscheren. Die gleiche Auswahl wie in jeder anderen Drogerieabteilung auch. Ich würde sogar wetten, die Auswahl war hier größer als sonst wo.
»Und die hier?« Ich fischte die spitzeste und teuerste aus dem Angebot. Ein bisschen glaubte ich meine Mutter zu kennen. Wäre die Schere zu preiswert, würde sie nichts von der Qualität halten.

»Jaaaaa, die geeeht.« Unschlüssig stand sie da, schürzte die Unterlippe wie ein trotziges Kind und inspizierte, mit der »die-geeeht«-Schere in der Hand, das komplette Scherenangebot nochmal.

Der Tag war lang gewesen, bis hierhin, der Tag war auch noch lange nicht zu Ende und diese Scherenproblematik drohte gerade mein Nervenkostüm zu sprengen.

»Du kannst ja noch gucken, ich gehe rüber zum Obst.«

Bevor ich flüchtete vergewisserte ich mich, dass sie gesehen hatte in welcher Richtung die Obstabteilung lag.

Alleine. Wie schön. Vor mir lag eine beeindruckend große Frischeabteilung. Links Brot in allen erdenklichen Formaten und Sorten, gegenüber Obst und auf der anderen Seite des Bereichs grenzten Kühltruhen mit Käse und Wurst die Abteilung ab.

Schnell hatte ich die Arme voll mit Gurken, Tomaten, Radieschen und am rechten kleinen Finger schaukelte noch ein Beutel mit Zitronen. Glücklicherweise entdeckte ich Willi mit seiner Mutter und dem Einkaufswagen, bevor mir mein gesammeltes Grünzeug über den Boden kullerte.

Sie standen bei den Kiwis, die von Willis Mutter aufs Genaueste untersucht wurden. Ich wollte es gar nicht, ich meine, war ja auch nicht wichtig, aber ich zählte mit. Exakt 20 Kiwis kullerten in die dünne Plastiktüte an ihrem Arm. Hätte ich gar nicht erwartet, dass Mutter Schmütz bei den Kiwis nicht nur an sich denkt und direkt mehr einpackt.

»Wo warst du?«, begrüßte mich mein Lebensgefährte, schon wieder mit Vorwurf in der Stimme. »Ich such dich schon die ganze Zeit.«

»Nagelschere!«, erwiderte ich knapp und unterstrich das Ausrufezeichen mit tötendem Blick.

»Sag nächstes Mal Bescheid, wenn du weg bist.«

So langsam aber sicher – bei Gelegenheit musste ich Willi darauf aufmerksam machen, er hatte es mit einer 44jährigen Frau zu tun, die mehr als 30 Jahre ohne seine wahnsinnig gutgemeinten Ratschläge und Kommandos überlebt hat. Und, wenn das so weiterging, würde ich diesen Zustand auch gerne wieder anstreben.

Nach einer knappen Stunde stand die Gruppe wieder versammelt neben zwei vollen Einkaufswagen. Ich dachte an die beiden Caddys, vollgepackt mit Koffern und Reisetaschen. Wo sollten die Einkäufe noch Platz finden, fragte ich mich.

»Haben wir alles«, erkundigte sich Willi in die Runde und inspizierte die Wagen.

»Chips! Willi, du kannst doch ein bisschen Spanisch. Die haben hier keine richtigen Chips. Ich habe keine *Funny Frisch* gefunden. Das kann doch nicht sein.«

»Und Quark haben die hier auch nicht. Ich brauche Quark für meine Marmelade. Und Kaffeesahne habe ich auch nicht gefunden.« Mutter Schmütz war offenbar auch nicht mehr nervlich auf der Höhe, man hörte es deutlich an der erhöhten Tonlage.

»Marmelade?« Ich durchsuchte die beiden Wagen. »Haben wir überhaupt Marmelade? Hat jemand Marmelade in den Wagen getan?«

Meine Mutter meldete sich zu Wort. »Hier, ich habe Marmelade.«

Beide Arme voll beladen mit Kram und mitten drin *ein* Glas Himbeermarmelade. Das die ganzen Sachen noch nicht runtergefallen waren, grenzte an ein statisches Wunder. Ich nahm ihr das Zeug ab und legte es in einen der Einkaufswagen.

»Ein Glas, das reicht nie und nimmer. Wo hast du die her. Mensch, ich habe überall geguckt und keine gefunden.«

Mutter Schmütz Tonlage normalisierte sich wieder und zackbum, ehe jemand bis drei zählen konnte, war die Gruppe schon wieder in alle Richtungen versprengt.

Die Rentner düsten, erstaunlich fix, mit Ziel Marmelade davon.

Sascha und Willi hatten sich der Expedition Knabberkram verschrieben und ich stand jetzt mit Inke alleine neben den beiden prall gefüllten Einkaufswagen. Nach einer kurzen Minute des Schweigens verabschiedete ich mich von Inke in die benachbarten Kühlregale. Quark und Kaffeesahne fehlten noch.

»Ich geh mal Quark suchen.«

»Ist gut, ich pass so lange auf die Einkaufswagen auf.«

»Ja, super, nicht dass die noch jemand klaut«, frotzelte ich.

»Meinst du, das macht jemand? Das wäre aber schon ganz schön dreist.« Inke schaute sich um und zog die Wagen enger zu sich heran.

Ich verkniff mir das Lachen, was, wenn man mit den Nerven unten ist und schon einen ewig langen Tag hinter sich hat, nicht so einfach ist.

Wir Verbraucher haben so was ja im Blick. Quark ist in rechteckigen, nicht allzu stabilen weißen Plastikschalen, mit mäßig bunten Aludeckeln, verpackt. Nach genau diesen Umverpackungen suchte ich die Regalreihen ab. Konnte ja nicht sein, dass auf Mallorca Quark anders daher kam, als in Köln. Waren ja schließlich nur läppische 1600 Kilometer Distanz und ich wollte nicht wissen, wie viele Kölner ihren Zweitwohnsitz auf Malle haben und hier regelmäßig einkaufen. Ich ging einmal durch die Reihen. Ich ging ein zweites Mal durch die Reihen. Nichts was annähernd nach Quark aussah. Weder nach Arla, noch nach Milfina, noch nach REWE-Quark. Okay, möglicherweise verpacken die hier Quark anders. Ich zückte mein Handy und befragte die Übersetzungsapp.

Cuajada oder *Olla*, teilte mir die App mit. Olla? Heißt das nicht hallo, oder wird hallo mit *einem* l geschrieben?»Hmmm.«

Ich überflog nochmal die Kühlregale. Fündig wurde bei einem runden, sehr bunten Plastikbecher, in dem ich eher Joghurt oder Pudding, irgendwas für Kinder, vermutet hätte. Der Becher war groß, es stand Cuajada drauf und die Menge sollte fürs Erste reichen.

Hätte ich an dem Punkt geahnt, wie viel Quark mit Marmelade so ein Rentner am Tag verbraucht, ich hätte, ungeachtet des schon vollen Einkaufswagen, eine ganze Kiste Quark mitgenommen.

»Was noch? – Kaffeesahne!«, murmelte ich vor mich hin.

Beflügelt durch meine Übersetzungs-App, war ich mir sicher, auch Kaffeesahne ausfindig zu machen.

Die App kannte für Kaffeesahne allerdings keine Übersetzung. *Komisch.* Kaffeesahne soll es in Spanien nicht geben? Also, zumindest als Wort? Das Absuchen der Regale rund um diverse Milchverpackungen brachte keine Ergebnisse die irgendwie auf Kaffeesahne schließen ließen. Ich überlegte, ob es möglicherweise auch reicht einen Becher Sahne mit Milch zu mischen, da stolperten meine Augen über ein Schild: ‚DEUTSCHE DELIKATESSEN'.

Kaffeesahne bei den Delikatessen? Mit wenig Hoffnung betrat ich den Gang und stand wieder kurz vorm nervlich bedingten Lachflash. Kaffeesahne und *Funny Frisch* neben *Nutella* und *Prinzenrolle* – im

Delikatessen Regal. Logisch, wenn die im Ausland denken Deutschland hätte keine Esskultur.

Ich griff nach einer dreier Packung Kaffeesahne und belud mich mit gleich drei Tüten *Funny Frisch*. Zehn Tage gleich zehn Abende bei Wein, Bier und Knabberkram. Vorsichtshalber griff ich nach einer weiteren Tüte.

Nach gut zwei Stunden Shoppingerlebnis, am Rande des Nervenzusammenbruchs, waren alle Wünsche, bis auf Buttermilch für meine Mutter, im Einkaufswagen gelandet. Die Verkäuferin hatte ihr Gesicht angewidert verzogen als wir nach *Leche batida* fragten und mit dem Kopf geschüttelt »No.«

Saure Milch, laut Übersetzung-App – ich hätte auch das Gesicht verzogen. Ich hoffte, dass meiner Mutter auch ohne Buttermilch ein paar glückliche Tage vergönnt waren und brachte ihr die Hiobsbotschaft schonend bei.

Begeistert war sie natürlich nicht. Sie erklärte mir, gerade so, als würde sie eine ärztliche Anordnung befolgen, sie würde immer, jeden Abend bevor sie ins Bett ging ein Glas Buttermilch trinken. Wie das jetzt ohne Buttermilch gehen soll, kommentierte sie mit einem Seufzer, gefolgt von beunruhigender Schweigsamkeit.

»Mmmmm. Das ist natürlich blöd«, durchbrach ich die Stille und hob schuldbewusst meine Schultern, weil ich es nun mal war, der sie in diese blöde Buttermilch-Notstand-Situation gebracht hatte. Willi war mein Lebensgefährte und ohne ihn und seinen Wunsch seinen 50igsten auf Malle mit der Familie zu feiern, würde meine Mutter jetzt nicht zehn Tage ohne Buttermilch dastehen. »Vielleicht tut es ja auch ein Schluck warme Milch mit Honig?«, fragte ich hoffnungsvoll meine Mutter. Leicht gereizt machte sie mir klar, dass sie keinen Honig mag und auch noch nie mochte. Ich gab auf. Sie würde das Fehlen von Buttermilch schon überleben, ich hingegen keine weiteren Schuldgefühle.

Fast halb vier. Es war Samstag und da unterschied sich der mediterrane Europäer nicht sehr vom deutschen Normkunden. Nationaler Einkaufstag. Wir reihten uns in einer langen Schlange vor einer der vielen Kassen ein. Ein idealer Zeitpunkt damit alle, oder fast alle, nochmal auf Klo Suche gehen konnten. Ich musste nicht. Hielt mit Willi weiter die Stellung in der Schlange und überlegte, beim Anblick der Zigarettenschachteln an der Kasse, ob ich vielleicht für die nächsten zehn Tage mit Rauchen wieder anfangen soll. Mein Suchtgedächtnis flüsterte mir ein, eine Zigarette wäre jetzt die Rettung für meine nagenden Zweifel daran, was ich meiner Mutter mit diesem Urlaub nur angetan habe. Ich war schon bei der Überlegung ob Gouloises oder Gouloises light, da wurde ich von Willi mit einer völlig anderen Thematik abgelenkt.

»Du, habe ich dir noch gar nicht gesagt. Meine Mutter und mein Vater trinken ja keinen Alkohol und da haben wir, also Sascha und ich, vereinbart, dass sie sich daran finanziell nicht beteiligen müssen.«

»Aha.« Mehr fiel mir spontan als Antwort nicht ein.

Ich schaute in den Wagen mit den Getränken. Sehr viel Wasser, eine Kiste Bier, Amaretto, Blue Curacao, Wodka. Daneben, eine Flasche Sangria für Inke, zwei Flaschen Rotwein für mich und Willi. *Ich trinke weder Bier, noch irgendeine Sorte Schnaps oder Likör. Auch beim süßen Wein muss ich passen.* Ich schaute in den anderen Wagen. Eine große Tüte mit Aufschnitt, eine noch größere Tüte mit Grillfleisch. »Hmmm.« Ich bin Vegetarier. Seit 26 Jahren. Für mich konnte also keine dieser beiden Tüten sein, noch nicht einmal anteilig. Ich schaute abwechselnd Willi, die Fleischtüten und den Getränkewagen, mit fragendem Blick an. Willi folgte meinen Blicken, erst irritiert, dann dämmerte es ihm.

»Alex, du kennst doch meine Eltern.«

»Aha, und du kennst mich. Nicht, dass ich hier irgendwem den Spaß verderben möchte, aber, wenn hier schon so argumentiert wird, wieso soll dann ausgerechnet *ich* Grillfleisch mitfinanzieren? Mit Likör, Schnaps und Bier kann ich ja noch irgendwie um, aber Massentierhaltung unterstützen?«

Bevor mein Aufregpegel weiter stieg, mussten wir die Diskussion beenden. Das Band war frei, wir konnten unseren Einkauf aus dem Wagen räumen. Ich hätte mich nicht im mindesten über die finanzielle Nichtteilung der Einkaufswagen ausgelassen. Ich hätte sogar ohne laut zu werden, Grillfleisch und Aufschnitt mitfinanziert. Mitgehangen, mitgefangen. Aber die Sache mit Mama und Papa Schmütz, dem Alkohol, dem Fleisch und der fragwürdigen Begründung zur Kostenaufteilung – das Thema war noch nicht durch.

Als der letzte Artikel, Quark, auf dem Kassenband lag, griff ich trotzig eine Schachtel Gouloises light aus dem Regal und warf sie demonstrativ auf das Laufband.

»Ey, das ist jetzt nicht dein Ernst.« Willi griff nach der Schachtel und räumte sie wieder ins Regal. »Und ob das mein Ernst ist.« Ich beförderte die Schachtel wieder zu den anderen Einkäufen.

»Oh, Entschuldigung.« Ich nahm mir einen Trenner aus der Schiene und legte ihn zwischen Kippen und Reisegruppeneinkauf. »Nicht das hier jemand was bezahlen muss, was er gar nicht konsumiert.«

»Alex, du bereust das. Du machst das nur aus Trotz. Du hast es jetzt zwei Jahre ohne geschafft ... Nein, ehrlich, das kann ich nicht unterstützen.« Willi räumte die Kippen wieder weg.

Und jetzt erst recht. Ich räumte sie, samt Trenner, wieder aufs Band und packte noch eine zweite Packung dazu. Der glaubte doch nicht im Ernst, ich würde mir von ihm Vorschriften machen lassen.

Selbst hatte er früher mindestens eine 24er Schachtel am Tag geraucht. Seitdem er mit Rauchen aufgehört hatte, spielte er bei jeder Gelegenheit den Missionar.

Weil es mich damals endlos nervte zu jeder Zigarette einen blöden Kommentar zu hören, hatte ich irgendwann das Rauchen auch drangegeben. Klar, es war schon ein cooles Gefühl, nicht mehr von der Tankstelle, abhängig zu sein. Spät abends noch mal schnell die Jacke überziehen und zur Tanke fahren oder morgens am Rechner sitzen, hochkonzentriert, wichtiger Job, enges Zeitfenster und feststellen, dass nur noch eine Kippe in der Schachtel lagert.

Ja, es war entspannend, das Leben ohne Nikotinabhängigkeit.

»Das wirst du bereuen, Alex.« Willi hatte es aufgegeben und als ich mit Bezahlen dran war, kippte ich ja fast aus den Flipflops. 14,75 Euro für zwei Schachteln Gouloises. Die Dinger hatten ja seit meinem Ausstieg eine Wertsteigerung von gigantischem Ausmaß durchgemacht.

Auf dem Weg nach draußen durchwühlte ich meine Handtasche. Da musste irgendwo noch ein Notfeuerzeug sein und tatsächlich fand ich es, zwischen Tampons, Nagelfeile und Handcreme.

Ich achtete darauf, dass Willi in jedem Fall mitbekam, wie ich das Zellophan von der Schachtel löste und eine Zigarette herausnahm. Nicht, dass ich immer noch Lust auf die Kippe hatte, der Moment an der Kasse hatte sich schnell verflüchtigt. Ich war sauer auf Willi und wenn ich Willi mit irgendwas ärgern konnte, dann war es Nikotin. »Du hast sie ja echt nicht mehr alle«, kommentierte er mein Tun und rollte mit dem Einkaufswagen an mir vorbei.

Während Sascha und Willi die logistische Herausforderung – klar, wer sonst wäre dazu in der Lage – übernahmen die Einkäufe auf die beiden Autos zu verteilen, versuchte ich meine erste Zigarette nach zwei Jahren anzuzünden. Leichter gesagt als getan. Nicht nur das Feuerzeug stellte sich stur, auch meine Mutter griff in das Geschehen ein.

»Alex, seit wann rauchst du wieder?« Sie war völlig entgeistert.

»Ich war so stolz, weil du aufgehört hast.« Ich ersparte mir eine Antwort, weil rational gab es null Grund fürs wieder Anfangen. Emotional natürlich massig Gründe. Aber die jetzt aufzuzählen würde meine Mutter vermutlich überfordern.

Mutter Schmütz unterstützte ihre Jungs mit schlauen Ratschlägen: »Das Fleisch und die Eier ganz unten, damit das auf keinen Fall in der Sonne verdirbt.« Willi quasselte dazwischen und impfte Inke und Sascha ein, mir auf keinen Fall ein Feuerzeug in die Hand zu drücken. Mutter Schmütz war zickig, weil sich offenbar keiner für ihre Ratschläge interessierte. Sie setzte sich ins Auto.

Als der Wagen pickepacke vollgeladen war, hatte ich es immer noch nicht geschafft die Zigarette anzuzünden. Willi war schadenfroh und meine Mutter redete auf mich ein, ich soll das doch sein lassen, mit dem Rauchen. »Carmen, lass mal. Die macht das nur aus Trotz. Je mehr du auf sie einredest, um so eher fängt die mit dem Blödsinn wieder an.« An mich gewandt sagte er abfällig: »Und so wie ich dich kenne, bist du morgen dann wieder bei einem ganzen Päckchen pro Tag. Eins sage ich dir, im Haus wird nicht geraucht.« Ich hatte mich entschieden, einfach gar nichts mehr zu sagen. Zählte ja eh nicht, meine Meinung und meine Bedürfnisse. Ich schob die nicht gerauchte Zigarette wieder ins Päckchen, für später.

Wir rollten vom Parkplatz und Sascha, der ganz große Inselkenner, übernahm mit seinem Fahrzeug die Führung.

60 km in die Norden der Insel lagen vor uns. Die Anfahrtsbeschreibung zur Finca las sich auf jeden Fall für Doofe. Da konnte gar nichts schiefgehen. Eigentlich. Um spätestens sechs wären wir da,

schätzte ich, und betete inständig, dass meine Befürchtungen zur Behausung sich nicht erfüllen würden. Südländer verstehen ja unter Komfort oft was anderes als der deutsche Normurlauber, der sich schon bei einer angerissenen Fliese oder einer Schramme auf dem Parkett, seinen Bausparvertrag auszahlen lässt und zur Vollsanierung seines Eigenheims schreitet.

Als wir endlich die Auf- und Abfahrten zur Autobahn in Richtung Pollença bewältigt hatten, war Landschafts-Sightseeing angesagt.

Das Thermometer zeigte 34 Grad. Ich ließ die Autoscheibe runter, streckte den Kopf nach draußen und hielt meine Nase in die warme Inselluft.

Mediterrane Luft riecht immer anders. Allerlei Blüten, wilde Kräuter die bei uns nur kultiviert im Plastikbecher vor sich in vegetieren machen aus der Atmosphäre ein Duftabenteuer. Doch bevor ich richtig eintauchen konnte ins Urlaubs-Duftabenteuer machte mir meine Mutter einen Strich durchs Duftpotpourri:

»Kannst du bitte die Scheibe hoch machen. Meine Frisur –.«

Frisur!? Klar, natürlich. Warum auch den Kopf aus dem Fenster recken und ehrliche Inselluft atmen. Der Wagen hatte ja eine Klimaanlage, eingehen würden wir nicht, ließ die Fenster geschlossen sind, aber mir verhagelte es den Spaß. Mein Finger schwebte über dem Fensterheber. Auf oder zu, Rücksicht oder nicht Rücksicht?

Ehe ich meine Überlegungen abschließen konnte, ging meine Scheibe wie von Geisterhand gesteuert nach oben. Willis Hand wechselte vom Fensterheber zur Klimaanlage.

»Gut so, Carmen, oder bläst die Klimaanlage da hinten zu kalt?«

Dieser Schleimer, dieser Traum von einem Schwiegersohn.

»Alles in Ordnung, Willi.« Meine Mutter klopfte Willi dankend auf die Schulter und Willi legte beruhigend seine Hand auf mein Bein.

Natürlich hätte ich die Fenster geschlossen, ich bin ja kein Unmensch und schon gar nicht ein Frisurzerstörer. Es sind die kleinen Freuden, wie eben bei offenem Fenster über die Insel fahren, die mich vor Glück schlucken lassen. Aber bitte, war ja auch genug fürs Auge da. Wer braucht da schon echte frische Luft und schließlich konnte ich ja auch an der Klimaanlage schnuppern, wenn ich Kräuterpotpourri bräuchte. Genügsam und bescheiden, immer nur die Hälfte vom Spaß, ganz wie meine Mutter.

Rechts und links von der Autobahn blühte der Oleander unverschämt üppig. Nachdem die Frisur meiner Mutter gesichert war, kannte ihre Begeisterung über die Flora Mallorcas, hinter den Fensterscheiben, kaum Grenzen.

»Wie wunderschön. Alex, guck dir den Oleander an. Mein Oleander blüht nie so üppig.«

Das Zeug wuchs aber auch hier wie Unkraut. Warum gab es in Deutschland eigentlich keine blühenden Autobahnen? Rosen würden gehen. Die blühen in Deutschland wie jeck. Eine einfache Maßnahme und die Laune aller Autofahrer die sich im Stau stehend langweilen und sich mit unschuldigen Insassen zanken, wäre deutlich gehoben. Weniger Unfälle, weniger Geschimpfe, weniger amoklaufende Familienväter. Ha, was so ein bisschen Blühzeugs bewirken könnte. Ich hatte zumindest noch nie von einem amoklaufenden Familienvater auf Mallorca gehört.

Wir fuhren zwischen hohen Bergen an Ziegenherden, die im Schatten von Olivenbäumen den kargen Boden nach Nahrung absuchten vorbei. Palmen und verfallene Häuser mischten sich in die erdigen Töne der Landschaft.

»Alex, kannst du mal die Anfahrtsbeschreibung zur Finca vorlesen. An irgendeinem Kreisverkehr müssen wir links, meine ich.«

»Sascha *allmächtig* fährt doch vor, der wird es bestimmt ganz genau wissen, wo wir lang müssen.«

»Und wer glaubst du sitzt neben Sascha allmächtig und sagt ihm wo er lang fahren muss? Mir ist lieber, wir schauen selbst nach, wo es langgeht.«

Ich kramte den entsprechenden DIN A4 Ausdruck aus meiner Handtasche und versuchte herauszufinden, wo in dem Text wir uns gerade befanden.

»Du musst am Ende der Autobahn – ist das die M-13 auf der wir gerade fahren?«

»Ja, M-13.«

»Also, am Ende, hinter Sa Pobla, am Kreisverkehr links, dritte Ausfahrt.«

Die Beschreibung las sich gut. Die Chancen standen hervorragend, in der nächsten Stunde unter die Dusche zu kommen. Gesetzt den Fall, unsere Finca verfügte über Warmwasser und ein halbwegs brauchbares Badezimmer. Nur weil bis hierhin alles relativ glatt gelaufen war, waren meine Zweifel noch lange nicht aus dem Weg geräumt.

Nach dem Kreisverkehr fuhren wir weiter auf einer sehr schmalen Straße. Einer holprigen, schmalen Straße, oder war es doch nur ein besserer Feldweg? Auf jeden Fall fehlte jegliche Randbefestigung, was nicht wirklich ins Gewicht fallen würde, wenn der Weg eine Einbahnstraße wäre. Das Gelände rechts und links fiel senkrecht, mal einen Meter, mal zwei Meter tief, ab. Augenmaß, Höflichkeit und der Glaube an die eigenen Fahrkünste war gefragt, wenn Autos entgegenkamen. Mal musste man sich langsam vorbeimanövrieren, mal rückwärts oder vorwärts die nächste Einbuchtung ansteuern, um irgendwie weiterzukommen.

Ich erwartete förmlich großes Gestikulieren in der gegenüberliegenden Fahrerkabine. Es zeigte sich aber, die Mallorquiner sind ein sehr freundliches und mit Ausländern geduldiges Völkchen.

Es juckte in meinem *Wisch- und Klickfinger* ein bisschen Mallorca Kunde im Netz zu betreiben. 49 Cent/MB hielten mich allerdings davon ab. Ich hatte keinen Schimmer, wie viel MB ich so im Schnitt am Tag brauchte um meinen Informationsdrang zu stillen. Aus dem Grund wollte ich bei dem Thema sparsam bleiben, schließlich hatte ich heute schon diverse Milchprodukte mit meinem Handy übersetzt.

»Hat die Finca eigentlich W-LAN?«, schoss es aus mir heraus.

Das ich die Frage nicht schon bei der Auswahl der Finca gestellt hatte, war ein echtes und kaum zu verstehendes Versäumnis. Vermutlich betrachtete ich das Ganze an dem Tag noch als abwendbar, vielmehr, nur so, theoretisch könnten wir da gemeinsam Urlaub machen. Ich schüttelte den Kopf über meine grenzenlose Dummheit.

»Glaube ich ehrlich gesagt nicht, dass du hier im Norden der Insel W-LAN hast. Sicher weiß ich es natürlich nicht. Leg doch einfach mal die Büchse eine Woche in die Schublade und lass sie aus. Du hast Urlaub.«

»Häh, ich glaub es hakt. Wie soll das denn gehen, bitteschön? Emails, vielleicht bekomme ich Arbeits-Emails, die ich beantworten muss. Du hast ja echt einen sonnigen Humor.«

»Die deutsche Arbeitswelt kam die letzten Monate fast komplett ohne dich klar, da werden die das auch die nächsten zehn Tage ohne dich gewuppt bekommen, ohne dass das Bruttosozialprodukt zusammenbricht.«

»Das, Willi, ist gemein. Arsch! Finde den Weg doch alleine.«

Ich warf ihm den Zettel mit der Anfahrtsbeschreibung auf den Schoß.

»Nicht streiten!«, meldete sich meine Mutter harmoniesüchtig von der Rückbank.

»Ich streite nicht, ich stelle nur fest, dass ich mit einem Arsch zusammenlebe.«

»Du verstehst aber auch gar keinen Spaß.« Willi klopfte mir versöhnlich aufs Bein. Er schaute mich an, mit diesem Willi-Blick.

»Jaaaaa, ich liebe dich auch.« Ein gehauchter Kuss, eine Vollbremsung und meine Backenzähne klappten zusammen, amputierten meine Zunge, fast.

»Meine Thunge.«

»Izz glaube izz habe mir die Thunge amputiert.«

Interessierte keinen. Ich schmeckte wie Blut meinen Mundinnenraum füllte und verzog schmerzerfüllt mein Gesicht.

Willi ließ, unbeeindruckt von meinen Schmerzen, die Scheibe runter und Saschas Kopf erschien im Wageninneren.

»Nach dem Kreisverkehr 2000 Meter bis zum Kilometerstein zwei. Dann 320 Meter weiter, wo wir dann links abbiegen sollen und 800 Meter weiter, am Straßenschild, geradeaus. Soweit stimmt es doch?« Die beiden lasen nochmal gemeinsam die Anfahrtsbeschreibung.

»Stimmt! Und wo liegt jetzt das Problem?«, fragte Willi.

»Die Finca hätte 820 Meter nach dem Straßenschild kommen müssen.»De Oliviera heißt die doch?«

»Lass uns nochmal langsam zurück fahren, die Fincas sind doch alle mit Namensschildern gekennzeichnet. Die muss hier irgendwo sein.«

»Boah, der Eddie bekommt was zu hören. Scheiß Anfahrtsbeschreibung.«

»Ruhig, Sascha, das kriegen wir schon hin.«

In der nächsten Einfahrt drehten die beiden Autos und Willi fuhr jetzt vorneweg.

Meine Zunge pochte vor Schmerz. Ich wollte einfach nur duschen, vielleicht eine Tasse Kaffee, aber so wie sich das gerade entwickelte war zu befürchten, es konnte sich noch hinziehen. Ich griff nach der Anfahrtsbeschreibung und las sie nochmal *sehr* genau durch. *Am Straßenschild geradeaus.* »Willi, bieg doch mal die nächste rechts ab«, lotste ich Willi, mit dem guten Gefühl zu wissen, wo es lang geht.

»Die nächste rechts, dann sind wir wieder auf der breiteren Straße, da gibt es keine Finca.« War klar, wenn ich, bekannt als Orientierungsniete, den Scout spiele, dann würde das nur Verständnislosigkeit hervorrufen.

»Ich meine, da wo in der Beschreibung geradeaus fahren stand. Wir sind meines Erachtens rechts abgebogen und nicht geradeaus gefahren. Die Vorfahrtsstraße machte zwar nach links einen Bogen, aber war die Vorfahrtsstraße, also war nach links irgendwie geradeaus. Und da wir jetzt aus der anderen Richtung kommen, müssen wir rechts und nicht links abbiegen.«

»Quatsch. Wie wir gefahren sind, das war eindeutig geradeaus.«

»Willi, bieg einfach rechts ab. Jeder normale Mensch versteht unter geradeaus, der Vorfahrt folgend und nicht zwingend der Geraden.«

Willi gab meuternd nach, nuschelte vor sich hin, ob ich wohl damit meine, dass Schmütz-Menschen unnormal sind, blinkte aber dennoch. Sascha gestikulierte, wie zu erwarten war, wild hinter uns, streckte seinen haarlosen Kopf aus dem Fenster und brüllte:

»Das ist falsch, hier müssen wir fahren!«

Nochmal anhalten, nochmal durchdiskutieren – ich hatte heute gekotzt, mir von einer Silikongröße des deutschen Showbusiness die Freuden des Mutterdaseins erklären lassen, meine Zunge fast amputiert, es reichte. Wenn ich den Schmütz-Brüdern die Sache mit der Dusche überlassen würde, dann würde ich mich morgen vermutlich noch anstinken. Willi war ausgestiegen und palaverte mit Sascha nochmal die Anfahrtsbeschreibung auf der Autohaube durch. Ein bisschen spazieren gehen konnte nichts schaden.

»*Mutt*, wenn Willi wieder da ist, kannst du ihm sagen, ich bin da lang gegangen.«

»Alex! Du kannst doch hier nicht alleine rumlaufen.«

»Wieso nicht? Lass mal, da passiert nichts.«

»Alex!«, rief sie mir hinterher. »Wenn was ...«, den Rest bekam ich nicht mit, die Grillen in den Olivenbäumen hinter den Natursteinmauern überzirpten ihre Bedenken.

800 Meter geradeaus, wenn ich nicht falsch lag mit meiner Vermutung. In die eine Richtung hatten wir die Finca nicht gefunden, also musste sie hier sein, wie auch immer geradeaus nun zu interpretieren war. Nach dem stundenlangen Rumsitzen im Flieger und am Flughafen schmerzten meine Muskeln als hätte ich einen Zehnkampf bestritten. Ich streckte und dehnte meinen Körper unter einem vollkommen blauen Himmel, während ich mit großen Schritten die Straße entlang ging.

Oleander, Zypressen, Wacholder und knallige Blüten in rotorange, deren Namen ich nicht kannte. Ein Traum. Im Hintergrund das Tramuntana Gebirge.

Manchmal weiß man ja gar nicht warum, aber beim Anblick dieser wunderbaren Natur, die warme, duftende Luft die mich umschloss, die zirpenden Grillen – all die Gedanken und Probleme sie schienen auf einmal weit, weit weg.

Meine Augen wurden feucht. Mir war nach hemmungslos flennen. Ich schniefte. Wechseljahre? Das muss es sein. Wenn sich jetzt auch noch Stimmungsschwankungen und Hitzewellen zu den restlichen Symptomen gesellten.

»Alex, Finca suchen!«, ermahnte ich mich selbst und stellte schniefend fest, dass ich meine Handtasche im Auto liegen gelassen hatte. Das ist Gesetz. Du hast alles, wirklich alles für jeden erdenklichen Notfall in deiner Handtasche, ach, was sage ich, Survivalpack – DMAX hat ja gar keine Ahnung – aber genau in dem Moment, wo du wirklich etwas von der Notfallbepackung, und ich rede jetzt nur von einem schnöden Tempo, brauchst, ist die Tasche nicht greifbar.

Ich schniefte weiter und ging schneller. Meine Flipflops klatschen im Takt auf den Boden. Die Tränen kullerten meine Wangen hinunter, mein Blick war vernebelt und trotzdem fühlte ich mich lebendiger denn je. Eine dieser kleinen Inseln im Gemüt. Wenn man zur richtigen Zeit am richtigen Ort ist kann man an dieser Insel anlegen und für eine kurze Zeit Glück fühlen. Leider ist der Aufenthalt auf diesen Inseln des Glücks meist begrenzt. Lautes Hupen holte mich auf jeden Fall von der Glücksinsel. Ich wischte mir die Tränen aus dem Gesicht und drehte mich um.

Willi reckte den Kopf aus dem Fahrerfenster. Ich winkte mit meinem Arm nach vorne und lief unbeirrt in der flirrenden Hitze weiter.

Rechter Hand befand sich ein großes Gelände, von hohen Bäumen und blühenden Büschen umgeben. Das musste es sein. Sonst gab es hier weit und breit nichts anderes was nach bewohnbarem Grundstück aussah.

»Aaaaalex, das kann hier nicht sein. Sascha meint, wir müssen nochmal zur Hauptstraße zurück.«

Wuah, Sascha meint – »Noch bis da vorne, das muss unsere Finca sein«, rief ich und zeigte nach rechts auf das Gelände. »Hinter der Kurve dahinten, wenn da keine Einfahrt ist, dann mache ich einen Purzelbaum und wir können zurück zur Hauptstraße.«

Willi schlug die Hände über dem Kopf zusammen und fuhr langsam hinter mir her.

»Du kannst nicht anders, Alex. Stur bis zum geht-nicht-mehr. Immer das letzte Wort haben.« Ich hörte gar nicht hin und das Zirpen der Grillen in den Olivenbäumen übertönte eh jeden anderen Laut.

Eine Einfahrt tauchte, wie vermutet, direkt hinter der langgezogenen Kurve auf. Abgerundete Natursteinmauern führten zu einem großen, rostigen Tor. Hinter den Mauern erhoben sich Zypressen und der allgegenwärtige Oleander leuchtete grellrot. In das imposante Tor eingearbeitet waren weißblaue Fließen mit gelben Buchstaben drauf.

»De Oliveira«, las ich laut und drehte mich, nicht ohne ein gewisses Triumphgefühl in meinen Gesichtszügen zu platzieren, um.

»Ich präsentiere: Die Urlaubsfinca De Oliveira.«

»Wenn wir dich nicht hätten, dann müssten wir dich bekommen.«

Willi zückte sein Handy und rief seinen Bruder zurück. Ich könnte jetzt so Sätze, wie »Geht runter wie Öl« anbringen, mich im Triumph suhlen. Mache ich aber nicht, also, nicht laut. Ich begnügte mich mit einem hab-ich-doch-gesagt-Grinsen – was vermutlich noch bis Sonnenuntergang in meinem Backen hängen bleiben würde.

Das Tor war nicht verschlossen und mit einem lauten Quietschen schob ich die beiden dekorativ, rostigen Türflügel nach innen. Ein staubiger, breiter Weg führte hinter dem Tor an alten Olivenbäumen vorbei, Richtung Haupthaus.

Bitte lass es vernünftig sein, bitte lass es vernünftig sein ... der Refrain eines stummen Gebets summte durch meinen Kopf. Noch stundenlang suchen, womöglich eine andere Unterkunft organisieren, würde ich nicht überleben.

Der Weg mündete in einer großen Wendefläche, in der Mitte eine bepflanzte Insel, auf der linken Seite ein kleines Gebäude, vielleicht ein Geräteschuppen für die Olivenplantage, auf der anderen Seite das Haupthaus.

Unser Feriendomizil lag in der Nachmittagshitze vor uns. Weiß, zweigeschossig, mit braunen, geschlossenen Fensterläden. Typisch mallorquin, würde als Beschreibung durchgehen.

In der linken Hälfte, im Obergeschoss befand sich eine mit barocken Betonsäulen eingefasste Terrasse. Wer würde das Zimmer mit dieser Terrasse bekommen? Ich schnupperte Ärger in Schmütz'chen Familienidyll. Ich kannte schließlich nach über neun Jahren die Schmütz'chen Argumentationsketten und ich entschied, soll sich das Zimmer nehmen wer es braucht. Ob mit oder ohne Terrassenzimmer, die zehn Tage würden so oder so keine Freude werden.

Ein Vordach überschattete den erhöhten Eingangsbereich und die umlaufende Terrasse. Alles in Allem und auf den ersten Blick, von außen nicht mehr und nicht weniger als die Exposé-Bilder versprochen hatten. Ein weitläufiger, gepflegter Garten war hinter dem Haus zu erahnen. Der Rasen und die Sträucher leuchteten in satten hellen und dunklen Grüntönen.

Willi parkte mit knirschenden Reifen vor dem Haus, in der Sonne. Wir hatten jetzt schon nach 18 Uhr. Es war immer noch brütend heiß.

»Stell den Wagen doch dahinten, unter den großen Baum ...«, rief ich ihm zu, »... dann heizt der sich nicht so auf.«
»Zum Ausladen steht der hier besser. So haben wir es nicht weit mit dem ganzen Gepäck. Außerdem fahren wir heute eh nicht mehr und morgen früh ist der noch frisch.«
»Morgen Früh steht der genauso in der Sonne. Wir sind hier nicht in Köln, wir sind auf Mallorca, im Juli und da ist auch um zehn Uhr mit heiß zu rechnen.«

Der zweite Wagen knirschte über den Schotter und hielt auf den schattenspendenden Baum zu. Ich zuckte die Schultern, war ja, wie so vieles, eigentlich auch egal, die Sache mit dem Schatten. Ich widmete mich dem Eingangsbereich und der Öffnung der Haustüre.

In Augenhöhe, neben einer altmodischen Messingklingel, war ein kleiner Kasten befestigt. Der Schlüsselsafe. Die Anfahrtsbeschreibung lieferte eine Erklärung, wie man das kleine Fach öffnet und den Schlüssel aus dem Safe entnehmen kann. Es klackte leise, als ich den Sicherheitscode in das Bedienpanel eingab. Die Klappe öffnete sich wie beschrieben und der Schlüssel lag vor mir.

Ich weiß auch nicht, aus einem unerfindlichen Grund rechnete ich damit, dass mir irgendein Monster entgegenspringen würde, sobald der Türflügel aufschwingt. Vielleicht so ein pelzig, grünliches nach Schimmel stinkendes Irgendwas, was mich mit seinen Sporen überzieht und einen qualvollen Tot sterben lässt.

Reiß dich zusammen, das ist eine Finca und nicht Aliens, die mediterrane Wiedergeburt.

Statt des mediterranen Schimmel-Aliens strömte mir kühle Luft aus dem abgedunkelten Wohnbereich entgegen. Das Haus schien gut isoliert, denn zwischen draußen und drinnen herrschte ein gefühlter Temperaturunterschied von mindestens mal zehn Grad. Kann natürlich, nass geschwitzt wie ich war, auch täuschen. Auf jeden Fall bekam ich Gänsehaut.

Ein bisschen muffig roch es und dunkel war es. Ich öffnete alle erreichbaren Fenster, samt Fensterläden. Als würde man Backofentüren öffnen. Sofort strömte heiße Luft in das Gebäude und stickige, so hoffte ich, nach draußen.

Mutter Schmütz betrat nach mir das Haus. Direkt hinter ihr marschierte Sascha, Inke, Vater Schmütz und Willi, mit Koffern beladen, in die große Halle.

»Oh, Jung, wenn wir dich nicht hätten, dann würden wir bestimmt noch stundenlange rumfahren, bis wir das Hotel finden«, tönte Mutter Schmütz voller Stolz über ihren Sohn Sascha in die Runde.

»Ja, ich bin auch fassungslos, wie toll dein Sohn navigiert hat«, bestätigte ich Mutter Schmütz, nicht ohne einen deutlich sarkastischen Unterton anzubringen. »Ein echtes Navigationstalent, der *Jung*«, ergänzte ich noch.

»Mam, dat is kein Hotel, das ist ein Ferienhaus. Ich hoffe du kennst den Unterschied.«

»Ferienhaus, Hotel, ist doch irgendwie dasselbe.«

Ich versuchte, Saschas Erklärung, worin der Unterschied zwischen einem Hotel und einem Ferienhaus besteht und den Worten dasselbe und das gleiche, zu ignorieren und suchte nach den Spuren von Feuchtigkeit, Schimmel, Dreck und Verfall.

Eine breite Steintreppe führte nach oben und neben der ersten Stufe war die Terrassentür hinter einer zugezogenen Gardine versteckt. Die Tür klemmte, aber nach ein bisschen Fummeln betrat ich die im Schatten liegende Terrasse. Im Zentrum stand ein großer Holztisch mit acht Stühlen flankiert. Wir waren zu siebt. Perfekt. Ein Stuhl blieb über, um die Füße hochzulegen. Auf den ersten Blick befand ich, alles in einem passablen Zustand. Gut, zuhause ist eh alles schöner, aber für eine Urlaubsfinca ganz ordentlich.

Hinter mir drängelte Super-Navigations-Sascha, der offenbar mit der Belehrung seiner Mutter durch war, nach draußen. Er legte seine Lucky Strikes auf den Tisch und fläzte sich mit ausgestreckten Beinen direkt in einen der Holz-Klappstühle. Ein sich ausdehnendes Grinsen überzog sein blasses, mit Bartstoppeln dekoriertes Gesicht. Was jetzt? Sascha allwissend hatte einen Gesichtsausdruck als hätte man ihm endlich den Nobelpreis für Spitzfindigkeit und Alleswissen verliehen.

»Setz dich, Schwägerin«, forderte er mich auf.

»Wieso, ich will mir das Grundstück anschauen. Bis jetzt habe ich den Pool noch nicht gesehen. Außerdem bin ich nicht deine Schwägerin.« *Soweit kommt's noch. Ich und mit Sascha verschwägert. Ma-*

chen sich ja die wenigsten einen Kopf drüber, wen sie alles mitheiraten, wenn sie ja sagen.

»Setz dich doch einfach mal, Schwägerin.«

»Ich setze mich nicht.« Sollte das mit der Schwägerin jetzt ein weiterer Running-Gag für die nächsten zehn Tage werden?

»Gut, dann so. Das ...«, er klopfte auf die Armlehne seines Stuhls »... ist nie und nimmer Teakholz.« Der Triumph des Spitzfindigen strahlte aus seinem unrasierten Gesicht.

Ich schaute auf Sascha, ich schaute auf die Möbel, ich schaute wieder auf Sascha und der Cent rutschte. Das war jetzt nicht wahr? Wollte der jetzt wirklich die Sache mit dem Teakholz nochmal aufrollen? »Später, Sascha. Ich habe jetzt echt keinen Nerv mich mit deinen Spitzfindigkeiten um komplett unwichtige Dinge zu beschäftigen.«

»Ach, so unwichtig schien dir das damals ...« Ich hörte den Rest gar nicht mehr. Durch den Nebel seiner Entspannungszigarette hatte ich den schmalen, gepflasterten Weg durch den Garten erreicht und durch das Grün einer großen Kiefer erblickte ich das verlockend blaue Wasser des Pools. Ich folgte dem Weg, vorbei an einem Kakteengarten, Richtung Pool. Rechter Hand erstreckte sich eine saftige Wiese. Wachholderbäume grenzten den Garten von der Olivenplantage ab.

Vier Stufen führten zu dem erhöht liegenden Pool, der exakt so aussah, wie auf den Bildern. Eine Filteranlage brummte leise vor sich hin und brachte die Wasseroberfläche in Bewegung. Ich konnte noch so lange suchen, kein Fitzelchen Dreck war zu sehen.

Kristallklar glitzerte das verführerische Nass in der Nachmittagssonne. Kurz kam mir der Gedanke, mich auszuziehen und in Unterwäsche – ein BH und ein Schlüpfer sind ja auch irgendwie Bikini – einzutauchen. Ich ließ es bleiben. Es gibt schließlich auch im Urlaub Dinge die vor dem Spaß kommen. Wie zum Beispiel Koffer unterbringen und Nahrungsaufnahme. Ich drehte mich gerade Richtung Haus, da spurtete Willi auf mich zu und tat, wovon mich mein organisiertes Wesen abhielt. Er pellte sich aus seinen verschwitzten Klamotten und stellte sich an den Poolrand.

»Kommst du mit?«, rief er während er sprang.

Natürlich tat das Gesetz der Verdrängung und des freien Falls seine Arbeit. Ich war ratzfatz von der Brust abwärts, klatschnass.

»Danke auch«, rief ich wütend. Willi tauchte unter, lachte als er wieder hoch kam. »Tut das gut. Komm rein, kühl dich ab, dann bist du auch nicht mehr so zickig. Ist auch nicht soooo kalt.«

»Nein, lass mal, danke. Irgendwer muss sich ja um die Koffer kümmern.«

Ich verließ den Poolbereich und ging zurück ins Haus. Schon auf dem Weg fragte ich mich, warum ich nicht einfach reingesprungen war, in den Pool. Angezogen, in Unterwäsche oder nackt. Scheißegal. Es hätte garantiert dem Tag ein Highlight aufgesetzt. Ich war entschieden zu erwachsen.

Die große Wohnhalle war vollgehängt mit Ölgemälden, von modern über klassisch, bis hin zum Kaufhaus Kitsch. Aus wuchtigen Rahmen blickten spanische Schönheiten mit exotischen Blumen im Haar ins Nichts. Zwischendrin, welkende Blumensträuße und Sonnenuntergänge, von romantisch verklärt bis abstrakt war alles dabei, für den nicht Kunstkenner.

Nicht ein Mitglied der Reisegesellschaft war zu sehen. Ein Rundbogen unter der Treppe öffnete einen kleinen Flurbereich. Ich hörte Mutter Schmütz aus dem rechts gelegenen Zimmer mit ihrem Mann schimpfen. »Die Socken kannst du doch nicht zu den Unterhosen legen. Bist du denn völlig verkalkt.«

Ich dachte kurz an meine eigene Schubladensortierung zuhause und hatte spontan ein Scheißgefühl. Wenn eine Vollbluthausfrau so was sagte, dann musste es einen dringenden Grund geben, warum Socken und Unterhosen nicht zusammen können. »Hmmm.« Vielleicht musste ich das mal googlen oder ich frage einfach mal, bei Gelegenheit, Mutter Schmütz persönlich.

Geradeaus befand sich ein kleines Badezimmer. Ein kurzer Blick durch den Türspalt zeigte, hier hatte sich schon jemand eingerichtet. Cremes, zwei Zahnbürsten in jeweils einem Plastikbecher auf der Ablage und ein Stapel Tempos auf der Fensterbank. Links vom Badezimmer befand sich ein weiteres Schlafzimmer. Durch den Türspalt sah ich meine Mutter, die den Inhalt ihres Koffers in einen Wandschrank räumte. Ich klopfte an der dunklen Holztür.

»Kann ich reinkommen?«

»Ach, meine liebe Tochter. Natürlich kannst du reinkommen.« *Meine liebe Tochter*, wie ich das hasste, wenn sie das sagt. Mit diesem Gefühlsdusel in der Stimme. Ich war mir nie sicher, ist das ironisch oder gar sarkastisch gemeint. Ich bin soviel Liebreiz bei der Anrede einfach nicht gewöhnt. Meine Mutter hatte sich das in den letzten Jahren angewöhnt und ich fand es mindestens so blöd, wie wenn meine Bank mich mit »*Liebe Frau Lenz*« anschrieb.

Ein Doppelbett mit zwei Nachtschränkchen, eine Kommode mit Spiegel und der Wandschrank. Liebevoll und mediterran gestaltet. Das Schlafzimmer verfügte über ein pragmatisches, weiß gekacheltes Badezimmer, en Suite. Kein Schimmel, keine Tierchen, zumindest sah ich keine und frisch duftende Handtücher.

»Schön hast du es hier.« Ich schaute aus dem doppelflügeligen Fenster. Links konnte ich eine Ecke des kleinen Gerätehäuschens sehen. Große Kakteen säumten einen Kiesweg der offenbar vom Swimmingpool am Haus vorbei in Richtung Geräteschuppen verlief.

»Mmmm. Das Bett ist zu weich. Aber ich kann ja eh nie richtig schlafen.«

»Nach dem langen Tag kannst du bestimmt durchschlafen.« Weil ich keine Lust darauf hatte mir die Geschichte über den nicht vorhandenen Schlaf meiner Mutter anzuhören – man fragt sich ernsthaft, wie die Frau sich noch auf den Beinen halten konnte – verabschiedete ich mich.

Neben den beiden Schlafzimmern, nebst Bädern, gab es unten nur noch die Küche, mit einem angrenzenden Abstellraum. Die restlichen Schlafzimmer mussten also oben sein. Es war natürlich nicht mehr als vernünftig, die Alten in der unteren Etage einzuquartieren. So mussten sie nicht die steile Treppe rauf und runter gehen.

Und selbstverständlich war es auch nicht mehr als richtig, den Rauchern Saschaschatz und Inkemaus das Zimmer mit der Terrasse zu überlassen. Kann ja keiner wollen, dass die beiden im Schlafzimmer rauchen müssen. Dennoch wäre ich schon auch gerne bei der Zimmerverteilung involviert gewesen. Nicht, dass ich eine große Diskussion daraus machen wollte, aber gefragt werden, wäre höflich gewesen und hätte von ein wenig Respekt gezeugt.

Die Bewohner der oberen Etage mussten sich ein Badezimmer teilen. Es war blauweiß und charmant, irgendwie. Die Fugen versuchte ich nicht genauer zu inspizieren. Es hätte mir den Spaß verderben können. Es gab eine unspektakuläre Badewanne mit verkalkter Plastikduschwand, zwei Waschbecken, ein wackliges Klo und diverse Ablagemöglichkeiten. Vor einigen Jahren, in den 80igern, vielleicht noch Anfang der 90er, hätte ich gesagt, süß, mediterraner Charme. Als ich jetzt mittendrin stand, entlockte mir das Ambiente ein trockenes: »Renovierungsstau.« Meine Erleichterung, die ich unten im Badezimmer meiner Mutter empfunden hatte, bekam hier oben einen Dämpfer.

Das Zimmer für Willi und mich war nett. Rechts ein großer Einbauschrank, daneben, hinter der Tür, ein weißer, leise brummender Metallkasten, die Klimaanlage. Ich streckte meine Hand in die Höhe, knipste den Kühlautomat ab. Völlig unnötig, für mein Empfinden und für meine Kontaktlinsen tödlich.

In der linken, hinteren Ecke des Raumes stand eine altertümliche Kommode mit Spiegel, daneben ein Fenster. Ich drehte den Messinggriff und öffnete beide Flügel des Fensters. Ein Riegel hielt die äußeren Fensterläden zusammen. Als die Holzläden zur Seite geklappt waren hatte ich einen grandiosen Blick auf den Swimming-Pool und dahinter das majestätische Tramuntana Gebirge. Die Sonne berührte die Bergspitzen. Nicht mehr lange und sie wäre verschwunden. Für einen kurzen Moment konnte ich genießen. Den Duft. Die Atmosphäre. Den Moment.

Betten! In welchem Bett muss ich mich in den kommenden zehn Nächten rumwälzen?

Ich drehte mich um, inspizierte die schwarzen Metallgestelle. Zwei Stück, im Abstand von einem knappen Meter nebeneinander. *Ganz groß.* Natürlich kann man die zusammenschieben aber ob die nachts auch zusammenbleiben würden? – ich meine, ich bin ein unruhiger Schläfer und sexuelle Aktivitäten im Urlaub wollte ich auch nicht von vornherein ausschließen. Auch wenn die Situation, eingekerkert mit Familie Schmütz und meiner Mutter, nicht allzu viel Anreiz gab einen Ansatz von Lust zu entwickeln.

»Das bekommen wir hin«, Willi stand in der Tür, mit tropfender Unterhose und Sieger-Grinsen in den Backen. Seine Rechte winkte mit einem Bündel Kabelbinder.

»Ich sag doch immer, ohne *Kabelbinder* geht gar nichts.«

Kurze Zeit später waren die Betten zusammengeschoben und die schlanken Mettallbeine zur Mitte hin mit Plastik-Bindern festgezurrt.

»Da kann gar nichts passieren. Guck.« Willi warf sich aufs Bett, wälzte sich von rechts nach links und wieder zurück. Manchmal war es ja doch gut *Mc Guyver*, äh, einen Schmütz an seiner Seite zu haben.

»Komm her, teste mal. Die Betten sind hart, da geht was.«

Die Betten waren in der Tat weniger weich, als ihr Anblick vermuten ließ.

»Aber die Kissen sind schon sehr klein und hart«, bemerkte ich, in der Horizontalen liegend. »Da geht wenig, bis gar nichts.«

»Und ob.« Willi rollte sich, nass und kalt auf mich, nahm mein Gesicht in seine Hände, küsste mich und hauchte mir ins Ohr: »Ich liebe dich, Alex. Und lass dir bitte nicht vom Schmütz-Clan den Urlaub versauen.«

»Mmmmm, das wird schwer werden.«

»Och, du, so schlimm sind wir gar nicht.«

»Ne, nämlich noch viel schlimmer. Wo wir gerade dabei sind, kannst du mir erklären, wo du doch der Sohn deiner Mutter bist, warum Socken und Unterhosen nicht in eine Schublade gehören?«

Willi lachte. »Wie kommst du jetzt darauf?«

Ich erzählte ihm von dem Gesprächsmitschnitt seiner Eltern.

»Ach, meine Mutter. Die hat doch einen Schuss. Socken und Unterhosen. Das hat sicher was mit ihrem Hygienefimmel zu tun. Die wäscht Socken und Unterhosen auch in getrennten Waschmaschinen.«

»Ist nicht wahr?«, fragte ich entgeistert. »Deine Mutter hat zwei Waschmaschinen? Eine für Socken und eine für Unterhosen? Man erfährt ja auch nach einem knappen Jahrzehnt immer noch düstere Familiengeheimnisse.«

»Jetzt erwarte aber nicht, dass ich auch noch weiß, was, in welcher Maschine, zusammen gewaschen wird.«

Während ich mir Gedanken darüber machte welche Spleens, bei wem, in den kommenden Tagen noch ans Tageslicht kommen könnten, beschäftigten Willi existentielle Probleme.

»Und jetzt, wenn ich nicht so einen Hunger hätte, würde ich mit dir einen Matratzenhärtetest durchziehen. Mit allem Schnickschnack, den so eine Matratze aushalten muss.« Willi lachte jungenhaft. In gewisser Weise war er eben doch auch der Sohn seiner Mutter und die ein oder andere irre Familienähnlichkeit ließ sich nicht leugnen.

»Okay ...«, er sprang sportlich vom Bett »... das mit dem Härtetest wollen wir nicht aus den Augen verlieren. Ich zieh mich an und schau mal, was sich in der Küche kochen lässt, bevor unsere Reisegesellschaft verhungert. Kommst du mit?«

»Geh schon mal vor. Ich gehe erst mal duschen.«

Mein Koffer, nebst Handgepäck, stand vor mir. Weil ich nicht wusste was bei Willis grammgenauer Gewichtsjustierung in welchem Koffer gelandet war, musste ich wohl oder übel beide Taschen nach Duschzeug durchsuchen. Ich hob also den großen Trolli auf das rechte Bett. Das rechte Bett, weil, keine Frage, natürlich würde ich das rechte Bett beziehen. Darüber braucht man nach so vielen Jahren Beziehung nicht zu diskutieren. Mann schläft links, Frau schläft rechts.

Shampoo und Duschseife klemmten im großen Koffer als Lückenfüller zwischen den T-Shirts und Hosen. Und da konnte ich froh sein, sehr froh sein, dass keine der beiden Flaschen beim garantiert nicht zimperlichen Umgang des Flughafenpersonals mit dem Gepäck sich geöffnet hatte oder kaputt gegangen war. Klar, ich hätte die Flaschen auch in die Lücken gestopft, ist naheliegend, wenn man Platz sparen muss, aber verflucht nochmal, *ich* hätte die Flaschen in Plastiktüten gepackt. *Männer.*

Bewaffnet mit allen Cremes und notwendigen Flüssigkeiten betrat ich den Flur und drückte schwungvoll die Badezimmertür auf.

Das erste was mich begrüßte war ein lautstarkes »Besetzt!« Sascha. Er saß, die Knie fast neben den Ohren, auf dem wackligen, kleinen Klo.

»Ups.« Als ich die Tür wieder zuzog, nahm ich neben der peinlichen Berührung auch das gesamte Duftaroma von Saschas Klositzung mit in den Flur.

»Boah, Phuu.«

Ich hielt die Hand vor die Nase und überlegte umzudisponieren und doch einen Kopfsprung in den Pool zu machen. Entschied aber, vernünftigerweise und zugunsten der Nahrungsaufnahme, die Sache mit dem Duschen auf später zu verschieben. Auch bei meinen existenziellen Bedürfnissen gibt es klare Hierarchien.

Die Küche war ein großer Raum, mit einer rustikalen Einrichtung, die ihre besten Tage allerdings schon hinter sich hatte. Aber sie schien sauber zu sein und Ofen, Spül- und Waschmaschine, alles was den Alltag erleichtert, war vorhanden. Meine Hoffnung, ein in Vorbereitung befindliches Abendessen vorzufinden, blieb eine Hoffnung. War irgendwie aber auch zu erwarten gewesen, dass Willi in der Küche so ganz alleine doch eher verloren war, wenn er keine Anstöße zum was und wie bekam.

Einer Vermutung folgend warf ich einen Blick auf die Terrasse und meine Vermutung wurde bestätigt. Die Reisegesellschaft lungerte auf den Klappstühlen. Willi mit einer Flasche Bier, die drei Rentner und Inke mit reichlich Wasser vor der Nase. Man atmete gerade kollektiv durch, bestätigte sich gegenseitig wie schön es hier wäre und das der Sonnenuntergang mit den Bergen schon ein echter Hingucker sei.

»Mensch, ihr hab's ja idyllisch hier.« Die Runde machte Pause mit der Findung von Synonymen für schön und fantastisch und schaute mich an. Ich zog die Augenbrauen nach oben.

»Ich wollte nicht stören, aber, hat hier echt keiner mehr Hunger, weil, wenn nicht, dann mache ich mir nur ein Brot.«

»Bist du verrückt, mir hängt der Magen auf den Füßen. Aber ist ja noch früh am Abend. Wir haben Urlaub und Zeit, Alex. Komm runter, lass die Seele baumeln.«

Seele baumeln lassen! Schlichtweg faul nenne das.

»Gut, dass mal jemand fragt.« Meine Mutter, gemütlich mit hochgelegten Füßen auf einem der Terrassenstühle.

»Ich könnte auch eine Kleinigkeit vertragen.« Mutter Schmütz, langgestreckt auf einer Liege.

»Isch hab ooouch Hunger.« Vater Schmütz, am Tisch sitzend, schloss sich den Hungernden an.

Willi sprang mit frisch getankter Energie auf: »Was schlägst du vor?«, fragte er mich.

»Mir reicht ja ein Schwarzbrot mit einer Scheibe Käse«, verkündete meine Mutter bescheiden ihre kulinarischen Vorstellungen ihres ersten Abendessens auf Mallorca.

»Aber vermutlich nur eine halbe Scheibe Schwarzbrot«, frotzelte Willi augenzwinkernd in Richtung meiner Mutter.

»Ach, du wieder.« Meine Mutter boxte Willi in den Oberarm und lachte. Echt, der Typ konnte machen was er wollte, meine Mutter stand auf den. Wenn ich so was gesagt hätte, ein böser Blick wäre mir sicher gewesen.

»Jetzt mal Spaß beiseite. Was sollen wir uns zu essen machen?«, fragte Willi.

Warum ich es vorschlug?
Vermutlich weil ich sie nicht mehr alle
auf dem Christbaum habe.

»Ich würde einen schnellen Nudelsalat machen. Bisschen Dressing und Nudeln kochen ist keine Arbeit. Brot dazu und ihr seit doch sicher scharf darauf eure *Kadaverhäppchen* zu grillen?«

Menschenskinder bin ich nett.

»Alex, du Retter in der Not. Auf, auf. Ich leihe dir gerne meine professionellen Geschmacksknospen beim Würzen.« Willi nahm mich in den Arm, küsste mich.

»Ich bin so froh, dass du dabei bist, weil, ich koche ja gar nicht gerne. Ich helfe gerne in der Küche, spülen und so, aber kochen – kann ich gar nicht, macht mir auch keinen Spaß«, Inke folge uns mit den Sätzen in die Küche und wo auch immer jung und alt die Energie nach dem langen Tag hernahm, alle wirkten fröhlich mit. War ja fast so was wie lustig, mit den Schmützens kochen.

Ein passender Topf für die Nudeln war recht schnell gefunden. Mutter Schmütz nahm ihn mir gleich aus der Hand und spülte ihn erst mal gründlich durch. Gefüllt mit Wasser wanderte der Pott dann auf den Gasherd.

Okay, Gas. Kann ja so schwierig nicht sein. Ich zog die nächstgelegenen Schubladen auf und fand in der zweiten ein Feuerzeug.

Gas aufdrehen, Flamme an. Dutzende Mal schon im Fernsehen in zig Kochsendungen gesehen. Ich drehte den Regler also hoch und klickte mit dem Feuerzeug. *Shit.* Ging nicht an. Nochmal versuchen. Erst beim dritten Klicken erschien die Flamme an der Spitze des Feuerzeugs. Ich hielt die Flamme an die Herdstelle.

Fffffffffwwwwusch.

Eine Flamme die den Raum zwischen Dunstabzugshaube und Herd komplett ausfüllte, schoss mir entgegen. Inke quietschte hell, ich sprang einen halben Meter rückwärts und knallte mit Willi zusammen, der mich auffing.

So schnell wie sie hochgeschossen kam, war sie auch wieder verschwunden, die Stichflamme.

»Phuu, wie kannst du auch den Herd volle Pulle aufdrehen, bevor du die Flamme anmachst? Man Alex, sei ein bisschen vorsichtiger.«

Gut, die Sache mit dem lustigen Kochen verspannte sich gerade ein wenig. »Ist ja nichts passiert und guck mal, die Flamme brennt.«

Ich schob den großen Topf auf die Herdstelle, schüttete 500 Gramm kleine Nudeln dazu und das Thema, unsachgemäßer Umgang mit einem Gasherd, war damit hoffentlich gegessen.

»Was ist denn hier los?«

Sascha, frisch wie der Frühling, eine After Shave Duftwolke verströmend, stand in der Küchentür.

»Ist was passiert?«

»Alex hat das Kochen mit großer Pyrotechnik eingeläutet.«

Mit drei Schritten stand Sascha neben mir.

»Alex, das ist ein Gasherd! Wenn du den anmachst, dann auf die kleinste Stufe. Guck, so geht das.«

»Ähm, danke Sascha, aber dein Bruder war schon so freundlich, mir armen Weib die Technik zu erklären und wenn du nicht selbst kochen willst, dann schlage ich vor, legst du dich irgendwo in die Sonne, wo du nicht störst.« Ich baute mich vor Sascha auf und scheuchte ihn mit winkenden Händen aus dem Raum. Fehlte noch, dass der mir erklärte, wie ich zu Kochen habe. »Du kannst ja deine Fachkenntnisse am Grill austoben.«

Hinter mir, auf der Arbeitsplatte lagerten die Einkäufe die nicht in den Kühlschrank mussten. Ich suchte mir alles zusammen, was ich für ein Salat-Dressing brauchte und, der Einfachheit halber, musste es ein Glas fertige Mayo tun.

Als ich mich wieder dem Herd zuwandte stand Mutter Schmütz vor den inzwischen kochenden Nudeln. Ihr skeptischer Blick verhieß nichts Gutes. »Wie viel Nudeln sind das?« Sie hob den Deckel mit einem Handtuch an. »Das reicht im Leben nicht. Sascha ist ein guter Esser und den Willi bekommst du damit auch nicht satt. Wir brauchen noch einen zweiten Topf für Nudeln.«

500 Gramm Nudeln, für einen Beilagen Salat, verteilt auf sieben Leute, dazu Brot mit Dip und Käse und für sechs Leute Grillfleisch. Was wollte die Frau alles essen, am Abend?

»Gertrud, ich schnipple da noch eine ganze Gurke rein, das wird schon reichen. Geh mal lieber auf die Terrasse und ruh dich aus.«

»Kind, ich kann dich doch hier nicht alleine werkeln lassen. Reich mir mal 6 Eier rüber.«

»Ähm ...«, ich winkte mit dem Mayo-Glas »... ich denke, für heute Abend muss es die Fertigmayo tun, Gertrud. Lass die Eier mal fürs Frühstück aufheben.«

»Fertigmayo?! Die isst der Karl-Friedhelm im Leben nicht und der Sascha ist da auch penibel. Würde mich wundern, wenn *mein* Willi so was isst.«

Ich sah in dem Augenblick zwei Möglichkeiten. Möglichkeit eins, wenn sie es so will, soll sie es so haben. Tief Luft holen, den Kühlschrank öffnen und sechs Eier rauszählen. Mutter Schmütz die Eier in die Hand drücken und zum Gurke schneiden übergehen. Möglichkeit zwei wäre der du-kannst-mich-mal Weg. Heißt, wer den Nudelsalat geplant hat, macht ihn auch nach Plan weiter. Tschüss, Mutter Schmütz, lies Zeitung, mach Kreuzworträtsel, mach irgendwas, nur mach es nicht in der Küche. Wäre aber voreilig, schon am ersten Urlaubstag Spannungen im Grenzbereich zu erzeugen.

Ich seufzte und erklärte, taktisch klug, hoffte ich: »Ich kenne mich da ja nicht so gut wie *Du* aus, aber wenn der Nudelsalat draußen in der Hitze steht, ich weiß nicht, wie lange der sich dann hält und Fertigmayo ist da haltbarer, meine ich. Was meinst du? Nicht, dass wir morgen alle Durchfall haben. Ist ja nicht auszuschließen.«

Gesundheit kam immer gut und Durchfall im Urlaub hat keiner gern. Bevor Mutter Schmütz antworten konnte, betrat Willi die Küche und fragte: »Na, läuft alles, Alex?« Ich hatte das Mayo-Glas immer noch in der Hand. Die Situation war eingefroren. »Mensch, sag doch was, wenn du einen starken Mann brauchst.« Willi griff nach dem Mayo-Glas. Strengte kurz seine Muskeln an und mit einem Plopp war der Deckel ab. »Äh, danke, hätte ich aber auch selbst geöffnet bekommen.«

Ohne weiter zu fragen, schnappte sich Willi einen Löffel, schob seine Mutter zur Seite und schaufelte die Mayo in die Plastikschüssel.

»Mam, kannst du schon mal den Tisch decken? Du sollst ja Urlaub machen und nicht wie zuhause den ganzen Tag in der Küche stehen.«

»Ja, dann, wenn mich hier keiner braucht.«

Mutter Schmütz drehte sich mit zitternder Stimme um und rauschte ab. Willi grinste mir schulterzuckend zu und suchte sich dann diverse Zutaten zum Würzen seiner Fertigmayo-Spezial zusammen.

Als endlich alle Nudelsalat gabelten und Grillfleisch vom Knochen knabberten zog eine zufriedene Stille ein. Hinter den Palmwedeln im Garten leuchtete das Restrot der untergegangenen Sonne. Ein Hund bellte in der Nähe, weit weg antwortete ein anderer. Ein Hahn mischte sich mit einem Kikeriki ein. Im angrenzenden Olivenhain zirpte es. Trotz ausgewachsener Familienurlaubsallergie, konnte ich nicht umhin, der Atmosphäre etwas abzugewinnen. Ich stellte mir vor, jetzt, hier, mit Willi ganz alleine Urlaub machen. Es war noch warm draußen, wir würden uns mit einem Glas Rotwein an den Pool setzen, nackt schwimmen gehen ... »Seufz.«

»Wenn der Köter heute Nacht bellt, dann murks ich den ab.«

Da half alles Träumen nichts. Ich war nicht mit Willi alleine auf der Insel und ich würde auch nicht gleich mit Willi nackt im Pool planschen.

Da nicht davon auszugehen war, dass der eher unsportliche Sascha eine Chance gegen einen weglaufenden Hund haben würde, sparte ich mir jeglichen Verteidigungskommentar für den Hund.

» Wieso kräht der Hahn abends? Die krähen doch eigentlich nur morgens.« Inkes nachdenklicher Gesichtsausdruck machte mir ein wenig Angst. »Vielleicht ein gestörter Hahn. Zu viele Touristen und so, da kommt der wohl durcheinander«, beruhigte ich sie und musste mir ein Lachen verkneifen.

»Aah, so. Das kann natürlich sein.«

Inke schien sich mit der Erklärung zufriedenzugeben.

»Schmeckt es euch denn auch?«, fragte Willi in die Runde.

»Das ist meine Superduper-Spezial-Mayo.«

Mutter Schmütz stocherte auf den unschuldigen Nudeln herum, da es aber ihr zweiter, voll geladener Teller war, machte ich mir keine Sorgen in Bezug auf ihre im Vorfeld erwähnten Problematiken, wegen der Fertigmayo. »Jo, is jut, Jung.« Auch Vater Karl-Friedhelm war wohl doch nicht so zimperlich, wie Mutter Schmütz vermutet hatte.

»Schmeckt wie die Mayo von Mam«, kommentierte Sascha kauend und unwissend.

Ich schielte Richtung Mutter Schmütz. Es wirkte, als traktierte sie die kleinen Nüdelchen jetzt ein bisschen rabiater. Wollte ich wissen was sie jetzt gerade dachte? Nein, ich wollte nicht. Sollte sie halt innerlich vor sich hin kochen, wenn schon nicht in der Küche.

Meine Mutter saß neben mir und hatte, wie ich erfreut feststellte, auch mit gutem Appetit ihren Teller geleert.

»Ich bin so froh, dass ihr beiden kocht, Alex. Und dann auch noch so lecker. Ich würde verhungern, oder müsste jeden Tag den Pizza-Service anrufen.« Inke hatte ihren Teller geleert und stand jetzt lobend ein wenig abseits, um eine Zigarette zu rauchen.

»Dafür lehnen sich die *Sterneköche* gleich zurück und gucken euch dabei zu, wie ihr den Tisch abräumt.« Willi zog sich Inkes freigewordenen Stuhl in Position und legte die Füße hoch.

Mutter Schmütz schaute auf ihre kleine, goldene Armbanduhr, stand abrupt vom Tisch auf und steuerte zügig Richtung Terrassentür. »Ich muss mal meine Tablette einnehmen.«

Vater Schmütz, nach 50 Ehejahren bestens erzogen, räumte den Tisch alleine ab und wehrte meine Mutter, die helfend zur Hand gehen wollte, ab. »Lass nur, Carmen, ruh du dich aus.«

»Ich bin ja so stolz auf dich, meine Tochter. Dass du so gut kochen kannst, hätte ich ja nicht gedacht.«

Ich bin nicht so wirklich gut darin Komplimente entgegenzunehmen. Einfacher ist es da für mich, Kritik zu ernten oder am Besten gar nichts über meine Leistung zu hören. Dann muss ich nicht darüber nachdenken, *wie* das jetzt gemeint ist. Klar, ich habe in den letzten Jahren dazugelernt. Ich winke nicht mehr jedes Mal ab und führe dem Komplimentierenden nicht direkt vor Augen, wo es mangelt und fehlt, und, dass in der Folge an der Stelle ganz sicher kein Kompliment angebracht ist, aber dennoch bleibt es immer noch ein guter Weg mich verlegen zu machen.

»Danke, fürs Kompliment aber da war Fertigmayo dran und die hat der Willi nachgewürzt. Wenn hier jemand gut gekocht hat, dann der Willi.«

Natürlich bekam Liebling Willi jetzt die doppelte Ladung Zuwendung von meiner Mutter ab.

Ich nutzte die Gelegenheit, entkorkte den Rotwein, goss reichlich in den Rotweinschwenker und verabschiedete mich murmelnd:

»Ich dreh mal eine Runde durch den Garten.« Ich hatte die Befürchtung, irgendjemand würde sich anschließen wollen und als ich mich schon aufatmend außer Hörweite wähnte, rief meine Mutter mir hinterher:

»Kannst du mir denn gleich mal helfen, meine Haare zu machen? Ich komme mit den Armen nicht mehr so gut über meinen Kopf.«

Ich blieb unschlüssig stehen.

Kann ja sicher auch der Willi machen.

Seufzend drehte ich mich um und ging wieder Richtung Haus.

»Klar. Wenn du willst können wir das auch jetzt machen.«

»Nein, nein, lass mal, wenn du jetzt lieber in den Garten gehst. Gleich reicht. Ich kann warten. Wenn man etwas älter und gebrechlich ist, dann muss man halt auch mal warten können.«

Brrrrrr!

»Okay. Wenn du das sagst, dann komme ich gleich bei dir vorbei.«

Große Kakteen, Aloe Vera und stachelige Gewächse die in meinem botanischen Wissen nicht vorkommen, säumten den gepflasterten Weg zum Pool.

Die Wiese rechter Hand sah zwar auf den ersten Blick wie jede andere deutsche Wiese aus, war aber doch anders. Die kräftigen Grashalme wuchsen diagonal übereinander und hatten so, mit der Zeit, eine weiche, federnde Unterlage geschaffen.

Vermutlich eine robuste Grassorte, die mit viel Sonne und wenig Wasser klarkommt. Der ordinäre deutsche Rasen würde in der mediterranen, sommerlichen Mittagshitze, in Sekundenschnelle verdorren und zu bestem Zunder für einen flächendeckenden Brand werden.

An der Kopfseite des Pools führte eine halbrunde Treppe ins kristallklare Wasser. Ich setzte mich auf die oberste Stufe, krempelte meine Hosenbeine hoch und tauchte dann mit nackten Füßen ins kühle Nass. Eine Wohltat, nach dem langen Tag. Ich stütze mich mit den Armen nach hinten ab und blickte nach oben, in den Himmel. Die Sonne war schon verschwunden, aber es war noch nicht ganz dunkel. Grillen zirpten und ein Hund bellte so nah, dass ich mich suchend umschaute.

Er musste zu dem Gebäude, welches hinter den Wacholderbäumen zu sehen war, gehören. Ich nahm mir vor, heute, oder morgen mal nach dem Hund zu schauen. Ich sah ihn förmlich vor mir. Ein abgemagerter Hofhund an der Kette. Wassernapf leer, kein Futter und kein Mensch, der mit ihm redet. Gleich morgen, wenn es hell ist, werde ich mich auf die Suche machen. Meine Überlegungen wurden durch das Bellen eines weiteren Hundes gestört. Aus allen Himmelsrichtungen bellte es jetzt. Mal nah, mal fern, mal weit weg.

Vielleicht sollte ich um jeden Hund einen großen Bogen machen. So wie ich drauf war, könnte das zur Lebensaufgabe werden. Hunde retten.

Ich lauschte in den Abend hinein. Abgesehen vom Gebell war es still. Ein sonst allgegenwärtiges Geräusch fehlte. Die Autobahn. Ich wohne seit einigen Jahren im sogenannten Speckgürtel von Köln. Das heißt, irgendeine Autobahn ist immer zu hören. Ich lauschte – kein Auto, kein Flugzeug, kein Presslufthammer, keine Kreissäge, kein Rasenmäher. Nichts. Noch nichteimal Bäume die im Wind rauschten.

Ich schwenkte den Vino Tinto gedankenverloren in dem üppigen Kelch, führte das Glas zu meiner Nase und schnupperte die Aromen. Ein bisschen holzig, der Geruch von Beeren kam mir entgegen. Mehr oder weniger wie immer, wenn ich am Rotwein schnuppere und mich auf den ersten Schluck freue. Der einzige Unterschied – ich meine, *das* war mir noch nie passiert – ich hatte keine Lust auf den ersten Schluck. Um nicht zu sagen, der Geruch alleine ekelte mich an und bevor mein Magen sich wieder melden würde, kippte ich das Glas in die Kakteenrabatten. Nichts hätte mich dazu gebracht einen Schluck, und sei er noch so winzig, von dem Rotwein zu trinken.

»Alex! Alex!«

Ich schreckte aus meinem mir-wird-übel-bei-Rotwein Schock hoch.

»Hast du denn jetzt Zeit?« Meine Mutter, mit einem Handtuch um den Kopf stand auf dem Weg Richtung Pool. Ihre Haare, ich erinnerte mich. Alt und gebrechlich und konnte doch nicht warten, wie sie vorhin subtil anklagend verkündet hatte. *Die hatte Probleme. Aus welchem Grund man sich abends, vor dem Zubettgehen, die Haare macht muss ich wohl nicht verstehen. Aber vielleicht schlief sie deshalb auch so schlecht, weil sie nachts mehr an ihre Frisur denkt, als daran, ihren Kopf gemütlich ins Kopfkissen zu wühlen.*

»Willst du dich nicht ein bisschen hier an den Pool setzen, die Füße im kühlen Wasser baumeln lassen?« Meine Mutter schaute skeptisch auf den Treppenrand des Pools, bei meinen Worten.

»Ach, ich würde ja gerne, aber dann komme ich nicht mehr hoch, wenn ich mich so tief setze.«

»Komm, ich helfe dir«, unterstützte ich ihren keimenden Mut. Sie hatte vor zwei Jahren ein künstliches Hüftgelenk eingesetzt bekommen und war seither sehr vorsichtig und extrem unsicher. Für mich beängstigend, dass einmal in die Hocke und sich auf eine Treppenstufe setzen soviel Angst verursachen konnte, geradezu zur Mutprobe wird. Ich war 44, wann würde diese Angst vor Nichts bei mir einsetzen? Mit 50? Mit 60? Wie viel Zeit blieb mir noch, das Leben unbeschwert zu genießen? Also, nicht dass ich unbeschwert durchs Leben gehen würde aber wenigstens physisch machte mein Körper bisher noch ohne schmerzende Folgeerscheinungen jede Verrenkung mit.

Als meine Mutter dann tatsächlich auf der Treppe saß, die Hosenbeine hochgekrempelt hatte und ihre Füße im glitzernden Nass versenkte, seufzte sie genüsslich.

»Tuuuut das gut.« Sie plantschte mit den Füßen, ließ das klare Wasser hochspritzen und umarmte mich plötzlich und völlig unerwartet.

»Danke, mein Kind. Das ist so schön mit dir gemeinsam diesen Urlaub zu erleben.« Also gut, ich komme nicht mit Komplimenten klar und ich komme mit Gefühlsausschüttungen dieser Art erst recht nicht klar. Ich war gleichermaßen berührt wie betroffen und wusste keine für mich adäquate Antwort. Schließlich erwartete sie jetzt sicher eine Zurückumarmung und eine Bestätigung, dass ich die Sache mit dem Urlaub auch total klasse finde. Finde ich nicht. Aber Ehrlichkeit war in dem Fall wohl nicht der richtige Weg. Wahrheitsgemäß konnte ich sagen: »Ja, hmmm, das freut mich, wenn es dir gut geht.«

Wann, als jugendlich Rebellierende ja sowieso nicht, aber davor und danach, hatte meine Mutter mir gegenüber je solch einen Gefühlsausbruch gehabt? Umarmt, zur Begrüßung immer wieder aber soviel Gefühl wie gerade eben – ich konnte mich nicht erinnern jemals in unserer Familie Zuneigungsbekundungen dieser Art erlebt zu haben. Wen wunderte es da, dass soviel Nähe für mich unhandlich war. Ich so gar nicht wusste, wie ich reagieren soll und von der Rotwein-Ekel-Schockstarre direkt in die Gefühlsduselei-Schockstarre fiel.

»Ach, ich habe nicht immer alles richtig gemacht. Dass euer Vater so früh gestorben ist, hat mich ganz schön aus der Bahn geworfen. Das war damals nicht einfach, musst du wissen. Das Jugendamt kam regelmäßig gucken, ob ihr vier auch gut versorgt werdet. Und als ihr dann größer wurdet und oft unterwegs ward, du in der Disco, deine Brüder sonst wo, ich will gar nicht wissen wo – ich habe immer gedacht, morgen nehmen sie mir die Kinder weg.«

Der Blick meiner Mutter war weit in die Vergangenheit gerichtet. »Ich hätte euch mehr zeigen müssen, wie viel ihr mir bedeutet. Ich konnte euch damals nicht die Liebe geben, die ihr gebraucht hättet.«

Shit. Noch mehr Gefühlsduselei. Gibt es hier irgendwo einen Tarnumhang oder ein Loch im Erdboden in dem ich verschwinden könnte? Ich holte tief Luft, schindete Zeit. »Man kann nicht alles im Leben richtig machen. Und wie es richtig ist, weiß doch keiner so genau. Es gibt ein Richtig für dein Leben und es gibt ein richtig für mein Leben. Vielleicht bin ich ein bisschen verkorkst, aber ich bin froh, so wie ich bin. Ganz ehrlich, du hast deinen Mutter-Job super gemacht. Das macht dir auch so schnell keiner nach, ein Rohbau, vier kleine Kinder und dann auch noch der Mann plötzlich tot.«

Ich drückte meine Mutter kurz und innig und hoffte, wir könnten jetzt wieder zurück zum üblichen, oberflächlichen Mutter Tochter Blah.

»Ach Alex, ich bin so froh, dass du den Willi hast. Das ist ein guter Mann. Der passt auf dich auf.«

»Mmmm«, antwortete ich. Noch mehr Sentimentales und ich ersäufe mich im Pool.

Ich sprang auf, reichte meiner Mutter meine Hand: »Komm, lass uns deine Haare machen.«

Ticktack, ticktack ... zwei Uhr sechsunddreißig.

Ich drehte mich auf der harten Matratze vom Bauch auf den Rücken und war hellwach bis quietschfidel.

Seit kurz vor ein Uhr versuchte ich jetzt schon einzuschlafen. Ging nicht. Gelegenheit satt, alle vorhandenen und zu erwartenden Probleme, Schwierigkeiten und Fragen, die man noch gar nicht kannte, von vorne bis hinten und zurück durch die Hirnwindungen zu jagen.

Ernsthaft, ich versuchte an nichts zu denken. Nicht an Job, nicht an die Tatsache, dass mir beim Geruch von Rotwein übel wurde, auch nicht daran, dass meine Periode überfällig war, ich das Fliegen nicht mehr vertrug und was das alles bedeuten könnte. Zwischendurch rechnete ich mit meinem Handy nach, wie viele Tage, Stunden und Minuten es dauerte, bis ich endlich wieder im Flieger sitze und diese Familienurlaubssache hinter mir lassen kann. Da ließ sich nix machen. Es war jetzt seit über 60 Minuten Sonntag. Der Nachhause-Flug war Dienstag in einer Woche um 16 Uhr. Das ergab unterm Strich noch unendlich lange 228 Stunden und 24 Minuten Familienurlaub. Manchmal ist ja eine Woche gar nichts. Zum Beispiel wenn man ein kurzfristiges Projekt in Angriff nimmt, wenn man eine Woche Wellnessurlaub macht – ohne Familie. 228 Stunden! 13680 Minuten. Als würde jede Minute zentnerschwer auf meinem Gemüt rumtrampeln. Um das Ganze zu beschönigen, zog ich die Nachtstunden, in denen ich hoffentlich meine Ruhe vor Familie und sozialer Interaktion hatte, ab. Blieben immer noch geschätzte 9600 Min, angefüllt mit lustigem Familienleben, übrig.

Mir ging meine Mutter wieder durch den Kopf. Wenn ich als Jugendliche gejammert hatte, wegen meinen, wie ich finde unproportionierten Beinen, wies mich meine Mutter darauf hin, dass andere Kinder froh wären, sie hätten überhaupt Beine. Garantiert würde ich in den kommenden 160 Stunden irgendwann so was in der Art von ihr zu hören bekommen. Die Frau war nämlich abonniert auf solche Sprüche. »Andere Frauen wären froh, sie hätten einen Mann, wie den Jan. Ein Mann der sie nicht schlägt und der nicht trinkt«, war der Spruch den sie brachte, als ich mich von Jan nach 14 Jahren Beziehung trennte.

Aber vielleicht war ich ja bei dem Thema Familienurlaub wirklich zu sehr Diva. Ich meine, die Schmützens sind ja auch bloß Menschen. Eins war auf jeden Fall mal sicher, wenn ich in den nächsten Tagen ständig die Stunden und Minuten bis in den Flieger zähle, dann wäre das Selbstgeißelung.

Während ich das kleine, unmögliche Knorpelkissen durch Zusammenboxen versuchte weicher und größer zu machen, nahm ich mir zwei Dinge vor. Erstens, ab morgen werde ich total positiv sein und toleranter mit meinen Mitreisenden umgehen. Ich werde Urlaub machen.

Zweitens, jetzt endlich einschlafen.

Meine Augenlider waren schwer und mit den guten Vorsätzen fühlte sich auch das Bett auf einmal viel komfortabler an.

Die akustische Störkraft einer Industriefilteranlage holte mich aus dem Tiefschlaf.

Willi hatte sich in meine Richtung gedreht und lag jetzt nah, viel zu nah, an meinem rechten Ohr. An Schlafen war nicht mehr zu denken. Selbst mit nochmal groß geboxtem Knorpelkissen ging gar nichts mehr.

Alle Männer machen diesen Lärm im Laufe der Nacht. Zumindest alle Männer neben denen ich je gelegen hatte. Da machst du nix. Du liegst daneben und die Welt besteht nur noch aus dem einen Geräusch. Du denkst darüber nach, in Ermangelung einer Axt, ihn einfach mit deinem Kissen zu ersticken und dann in himmlischer Ruhe weiterzuschlafen. Tust es natürlich nicht. Wird ja irgendwann morgen und dann hast du ein viel größeres Problem, als gestörten Schlaf.

Immerhin, halb sechs. Für meine Verhältnisse ist das schon fast lange schlafen. Für gewöhnlich stehe ich schon vor fünf kerzengerade im Bett und nicht selten ziehe ich in so einem Fall meine Laufschuhe an und drehe eine Runde um meinen Wohnort. Ich überlegte, ob ich

Willi in die Seite knuffen sollte und die dadurch entstehende kurzfristige Ruhe nutzen, um noch ein bisschen zu dösen oder ob ich einfach aufstehe und –

Durch die Lamellen der geschlossen Fensterläden fiel genügend Licht in den Raum, um Laufhose, Bustier, Shirt, Socken und die Nike's aus dem noch nicht ausgepackten Koffer hervorzukramen.

Ich war mir gar nicht sicher, lohnte es sich für zehn, inzwischen ja nur noch neun Tage, den Koffer auszuräumen? Was, wenn ich spontan und ganz schnell weg muss? Flucht vor – ja, irgendwas halt. Man weiß ja nie. Zoff mit Willi, beispielsweise. Wenn er mich so richtig auf die Palme bringt, dann wäre es vorteilhaft, den Koffer schnell schließen zu können.

Ich habe das als Angestellte auch immer so gehandhabt. Abgesehen von Kugelschreibern, Bleistiften oder vielleicht mal ein paar Tampons, ließ ich abends nichts im Büro was ich vermissen würde im Falle eines schnellen Abgangs oder unerwarteten nie-mehr-Wiederkommens.

Auch nach über neun Jahren Beziehung blieb ich bei »meine Bücher« und »meine CDs«. Vermischung indiskutabel. Alleine der Gedanke, die bei einer Trennung wieder auseinanderdividieren zu müssen, bereitete mir Kopfschmerzen.

Selten sind ja Trennungen einvernehmlich und wer setzt sich in dem Fall noch nett zusammen und sortiert Medienträger?

»Du, die Depeche Mode ist ganz sicher nicht von dir. Die hast du doch immer gehasst, wenn ich die gehört habe.«

Als ich noch Studentin war, mit Jan zusammenlebte, hatte ich Comics von Ralf König gesammelt. Lustige Alltagsgeschichten aus der Schwulenszene. Ich habe diese Comics geliebt. Wer packt sich die zusammen und nimmt die mit in sein neues Leben? Richtig, mein Ex, der Jan. Der glaubte wohl, nur weil er sich fürs Schwul sein entschieden hatte wäre das sein exklusives Vorrecht. Ehrlich, da waren Sonderausgaben bei. Nie wieder komme ich an die Hefte dran. Ich hätte in die Tischkante beißen können. Ergo, es gab fortan nur noch meine Bücher, meine CDs, meine Comics.

Ich dachte an Familie Schmütz, im Speziellen an Mutter und Sascha Schmütz und hielt es auf jeden Fall für klüger, allzeit bereit zu sein, für eine Flucht.

Willi war inzwischen von der Industriefilteranlage zum Sägeblatt übergegangen. Das Geratter machte mich schier wahnsinnig. Nackt schlich ich mich aus dem Zimmer und lauschte an der Tür, als die viel zu laut hinter mir ins Schloss fiel. Willi schnarchte weiter. Der würde mir garantiert den Spaß verderben wollen. »Du hast sie wohl nicht mehr alle, alleine, hier in der Fremde, früh morgens laufen zu gehen.« War ja schon zuhause regelmäßig eine Diskussion im Kreisverkehr. Ich lasse mir doch nicht von Dingen die passieren könnten Angst einjagen und somit Lebensqualität nehmen. Nebenbei, ich bin mir fast sicher, Verbrecher jeglichen Genres werden tendenziell abends aktiv. Hätten die soviel Disziplin früh aufzustehen, dann wären die Bäcker oder Zeitungsausträger, aber nicht Verbrecher geworden. Ich fand das war eine schlüssige Argumentation, die jegliche Bedenken aus dem Weg räumte. Natürlich wusste ich nicht, ob sich meine Glaubenssätze diesbezüglich auch auf den Spanier anwenden ließen, aber ich vertraute darauf, dass der Mallorquiner ein sehr netter, zuvorkommender Menschenschlag ist.

Auf der Treppe zog ich mich an, schnürte die Laufschuhe und freute mich auf meinen Abenteuertrip. Ich plante, irgendwie im Carré zu laufen. Das sollte, selbst für einen erprobten Orientierungsversager wie mich, zu schaffen sein. Rechts, solange es geht, dann links oder rechts, solange es geht ... – und für den Notfall gab's ja Google Maps.

Um kurz nach sechs zog ich die schwere Haustüre hinter mir zu und blickte in einen wolkenfreien, blauen Sonnenhimmel. Beschwingt hüpfte ich die Treppen von der Terrasse nach unten und lief dann, kiesknirschend, den Weg zum großen Tor.

Von links kamen wir gestern, den Weg kannte ich ein wenig und der war nicht sehr vielversprechend. Ich lief rechts.

Nach ein paar Metern wurde ich für meine Entscheidung mit einem grandiosen Blick belohnt. Im Vordergrund sprenkelten flache sandfarbene Häuser von riesigen gepflegten Grundstücken umrahmt, das trockene Gelände. Im Hintergrund ragte das Tramuntana Gebirge in den blauen Himmel. Die Spitzen leuchteten golden im ersten Sonnenlicht. Geradeaus konnte ich in der Ferne einen Küstenstreifen ausmachen. Das weiche Dunkelblau des Mittelmeers, die Berge, die Sonne – Kitsch vom Feinsten. Meine Glücksgefühle krochen blinzelnd aus der Dunkelheit hervor und waren geblendet von so viel beeindruckender Natur.

Der Weg verlief, vielleicht zwei Meter breit, an hüfthohen Natursteinmauern vorbei. Ziegengruppen begrüßten mich mit kurzem Gemecker. Eine Katze döste im Schatten zwischen Rosmarinsträuchern, gähnte und behielt mich im Auge. Hundegebell und das Zischen der Grillen in den Olivenbäumen begleitete mich auf meinem einsamen Weg. Zwischendrin immer mal wieder ein Hahn, der sich in die morgendliche Geräuschkulisse einmischte.

Ich erreichte das Ende der Straße. Eine T-Kreuzung. Vor mir eine Mauer, links ein schattiger Weg, der an kleinen, flachen Häusern, mit gepflegten Gärten, in denen Obst, Gemüse und Blumen in üppiger Pracht gediehen, vorbeiführte. Rechts lief die Straße in staubiges, freies Gelände und vermutlich auf die Hauptstraße. Auch wenn es bergauf ging, schien mir links die bessere Wahl.

Ich bin kein Marathonläufer, weit davon entfernt. Mein Interesse in Richtung Marathon, halb oder ganz, tendiert gegen null. Ich laufe nicht für Ruhm und Ehre, ich laufe für mich und meinen *Schweinehund*. Es schadet nichts, diesem kleinen Hirnbewohner hin und wieder zu zeigen, wer der Herr im Haus ist. Außerdem hilft es den Kopf durchzublasen, ist meine kleine Flucht aus dem Alltag. Nicht zu vergessen, ich bin ja auch inzwischen in einem Alter, wo Frau sich bemühen muss ein paar Kalorien zu verbrennen, damit Frau überhaupt irgendwas essen kann, ohne direkt auseinanderzugehen wie ein Hefeteig.

Das bisschen Berg hoch, ich meine, das waren höchstens 50 Meter Strecke, laufe ich doch mit links. Zumindest für gewöhnlich. Aber gewöhnlich war ja nun seit Wochen schon nichts mehr.

Keine 20 Meter kam ich. Nix ging mehr. Gar nichts mehr. Puste weg, mulmiges Gefühl in der Bauchgegend. Kotzelend. Ich stemmte die Hände in die Hüften und versuchte meine Atmung zu normalisieren. Von vorne kam ein Jogger auf mich zu. Ich richtete mich wieder auf, biss die Zähne zusammen lief weiter nach oben. Drei Schritte, vier Schritte. Der Jogger kam näher. Die Schlappe wollte ich mir nicht geben.

Läuferbeine. Breite Schultern. Grauschwarz melierte, wellige Haare. Sah super aus. Er grüßte mich im Vorbeilaufen:»Buenos Dias.«
»Morgen«, trällerte ich japsend und hätte mich für meine Ignoranz schon wieder treten können.»Buenos Dias.« Mein Gott, ist das denn so schwer über die Lippen zu bringen?
Kurz sah ich in lächelnde, fast schwarze Augen. Ich lief weiter. Gleich musste der Typ um die Kurve sein. Echt, nichts ging mehr. Das lag bestimmt am mediterranen Klima. In Köln hätte ich die Strecke mit einem Grinsen im Gesicht bewältigt. Ganz sicher. Die Berge. Das Tramuntana Gebirge. Wahrscheinlich vertrage ich die Höhenluft nicht.

Klar, Höhenluft.
Nur weil du auf Berge guckst,
bist du nicht von Höhenluft umringt.

Auf gleicher Höhe mit dem Meer gibt es keine Höhenluft. Da gibt es Tiefenluft. Luft auf Meeresspiegel-Niveau und das ist nicht sehr viel mehr oder weniger als in Köln.

Ich drehte mich um, schaute den staubigen Weg entlang. Der Typ war weg. Ich blieb stehen. Atmete durch, krümmte meinen Körper nach vorne, stützte mich mit den Händen auf meinen Oberschenkeln ab.»Du wirst alt Alex. Irgendwann passiert das halt«, jappte ich ächzend vor mich hin.»Ach, was!« Jeder hat mal ein Tief, direkt nach einem Rollator zu rufen ist auch übertrieben. Dann lege ich halt ein paar Gehpausen ein.

Mal gehend, mal laufend konnte ich mich so am Anblick der Sonne, hinter den gigantischen Bergen, erfreuen. Schon was Anderes, als in den Sonnenaufgang des rheinischen Flachlandes zu laufen, auch wenn der ebenfalls immer wieder grandios anzusehen war.

Ein staubiger Weg knickte nach links ab. Wenn ich nicht völlig die Orientierung verloren hatte, sollte der Weg, früher oder später, auf die schmale Straße in der unsere Ferienfinca lag, stoßen. Mein Weg führte mich über eine Brücke. Unter mir ein ausgetrocknetes Flussbett. Vielleicht im Winter, wenn in den Bergen Schnee liegt, überlegte ich, plätschert es hier munter vor sich hin. Ich hatte nachgelesen, der höchste Berg lag bei 1445 Metern. Der Puig Major. Da sollte Schnee, selbst auf Mallorca, möglich sein.

Mein Handy vibrierte mich aus meinen geografischen Überlegungen. Es war Sonntagmorgen. Ein Arbeitsanruf konnte das kaum sein – Meine Mutter! Ihre wackligen Beine, die war bestimmt gestolpert, hingefallen und – mein Handy steckte in der hinteren Reißverschlusstasche meiner Laufhose. Ehe ich das flache Gerät aus der engen Öffnung gefummelt hatte, stoppte der Vibrationsalarm.

In der Morgensonne, auf dem super hochauflösenden Retinadisplay lesen zu können, wer mich angerufen hatte, war nahezu unmöglich. Ich wollte schon unter die kleine Brücke klettern, um im Schatten die Pixel auf dem Display besser zu sehen, da vibrierte das iPhone erneut.

»Ja!«, meldete ich mich aufgeregt.

»Wo steckst du? Wo im Teufelsnamen treibst du dich rum? Ich such dich überall. Wenn du jetzt nicht ans Telefon gegangen wärst hätte ich die Polizei angerufen.«

»Äh, ich laufe und wenn ich das richtig sehe, bin ich ganz in der Nähe. Also, gleich schon wieder da. Kein Grund einen Aufstand zu machen.«

Nichts passiert. Willi war lediglich nach Rumstänkern.

»Alex! Echt jetzt. Kannst du nicht was sagen, wenn du weg bist?«

»Willi, echt jetzt! Ich bin erwachsen und darf wohl alleine entscheiden wann, wo und warum ich aus dem Haus gehe. Soweit kommt es noch.«

»Alex! Du bist nicht alleine auf der Welt. Es gibt eine Reihe von Menschen, da wirst du dich endlich mal dran gewöhnen müssen, die sich Sorgen um dich machen. Wenn reden schon zu viel ist, dann leg nächstes Mal wenigstens einen Zettel hin.«

Ach Gottchen. Eine Reihe von Menschen. Maximal meine Mutter und Willi sorgten sich. Als Willis Freundin wurde ich vom Schmütz-Clan doch gerade mal toleriert. Blieb ja nichts anderes übrig, weil, der Sohn und Bruder sich nun mal so eine seltsame Frau ausgesucht hatte. Irgendwann würde der sich schon trennen und dann kommt eine vernünftige Schwiegertochter ins Haus. Eine die auch gerne zu Kaffee und Kuchen einlädt und mit der man vernünftig Grillen kann. Die beim Essen nicht immer die pflanzlichen Sonderwünsche hat. Weiß

man ja überhaupt nicht was man der zum Essen anbieten soll. Isst ja nix.
So kann es kommen, wenn man sich übers Internet kennenlernt. Zackbum hast du dich in einen deiner *Buddys* verliebt. Weil er so schön schreibt, so toll *lächelt* und *grinst*. Du gehst mit ihm Essen, in die Kiste – wahlweise auch mal in umgekehrter Reihenfolge – und irgendwann lernst du auch seine Freunde und Familie kennen. An genau der Stelle fängst kommen das erste Mal Zweifel auf, ob ihr wirklich füreinander geschaffen seid und ob es nicht doch Sinn macht, seinen Lebensgefährten in der analogen Welt kennenzulernen. Mit Umfeld und allem Schnickschnack der dazugehört. In dieser Welt wären wir allerdings vermutlich nie aufeinandergetroffen. Er, Anzug tragender Geschäftsmann und in seiner Freizeit Biergarten, Card-Bahn oder wahlweise mit dem Motorrad durch die Eifel. Ich, introvertierte Designerin, finde Bier unlecker, Motorradfahren blöd und nichts würde mich auf eine Card-Bahn bringen. Unsere einzige Schnittmenge seinerzeit war der Chat und der Sex. Digital passte da alles optimal.

In den ersten Jahren der Verliebtheit geht das alles irgendwie. Die Tatsache, dass seine Freunde nicht dein Fall sind, dass seine Familie ganz und gar nicht dein Fall ist, egal. Hauptsache er ist in deiner Nähe. Später dann, wenn der Alltag einkehrt, sieht die Welt etwas anders aus. Seine Freunde reden *blödes Zeug*, seine Familie geht dir auf den Geist und überhaupt, warum soll ich meine Freizeit mit Menschen verbringen die mich langweilen oder wahlweise meinem Nervenkostüm irreparable Schäden zufügen?

Ich meine, ich hatte mich echt bemüht. War sogar im Motorradladen und habe mich in Unkosten gestürzt und mir eine supertolle Motorrad-Kombi gekauft. Sicherheit geht ja über alles. Protektoren, Polster, extrem unvorteilhaft für die Figur. Die zweite sonntägliche Ausfahrt in die Eifel, diesmal mit High-Tech-Kombi, fand ich dann blöder als die Erste. Ich verkaufte die Kombi. Freute mich, wenn ich sonntags in Ruhe lesen konnte, während Willi sich beim Kurvenfahren mit seinen Kumpels amüsierte. Würde es mehr passen, wenn wir uns im Supermarkt, in der Kneipe, auf der Arbeit oder in der Disco kennengelernt hätten? Ich meine, in Willis Profil stand es ja haargenau: Formel 1, grillen, Motorrad fahren und Eisenbahn-TV.

Vielleicht ist ja die Sache mit dem Bauchgefühl doch nur so eine Redensart ohne Hand und Fuß und ich hätte mal mehr mit dem Kopf an die Sache rangehen sollen.

Manchmal, wenn die Anforderungen mich überforderten und Familienurlaub war eine solche Überforderung, dachte ich so. Meistens jedoch liebte ich die gemeinsame Zeit mit Willi, die Gespräche bei einem Glas Rotwein, die Abenteuer die wir erlebten.

Während ich unter der Dusche stand mich über den Brausekopf ärgerte, weil zu wenig Wasser aus den Düsen kam, streiften meine Gedanken den gut gebauten Jogger mit den dunklen Augen und mein bescheuerter guten Morgen Gruß.

»Guten Morgen.« Peinlich war das. Und wo ich gerade bei peinlich war, wenn ich so über die Aufregung, wegen meiner Entscheidung alleine joggen zu gehen, nachdachte, rammte mein Fuß vor Wut den Wannenrand. »Autsch!«

Warum auch immer. Vermutlich hatte sich durch den Tritt Kalk gelöst, denn plötzlich spritzte der Brauseschlauch wie ein wilder Drache um sich. So kam das Badezimmer in den Genuss einer Grundreinigung. Alles war nass, Wände, Boden sowieso, Klo und Spiegel.

Als ich endlich am Ende war, mit Putzen und mich anziehen und nach unten ging, hatte sich an der zwischenmenschlichen Situation nicht allzu viel geändert.

Die blöden Sprüche und Vorwürfe hagelten zwar nicht mehr so dicht wie vor dem Duschen, aber besonders Willi und meine Mutter konnten sich nicht von der Geschichte trennen. Willi schoss die Vorlagen und meine Mutter applaudierte bei jedem überflüssigen Kommentar. Familie Schmütz beschränkte sich auf den die-schon-wieder-Blick. Was sie in dem Augenblick ein wenig sympathischer als Willi und meine Mutter machte.

Als wir alle dann endlich auf der Terrasse, am üppig gedeckten Frühstückstisch platz nahmen schien vorläufig das Thema durch zu sein. Zumindest für meine Mitreisenden. Ich hingegen kochte weiter auf großer Flamme.

»Reichst du mir mal bitte den Quark?«

Bin ich ein Schulkind, muss ich auch noch fragen, wenn ich mal aufs Klo muss? Echt jetzt, wieso tue ich mir das an – Beziehung?!
»Alex! Kannst du mir mal den Quark reichen?«
Ich schreckte hoch und grunzte ein genervtes: »Mmmm ...«, ich reichte den weißen Plastikbecher schweigend meiner Mutter und vermied es, sie anzuschauen. Nicht, dass »Blicke töten« von der Redewendung zur physikalischen Realität wird.
»Komischer Quark. Bei uns sieht der ganz anders aus.«
Meine Mutter rührte mit einem Löffelchen und zweifelndem Blick in der weißen Käsemasse. »Bist du sicher, dass das Quark ist, Alex?«
Ich hatte gerade den Mund geöffnet, noch keinen Ton rausgebracht, da griff Mutter Schmütz meiner Antwort vor, machte ihren rechten Arm bemerkenswert lang und griff nach dem Quarkbecher.
Sie rührte mit ihrem Löffelchen einmal, zweimal und ein drittes Mal. Sie zog das Löffelchen aus der Masse, ließ den Quark abtropfen und begutachtete die Fließfähigkeit.
Nach eingehender Begutachtung der Festigkeit gab sie das Ergebnis ihrer Untersuchung bekannt:
»Viiiiel zu flüssig ist der«, ihren Gesichtszügen nach zu urteilen meinte sie damit: »Den esse ich auf keinen Fall.«
Ein vernichtendes Urteil.
»Jetzt mal unabhängig von der Konsistenz, wie schmeckt er denn?«, stellte Willi die eigentliche Kernfrage und übernahm den Quarkbecher.
Da die Konsistenz zu Genüge von kompetenter Seite vernichtend überprüft war, hielt sich Willi gar nicht erst mit Rühren auf. Beherzt steckte er seinen rechten Zeigefinger tief ins Milchprodukt, zog ihn einmal kurz und entschlossen durch, schob seinen Quarkfinger dann in seinen Mund und lutschte den Finger in großer Gestik ab.
»Hmmmmhhh. Also, ...« Sein Finger tanzte in der Luft, tauchte dann ein weiteres Mal unter. Mutter Schmützens Gesichtszüge zuckten. Willis Finger verschwand nochmal Mal zwischen seinen Lippen. »... der schmeckt lecker. Ist vielleicht ein bisschen flüssig, schmeckt aber wie 1A Quark, Mam.«
Der Becher schwebte über den Tisch zu Mutter Schmütz.
Ich will nicht sagen Mutter Schmütz schäumte vor Wut, aber ihre Stimme vibrierte merklich im oberen Frequenzbereich, als sie die

Hand ihres Sprösslings wegschubste: »Geh weg. Hast du nichts gelernt zuhause? Steckt man seinen Finger ins Essen und lutscht den dann auch noch ab? Man könnte meinen, du wärst erst sieben.« Die Sache mit dem Quark war damit, im wahrsten Sinne des Wortes, gegessen. Der Quark war zu flüssig und jetzt auch noch kontaminiert. Ging gar nicht.

»Gertrud, willst du mein Ei haben?« Vater Schmütz, versuchte den Morgen zu retten.

Ich schaute Willi an, zog meine Augenbrauen leicht in die Höhe. Willi lächelte und wackelte für einen kurzen Moment mit den Ohren. Da war er wieder. Der ganz große Beziehungsmoment. Willi amüsierte sich gerade köstlich. Die Welt war wieder in Ordnung. Zumindest die von Willi und mir.

»Womit soll ich denn jetzt meine Marmelade essen?« Meine Mutter. Ich drehte meinen Kopf in ihre Richtung. »Ähm, Butter ist hier.« Ich reichte ihr den Untersetzer mit dem Butterstück. »Ich brauche Quark unter der Marmelade, sonst schmeckt es nicht und ich vertrag das Süße sonst nicht.«

»Äh, ja, dann musst du wohl heute diäten. Das tut mir leid.«

Es tat mir wirklich leid. Ich meine, ich hatte meiner Mutter den Urlaub eingebrockt und jetzt saß sie da, nicht nur ohne Buttermilch, sondern auch noch ohne Quark.

»Ach, Diät. Meine Waage steht seit Jahren auf 64,4 kg. Ich nehme ja nicht zu. Aber ich passe auch auf und esse meistens nur die Hälfte vom Kuchen nachmittags.«

Bevor ich anerkennend nicken konnte, rettete Willi das Frühstück meiner Mutter.

»Wenn du nicht so fies wie andere bist, vor meinem Finger?« Willi reichte ihr den kontaminierten Quarkbecher rüber. »Die schmeckt ganz normal. Ein bisschen flüssig, aber schmeckt.« Ich sah die Erleichterung im Blick meiner Mutter. Flüssiger Quark schlug kein Quark. Sie griff nach dem Plastikbecher.

»Ich muss meine Tablette nämlich mit dem Essen nehmen. Wenn ich nichts esse darf ich die nicht nehmen.«

Wurst, Käse, Eier, Tomate, Gurke, der Tisch war überfüllt mit Essen, aber meine Mutter konnte nur Quark mit Marmelade und Brötchen, zu ihrer Tablette.

Das leuchtete ein.

Mutter Schmützens Tasse schepperte etwas zu laut auf dem Untersetzer.

Vater Schmütz schaute seine Frau fragend an. Offenbar hatte er Willis Spitze, wegen des Quarks nicht mitbekommen und war sich nicht sicher in welchem Gemütszustand seine Frau sich gerade befand und welche Reaktion seinerseits angemessen wäre.

Armer Mann. Aber vermutlich sah er sein Leben an der Seite von Gertrud Schmütz nicht ganz so negativ wie ich. Schließlich hatte er viele Jahre Zeit gehabt, sich an die Gegebenheiten zu gewöhnen.

»Was wollt ihr denn heute machen?« Sascha blätterte in seinem Mallorca-Reiseführer. Seinem Blick nach zu urteilen war die Frage an seine Eltern und an meine Mutter gerichtet. Mutter Schmütz schaute ihren Mann an, ihr Mann schaute zurück. Meine Mutter schaute Mutter Schmütz und ihren Mann an und sagte dann mit schüttelndem Kopf: »Mir ist das egal. Ich richte mich da ganz nach euch.« Bevor Vater und Mutter Schmütz den Ball wieder zurückwarfen, von wegen, uns ist das auch egal, schlug ich vor:

»Was haltet ihr davon, wenn wir heute alle nach Palma fahren und uns die Stadt angucken.« Um die Alten zu motivieren erwähnte ich am Rande: »Vielleicht finden wir ja auch noch irgendwo echten, deutschen Quark.«

Willi fand Palma gut und schlug vor, vielleicht abends in Alcudia essen zu gehen. Die hätten, soweit er sich erinnerte, eine sehenswerte Altstadt und bestimmt auch ein paar romantische Restaurants.

»Hier steht's. Alcudia ist eine Gemeinde auf der spanischen Baleareninsel Mallorca.« *Nein. Ist nicht wahr?* Wenn wir den Sascha und seinen Reiseführer nicht hätten.

Und der Sascha wurde nicht müde aus dem kleinen Büchlein vorzulesen. Es war inzwischen neun Uhr durch, fast zehn. »Sascha, ich unterbreche dich ungern aber wenn wir heute Palma machen, wäre es nicht schlecht, vor der Mittagshitze unterwegs zu sein.«

Wahrscheinlich war es die Angst vor der Mittagshitze. Nach rekordverdächtigen 36 Minuten war der Tisch blitzeblank, die Spülmaschine eingeräumt und die Mannschaft stand ungeduldig auf der Terrasse, parat für die Abfahrt. Die Sonne hatte sich ihren Weg auch schon durch die Bäume, auf die große Wendefläche gebahnt. Die einen stiegen in ein kühles, weil im Schatten stehendes Auto die anderen – Ich sparte mir Saunawitze in Richtung Willi, zuckte nur mit den Schultern und sprach, mehr zu mir selbst:

»Hab ich's nicht gesagt!«

»Was sagtest du, Alex?«

»Ach nichts, Willi. Schönes Wetter heute«, antwortete ich zuckersüß.

»Carmen, setz du dich doch nach vorne, dann siehst du besser. Den Oleander und so.« Willi hielt meiner Mutter die Tür auf und winkte sie auf die Beifahrerseite.

»Ach, mir reicht hinten. Ich brauche nichts zu sehen. Du hast doch bestimmt meine Alex lieber neben dir.« Sagte es, öffnete die hintere Tür und stieg, ihren kleinen schwarzen Lederrucksack umklammernd, ein. Ich verdrehte die Augen. Ich wusste nicht was mich mehr aufregte. Die Bescheidenheit meiner Mutter oder die Schleimspur von Willi.

Wir fuhren langsam über den Kiesweg. Ich ließ meine Scheibe runter, in der Hoffnung kühlen Fahrtwind abzubekommen.

Sascha fuhr vor und so war es Inke, die das Tor öffnete, um dann sofort wieder mit ihren Strass Sandalen in den Caddy zu hüpfen.

Willi stoppte hinter dem Tor. Schaute mich auffordernd an.

»Das ist jetzt nicht wahr. Du glaubst doch nicht, ich steige jetzt aus. Das hat die doch mit voller Absicht gemacht. Ne, im Leben nicht. Dann bleibt das Tor halt offen.« Willi schnallte sich kurzerhand ab, stieg aus und zog das rostige, quietschende Tor zu. «Weißt du, Alex, du musst das so sehen. Im Gegensatz zu der bist du sportlich. Da kannst du nicht allzu viel Bewegungseinsatz erwarten.«

Wir hatten noch nicht ganz Endgeschwindigkeit auf der schmalen Straße erreicht, gerade mal schleichende 30km/h, da war es mit der mediterranen Frischluft auch schon wieder vorbei. »Alex! Kannst du die Fenster ein bisschen mehr hoch machen. Meine Frisur ...«

Ich seufzte, drückte den Fenster-hoch-Knopf. Zehn Zentimeter Frischluftspalt ließ ich offen – sie hatte immerhin gesagt »... ein *bisschen* hoch machen.«

»Alex! Das zieht mir in die Schulter. Das ist nicht gut, wegen dem Rheuma.«

Ich seufzte nochmal, drückte nochmal den Fenster-hoch-Knopf und schaltete die Klimaanlage ein. Offenbar hatte auch die Bescheidenheit meiner Mutter Grenzen.

Sascha, eigenen Worten zufolge, ganz großer *Mallekenner*, lotste uns durch die Straßen der Hauptstadt Mallorcas. Offenbar kannte er da ein super gut gelegenes Parkhaus. Direkt am Wahrzeichen Palmas, der gotischen Kathedrale der hl. Maria, *La Seu*. Willi hatte mir eine Karte in die Hand gedrückt. »Sicher ist sicher. Kannst du bitte immer mal gucken, wo wir sind. Falls Sascha sich doch verfährt.«

»Mmmm«, antwortete ich.

Der Sascha wird das schon machen. Da machte ich mir keine Sorgen. Und sollte Sascha doch Probleme bei der Wegfindung entwickeln, dann würden das die Schmützens Jungs schon regeln.

Ehrlich gesagt, Straßenkarten waren ganz und gar nicht meine Welt. Ein Hoch auf Garmin, TomTom und Satellitenortung. Ich ließ meinen Blick lieber über die Landschaft, die Häuser, den Hafen und das Mittelmeer streifen.

Wir fuhren über eine breite Straße. Linker Hand ankerten Yachten und prachtvolle Segelschiffe an der Kaimauer. Rechts ragte die beeindruckende Kathedrale mit ihren schmalen Türmen in die Höhe. Schon überwältigend, wenn man aus dem Tunnel der Sorgen kommt und solch gigantische Dinge sieht. Sonnenaufgang im Hirn. Man weiß gar nicht wie es passiert, aber der Kopf ist plötzlich wieder in der Lage im Großen zu denken, die Freiheit der Gedanken zu spüren und Inspiration zu erleben.

Vor lauter Ergriffenheit und Erkenntnis hatte ich nicht bemerkt, dass wir angehalten hatten. Nicht an einer Ampel, sondern auf dem Seitenstreifen der breiten Verkehrsader. Ein paar Meter vor uns hielt Sascha mit seinem Caddy.

»Wir können doch nicht hier, mitten auf der Straße halten. Hat der sie nicht mehr alle«, schimpfte ich und hoffte, dass der nachfolgende Verkehr die Situation im Griff hatte.

Sascha stieg aus und kam auf uns zu. Er steckte den Kopf durch Willis Fenster und ein Porsche rauschte knapp an seinem Hintern vorbei. Sascha drehte sich Richtung Porsche, der gar nicht mehr zu sehen war und zeigte den Stinkefinger.

»So was, habt ihr den gesehen. Viel zu schnell. Der darf hier maximal 60 fahren. Das waren doch mindestens 200 Sachen, wenn nicht mehr. Arschloch!« Vorsichtshalber wechselte Sascha die Seite, steckte seinen Kopf jetzt durch meine Scheibe. Knapp über meinem Dekolleté hängend, zeigte er mit seinem Finger auf die Karte, die auf meinem Schoß lag.

»Wir können das Parkhaus an der Kathedrale nehmen. Das ist hier irgendwo, aber ich finde die Einfahrt nicht.«

Aha, so was. Der Sascha. Findet die Einfahrt nicht.

Willi beugte sich seinerseits über die Karte. Ich reckte mich nach oben, damit ich nicht mit den beiden Köpfen kollidierte.

»Wo sind wir denn jetzt genau?«, fragte Willi und griff sich auch schon die Karte, bevor irgendwer antworten konnte.

Wie zu erwarten, brauchte er nicht lange, bis er unseren Standpunkt im Wirrwarr der bunten Striche entdeckt hatte. Die beiden Brüder entwickelten einen Masterplan, ich bekam wieder die Karte in die Hand gedrückt, während Sascha wieder zu seinem Wagen marschierte.

»Merk dir mal die beiden Punkte. Der eine, wo wir gerade stehen und das P hier.« Mein Daumen- und Zeigefinger pinnte sich fest auf die beiden Punkte.

»Hätte ich wohl doch besser das Navi eingepackt.«

»Ach, Navi. Ein bisschen denken ist schon nicht schlecht. Ich sag dir ...«

»Ja, ich weiß, Willi. Die Menschheit verblödet, wegen ein bisschen Navigationshilfe.« Ich verdrehte die Augen.

Wir fuhren weiter und ich schaffte es mit meinem Zeigefinger dran zu bleiben, bis wir die Einfahrt gefunden hatten und in die unterirdische Welt von Palma eintauchten.

»Ich muss mal aufs Klo!«, meine Mutter.

Glücklicherweise tauchte das Wort *Salida*, Ausgang, in Verbindung mit WC-Symbolen für Männlein und Weiblein vor uns auf und nachdem wir ausgestiegen waren folgten wir gehorsam den Hinweisschildern. Aus irgendeinem unerfindlichen Grund werden Parkhäuser immer so geplant, dass man sich ein bisschen wie in einem Kerker fühlt. Beton oben, Beton unten, Beton rechts und links. Kathedralen für den Autogott und der spanische Autogott schien ein sehr kleiner Gott zu sein, denn die sehr niedrige Deckenhöhe machte das Ambiente nicht freundlicher. Ich war erleichtert, das Parkhaus ohne spürbare Vergiftungserscheinungen verlassen zu können.

Palmen und knorrige Kiefern dekorierten den großen Platz vor dem Parkhaus. Dahinter erstreckte sich ein ausgedehntes Wasserbassin mit Springbrunnen in der Mitte. Ein paar Schritte weiter öffnete sich der Blick auf die hohen Türme der Kathedrale, die sich in der grünlich schimmernden Wasseroberfläche spiegelten.

»Wo sind denn jetzt die Toiletten?«

Meine Mutter zupfte mich am T-Shirt. Ich schob mein Handy, mit dem ich ein paar Bilder machen wollte, wieder in die Hosentasche und schaute mich um.

»Dahinten. Da sind die Toiletten.« War gar nicht zu übersehen, das Schild. Mutter Schmütz, nebst Mann, Inke und Sascha schlossen sich der Toilettenwanderung an. Ich ging in mich. Ich meine, wir planten durch Palma zu spazieren, das hieß, bei der Hitze, viel Wasser trinken und in der Folge – *Wie sind eigentlich die hygienischen Toiletten-Verhältnisse auf Mallorca?* Ich hatte da so überhaupt keinen Erfahrungswert, ging aber davon aus, Klospülung und Keramik gehören auch hier zum Standard. Schließlich urlauben hier Promis wie Michael Douglas und Bruce Willis, zumindest habe das mal in einem Magazin – muss in einer Arztpraxis gewesen sein – gelesen.

Außerdem, Klos die so ein professionelles Leitsystem wie das an dem Parkhausgebäude haben, sind bestimmt *richtige* Klos. Mit Waschbecken, Spülung und geregeltem Putzplan. Und Mallorca ist ja auch nicht Anatolien. Ich entschied, sicher ist sicher, drückte Willi meine Tasche in die Hand und trabte der Toilettengruppe hinterher. *Pinkeln auf Vorrat.* Es zeichnete sich ab, dieser Urlaub würde auch ein Toilettensightseeing Urlaub werden. Was für ein Glück, dass ich immer eine Packung feuchte Reinigungstücher, neben all dem anderen lebensnotwendigen Kram, der meine Handtasche füllt, bei mir trug.

Ein riesiges Parkhaus, aber nur drei Damenklos. Super Planung. Als ich in den Feuchträumen ankam, waren diese drei Toiletten von meiner Mutter, Mutter Schmütz und Inke besetzt. Ich wartete. Die drei Mädels öffneten fast gleichzeitig die Verrieglung der Türen.

»Ach, Alex, du auch hier«, lachte Inke mich an. »Wen man alles auf dieser Insel trifft.« Ich lachte höflich zurück und betrat dann eine der Toiletten.

Die Toiletten waren zwar eng, aber hätten genauso auch am Kölner Bahnhof sein können. Weiß gekachelt, weiße Keramik, glitschig, dreckig. Ich bemühte mich, wirklich gar nichts anzufassen und hoffte, nicht ausgerechnet jetzt festzustellen, dass ich meine Tage bekommen habe. Nicht wegen der weißen Leinenhose, gut, das alleine wäre schon ziemlich blöde, aber ich hatte so gar keine Lust mit dem Hintern in der Schwebe, mein Kopf tockte schon gegen die Klotür, mir einen Tampon reinzuschieben. Alleine der Gedanke war geeignet eine Pilzinfektion auszulösen.

Meine Periode hatte nicht eingesetzt und ich wusste nicht so genau, ob mich das fröhlich oder unfröhlich stimmen sollte. Das Gespräch mit der *Dani* fiel mir ein. Auch die Sache mit dem Rotweinekel ließ mich nicht los. Irgendwo tief in mir drin winkte ein signalrotes Fähnchen mit grellgelber Aufschrift: SCHWANGER!

Ich wusch mir die Hände und betrachtete mein verschwitztes Spiegel-Ich. »Scheinst dir ja geradezu zu wünschen schwanger zu sein. Ich würde da mal meine Erwartungshaltung überdenken, liebe Alex. Andere werden schwanger, *wir* mit Sicherheit nicht. Sieh den Tatsachen in die Augen. Du bist soweit. Wechseljahre.

»**Wenn dir warm wird ist dir nicht mehr einfach warm, dann sind das Hitzewallungen. Wenn dir kalt wird, dann sind das die Hormone und wenn du nicht mehr feucht wirst, dann brauchst du demnächst irgend so eine Intimcreme, damit ...«**

Geistesabwesend bemerkte ich die ältere Dame mit dem kleinen Mädchen an der Hand nicht. »... es noch flutscht.«

»Kindchen, das klappt auch ohne. Sie müssen sich dann nur ein bisschen mehr Zeit nehmen mit Ihrem Partner.«

Klar, natürlich, da führe ich ausnahmsweise auf einem öffentlichen Klo auf Mallorca Selbstgespräche über mögliche Feuchteprobleme, bekomme nicht mit, dass ich gar nicht alleine bin und dann handelt es sich auch noch um einen deutschsprachigen Mithörer. Tomatenrot verließ ich die Feuchträume, nachdem ich mich knapp für den hilfreichen Tipp bedankt hatte.

Wir hatten gerade mal die erste Hälfte von Tag eins hinter uns und ich war schon bedient mit Dramen. Eigentlich hätte ich positiv denken können, so von wegen, mehr Desaster geht gar nicht. Aber, wenn das Leben eins lehrt, dann, dass es immer noch schlimmer kommen kann.

Die Kathedrale *La Seu*.

Wahrzeichen der Hauptstadt von Mallorca. Eine Besichtigung wurde diskutiert, als wir vor dem Eingang des riesigen Gebäudes standen. So richtig Lust hatte ich nicht auf Weihrauch getränkte Atmosphäre. Als Kind hatte ich so eine quietschgelbe, mit blau durchzogene Mütze, mit dicken, haarigen Bommeln an langen Kordeln zum vorne zumachen. Diese Mütze war an Grässlichkeit gar nicht zu übertreffen. Eines schönen Tages, es war ein Sonntagmorgen, an dem meine Mutter mal wieder auf einen Kirchgang bestanden hatte, kotzte ich die Mütze voll. Ob es der Geruch von Weihrauch war, oder einfach meine Aversion gegen Scheinheiligkeit, an diesem sonnigen, kalten Morgen im Winter übergab ich mich während der Predigt von Pastor Pelzer in genau diese Mütze. Seither hatte ich von meiner Mutter die Blankokarte während der Messe rauszugehen. Kotzen war wohl schlimmer für die *Leut*, als Kirche voreilig verlassen.

Seither, jedes Mal wenn ich auch nur an den Geruch von Weihrauch dachte, meldete sich spontan mein Magen.

Willis Vater bestand zwar nicht direkt darauf, wollte aber, wenn er schon mal vor solch einem monumentalen katholischen Bauwerk stand auch reingehen. Verständlich, eigentlich. Neben dem Kölner Dom sicherlich eins der ganz großen gotischen Bauwerke, die uns die *klerikale Propaganda* beschert hat. Ich hatte das stinkende Parkdeck geradeso überlebt und würde jetzt garantiert meiner Lunge nicht auch noch Weihrauch zumuten.

Zur Überraschung aller und zur Erleichterung einer einzelnen Person verkündete ein Schild am Haupteingang:
SONNTAGS geschlossen.
»Die können doch am heiligen Sonntag nicht zulassen. Wie geht denn das? Haben die denn an Sonntagen keine Messe?« Willis Vater gehört zu den ganz gläubigen Katholiken, die sich gerne auf harten Kirchenbänken kniend, den Sonntagmorgen vertreiben.

»Pap, wir sind ja noch ein bisschen auf der Insel und während der Woche haben die ja geöffnet.« Trotz Saschas Worten, war Vater Schmütz nicht wirklich beruhigt. Nicht weil er die Kirche nicht besichtigen konnte, vielmehr machte er sich um die Seelen der Mallorquiner Sorgen. Sonntag und keine Predigt. Es ließ ihm keine Ruhe.

Der ein oder andere Beitrag fiel mir dazu schon ein, aber ich behielt jeden für mich, wusste ich doch, Diskussionen zu dem Thema mit Vater Schmütz führen einen Atheisten in die Verzweiflung. Außerdem hatte die Erfahrung mich auch gelehrt, Vater Schmütz verstand bei dem Thema keinen Spaß.

Nach der Enttäuschung mit der Kirche und einer Serie von Fotos, die Sascha mit und ohne Reisemitglieder machte, ging es weiter durch die malerischen Gassen der Stadt.

Es war Sonntag, nicht alle Geschäfte hatten geöffnet, dennoch waren die Hauptstraßen proppenvoll mit Menschen. Wortfetzen im Getümmel verrieten, die Insel war weitestgehend in deutscher Hand.

Ein Pferdegespann wartete inmitten der schwitzenden Menschenmenge auf unternehmungslustige Touristen. Der Gaul, mit seitlichen Augenklappen, stand festverzurrt im Geschirr und kaute Schaum spuckend auf der Trense. Das Fell des Tieres glänzte. Klar, bei der Hitze übergewichtige Touristen durch die engen Gassen ziehen, vermutlich noch ein profitgieriger Kutscher im Nacken dem das Heil und Leben des Gauls am Arsch vorbei geht ...

»Mam, Pap, wollt ihr mal eine Runde mit der Kutsche drehen?« Mein Kopf schnellte herum.

»Du wirst doch wohl nicht soviel Arsch sein und diese Tierquälerei unterstützen?« Hätte ich gekonnt, aus meinen Augen wären Dolche geflogen.

»Was denn, guck doch, die machen doch alle da mit. Wird schon nicht so schlimm sein, für den Gaul.«

»Ach, wenn alle den Scheiße bauen, dann ist das in Ordnung.. *Die Logik hat schon so manches Volk in den Abgrund gestürzt.*«

Willis Hand legte sich auf meinen Rücken. »Ruhig, Brauner«, flüsterte er. »Der kann nix dafür. Über so was machen sich die wenigsten Menschen Gedanken.«

»Findest du jetzt nicht, du übertreibst?«

»Nein, Sascha, ich finde ich untertreibe.«

Die juchzenden Rufe von Mutter Schmütz beendeten den sich anbahnenden Krieg. »Ein Schwarzer. Guck mal, da ist ein Neger, einer aus Afrika.«

Mir fiel vor Schreck fast die Atmung aus. Dieser Schmütz-Clan kannte ja gar kein Halten, vor nichts und gar nichts. Frau Schmütz, in geblümter Dreiviertelhose, mit weißem Sonnenhut, weißen Socken und weißen Gesundheitssandalen hüpfte vor Freude, wie eine 16jährige beim Anblick von Justin Bieber. Konnte die nicht wenigstens ein bisschen leiser? Ich meine, die Hoffnung, dass sie eh keiner verstand, musste, angesichts der vielen deutschen Touristen, eine Hoffnung bleiben. Jeder, aber wirklich jeder drehte sich in Richtung politisch komplett unkorrekt.

Rassisten! Schlimmer noch, deutsche Rassisten. Was gäbe ich jetzt dafür, wenn ich sagen könnte: *Scotty, beam me weg.*

»Mam, so sagt man nicht.«

Sieh an, sogar Sascha war peinlich berührt.

»Das ist rassistisch.«

»Ja, aber wie sagt man dann, Jung?«

»Farbiger, Afrikaner, Schwarzer geht noch, aber *Neger* geht gar nicht. Die haben sogar *Neger* inzwischen aus Pippi Langstrumpf gestrichen. Darf da auch nicht mehr geschrieben stehen.«

Der *Neger* gehörte zu einer Musikantengruppe. Er trug einen bunten Poncho, eine bunte Strickmütze und ein Zahnpasta-Lachen auf den dicken Lippen. Ja, ich hatte richtig gesehen, Mutter Schmütz zwinkerte dem bunten Musikermann zu.

Der *Neger* zwinkert zurück und kam mit seinem Strahle-Lachen auf sein *Groupie* zu, nahm die lustige dicke Frau in den Arm und tanzte mit ihr ein paar Schritte über den Platz. Mutter Schmütz blühte auf. Vater Schmütz stand, die Ruhe selbst, am Rand des Geschehens. *Saschaschatz* und *Inkemaus* knipsten um die Wette, die Zuschauer applaudierten fröhlich. Ich – ach lassen wir das.

Mit einem Kuss auf die Handoberfläche verabschiedete der Musiker die glückselig seufzende Frau und gesellte sich dann wieder zu seiner Gruppe, die den Tanz mit Xylophon, einer kleinen Gitarre und Trommeln begleitet hatten. Der *Neger* hatte sogar ein Mikrofon. So richtig mit Ständer, Boxen und allem Zip und Zap.

Die folkloristischen Musiker starteten mit einem neuen Musikstück. Der Rhythmus, das Intro, kam mir bekannt vor. Ich schaute auf die Musiker, in Poncho und mit Strickmützen, suchte in meiner Erinnerung nach afrikanischer Folklore. Fand nichts was passte. Aus den großen Boxen, rechts und links der Gruppe ertönte jetzt der Gesang und es haute mich fast aus den Flipflops. Auf jeden Fall trieb mir das Lachen die Tränen in die Augen.

»Met ner Pappnas jeboore, dr Dom en der Täsch,
hammer uns jeschwoore: Mir jonn unsre Wääch
Alles wat mer krieje künne, nemme mir och met,
weil et jede Aureblick nur einmol jitt...

Die Neger sangen astreines Kölsch. *Viva Colonia*. Mutter Schmütz schunkelte mit Inke und meiner Mutter. Willi sang mit und Sascha hielt die Familienfreuden im Video fest. *SCOTTY, beamen!*

Nach der ganzen Aufregung und weil ja auch schon weit nach 12 Uhr war, musste nun ein Restaurant gefunden werden.

Die einen mussten Pippi, die anderen hatten Durst oder Hunger und ich bestand darauf ein Restaurant aufzusuchen, wo man umsonst WLAN nutzen konnte.

Nicht einfach. Das erste Restaurant hatte zwar WLAN, aber die Karte fand bei den Rentnern keine Zustimmung. Tapas in allen Variationen: »Sohn, was sind denn Tapas?« Nun erkläre mal jemandem, der seit 75 Jahren ganz unspektakulär deutsch isst, was Tapas sind. Willi versuchte es, scheiterte aber kläglich. Nach einem weiteren Versuch von Sascha, hatte Mutter Schmütz dann irgendwie den Durchblick:

»Also, du meinst Tapas sind kleine Partyhäppchen?«

Für Mutter Schmütz indiskutabel.

»Jung, ich hab Hunger. Gibt es denn hier kein Jägerschnitzel?«

Papa Schmütz und meine sonst so anspruchslose Mutter setzten unisono einen drauf: »Ja, auf ein Schnitzel hätte ich auch Lust.«

Die Aufgabe war gestellt: Restaurant mit deutscher Küche und *free WIFI* finden. Um die Sache nicht zu verkomplizieren, erwähnte ich an der Stelle nicht, dass ich aber kein Schnitzel, weder mit Pilzen noch mit Zigeunersoße oder sonst wie, esse. Schließlich wusste ja hier jeder von meiner Fleischintoleranz. Außerdem hatte ich bei der Hitze auch eh nicht allzu viel Appetit. Insofern war es mir egal, solange die *Frittenbude* über einen freien Internet-Zugang verfügte.

In einer schmalen Gasse wurden wir dann endlich fündig. Tapas, und, wie die Tafel vor der Tür verkündete, *deutsche Spezialitäten*, womit, laut Speisekarte, sehr günstige XXL-Schnitzel gemeint waren.

Die Schnitzel waren goldgelb paniert, die Fritten fettig und der Beilagen Salat matschig, wie zuhause im Schnitzelhaus.

Alles paletti, alles Bestens. Ich hatte mir vegetarische Tapas bestellt. Was dann vor mir stand war auch irgendwie sehr deutsch. Ein kleines Tonschälchen Rosenkohl, ein Schälchen Erbsen mit Möhren und ein Schälchen Bratkartoffeln. Dass die Bratkartoffeln mit Speckwürfel vermischt waren, hatte der Kellner wohl nicht bemerkt und ich hatte keine Lust auf Diskussion mit Sprachbarriere, also überlies ich Willi ein Drittel meiner Tapas.

Nach dem Essen waren alle zufrieden und die Reisegruppe amüsierte sich beim Durchblättern der *Negerbilder* auf Saschas Digitalkamera. Ich surfte einmal quer durch alle wichtigen Internetseiten, rief meine Mails ab und stellte fest, niemand brauchte meine Arbeitskraft. Ich seufzte. Willi nahm mich in den Arm und drückte mich.

»Das wird schon. Da mache ich mir keine Sorgen.« Der Typ konnte ja so grenzenlos optimistisch sein. Ich wette, den Satz würde er mit Sicherheit auch von sich geben, wenn über dem Mittelmeer jetzt ein Atompilz emporwachsen würde.

Natürlich mussten alle nochmal aufs Klo, bevor wir zurück zur Kathedrale, in Richtung Parkhaus, gingen. Ich musste nicht. Na ja, so ein bisschen, aber ich hatte, nach einem kurzen Blick Richtung Feuchträume, so gar kein Verlangen die kennenzulernen. Ich sparte mich lieber für unser zwar wackliges aber geschrubbtes Finca Klo auf.

Die Geschwindigkeit auf dem Weg zurück, richtete sich nach dem schwächsten Glied und das war meine Mutter, deren Tempo eine echte Herausforderung darstellte. Das ist wie mit dem Auto in der Spielstraße. Sieben km/h. Man braucht echtes Fußspitzengefühl am Gaspedal ansonsten parkt man unfreiwillig oder fährt garantiert zu schnell.

Meine Mutter und ich hingen schon ein gutes Stück hinter dem Rest der Gruppe her. Ich hatte Schmerzen im Rücken vom Langsamgehen und bedauerte, nicht aufs Klo gegangen zu sein. Der Weg zum Auto war nämlich weiter und dauerte länger als vermutet. Ich musste immer dringender pinkeln. Ich schaute mich um.

Wir liefen neben einer schattigen Parkanlage. Familie Schmütz war ein gutes Stück entfernt aber es sah nicht danach aus, als würde der Schmütz-Clan den Engel-Clan vermissen. Ich überlegte, ob ich Willi anrufen sollte, Bescheid sagen, dass ich aufs Klo muss. Dringend! Kostete aber bestimmt Roaming Gebühren. *Ach, was solls.* Ich steckte den rechten Zeigefinger und Daumen in den Mund und pfiff lautstark nach vorne.

Ich sah, wie Willi stehenblieb, sich umschaute und suchte. Der merkte offenbar erst jetzt, dass was an seiner Seite fehlte. Ich winkte, damit er mich sehen konnte. Erleichtert und wild gestikulierend kam er gelaufen.

»Mensch, wo bleibt ihr denn.«

»Sind halt nicht alle so schnell unterwegs wie ihr.«

»Entschuldigung.« Willi hakte meine Mutter unter. »Carmen, jetzt machen wir mal ein bisschen Geschwindigkeit. Du bist doch im Eifelverein. Das geht doch bestimmt auch schneller.« Der sagte das wieder mit diesem Schwiegermutter-Schmelz in der Stimme. Ich verdrehte die Augen. Meine Mutter lachte, und, ja, sie lief tatsächlich schneller.

»Ähm, Willi. Ich muss mal aufs Klo.«

Ich hatte ein Toiletten-Schild gesichtet und signalisierte Willi in welche Richtung ich gehen würde.

»Ok. Wir warten da auf der Bank.«

Der Weg Richtung Klo führte in den Untergrund. In ein Parkhaus. Eine Etage tiefer, ein kurzer Gang, dann durch eine schwere Eisentür und ich stand zwischen parkenden Autos in schwüler, muffiger Abgasluft.

Das WC-Schild schickte mich an langen Autoreihen vorbei. Ich bog links ab, blickte in einen ewig langen Gang, an parkenden Autos vorbei. Das Klo würde bestimmt gleich kommen. So weit konnte das doch gar nicht vom Hinweisschild entfernt sein. Flipflop, flipflop. Ich beschleunigte, schaute nach rechts und nach links. Irgendwo musste doch die erlösende Tür zu sehen sein.

Als das richtungsweisende Schild mich nach rechts schickte, mutierte die Aktion zum Abenteuer. Den Weg würde ich garantiert nicht mehr zurück finden. Ich drehte mich um, zurückgehen oder weiter den WC-Schildern folgen? Noch würde ich den Weg wahrscheinlich finden, aber ob meine Blase den langen Weg auch aushalten würde, da war ich mir nicht sicher. Meine Beine folgten automatisch dem immer lauter werdenden Ruf meiner Blase.

Nach vielleicht 80 Metern musste ich durch eine dicke Eisentür, einen kurzen, dunkelblau gekachelten Gang entlang und endlich stand vor der erlösenden Tür. Den Uringestank nahm ich gar nicht wahr, über den nassen Fußboden machte ich mir keine Gedanken, ich war einfach nur glückselig. Das WC war erstaunlich groß. Vermutlich für Rollstuhlfahrer mitgedacht. Ich schloss die Tür, ging drei Schritte zum Klo und stellte meine Lederhandtasche in Ermangelung eines Hakens am Boden ab. Mit dem Hintern über der Schüssel schwebend atmete ich erleichtert auf. Keine Sekunde länger hätte ich das ausgehalten.

Blöd, weil aus dem Wasserhahn am Waschbecken kein Wasser kam, gut, dass zu meinem Handtaschengepäck feuchte Reinigungstücher gehörten.

Wieder zwischen den parkenden Autos stehend, hatte ich ein Problem. Ich schaute rechts, ich schaute links. Aus welcher Richtung war ich gekommen? Ich konnte nur raten und wendete mich, hoffend und betend, nach links. Nach ein paar Schritten sah ich das Heck eines quietsch rosa gefärbten Ferrari aus der Parkreihe hervorstechen. Ganz sicher, an dem war ich vorhin nicht vorbeigegangen. Der *Barby-Flitzer* wäre mir aufgefallen. Auch sonst kam mir der Gang gänzlich unbekannt vor. Kurzentschlossen drehte ich mich um und lief in die andere Richtung. Abgesehen von dem fehlenden rosa Ferrari, sah es in der Richtung aber auch nicht wesentlich ermutigender aus.

»Shit.« Was jetzt? Erst mal Ruhe bewahren. Weiterlaufen und nach einem Ausgang suchen schien mir am Richtigsten.

So gut die Beschilderung fürs WC war so schlecht war sie für den nächstgelegenen Ausgang. Ob die anderen mich schon vermissten? Wie lange war ich schon unterwegs und wie lange konnte man hier rumlaufen, ohne an einer CO_2 Vergiftung zu sterben?

Mir wurde bedrohlich mulmig in der Magengegend und ich schloss mit mir selbst eine Wette ab, die Erbsen, Möhren und Rosenkohl würden zuverlässig wieder hoch kommen, wenn ich nicht bald frische Luft bekam. Mein Weg führte mich an eine Abzweigung. Nach links, oder geradeaus? Ich erinnerte mich, ein oder zweimal abgebogen zu sein. Ich wendete mich nach links. Dahinten, zwischen den Autos, das war doch eine Tür. Ich lief schneller. Kam näher. Ja, da musste der Ausgang sein. Rettung naht. Ich drückte die Klinke. Zu. Ich trat gegen die Tür. Mein nackter, dicker Zeh schrie laut auf. Flipflops sind nun mal keine Sicherheitsschuhe. Es hilft nichts. Ich musste weitergehen, beziehungsweise hinken. Irgendwo musste dieses beknackte Parkhaus doch einen Ausgang haben.

Wir hatten doch auch in so einer unterirdischen Autogott-Halle geparkt und die hatte auch einen Ausgang. Wenn mir wenigstens mal Menschen begegnen würden die ich fragen könnte. Ich versuchte still zu sein, hielt die Luft an. Vielleicht leitet mich ja irgendein Geräusch auf den richtigen Weg. Kirchenglocken, quietschende Reifen, Stimmen vielleicht. Und tatsächlich, ich hörte Schritte. Klack, klack. Von weit her. Stimmen, lauter werdend. Ich war also nicht unerwarteter Weise auf der Reise zum Mittelpunkt der Erde. Wenn ich mich nicht verhörte sprachen die Stimmen sogar deutsch. Deutsch mit Dialekt. Sie riefen oder grölten irgendwas in die Gänge. Vermutlich komplett besoffen und nicht ansprechbar. Das nenne ich mal *Glück*.

Ich blieb stehen, lauschte. Sex? Rief da wirklich jemand nach Sex? Urlauber im Sangria-Delirium? Ich erörterte schon die Frage, ob es vielleicht sicherer wäre, wenn ich mich hinter einem der großen, schwarzen SUVs verstecken würde. Ich lauschte erneut angestrengt. »...ex!« Die riefen gar nicht irgendwas mit Sex. Die riefen was mit »...ex!« Zwischen den Rufen Stimmengewirr. Die mussten ganz nah sein. »... ist bestimmt umgekippt. Ihr ging's ja nicht so gut und die Luft hier unten ist schlecht.« Das war eindeutig Mutter Schmütz. Vielleicht doch zu viele Autoabgase eingeatmet?

Hinter dem Heck eines schwarzen Jeeps kamen sie hervor.

»Alex!« Sascha rief meinen Namen lautstark durchs Parkhaus.

Als Mutter Schmütz mich erblickte, lief sie mit ihren Gesundheitssandalen schneller als man ihr je zugetraut hätte und ehe ich mich wehren konnte, versank ich in süßlich riechender, warmer Viskose. »Kind, wat bin ich froh. Du machst aber auch immer Sachen. Alleine morgens rumlaufen und jetzt das. Also ehrlich, du hast uns ganz schön einen Schrecken eingejagt.«

»Habe ich doch gesagt, die ist schon beim Auto.« Sascha stand nicht weit weg, mit einer Flasche Wasser, an einer geöffneten Kofferraumklappe. »Dafür die ganze Aufregung. Du hättest aber auch sagen können, dass du am Auto wartest.«

Als Mutter Schmütz mich aus ihren verschwitzten Armen entließ, schaute ich mich um. Da standen tatsächlich die beiden Caddys. War ich etwa doch ohnmächtig geworden und hatte wesentliche Ereignisse im Tagesablauf nicht mitbekommen?

»Schluck Wasser?« Sascha reichte mir die Flasche rüber.

»Äh, nein Danke.«

»Was los, Schwägerin? Kipp uns bloß nicht auch noch um.«

»Äh, nix.« Ich war sprachlos, perplex, nicht fähig zu verstehen. Offenbar bestand ganz Palma aus nur einem unterirdischen Parkhaus und ich hatte völlig plan- und auch orientierungslos den Weg vom Klo zum Auto eingeschlagen.

»Deine Mutter und Willi warten noch oben auf dich. Denen müsste jemand Bescheid sagen, dass du am Auto bist.«

Sascha schaute mich zweifelnd an. Ich guckte vermutlich immer noch, als hätte man mir vorgeschlagen beim Weihnachtsmann als Christkind anzufangen.

»Schon gut. Bevor wir wieder stundenlang warten und nach dir suchen. Ich geh selbst hoch.«

**Auf dem Rückweg zur Finca fuhren
wir noch am Supermarkt vorbei.**

Quarkmission. Sascha hatte meinen Einwand, dass sonntags der Supermarkt sicher geschlossen sei, mit der Souveränität des geübten Mallorca Urlaubers abgewunken.
»In der Urlaubssaison haben die auch sonntags geöffnet, Schwägerin.«
Als wir dann vor verschlossener Tür standen, ging Saschas Souveränität flöten.
»Ey, wieso haben die zu? Die können doch nicht, mitten in der Urlaubszeit, die Tür zu lassen. Also, ich erinnere mich, als ich das letzte Mal hier war, da hatten die sonntags geöffnet.« Sascha klopfte an die Scheibe, versuchte, im Inneren des Ladens jemanden auf sich aufmerksam zu machen.
»Wann warst du denn eigentlich das letzte Mal auf der Insel«, fragte Willi seinen Bruder amüsiert.
»Mit den Jungs vom Radsportverein. Vor drei oder vier Jahren. Wir hatten uns doch hier noch eine Kiste Bier gekauft, direkt nachdem wir angekommen waren und das war ein Sonntag. Weiß ich noch genau.« »Ja, hilft ja nix. Vielleicht hatten die ja nur wegen dir geöffnet oder in den letzten Jahren ein paar Änderungen im Ladenöffnungsgesetz«, frotzelte ich. »Dieses Jahr ist er auf jeden Fall sonntags geschlossen.«
»Wo finden wir denn jetzt Quark? Wenn wir morgen Früh keinen Quark haben, das geht ja aber auch nicht.« Meine Mutter und Mama Schmütz waren sich bei dem Thema einig. Ohne *richtigen* Quark ging gar nicht. Da für den Moment keiner einen besseren Vorschlag hatte, setzten wir uns erst mal wieder in die Leihwagen und fuhren Richtung Finca.
Die Rückfahrt wurde sehr schweigsam. Mich beschlich mal wieder Schuldgefühle, weil meine Mutter durch mich diesen Urlaub gebucht hatte und damit war es meine Schuld, dass sie jetzt in diesem Quarkdilemma festsaß. Außerdem grollte ich gegen Willi, weil es Willis Schuld war, dass wir überhaupt in diesem Dilemma festsaßen. Willi hingegen fragte sich, warum auf einmal so eine scheiß Stimmung herrschte. War er doch ein Mann und als solcher stellte sich das zwi-

schenmenschliche Problem als viel zu kompliziert dar, um als Problem erkannt zu werden. Manchmal wünschte ich mir die einfach gestrickte, männliche Sicht, auf die Dinge zu haben. Macht das Leben mit Sicherheit sehr viel einfacher.

Kurz vor Alcúdia sprang uns dann das Glück in Form eines großen, quadratischen Hinweisschildes, geschrieben in astreinem Deutsch, quasi vors Auto. »LIDL, in 500 Metern« und in großen roten Buchstaben am unteren Rand des Schildes:

»Sonntags geöffnet!«

Es sah so aus, als wäre der Urlaub fürs Erste gerettet.

Vermutlich machen deutsche Touristen in den Sommermonaten den Löwenanteil des Jahresumsatzes bei Lidl, Filiale Mallorca, aus. Anders konnte ich mir nicht erklären, warum das Schild nicht wenigstens in zwei Sprachen informierte.

Nur noch am Kreisverkehr rechts. Man sah schon das Logo auf dem Dach des flachen Gebäudes und die Freude im Gesicht meiner Mutter.

Zehn Tage Urlaub auf Mallorca und innerhalb von zwei Tagen zweimal Großeinkauf. Ich freute mich *riesig* auf die noch kommenden acht Tage. Was macht man nicht alles mit, damit die Eltern glücklich sind. Immerhin hatten die, als wir noch Kinder waren, auch jeden greifbaren Freizeitpark mitgenommen, nur um die Freude in den Augen ihrer kleinen Quengelmopse zu sehen.

Der Lidl ließ keine Wünsche offen. Auch, wenn hier und da die Übersetzungs-App gebraucht wurde, bei den Senioren machte sich Zufriedenheit breit. Das richtige Schwarzbrot und Quark in Hülle und Fülle. Obwohl die Umverpackung anders aussah, wenn der Quark im Lidl-Regal lag dann musste das wohl auch in gelb statt blau passen. Sogar die einzig wahre Marmelade, kam geschmacklich direkt nach selbst gemachter Marmelade, laut meiner Mutter, wurde hier gefunden. Nutella für Sascha und Willi, eine Packung Lachs für Inke.

»Fisch isst du doch, Alex?«

Ich verzog mein Gesicht, dachte an die vielen Meldungen über Keime im abgepackten Räucherlachs und sagte:

»Muss nicht sein.«

»Super, dann können wir uns den ja teilen.«

Häh? Ich schüttelte meinen Kopf, nur so, für mich.

Nicht über die Logik von Nebensätzen und Randbemerkungen nachdenken, einfach im Rahmen der gegebenen Möglichkeiten weiter Urlaub machen.

Willi lief nochmal nach draußen, organisierte einen zweiten Einkaufswagen. Man hatte festgestellt, dass wir mit Sicherheit noch mehr Wasser brauchen und das Grillfleisch lag hier auch super günstig in der Kühltruhe rum. Außerdem würden 12 Rollen Klopapier eh nicht reichen, für zehn Tage und sieben Personen. Sascha hatte da genauere Zahlen auf seinem Handy. Er hatte es ausführlich durchgerechnet, wie viel Meter Klopapier der Durchschnittsmensch pro Tag brauchte. Addiert wurde das Ganze mit der Variablen Durchfall und so kam Sascha auf zwei Rollen pro Person plus jeweils eine halbe Rolle Variable. Ergo, wir brauchten wenigstens 17,5 Rollen Klopapier.

Willi stellte fest, dass wir bisher gar nicht an *Zewa* und *Alufolie* gedacht hatten und überhaupt, mit nur 24 weißen Eiern kamen wir schon mal gar nicht über die Runden.»Vielleicht fragst du mal den Sascha, der hat dazu bestimmt auch ein paar Zahlen, wenn nicht sogar eine mehrseitige PowerPoint-Präsentation im Ärmel« spottete ich.»Ich benutze mein Handy wenigstens für wichtige Sachen und surfe nicht blöd bei Facebook und Konsorten rum.« Ich lachte:»Klar, statistische Erhebungen zum Verbrauch von Klopapier. Super wichtig.«

Beide Caddys waren rappelvoll, als wir unseren Weg in die Finca wieder fortsetzten.

Wir holperten auf dem schmalen Weg Richtung De Oliviera, als Willi bemerkte:»Was stinkt hier eigentlich so?«

Ich schnupperte in die Luft. Es roch nach ...»Mmmmm ... keine Ahnung, vielleicht irgendwas in den Einkaufstüten.«

»Vielleicht ist der Quark schlecht.«

»Ne, das kommt von hier vorne und es riecht nach Bahnhofsklo.« Klo, war das Stichwort. Meine Toilettenwanderung. Der feuchte Boden, meine sauteure Ledertasche. Ich hob den dunkelroten Beutel an und näherte mich mit meiner Nase.»Scheiße!«

»Echt, Scheiße?«, fragte Willi.

»Voll, scheiße!«, antwortete ich mit rümpfender Nase.

»Riecht aber eher nach Pippi, als nach Scheiße.«

»Riecht nicht nur nach Pippi, hat auch noch einen riesen Fleck im Leder.« Die Hoffnung, dass die Flüssigkeit auf dem Boden der Toilette ganz einfach nur Wasser gewesen war, blieb eine Hoffnung. Wie sollte es auch Wasser sein. Der Wasserhahn war trocken und, dass jemand kristallklares Wasser aus der Kloschüssel nach draußen befördert hatte, ist wohl unwahrscheinlich. Ich ließ meine Scheibe runter, scheiß auf Frisur und Rheuma, und hielt die Tasche in den Fahrtwind.

»Pass auf, dass der ganze Kram nicht aus deiner Tasche rausfällt.«

Super Urlaubstag gehabt. Warum waren wir eigentlich nach Palma gefahren? Um dumm rumzulaufen, in einer Frittenbude zu essen, bei Lidl einzukaufen und meine Tasche zu versauen? Ach so, ja, Tageshighlight, Neger gucken. Urlaubsfreuden vom Feinsten. Am Besten gleich ins Bett gehen und acht Tage durchschlafen, bevor sich noch mehr Katastrophen in meinen Lebenslauf einreihen und ich posttraumatisiert am Kölner Flughafen lande. Selbstverständlich schaffte ich es auch noch, den gesamten Inhalt meiner Handtasche auf geschätzten 100 Meter Kiesweg zu verteilen. Willi wurde nicht müde mich darauf hinzuweisen, dass er es mir ja gesagt hätte, ich soll aufpassen. Meine Mutter erzählte Willi, dass ich schon als Kind immer ein Schussel gewesen wäre. Ich stieg aus dem Wagen aus und ließ die beiden mit Geschichten über meine Schusseligkeiten alleine.

Ich sammelte meinen Kram fluchend ein und wünschte mich selbst weit weg.

Meine erste Aktion in der Finca war Tasche reinigen.

Es war wirklich eine Lieblingstasche gewesen und als die Tasche traurig, irgendwie mehr dreckig-orange als braun-rot auf dem Wäscherack hing, sah es nicht danach aus, als würde sie auch in Zukunft noch Lieblingstasche bleiben. Ich musste mich den Tatsachen stellen. Ich brauchte eine neue Tasche. Dringend.

Es war natürlich die einzige Handtasche, die ich auf die Insel mitgenommen hatte und demzufolge war ich jetzt taschenlos. Ging gar nicht. Ich war alleine deshalb schon genervt und in dem Zustand stellt soziales Miteinander eine echte Gefahr für den Allgemeinfrieden dar.

Aus dem Grund kam mir der familiäre Beschluss, weil alle futsch waren vom langen Tag, den Besuch von Alcúdia auf den nächsten

Tag zu verschieben, gelegen. Man hatte ja schließlich auch schon ein Riesenschnitzel am Mittag in sich reingeschoben und ein üppiges Abendessen wäre da wohl nicht direkt gesundheitsfördernd, so meine Mutter. Nicht ohne den Hinweis auf ihre 64,4 kg, die es zu halten galt. Eine Kleinigkeit musste fürs Abendessen reichen. So konnte ich mir eine Auszeit von Seniorenproblemen und auch vom Schwiegermutter-Liebling, und seinen inzwischen fast so schlauen Kommentaren wie die seines Bruders, nehmen.

Die Fensterläden des Schlafzimmers waren geschlossen, die Fenster geöffnet. Ich hörte das Schreien und Rufen von Willi, Sascha und Inke, die im Pool, den Geräuschen nach zu urteilen, riesen Spaß hatten. Mutter Schmütz, ihr Mann und meine Mutter spielten auf der Terrasse Mensch-ärgere-dich-nicht. In regelmäßigen Abständen ertönten die Flüche von Gertrud, wenn sie, offenbar kurz vor dem Einzug ins *Häuschen,* rausgeschmissen wurde.

»Gertrud, reg dich doch nicht immer so auf. Ist doch nur ein Spiel.«

»Ich«, quietschte Mutter Schmütz, »rege mich doch gar nicht auf. *Ich* kann den anderen den Sieg gönnen, im Gegensatz zu anderen.«

»Gertrud, du spielst aber auch nicht um zu verlieren«, warf meine Mutter ein.

»Mir ist das völlig egal, ob ich gewinne oder verliere. Ich freue mich, wenn andere sich freuen.«

Ich versuchte die Unterhaltung auszublenden und mich auf meinen Roman zu konzentrieren. *Passagier 23.* Ein Psychothriller. Ich las die erste Seite, ich las die zweite Seite. In der ersten Zeile, auf der dritten Seite fragte ich mich, was auf der zweiten Seite gestanden hatte und warum der scheinbar Irre dem kerngesunden nun ein Bein amputiert hatte. Ich *blätterte um,* las nochmal quer. Hmmm, hatte ich das wirklich gerade eben gelesen? Nochmal von vorne. Seite eins, Seite zwei – »*Der schwarze Athlet verdrehte die Augen, spuckte Schaum und drückte den Rücken durch, während er verzweifelt an seinen Fesseln riss* ...« Warum lese ich eigentlich so einen nervenzerschrubbenden Kram? – Applaus von der Terrasse, und Jubel von meiner Mutter. »Hey, Karl-Friedhelm, schon das dritte Mal gewonnen. Mit dir Mensch-ärgere-dich-nicht spielen ist ja echt eine Herausforderung.«

»Du hast doch nicht richtig gewürfelt. Pah!« Mutter Schmütz freute sich nur mäßig über den Sieg ihres Mannes. Stühle wurden gerückt. Mutter Schmütz verabschiedete sich knurrend in ihre Gemächer. Ich legte resignierend mein Kindle-Buch zur Seite und starrte stattdessen auf einen dunklen Fleck an der weißen Zimmerdecke.

Der erste Urlaubstag war an mir vorbeigerauscht. Hitze, Staub, Toilettensuche, Familie Schmütz, meine Mutter – »Wer weiß, wie lange wir noch Zeit haben, so was mit unseren Eltern zu erleben.« Willi hatte diesen Satz in der Planungsphase dieses Urlaubs gesagt. Natürlich hatte er recht, irgendwie.

Meine Mutter war sehr wackelig auf den Beinen. So gar nicht mehr die energiegeladene Frau, die vier Kinder alleine großgezogen hat und ein Einfamilienhaus in Schuss gehalten hat. Selbst die meisten Handwerksarbeiten, inklusive Dachrinne einmal im Jahr reinigen, wurden von ihr eigenhändig erledigt. Sie hatte keinen Führerschein, lief, wenn nötig, zweimal am Tag in die Stadt zum Einkaufen. Trug schwere Einkaufstaschen nachhause und abgesehen von Kopfschmerzen, hin und wieder, kannte ich meine Mutter, bis vorgestern, nur fit und vital.

Natürlich wusste ich, sie ist nicht jünger geworden. Das ein oder andere Mal hatte ich sie ja doch besucht. Jedoch erlebte ich sie dann immer in ihrer gewohnten Umgebung. Ihrer Küche, ihrem Wohnzimmer, ihrem Garten. Da war jeder Handgriff, jeder Schritt geübt, gekonnt, ein Automatismus. Sie jetzt, hier auf Mallorca, in fremder Umgebung, so wacklig und furchtsam auf den Beinen zu erleben, war ein schmerzhafter Anblick und die Erkenntnis, dass Eltern, dass meine Mutter nicht in der letzten Hälfte ihres Lebens, sondern bestenfalls im letzten Fünftel angelangt war, traf mich wie ein Faustschlag mitten ins Gemüt. Mir kullerten die Tränen. Ich wühlte links neben mir auf dem Nachttisch, wo das Innenleben meiner Handtasche zwischenlagerte, nach den Tempos.

»Fuck.« *Ich bin doch sonst nicht so eine Heulsuse.* Jetzt gerade, wo mir die Endlichkeit einer Selbstverständlichkeit bewusst wurde, heulte ich Rotz und Wasser.

Man sollte meinen, ein Mensch mit 44 hat das im Griff und weiß um den Lauf der Dinge Bescheid. Offenbar hatte ich aber in den letzten Jahren die Augen zu gemacht, vor der Tatsache, dass meine Mutter alt geworden war.

Man sagt immer so nett, aus Rücksicht, »du bist älter«, oder, »die Älteren unter uns«, dabei meint man alt. Älter bin ich auch mit 20, aus sechzehnjähriger Sicht. Älter bin ich mit 30, mit 40, mit 50. Wenn ich aber 75 bin, jeder Bordstein der letzte sein kann, ich mich nicht mehr ohne Hilfe auf die Treppe am Swimmingpool setzen kann, um die Füße im Wasser baumeln zu lassen, dann bin ich alt.

Körperlich ist man dann definitiv in der Lebensphase, wo sich nichts mehr richtig regeneriert, der Körper mehr oder weniger dem Lauf der Dinge folgen muss.

Bis zu dem Tag, wo genau das unumstößlich feststeht, ist der Spruch, »lebe jeden Tag wie deinen letzten Tag auf Erden«, vermutlich nur ein Spruch. Ich schnäuzte ins Tempo.

Ein nasser, nackter Willi holte mich unsanft aus dem Suhlen im Selbstmitleid.

»Du verpennst ja deinen Urlaub. Raus aus den Federn. Komm mit runter, der Sonnenuntergang ist grandios.«

Wasserperlen liefen an seinen muskulösen Armen, die von der Sonne schon leicht gerötet waren, herunter. Er warf sich aufs Bett, kitzelte mich an den Füßen, biss in meine Zehen.

»Bitte, Willi. Muss das jetzt sein. Ich war gerade so schön am Dösen.«

»Klar, dösen. Mit Tempos im Arm, oder wie.«

Den Berg benutzter Tempos konnte ich wohl kaum mit einem Niesanfall erklären.

»Du suhlst dich wieder im Selbstmitleid. Glaub mir, in ein paar Wochen wirst du dir noch wünschen, ein paar Tage keine Arbeit zu haben. Genieße deinen wohlverdienten Urlaub.«

Wie schaffte er das immer, mich mit seinem Optimismus anzustecken? Ich lachte: »Meinst du?«

»Nein, das meine ich nicht, das ist Fakt.«

Er hatte sich von meinem dicken Zeh, zu meiner Muschi hochgearbeitet und küsste mich streichelnd, bevor er sich an meinem Bauch festsaugte.

»Aufhören! Kein Knutschfleck!«

»Dann steh auf und komm mit runter. Sonnenuntergang in den Bergen Mallorcas und du liegst im Bett und heulst rum. Raus jetzt!«

Er stand jetzt neben dem Bett, zerrte am Laken.

»Ja, ja, ist ja schon gut.«

Frisch geduscht sah die Welt tatsächlich wieder ein klitzekleines bisschen besser aus. Als ich mich wieder unter die Familie mischte, umarmte ich meine Mutter vielleicht ein wenig überraschend und spontan, weshalb sie mich fragte, ob alles in Ordnung sei.

»Alles bestens, liebe Mutt«, antwortete ich mit dem vermutlich liebevollsten Lächeln, seit sie mich auf die Welt gebracht hatte.

Das Mensch-ärgere-Dich-nicht Brett lag, als hätte es die Pest, zusammengeklappt und weit weg am anderen Ende des Tischs. Mutter und Vater Schmütz waren nicht zu sehen. Inke und Sascha schlürften irgendwas Alkoholisches aus hohen Gläsern. Willi schüttete aus der Rotweinflasche vom Vorabend zwei Weingläser voll. Chips und Käse standen auf dem Tisch, es versprach ein gemütlicher Abend zu werden.

Meine Mutter schaute auf ihre kleine Armbanduhr.

»Ich geh mich dann auch mal fertig machen, fürs Bett.«

»Wie viel Uhr haben wir denn? Schon so spät?«, fragte ich.

»Kurz nach neun«, antwortete Sascha.

»Carmen, der Abend hat doch erst angefangen. Schau, die Sonne geht gerade unter, bleib doch noch ein bisschen.«

Meine Mutter lächelte, legte ihre Hand auf Willis Schulter. »Wenn du meinst, Willi.« Sie blieb sitzen. Sah irgendwie zufrieden aus, im Abendlicht. Sie schaute verträumt in die Berge, wo die Sonne ihr Spektakel in gelb, orange und rot abspulte. Fantastisch kitschig.

Ich machte es mir im Terrassenstuhl gemütlich und lehnte mich mit dem Rotweinglas in der Hand zurück. Rotwein und Sonnenuntergang, eine vielversprechende Kombination.

Ich schaute in den Himmel, führte den Rotweinschwenker an meine Lippen. Der Geruch von Gerbsäure, von in Eichenfässern gelagertem Wein, stieg mir in die Nase.

Alex, du bist im Urlaub, die Sonne geht unter. Da gehört Rotwein dazu. Trink! Böse Magie. Der Rotwein hatte das Bouquet von Gülle, gestern wie heute. Meine Lippen weigerten sich, das Glas zu berühren. Offenbar hatten wir da einen echten Fehlgriff beim Einkaufen gemacht. Ich ließ Willi von meinem Glas probieren, aber der fand, abgesehen von einem auffällig, vanilligen Aroma, nichts Ungewöhnliches an dem Rotwein. »Wieso fragst du?«

»Ach, nichts.«

Aus reiner Gewohnheit behielt ich das Glas weiterhin in den Händen, schaukelte die rote Flüssigkeit konzentriert im Schwenker und starrte in den Himmel während meine Gedanken sich zu einem mittleren Hurrikan verdichteten.

Wenn es nicht am Wein liegt, dann liegt es an mir. An meinem Körper, der plötzlich Wein verweigert. Ich musste das unbedingt googeln. Plötzlich auftretender Ekel vor Rotwein. Krebs vielleicht? Magengeschwür! Ich hatte garantiert ein Magengeschwür. Mit Sicherheit. Das hatte ich ja schon länger vermutet. Wie wird ein Magengeschwür behandelt? Ohne Operation geht da vermutlich gar nichts. Krankenhaus! Ich musste unbedingt nachschauen, ob ich, und wenn ja, wie viel Krankenhaustagegeld ich bekomme. Und bei der Gelegenheit kontrollieren, ob ich ein Anrecht auf ein Einzelzimmer habe und wie es mit Chefarztbetreuung aussieht. Was passiert eigentlich, wenn so ein Magengeschwür im Urlaub auf Mallorca platzt? Wie steht es um die ärztliche Versorgung auf der Baleareninsel?

Inke riss mich aus meinen Überlegungen, bevor ich den Gedanken an einen plötzlichen Tod durch Krankenhausbakterien weiterverfolgen konnte.

»Du hast aber schon arg kurze Fingernägelchen, Alex*chen*. Du könntest mal in meinem *Atelier* vorbeikommen. *French Nails*. Was ganz Einfaches für den Anfang, würde ich vorschlagen. Sozusagen um in das Thema reinzukommen. Haha.«

Inke hielt meine Hand und ließ ihren beruflichen Ehrgeiz an mir aus.

Ich zog meine Hand zurück, betrachtete meine Fingernägel und mein Urteil war schnell gefällt. »Danke für das Angebot, Inke, aber mit so langen Fingernägeln auf meiner Rechnertastatur, das würde nicht funktionieren.« *Außerdem platzt mir jeden Moment ein Magengeschwür, ich werde operiert und sterbe dann an Krankenhauskeimen. Das lohnt nicht mehr, mit den Fingernägeln.*

»Hmmm, also ich habe viele Kundinnen die sitzen an einer Kasse und die kommen ganz gut klar. Da bricht sich selten mal jemand ein Näge*lchen* ab. Und Kasse ist ja auch nicht viel anders als die Tastatur vom Rechner. Wenn das richtig gemacht ist, dann halten die schon Einiges aus. Ach, es gibt natürlich Nageldesignerinnen, die haben das gar nicht richtig gelernt. Du musst wissen, das ist kein geschützter Begriff, Designer. Hinz und Kunz kann sich Designer nennen.«
Oder Designerchen.
»Ja, ich kenne das. Da studierst du 5 Jahre lang um dich Designer nennen zu dürfen und andere lassen sich mal eben eine Visitenkarte drucken und sind schwuppdiwupp, Nageldesigner, Kuhdesigner oder sonst was.«

»Ja, schlimm, gell«, Inke nickte mit besorgtem Blick.

»Und dann wird man auch sofort über einen Kamm geschert und es heißt dann schnell, alle Nageldesigner sind unfähig. Alex*chen*, du musst auf jeden Fall unbedingt mal in meinem Studio vorbeikommen.« Sie griff wieder nach meiner Hand, schaute sich meine Nägel nochmal eingehend an.

»Du hast ja noch nicht einmal einen Klarlack zum Schutz drauf.«

Um ehrlich zu sein, ich bearbeite meine Nägel in der Regel nur mit einer Nagelschere, mitunter mit einer Feile, und um ehrlich zu bleiben, ich bin zufrieden mit der Form, der Farbe und der natürlichen Schutzoberfläche meiner Nägel. Nur knapp entging ich einer, wie sie es nannte, Notfallsanierung. Es war ja schon spät und das Licht war auch nicht mehr das Beste. »Aber wir machen auf jeden Fall einen Termin, wenn wir wieder zurück sind. So kann ich dich doch nicht rumlaufen lassen. Was denken denn die Leut*chen*, wenn meine, äh, was bist du jetzt eigentlich? – meine Schwägerin? Nein, dann müsstest du ja Saschas Schwester sein. Hmmm.«

»Ja, du, Inke, so genau weiß ich das auch nicht. Vermutlich, bin ich gar nichts. Hier ist ja noch nicht mal irgendwer, mit irgendwem, verheiratet. Ich denke, du musst dir wegen dem, was die Leut*chen* denken, keine Gedanken machen.«

Willi unterhielt sich währenddessen mit Sascha über dessen Job. Sascha war Projektleiter oder Dozent, so genau wusste ich das gar nicht, bei irgendeiner Akademie in Köln. Es gab tatsächlich eine Institution, die Sascha auch noch monatlich dafür bezahlte, dass er sein umfassendes Wissen über Alles unter die Leute brachte. Ein klarer Fall von Berufung.

Es war inzwischen dunkel geworden. Meine Mutter hatte sich ins Bett verabschiedet. Ich war müde und strebte das Alleinsein an, zwecks Google-Recherche. Da Willi so gut wie auf dem Trockenen saß, drückte ich ihm mein noch volles Rotweinglas in die Hand und verabschiedete mich nach oben.

Eine Brise Frischluft, mit Nikotin versetzt, hatte sich mit Ferienzimmer Geruch vermischt.

Ich schaute aus dem Fenster. Willi unterhielt sich im Flüsterton mit Saschaschatz und Inkemaus, vermutlich um Mutter und Vater Schmütz, deren Zimmerfenster direkt seitlich von der Terrasse lag, nicht zu stören. Eine Kerze die Stechmücken fernhalten sollte, brannte auf dem Terrassentisch und ich konnte im flackernden Lichtschein ganze Horden von Stechmücken ausmachen die offenbar. Vielleicht sollte mal jemand den Steckmücken erklären, wozu die Kerzen gut sind, überlegte ich, während mich juckende Mückenstiche an meinen Beinen verrückt machten.

Nachdem ich mir die Zähne geputzt hatte, ging ich ins Schlafzimmer und legte mich nackt auf das kühle Bettlaken. Ich tippte und wischte mich, auf dem Rücken liegend, zu Google.

»Plötzliche auftretender Ekel vor Wein«

Das Netz war recht gut und ratzfatz hatte ich die Suchergebnisseite vor meiner Nase.

»Aha! So, so.«

Eigentlich hatte ich erwartet, irgendwas mit Magengeschwür bei den ersten Treffern zu finden. Vielleicht Alkoholiker-Storys. Wie ich trocken wurde, von heute auf morgen, oder so ähnlich. Einträge der Art wären mir in jedem Fall lieber gewesen, damit hätte ich *arbeiten* können. Aber mit den Sätzen, die da in blauer Klickschrift auf meinem Handy zu sehen waren, wollte mein Verstand so gar nichts anfangen. Kann ja auch gar nicht sein. Ich bin 44. Viel zu alt.

»*Die ersten Anzeichen einer Schwangerschaft* ...« auch der zweite Eintrag, diagnostizierte mir »... *andere Umstände.*«

Na, super.

Ein bisschen Hoffnung bestand vielleicht noch, denn die weiteren Einträge befassten sich im Wesentlichen mit Angst- und Panikattacken. Ha, die bekommt man bestimmt, bei einem Magengeschwür. Statt mich aber mit den Angst- und Panikattacken weiter zu beschäftigen, klickte ich, vielleicht einer Intuition folgend, den obersten Eintrag an.

So erfuhr ich, dass die Anzeichen einer Schwangerschaft von Frau zu Frau verschieden sein können, dass es aber Anzeichen gibt, die nur selten täuschen:

- Anschwellen der Brüste
- morgendliche Übelkeit
- Häufiger Harndrang
- Leichter Schwindel, Kreislaufprobleme
- Ekel vor Zigaretten und Alkohol
- Verändertes Geschmacksempfinden
- Gewichtsveränderung sowohl plus als auch minus
- Stimmungsschwankungen, plötzliches Weinen
- Heißhunger
- das Ausbleiben der Periode

und last, but not least,
- das Gefühl schwanger zu sein

Phuu, Glück gehabt.

Ich habe nun wirklich nicht das Gefühl schwanger zu sein.

Nicht auszudenken, wenn ich wirklich schwanger wäre. Ich meine, schwanger hört ja nicht beim Schwanger sein auf. Der Rattenschwanz ist ja unendlich lang. Dr. Google weiß halt auch nicht alles.

Dann doch lieber ein geplatztes Magengeschwür, als eine geplatzte Fruchtblase. Beim Einkaufen, vor der Frischetheke, zwischen Gouda, Butterkäse und Forelle.

Die Wehen! Noch so ein Schmerzding, im Zusammenhang mit Schwanger sein. Pressen, hecheln, pressen und ein übermüdeter Arzt der zwischen deinen Beinen rumfummelt, ein Kinderkopf der dir die

Vagina kaputtreißt und wenn du dann alles halbwegs lebend überstanden hast, sammelt sich die Verwandtschaft am Wochenbett, labert dich mit guten Ratschlägen zu, erzählt, wie man früher zwischen Heuernte und Schwein schlachten mal eben sein Kind bekommen hat und danach dann noch einmal schnell den Schweinestall ausgemistet hat. Waren ja früher alles ganz hartgesottene Mütter.

Irgendwann, du hast es gar nicht gemerkt, bist du nur noch das Serviceteam rund um den kleinen Quengelmops. Saubermachen, wickeln, füttern, dich mit schleimigem Brei vollkotzen lassen. Später dann auf Spielplätzen rumhängen, dich mit anderen *Betroffenen* über die besten Kindertagesstätten und Schulen unterhalten. Dir anhören wie hochbegabt andere Kinder sind und beschämt auf den Boden gucken, weil das eigene Plag mit 16 Monaten noch nicht Mozart auf dem Flügel, der natürlich extra für die musische Entwicklung angeschafft wurde, spielen kann und du auch noch gar nicht daran gedacht hast den Speckmops auf spezielle Begabungen testen zu lassen.

Die Kleinen werden größer und damit wachsen auch die Forderungen deines Schutzbefohlenen. Laptop, Tablet-PC, Handy, Fahrrad, Mofa, Urlaub, Auto, Drogen ... Dann, es kommt, und es kommt, ohne dass du wirklich vorbereitet bist, hast du plötzlich auch noch das Schreckgespenst Pubertät im Haus. Dein Kind macht dir Vorwürfe und stellt gleichzeitig Forderungen und werden die nicht erfüllt, gibt es wieder Vorwürfe oder das Kind läuft Amok.

Du musst dir sagen lassen, wie gestern du bist, musst dein Kind fragen wie du denn nun das iPhone 20 einrichtest. Eine Demütigung folgt der nächsten. Gruselig.

Echt, was war ich happy darüber mich nicht schwanger zu fühlen und nur ein Magengeschwür zu haben.

Das Googeln nach Details zu »Magengeschwür« verschob ich auf morgen. Ich würde ja eh in den nächsten Tagen nichts an meinem Zustand ändern können. Meine Augen fielen zu, ich knipste mein Handy aus, drehte mich auf die Seite und schlief, trotz summender Stechmücken und Knorpelkissen, schnell ein.

Ich schlief ausnahmsweise mal tief und fest, zumindest bis zu dem Zeitpunkt, als Willi nach zwei Uhr ins Bett kam und sich mit kalten

Händen streichelnd an meinen Körper heranschlich. *Super. Ganz klasse*, wenn du tief und fest am Schlafen bist und dir auch gar nicht nach irgendwas Anderem, weder einem Eis, noch nach Schokolade und auch nicht nach Kuscheln oder Sex ist. Das ist so ein Ding, zwischen Mann und Frau. Möglicherweise betrifft es ja auch nur meine Beziehung. Auf jeden Fall hatte ich, gerade jetzt, so gar kein Bedürfnis auf zwischenmenschliche Kommunikation. Egal welcher Art. Ich wollte schlafen. Was macht man in so einem Fall?

»Du, Willi, lass mal, ich bin müde, aber mach ruhig alleine weiter.« Ist ja eigentlich auch nichts dabei. Ist nämlich nicht persönlich gemeint. Immer, aber wirklich jedes Mal, ist aber dann dieses miese Gefühl da. Sie schweben dann quasi in der Luft, die Fragen die eine halbe Ewigkeit Beziehung in Frage stellen. Irgendwas zwischen, »Du liebst mich nicht mehr« und »Bin ich nicht mehr attraktiv genug für dich«. So unendlich anstrengend.

Weil ich so tief geschlafen hatte, gar nicht so richtig wach war und werden wollte, knurrte ich nur vor mich hin und rückte von ihm weg.

Mein Sprachzentrum war einfach nicht fähig, sich einzumischen und wenn ich jetzt alle Körperfunktionen hochfuhr, dann, das war sicher, würde ich garantiert nicht mehr einschlafen können.

Willi drehte mir dann auch, erwartungsgemäß, beleidigt den Rücken zu und schlief sehr schnell ein. Deutlich zu erkennen, an den tiefen, regelmäßigen und lauten Atemzügen. *Super. Ganz groß.* Meine gesamte Hirntätigkeit konzentrierte sich auf die Regelmäßigkeit von Willis akustischen Vitalfunktionen.

Statt weiter tief und fest zu schlafen, wälzte ich mich von der einen auf die andere Seite.

Es muss kurz nach drei gewesen sein, als ich endlich wieder eindöste und es war kurz nach vier als ich wieder kerzengerade im Bett stand. Hundegebell. Mindestens mal drei Hunde bellten um die Wette. Mal direkt unter dem Fenster, mal von weiter weg. Ein Hahn mischte sich krähend ein und weckte damit vermutlich die ganze Insel.

Wenn das mit dem Schlafen so weiter ging, in diesem Urlaub, dann wäre ich in ein paar Tagen ein Zombie. Ein mordender Zombie. Ich sehe schon die Schlagzeilen:

»BLUTIGES FAMILIENDRAMA AUF MALLORCA!

Vegetarierin löscht ganze Familie aus.«
Mir war noch nicht einmal nach Seufzen. Mir war nach schreien.

Ich zog mir ein T-Shirt und meine Leinenhose an, schnappte mir ein großes Handtuch und schlich leise die Treppen nach unten, auf die Terrasse. Frische Luft schnappen und möglicherweise waren die Poolliegen ja gemütlich und vor allem atmet da keiner blubbernd vor sich hin.

Die Dämmerung hatte längst eingesetzt. Nicht mehr lange und die Sonne würde aufgehen. Ich ging Richtung Pool. Natürlich waren die Hunde jetzt still. Kein Mucks, kein Pieps. Garantiert standen die hinter irgendeinem Strauch und verfolgten jeden meiner Schritte. Warteten nur auf den Augenblick, in dem ich auch nur den Versuch starten würde einzuschlafen.

Mit einer Schaumstoffauflage, die in einem kleinen Schuppen am Pool lagerte, war die Liege bequemer als vermutet und bot zusätzlich einen grandiosen Ausblick in den Himmel. Sterne über Sterne funkelten und machten mich klein und unwichtig.

Ich hatte gar keinen Grund, eigentlich, außer vielleicht, dass ich nicht schlafen konnte, auf jeden Fall fing ich schon wieder an zu Flennen.

Stimmungsschwankungen, plötzliches Weinen.

Blödsinn! Ich bin halt ergriffen von den Sternen, der Nacht, dem Himmel, was weiß ich. Ich fühl mich ja auch gar nicht schwanger.

Ich wischte mir die Augen mit meinem Shirt ab. Als ich wieder klar sehen konnte, sah ich ihn. Er stand hinter einem Lorbeerstrauch und schaute mich misstrauisch an.

Ein schmales Gesicht, eine lange Nase. Rötliches Fell, große Fledermausohren. Das war wohl einer von den nächtlichen Ruhestörern.

»Ja wer bist du denn, komm doch mal her.« Was man halt zu so einem Hund sagt, wenn man auf Mallorca, mitten in der Nacht, am Pool auf einen seiner Art trifft.

»Du hast bestimmt Hunger und niemanden der dich lieb hat. Du Armer.« Der Hund reagierte, wie ich an den wackelnden Ästen des Lorbeerstrauchs sah, mit Schwanzwedeln. Ich nahm das mal als gutes Zeichen. Tollwütige Hunde wedeln bestimmt nicht mit dem Schwanz.

Ich grübelte kurz, stand dann langsam auf. Ich wollte den Hund nicht erschrecken.

»Warte. Wenn du nicht wegläufst, dann gibt es gleich was super Leckeres.«

Der Hund blieb stehen, schaute mir hinterher, als ich langsam Richtung Haus ging.

In der Küche inspizierte ich den Kühlschrank. Im unteren Fach, über dem Gemüse, lagerte jede Menge Fleisch und Wurst. *Kadaverhäppchen*, die ich ja nun mitbezahlt hatte. Da konnte ich doch, mit bestem Gewissen, an den kleinen Freund draußen meinen Anteil verfüttern.

Mit Wurst und Gegrilltem vom Vortag näherte ich mich wieder dem Pool. Ich schaute um die Ecke und da lag er, eingerollt auf der gepolsterten Liege, auf meinem Handtuch. Die lange Nase tief vergraben unter seinem Körper.

»Na, du. Schau mal was ich hier für dich habe.« Ich hielt eine Scheibe Fleischwurst in seine Richtung. Erst drehten sich nur die großen Ohren, dann kam die schmale Nase zum Vorschein und vibrierte beim Geruch der Leckereien.

Mit dunkelbraunen Rehaugen schaute er mich an. Man sah förmlich, wie er überlegte, was er tun sollte. Weglaufen, bellen und knurren und mich in der Luft zerreißen oder dem verführerischen Duft von fettigem Fleisch nachgeben.

Der Hunger siegte schließlich. Mit lang gezogenem Hals näherte er sich und schnappte, ehe ich mich versah, nach der Wurst. Ich ließ sie los und er hüpfte mit seiner Beute hinter den Lorbeerstrauch.

»Gibt es noch was«, schien sein Blick Sekunden später zu fragen. Ich legte ihm die restlichen Scheiben und das Grillfleisch auf den Boden und schaute ihm beim Fressen zu. Ein Vorgang, der kaum ein paar Sekunden dauerte. Jetzt stand der Hund vor mir und schaute mich wieder erwartungsvoll an. Ich zuckte mit den Schultern, zeigte meine leeren Hände: »Alle, alle. Nichts mehr da.«

Der Hund näherte sich, ein, zwei Schritte und machte seinen schlanken Körper lang. So lang, dass er mit seiner feuchten Nase fast mein Gesicht berührte. Er schaute mich an, schnupperte und ehe ich mich versah, hatte er seine Zunge einmal quer durch mein Gesicht gezogen. »Wuah. Danke. Aber das war nicht nötig.«

Lachte der mich jetzt etwa an? Seine Gesichtszüge ließen es vermuten. »Für einen streunenden Spanier bist du ganz schön frech.« Ich hob meine Hand, streichelte dem Hund über den Rücken, was der schmale Kerl quittierte indem er näher an mich heranrückte. Ich konnte nicht leugnen, das lange, schmale Elend mit den Rehaugen war gerade dabei mein Herz zu erobern und das obwohl ich mich durch und durch als Katzenmensch bezeichnen würde.
Ich machte es mir, so gut es ging, auf der Liege gemütlich. Mit dem Badetuch deckte ich mich notdürftig zu. Es war kurz nach fünf, vielleicht konnte ich ja noch ein Stündchen schlafen. Der Hund rollte sich neben der Liege ein und ich kraulte seine weichen Ohren, bis ich eingeschlafen war.

Als ich wieder wach wurde brannten schon die ersten Sonnenstrahlen auf meine Liege.

Ich war nass geschwitzt unter dem Badetuch. Das nächste was ich wahrnahm, war der Geruch von Nikotin. Ich schlug meine Augen auf, schaute an langen, haarigen Beinen entlang nach oben. Sascha.

Ich schaute auf mein Handy. Kurz nach sieben. Ich hatte geschlagene zwei Stunden tief und fest geschlafen. In den kommenden Nächten würde ich gar nicht erst lange fackeln und direkt auf die Liege umzuziehen, sollte ich nicht schlafen können.

»Bisschen früh, um die Liegen schon zu besetzen, Schwägerin«, begrüßte mich Sascha, Nikotinwölkchen in den blauen Himmel pustend.

»Bisschen früh für Nikotin«, konterte ich zurück. Ich wedelte demonstrativ mit meiner Hand vor meiner Nase.

»Das ist die Sonnenaufgang-Genießer-Zigarette.«

»Ahja«, antwortete ich zweifelnd.

»Der Morgen ist früh, noch ist Ruhe. Das ist Genuss pur.«

»Dann genieß schön weiter.«

Ich streckte mich und ging durch die Rauchwolke, Richtung Terrasse, ins Haus.

Willi lag schon wach im Bett und hörte spanisches Frühstücksradio aus einem *antiken* Phillips Transistorradio von dem ich dachte es sei nur Deko.

»Wo warst du? Ich habe dich vermisst.«

»Ich konnte nicht schlafen. War im Garten, am Pool, frische Luft schnappen.«

Willi schnupperte in meine Richtung. »Whua, du hast es wirklich getan. Du bist bescheuert.

»Häh, was getan?«

»Du riechst so was von nach Kippe.«

Ich klärte Willi auf, dass der Geruch von Saschas *Morgen-Genießer-Zigarette* sich in meinen Klamotten verewigt hatte. Er schaute mich zweifelnd an, ich zuckte mit den Schultern. Ich würde jetzt sicher nicht über Rauchen oder Nichtrauchen mit Willi, dem militanten Nichtraucher, diskutieren. Nicht am frühen Morgen.

»Ich geh jetzt duschen.«

»Warte, ich komme mit.«

Es war ein wenig eng in der Dusch-Steh-Badewanne. Willi ließ es sich dennoch nicht nehmen, stand nah bei mir und seifte mich ein.

»Hmm, wenn ich es ich es nicht besser wüsste, dann würde ich sagen, du hast was machen lassen.« Seine Hände seiften etwas zu lange an meinen Brüsten. »Die sind so – mmmm – groß und knackig.«

»Aha, und wie waren sie vorher?« Sollte das jetzt heißen, meine Brüste waren irgendwann schlaff und labbrig, oder wie? Willi glitschte mit seinen Händen weiter nach unten. »Nein, du hast schon immer geile Brüste gehabt. Aber die sind aus irgendeinem Grund noch geiler geworden.« Als er mit seinen Fingern zwischen meinen Schamlippen angekommen war, grinste er mich an: »Ups, ist so eng und glitschig hier, da rutscht man schon mal ab.«

Der zweite Morgen fing nicht nur mit einem glitschigen Orgasmus an, sondern auch mit der Feststellung, meine sauteure Ledertasche hatte auch im getrockneten Zustand noch nicht einmal mehr Vintage-Charme.

Damit war das Projekt Tasche finden und kaufen zur obersten Priorität geworden. Ich erhoffte mir da Einiges von den Touri-Städtchen rund um unsere Finca.

Auf Wunsch einer einzelnen Person gab es an diesem Morgen Rührei. Auf Wunsch einer weiteren Person waren die Speckwürfelchen separat gebacken und nicht mit dem Ei verrührt. Ein neues Schälchen Quark, exklusiv aus dem Lidl, stand bereit. Die Sonne schien aus einem wolkenlosen Himmel, es hätte richtig lauschig sein können. Doch Familie Eimersdorf oder hieß sie doch Eimerbaum, funkte dazwischen. Die Familie, die auf jeden Fall mit E am Anfang geschrieben wird, ist irgendeine Familie in der Nähe von Köln. Und die Familie beschäftigt sich mit dem Abriss von Häusern. Bis zu dem Zeitpunkt, als Inke das Stichwort fallen ließ, lag auch noch friedliche Stimmung über dem üppig gedeckten Frühstückstisch.

Meine Mutter genoss das Rührei mit Schinkenwürfelchen. Ich versuchte, nicht darüber nachzudenken, warum mir schon den ganzen Morgen nach Nutella war. Vor dem Sex, während dem Sex und nach dem Sex. Ich hatte Heißhunger auf Nutella. Beinahe wäre ich reflexartig mit dem Kaffeelöffel in die braune Pampe getaucht. Echt, ich dachte darüber nach, dass es lecker sein könnte, so einen fetten Klops Nutella vom Löffelchen zu lutschen. Also, ich weiß, sehr viele Menschen machen das häufiger mit ganz viel Freude, zu diesen Menschen zählt auch Willi, aber ich finde es, extrem eklig. Bisher. *Verändertes Geschmacksempfinden!* Irgendwo in meinem Hinterkopf saß ein Hobbygynäkologe, notierte mit und wippte mit dem Kopf wie ein Wackeldackel auf der Hutablage.

»Und, was sagt dein Hausarzt zu Rührei, von wegen Cholesterin?«, fragte ich meine Mutter, während mein Kaffeelöffel irritiert über dem geöffneten Nutella Glas schwebte. Ich stieß mit der unüberlegten Frage eins der Lieblingsthemen meiner Mutter an. Ihr Gewicht. Und sie ergriff auch diesmal die Gelegenheit. Immerhin gab es an diesem Tisch mindestens mal zwei Menschen, die es immer noch nicht wussten.

»Ach, meine Blutwerte sind so gut. Ich nehme ja auch nicht zu. Ich bleibe immer bei meinen 64,4 kg stehen. Gut, mal 1 kg mehr oder weniger, aber immer gleich. Obwohl ich Nachmittags auch mal ein Stück Kuchen oder ein Stück bittere Schokolade esse – aber meistens nur ein halbes Stück.« Ich hoffte inständig, dass jetzt keiner nach dem Verbleib der zweiten Hälfte fragen würde. Meine Mutter konnte bei dem Thema nämlich uferlos werden. Erst recht, wenn irgendwer Interesse an ihren Essgewohnheiten signalisierte.

Das waren diese Art von Gesprächen mit meiner Mutter, die mir ein Gefühl von fehlendem Irgendwas vor Augen führten. Ich war einfach nicht richtig. Es fehlte mir vermutlich an dieser Disziplin immer nur die Hälfte zu essen.

Ich hatte es in 44 Jahren Lebenszeit nämlich nicht geschafft, auf einem Gewicht stehen zu bleiben. Bei mir schwenkte die Waage zuverlässig, und je nach Stresspegel, schon mal unfreundliche zehn Einheiten nach rechts und mitunter, so wie in den letzten Wochen, auch ein paar erfreulichere Einheiten nach links. Was natürlich gut war, so konnte ich über die Jahre hinweg, mehr oder weniger, Figur halten. Aber von Stetigkeit konnte man bei meinem Gewicht nicht sprechen. Ich gehöre zu den Frauen, die ihre Garderobe in wenigstens zwei Konfektionsgrößen im Kleiderschrank lagern.

Diesen großen Zusammenhang, mein Komplex nie gut genug für meine Mutter gewesen zu sein und noch immer zu sein, konnte Inke nicht kennen, aus dem Grund kann ich ihr keinen Vorwurf machen, dass sie das Thema weiter ausbaute. Logisch, es ging um schlank, Gewicht und Form, das lag ganz nah an Fingernageldesign.

»Ich kann aber auch essen was ich will. Ich habe noch nie ein Fitzelchen zugenommen. Also, ich will immer zunehmen, weil, so dürr ist ja auch nicht schön, aber, ich sage euch, zunehmen ist schwerer als abnehmen. Meine Freundin, die Eil ...« Inke konnte wohl auch nicht ahnen, wozu die Erwähnung ihrer Freundin Eileen führen würde. Auf jeden Fall kam die zierliche Nageldesignerin nicht mehr dazu, weitere Details über Eileen zu erzählen. Der Name öffnete Tor und Tür für ein Schmütz-Familienthema. Sascha war es, der seine Freundin unterbrach, oder besser gesagt ihre Ausführungen ignorierte. Nachdem er sich laut schlürfend mit einem Schluck Tee gestärkt hatte, fragte er seinen Vater:

»Pap, wo Inke gerade von Eileen spricht. Hast du die Eimersdorfs angerufen.«

»Die heißen nicht Eimersdorf«, mischte sich Mutter Schmütz energisch dazwischen. »Eimersbaum heißen die, weißt du das denn nicht?«

»Mam, die heißen Eimersdorf. Ich bin doch mit dem Rüdiger zur Schule gegangen.«

»Natürlich heißen die Eimersbaum. Die haben sich doch damals, als wir gerade gebaut haben, das Grundstück von Knuppkes gekauft. Das von dem alten Knuppke, der euch immer die Cola gegeben hat. Ha, ha. Da staunst du. Ich weiß von der Cola. Heimlich hat der die euch gegeben. Ich konnte dann abends gucken, wie ich euch ins Bett und zum Schlafen bekomme.«

»Mam, du redest Unsinn. Die heißen nicht Eimersbaum und der Knuppke war ein geiler alter Sack. Du glaubst doch nicht im Ernst, dass der uns die Cola für nix gegeben hat?«

Oh, oh, jetzt wurde es interessant. Familiengeheimnisse. Entweder ich gehe jetzt aufs Klo, solange das frei und duftneutral ist, oder ich höre weiter zu. Ich blieb sitzen. Das mit der Cola und den in der Luft hängenden Vorwurf gegen Herrn Knuppke wollte ich mir nicht entgehen lassen. Ich schaute Willi mit großen Augen an.

»Der *Cola-Mann*? Hast du mir noch gar nichts von erzählt«, flüsterte ich in seine Richtung. Willi winkte ab. »Da war nix, außer hin und wieder eine Cola und der alte Sack war halt ein Exhibitionist und wollte zeigen was er zu zeigen hat. Das war uns damals egal. Wir haben drüber gelacht und Cola getrunken.«

»Hmmmm«, antwortete ich zweifelnd.

Vater Schmütz lenkte ein, nachdem seine Frau auffällig still blieb, nach Saschas letzter Andeutung. »Jung, die heißen aber, wie Mam sagt, Eimersbaum und nicht Eimersdorf.«

Sascha rollte die Augen und stöhnte laut in die Runde. »Scheißegal wie die heißen, hast du die angerufen, Pap, wegen dem Dachausbau? Haben die schon ein Angebot gemacht?«

Vater Schmütz fühlte sich angegriffen, wie der, für seine Verhältnisse, aufgeregte Ton verriet: »Nein, habe ich noch nicht gemacht. Du wolltest das doch machen, Jung.«

»Ja, is klar, Pap. Ich gehe den ganzen Tag arbeiten und dann soll ich mich auch noch um so was kümmern. Ihr habt doch den ganzen

Tag Zeit. Ihr könntet neben Kuchen backen und Tee trinken ja auch mal was Nützliches machen.«

Ein Blick auf Mutter Schmütz genügte. Eine Explosion stand kurz bevor. *Backen.* Ihre ganz große Leidenschaft wurde in Frage gestellt. Sie holte tief Luft. Das würde eine längere Rede werden. Ich für meinen Teil hatte genug von Schmützchen Familienplaudereien und mit Frühstücken war ich auch durch. Ich schlug den Weg nach oben ein.

Auf der Treppe blieb ich stehen und lauschte, wie Mutter Schmütz damit startete, ihrem Jüngsten vorzurechnen wie viel Kuchen in all den Jahren sie gebacken hatte und wie viel davon Sascha gegessen hatte, und, dass er es nur sagen bräuchte, wenn ein Stück davon zu viel gewesen war und er in Zukunft auf Gebackenes verzichten möchte. Und wo sie gerade dabei wäre, er wäre ja erwachsen, hätte eine eigene Küche und könnte auch mal lernen selbst zu kochen.

Ob es an der Frage Eimersdorf oder Eimersbaum lag, der Cola-Sache, der Kuchen-Frage oder sonstigen unausgesprochenen Familienangelegenheiten, auf jeden Fall erfuhr ich eine halbe Stunde später, man hatte beschlossen, einen lauen Tag zu machen. Übersetzt hieß das, jeder kann machen was er will, zumindest bis zum Abend. Dann sollte das gemeinsame Essen in Alcúdia stattfinden.

Willi und ich nutzten die Freizeit und machten uns auf den Weg ins Tramuntana Gebirge, mit Ziel Sa Calobra.

Der *Torrent de Pareis*, Mallorcas spektakuläre Schlucht wollten wir uns anschauen. Mürrisch hatte ich meine völlig ruinierte Tasche gepackt und darauf hingewiesen, dass wir aber früh genug nach Alcúdia fahren müssen, damit ich noch die örtliche Taschenwelt erkunden konnte.

Die Fahrt über die Serpentinen, dem Kamm entgegen, wurde zu einem einzigartigen Ah-und-Oh Erlebnis. Nach jeder Kurve tat sich ein neuer, atemberaubender Blick in Steilhänge auf. Zwischen den Spitzen der hohen Berge blitzte das dunkelblaue Mittelmeer in der Ferne. Die Straße wurde gefühlt immer schmaler. Der Blick nach rechts unten, wenn Willi knapp fahren musste, damit der Gegenverkehr vorbeikam, ließ einen spontan ans noch nicht gemachte Testament denken. Einmal mussten wir Rückwärts eine Nothaltebucht ansteuern, weil ein Bus von oben kam und vorwärts gar nichts mehr ging. Ich vermute, hätte ich an diesem Tag den Wagen gesteuert, dann würde dieses Buch auf den nächsten Seiten traurig enden.

Kurz nach dem Bus waren wir auf dem Bergkamm, es ging bergab und ein Schild kündigte mit einem Kamera-Icon einen Panorama-Aussichtspunkt an.

Wir hielten in einer Parkbucht. Kurve vor uns, Kurve hinter uns. Sehr unübersichtlich. Ich hoffte, dass die Radfahrer, die uns auf dem Weg nach oben begegnet waren, bei der Abfahrt ihre Hand in jedem Fall auf einer gut funktionierenden Bremse haben und ihre Augen auf der Straße und nicht in der Landschaft.

Die Aussichtsplattform war auf der anderen Straßenseite. Die Einsicht nach rechts und links, ob ein Auto oder gar ein Bus kommt war sehr begrenzt. Wir spitzten die Ohren. Kein Motorengeräusch zu hören. Wir überquerten die schmale Straße und wurden für dieses halsbrecherische Unternehmen mit einer großartigen Aussicht belohnt. Wolken zogen über die schroffen Gebirgswände und warfen ihren Schatten auf den hellgrauen Stein. Dunkelgrüne Kiefern sprenkelten die graue Oberfläche und, wenn man genau hinsah, waren sogar vereinzelt Ziegen zu sehen, die zwischen den Steinen nach Nahrung suchten.

Das iPhone in der Hand, knipste ich drauflos und war mir schon währenddessen bewusst, dass weder eins, noch hundert Bilder der Schlucht, den gigantischen Augenblick jemals zurückholen können. Bilder sind halt immer nur ein Abbild des Moments. Düfte, Temperatur, die Sonne auf der Haut, der Wind in den Haaren, all das fehlt. Früher hat man nach so einem Urlaub, kaum war der Koffer ausgepackt, schnell den Film zur Entwicklung gebracht, weil man es nicht abwarten konnte diese tollen Augenblicke wiederzusehen und anderen zu zeigen. Eine Woche später, je nachdem, wie ausgelastet das Fotolabor war, hast du die scheißteure Foto-Tüte dann im Fotogeschäft deines Vertrauens entgegengenommen und noch auf dem Weg nachhause, hast du wenigstens einmal den Stapel Bilder durchgeblättert und nahezu jedes der 24 oder mehr Bilder war dann eine Enttäuschung. Nicht weil der Entwickler Scheiße gebaut hatte, sondern weil das Abbild, was du eingefangen hast, eben nur ein Abbild war und nicht die Realität, mit all ihren Sinneseindrücken. Keine Sonne auf der Haut, kein Wind in den Haaren, kein Duft nach Kiefer, nach Moos und die Ziege die du auf der Aussichtsplattform so genau gesehen hast, ist auf dem 15 x 10 cm großen Abzug bestenfalls eine winzige Ansammlung brauner Punkte. Könnte durchaus auch Dreck auf dem Objektiv gewesen sein. Zwischendurch dann Bilder die, ups, wie konnte es passieren, völlig verwackelt, über- oder unterbelichtet sind oder, ganz ärgerlich, irgendwie einen total blöden Ausschnitt zeigen. Ein Stück Fuß im Dunkeln, ein bisschen Gras mit nix oder der Vogel war einfach zu schnell und du hast nur blauen Himmel, statt den beeindruckenden Geier eingefangen.

Mit der digitalen Fotografie verhält es sich im Grunde genommen, künstlerisch gesehen, auch nicht sehr viel anders. Der Unterschied liegt lediglich in der Menge der schlechten Fotos, den Kosten und du kannst mit deiner Kamera auch noch telefonieren und ganz viele andere tolle Sachen machen.

Als wir uns wieder Richtung Auto drehten rollte ein Touristenbus auf die Aussichtsplattform. Ich schaute auf die Bustüren vorne und hinten. Jeden Augenblick würden knipswütige Rentner herausstürmen und uns knipsgierig überrennen. Aber die Türen des Busses öffneten wider Erwarten nicht. Ich schaute entlang der Fensterreihe und sah dabei zu, wie sich der komplette bewegliche Inhalt des Transportmittels vor den Fenstern mit gezückten Kameras versammelte. Kurz durchdachte ich die möglichen physikalischen Auswirkungen einseitiger Gewichtung und die daraus resultierende Frage, ob der Bus möglicherweise umkippen könnte. Willi unterbrach meine Überlegung, bevor ich an die Stelle kam, wo der Bus mich unter sich zermalmt. Er zog mich am Bus vorbei, über die Straße, zurück zum Auto. Wir setzten unseren Weg fort und als ich mich umschaute, war der Bus noch nicht umgekippt.

Mehr so für mich fragte ich: »Hmmm, wie funktioniert das, wenn die alle auf einer Seite des Busses lehnen. Kann der nicht kippen? Ich meine, wenn du in einem Ruderboot sitzt und alle drängen auf eine Seite, dann kippt das doch auch.« Das sind natürlich genau die richtigen Fragen, will man von Willi Schmütz eine ausführliche, technische Erklärung über die Funktionsweise von Stoßdämpfern und allerlei technischer Finessen die so einen Bus in einer stabilen Position halten.

Und Willi holte weit aus. Referierte über Schwerpunkt und Stabilisatoren. Ich hielt währenddessen mein Handy aus dem Fenster und knipste überflüssiges Bild Nummer 399, von den schmalen Serpentinen, die sich jetzt in Haarnadelkurven nach unten schlängelten.

»Hmmm«, bestätigte ich seine Frage, ob ich jetzt verstanden hätte, warum der Bus nicht umkippen kann.

Am Fuß des Berges lotste uns ein Schild auf einen größeren Touristenparkplatz. Wir parkten.

Ich öffnete die Beifahrertür, schob mein rechtes Bein nach draußen, das linke folgte, und als ich in der Vertikalen, an der grauen Wagentür stand, passierte es. Aus heiterem Himmel, ohne Ankündigung. Rührei und Toast, heute Morgen noch so lecker, kam kanonenartig meine Speiseröhre hochgeschossen. Ich konnte mich gerade noch Richtung Büsche drehen.

Morgendliche Übelkeit!

Ach, was, Serpentinen, da kann einem schon mal schlecht werden. Außerdem ist ja schon fast Mittag und da stand ja nicht, mittägliche Übelkeit.

Ich setzte mich auf den Boden, zog die Beine an und holte tief Luft. Einmal, zweimal, dreimal.

»Sollen wir zurück fahren, Alex? Du bist ganz blass.« Ich lehnte meine Stirn auf meine Knie. Mein graues Top klebte schweißnass an meinem Körper, meine Lippen fühlten sich kalt und blutleer an. Willi setzte sich mit einer Flasche Wasser neben mich, rieb über meinen Rücken. »Och Mensch. Hast du was Falsches gegessen. Die Eier heute morgen vielleicht?«

So schnell wie die Übelkeit kam, war sie auch wieder verschwunden. Ich griff ich nach der Wasserflasche und spülte den sauren Geschmack aus meinem Mund.

Mir schossen die Tränen in die Augen. Nicht weil es mir so schlecht ging, sondern weil es mir schon seit Wochen beschissen ging. Dieser scheiß Körper machte was er wollte. Jahrzehntelang hatte diese Ansammlung von organischem Gewebe hervorragend seinen Dienst getan. Um nicht zu sagen, ich habe meinen Körper nie negativ wahrgenommen, mal ausgenommen von Zeiten, in denen ich eine

Erkältung auskurierte. Kaum werde ich 44 machte dieser Körper sein eigenes Ding, ohne auf mein Wohlbefinden Rücksicht zu nehmen.

Ich war so richtig angenervt. Es langte. Entweder hatte ich Bauchschmerzen oder ich flennte wegen irgendeiner Kleinigkeit, wahlweise auch wegen nichts, vor mich hin. *Vielleicht nochmal die Symptome nachschlagen? Die Seite ist garantiert noch im Speicher deines Handys.*

Ja, klar, ich schlage *Schwangerschaftssymptome* nach, während Willi mir über die Schulter schaut.

»Lass uns ein Restaurant suchen. Vielleicht hilft ja ein Tee.«

Willi nahm mich in den Arm, drückte mich.

»Versprich mir, dass du zum Arzt gehst wenn wir zurück sind.«

»Es geht schon wieder.«

»Versprich es, Alex!« Willi sah mich eindringlich an.

»Dir geht es in den letzten Wochen nicht gut. Ich bin nicht blind. Auch wenn du nichts sagst, ich bekomme das schon mit.«

»Ja ja, ich gehe zum Arzt, wenn es mir nächste Woche nicht besser geht und ich immer noch kotzen muss. Reicht das? Können wir jetzt einen Tee für mich suchen, bitte?«

»Ja ja, heißt leck mich. Sag einfach, ja, Willi, ich liebe dich und ich verspreche dir, ich kümmere mich um meine Gesundheit.«

»Jaaaaaaaa. Ich kümmere mich.«

»Gut, ich verlass mich drauf.«

Bergab ging es zu Fuß in den Ort *Sa Calobra*. Eine prächtige Bucht öffnete den Blick aufs türkisblaue Mittelmeer.

Sa Calobra als Ort zu bezeichnen ist, soweit ich das überschauen konnte, übertrieben. Es gibt ein Restaurant mit Hotelbetrieb auf der linken Seite der Bucht. Nach rechts geht eine Straße ab, die in den Berg und damit vermutlich Richtung spektakulärer Felsenschlucht, dem *Torrent de Pareis*, führt. Unterhalb des Restaurants gab es noch ein paar kleinere Häuser. Ein Bistro mit Terrasse über der Bucht und ein Bootsverleih mit Anlegersteg.

Wir gingen die Holztreppe hinunter, in das kleine Bistro. Ich, eigentlich erklärter Kaffeetrinker, zweifelte ja ernsthaft daran, im Hochsommer auf Mallorca einen Kamillentee zu bekommen. Aber, Tee hin oder her, der Platz auf der Terrasse war fantastisch. Direkt über dem Mittelmeer, welches unter uns plätschernd am Land leckte.

Ich schaute über die Steinmauer nach unten in das kristallklare Wasser und versuchte das aufkommende Schwindelgefühl und das Ziehen in meinen Brüsten, welches sich seit ein paar Tagen zum Sammelsurium an Symptomen gesellt hatte, zu ignorieren. Meine Maxime, wenn man Krankheiten ignoriert, dann haben die keine Chance sich festzusetzen. *Aha, und wie ist das mit Zellen die sich zu einem Erdenbewohner zusammenrotten? Was passiert damit, wenn man es ignoriert? Haha, Zellen die sich zusammenrotten, können ja auch Metastasen sein. Muss ja nicht gleich schwanger heißen.*

Ich überlegte, ob an dieser Stelle so was wie, die Wahl zwischen Cholera und Pest passen könnte?

Versunken betrachtete ich die Weite des Meeres. Möwen kreisten über dem Wasser. Eine riesige Yacht zog am Horizont vorbei. Ein weißes Motorboot mit einem Wasserski-Fahrer im Schlepptau zog weit hinten seine Kreise. Vielleicht war Krebs doch die schlechtere Wahl, wenn ich mir vor Augen führte, was das Leben alles zu bieten hat, wenn man nur danach greift.

Willi hatte schon Wochen vor dem Mallorca-Urlaub spanisch mit Hilfe einer Lern-CD, gepaukt und das zahlte sich jetzt aus.

Ich hörte wie er hinter mir mit einem Kellner sprach: »Un infusión de manzanilla, un Café con Leche e un Aqua con gas, por favor.«

»Si, Señor.«

Hätte genauso gut ein waschechter Spanier sein können, der da so souverän eine Bestellung rausgehauen hatte. Zumindest für meine Ohren.

Links von unserer Terrasse erstreckte sich ein kleiner Strand der mit Steinen gespickt war. Erste Sonnenanbeter machten es sich schon mit ihren Handtüchern auf den kleinen Sandflecken gemütlich. Noch lag die Bucht größtenteils im Schatten der Berge. Vielleicht noch eine halbe Stunde, dann hat die Sonne freie Bahn und es wird vorbei sein, mit der angenehmen Frische.

Ein langgezogenes »Ach, ja«, kam über meine Lippen, als ich mich umdrehte. Willi saß da, beobachtete mich, statt an seinem Milchkaffee zu nippen. Ich blieb stehen, irritiert und vermutlich auch übertrieben genervt. »Was gibt es zu gucken? Ist mein Hintern in der Hose zu breit oder was?«»Hmmm. Nein, Dein Hintern ist optimal geformt.

Ich frage mich – kann es eigentlich sein, dass du mööööglicherweise schwanger bist?«

Paff. Bäng. Das nennt man auch, verbal einen vor den Latz geknallt.
»Schwachsinn. Wie soll das denn gehen.«
»Ich verkneife mir jetzt mal, dir zu erklären, wie man schwanger wird, obwohl, wenn du mit mir hinter einen der Felsen dahinten kommst ...« Willi grinste über beide Ohren. Ich verdrehte die Augen.
»Jetzt mal im Ernst, Alex – schau dich doch mal an. Du hast seit Wochen Bauchschmerzen und wenn ich mir deine Möpse, Entschuldigung, anschaue, dann kann schon der Verdacht aufkommen ...«
»Bullshit! Ich bin 44 und dein Sperma ist nicht fortpflanzungswillig. Deine Worte. Da ist nix, da kann nix und da wird mit Sicherheit auch nix.«
»Na, ja, Alex. Das mit der Sperma-Untersuchung liegt ja nun auch schon über 15 Jahre in der Vergangenheit. Kann ja sein, die kleinen Kaulquappen haben sich gesagt, Mensch, die Alex, die hätte das passende X-Chromosom. Schwupp, strengen sie sich ein bisschen mehr an und *du* bist schwanger. So könnte es passiert sein. Alternativ müsste ich wohl darüber nachdenken, ob unsere Beziehung einen Knacks hat und wer meine Sperma-Konkurrenz ist.«
»Wann soll ich denn bitteschön Zeit für die *Konkurrenz* haben? Du kommst ja mit Ideen.«
Ich setzte mich neben Willi, drückte den Kamillenteebeutel aus und nippte an dem Heißgetränk.
Ich hatte jetzt ehrlich gesagt keine große Lust über Schwangerschaft zu reden. *Aha, siehste, du willst nicht über deine Schwangerschaft reden. Das heißt wohl, du bist dir inzwischen sicher.* Wie ich sie hasste, diese nervige Kopfstimme.
Willi beugte sich zu mir, nahm meinen Kopf in beide Hände, schaute mich mit Schmelz im Blick an. »Meine *Liebe*, ich würde mir ein Loch in den Bauch freuen, wenn du ein Kind von mir bekommen

würdest.« Er küsste mich mit weichen Lippen und mir war schon wieder nach Flennen. *Stimmungsschwankungen!*

»Ich muss mal aufs Klo.« *Und kontrollieren ob der In-anderen-Umständen-Alarm vielleicht ja schon ein Ende hat.* Das mit dem Schwanger konnte einfach nicht sein. *Ich doch nicht.*

Als ich vom Klo zurück kam war klar, das Gedankenkarussell konnte sich mit Kirmesmusik und Krawall weiter drehen. Es half ja alles nix. Meine ganze Zickerei, meine Aversion gegen schwanger sein, ich musste so langsam die Möglichkeit wenigstens in Betracht ziehen. Schließlich, wenn es so ist, dann habe ich vermutlich nicht mehr allzu viel Zeit zum Reagieren. Ich musste mich informieren, welche Beratungsstellen ich abklappern muss, damit ich abtreiben *darf.* Wie sich das anfühlt. *Abtreiben dürfen!* Mein Körper. Meine Entscheidung. Mir unverständlich, dass es zu dem Thema andere Meinungen und Denkweisen geben kann. »Schutz für das ungeborene Leben!«. Kühe, Schweine, Hühner werden täglich geschlachtet. Millionenfach. Da soll ich mir einen Kopf wegen ein paar zusammengerotteten Zellen machen? Nein, werde ich nicht.

Wenn ich tatsächlich schwanger wäre, dann wüsste ich auf jeden Fall noch nicht einmal in welcher Woche ich schwanger bin. Ich kann mich nämlich noch so sehr anstrengen, mir fällt nicht ein, wann ich das letzte Mal meine Periode hatte. Und ich deutete das als schon-weit-fortgeschritten Zeichen. Egal wie ich die Sache sehe, legal abtreiben funktioniert nur bis zur 12. Woche.

»Und, nur mal so, hypothetisch, wenn ich schwanger wäre ...«, sagte ich zu Willi und wurde mitten im Satz durch einen brutalen Zeigefinger auf meine Brust unterbrochen.

»Fehler, liebe Alex. Wenn *du* schwanger bist, dann sind *wir* schwanger. Anders ausgedrückt, dann werden *wir* Eltern.«

Schmützsche Erbsenzählerei.

»Schwanger oder nicht, *wir* werden garantiert keine Eltern. Wie bitteschön soll das denn funktionieren? Ich bin fast 45, wenn das Kind käme, und du wirst in ein paar Tagen 50? Wenn das Plag in die Pubertät kommt, dann bin ich fast 60 und du 56. Hast du dann noch Lust, dich mit halbwüchsigen Irren zu beschäftigen? Sollte das Unmögliche wirklich passierte sein, dann wird es weggemacht. Da gibt es für mich gar keine Diskussion.«

So einfach war es. Es half ja doch, darüber zu reden. Ein Embryo ist auch nur eine Zellwucherung die ratzfatz weggemacht werden kann. Ohne Bestrahlung und Chemo.
»Das ist mal wieder typisch Alex. Mach ich weg. Einfach so. Ist das vielleicht auch meine Entscheidung, mein Kind?«
»*Ich* bin diejenige die den dicken Bauch bekommt. *Ich* bin diejenige die sich den Rest ihres Lebens kümmern muss. Ergo, bin *ich* auch diejenige die entscheidet.«
»Das ist so typisch. Du kannst mir das Kind auch geben und den Rest deines Lebens weiterhin lustig ohne Kümmern verbringen. Du musst es nur sagen.«
»Du redest Blödsinn! Natürlich würde ich mich kümmern und es vermutlich auch lieben. Aber solange ich die freie Entscheidung habe, will ich eben *kein* Kind. Außerdem, ich bin keine 30 mehr, ich bin 44. *Risikoschwangerschaft!* Schon mal von gehört? Kind behindert, Frau bei Geburt gestorben. Danke, ich will so bleiben wie ich bin und Probleme habe ich auch ohne Kind genug.«

Das Gespräch war gelaufen und vermutlich auch die Chance auf einen ausgelassenen Tag. Wir sprachen nur noch das Nötigste miteinander und ansonsten war mir schon wieder ständig zum Heulen. Aus dem Grund vermied ich es auch, weiter und tiefer mit Willi in die Materie *Keinkind* einzudringen. Ich wollte ihn ja gar nicht übergehen, bei so einer Entscheidung, aber ich wollte auch kein Kind. Oh, Mann, wie soll das denn gehen? Wenn die Sache an dem Punkt schon so schwer wird, wie soll das erst werden, wenn so eine Plage dann mal ganz real da wäre?

Wir spazierten im Abstand von distanzierten zwei Metern die Straße hoch, Richtung *Torrent de Pareis*. Willi ging mit ausgreifenden Schritten vor. Ich kannte aus diversen Gesprächen, die sich rund um die Theorie drehten oder wahlweise die Problematiken von Freunden zum Thema hatten, wie wütend ihn das machte, dass Männer, wenn es zur Scheidung kommt, irgendwie keine Rechte mehr haben, was das gemeinsame Kind angeht.

»Zahlen können wir armen Deppen, aber Rechte haben wir keine mehr.« Ich sehe das ja genauso. Aber trotzdem will ich kein Kind. Punkt. Aus. Schluss.

Der Weg führte uns etwa 100 Meter durch den Berg. Auf halben Weg öffnete sich der Felsen zu einem *Fenster* und gab den Blick auf eine Traumkulisse frei. Postkartenbucht vom Feinsten. Unter anderen Umständen hätten wir jetzt hier gemeinsam gestanden, vielleicht Bilder gemacht, statt eines zügigen Blickes im Vorbeigehen.

Nein, und nochmal nein. Solange *ich* das Kind austragen muss, entscheide *ich* auch, ob ich es bekomme. Aber letztlich, wofür der ganze Streit? Gut, ich hatte ein paar Symptome, die auf andere Umstände hinwiesen, aber, nur weil man ein bisschen mehr Kopfschmerzen als sonst hat, hat man ja auch nicht direkt einen Hirntumor. Stress. Wechseljahre. Magengeschwür war ja auch noch nicht aus dem Rennen. Ich zuckte mit den Schultern, es gab genug mögliche Ursachen für das ganze Sammelsurium an Symptomen. Man musste ja nicht direkt vom Schlimmsten ausgehen.

Ein steiniger Strand erwartete uns auf der anderen Seite des Tunnels. Rechts ragten die hohen Felsen der Schlucht in die Höhe.

Ein Schild warnte vor dem Betreten der Schlucht ohne Führer. Willi wollte selbstverständlich dennoch ein paar Schritte alleine wagen. Möglicherweise weil er mich gerade nicht sehen konnte.

Als wir am frühen Morgen losgefahren waren hatte ich mir ein Handtuch und meinen Bikini eingepackt. Wir befanden uns auf einer Mittelmeerinsel und da ist die Wahrscheinlichkeit recht groß, auf eine Möglichkeit zu treffen, um ins Wasser zu gehen. Hier hatte ich vermutlich nicht nur die weltbeste, sondern auch die erstklassigste Möglichkeit im Mittelmeer zu baden. Die malerischen Berge, das türkisblaue Mittelmeer, die Boote draußen, Menschen die sich auf den Sonnendecks sonnten.

An dem steinigen Strand hatten sich schon ein paar Touristen eingefunden und ihre Handtücher ausgebreitet.

Ich suchte mir einen schönes Sandfleckchen, breitete mein Handtuch aus, zog Hose, Unterhose und Top aus und schlüpfte in den Bikini, der bestimmt schon 15, wenn nicht 20 Jahre alt war. Ich hatte mir den für einen Lanzarote Urlaub mit Jan, inzwischen mein Ex, gekauft. Die Bikinihose saß noch einwandfrei. Das Oberteil? – ach was, in Spanien badet man oben ohne. In jedem Fall besser, als ein Oberteil, was verrutscht und nix hält.

Das Wasser streifte kalt an meinem Körper entlang. Ich tauchte unter und nachdem der erste Kälteschock hinter mir lag, schwamm ich ein paar kräftige Züge. Die Bewegung tat gut und ich wäre zu gerne noch ein bisschen getaucht und rumgeschwommen, doch meine Sachen lagen unbeaufsichtigt am Strand. Glücklicherweise war noch alles in der Tasche was drin sein sollte, als ich am Handtuch angekommen war. Ich suchte die Gegend mit meinen Augen ab, doch von Willi war noch nichts zu sehen. Schmollte vermutlich, brauchte Zeit um sich an *Keinkind* zu gewöhnen. Ich legte mich zum Trocknen auf mein Badetuch und blinzelte in die Sonne. Ich war müde. Wahnsinnig müde.

Müdigkeit!

Eins von vielen Symptomen ...

Durch meine geschlossenen Augenlider schien die Sonne rosa, pink, rot, orange gepunktet, als ich aufwachte.

Ich hatte tief und fest geschlafen und musste mich erst orientieren. Meine Finger gruben sich in Sand. Richtig, ich lag in dieser Bucht. Ich hatte mich mit Willi gestritten und Willi war eingeschnappt in die Schlucht abgerauscht.

Ich beschattete meine Augen und suchte ringsum nach Willis großgewachsener Statur, in olivgrünen Shorts und weißem Shirt. Vielleicht war er ja im Wasser. Ich sammelte meine Sachen ein und bewegte mich Richtung Strand. Es waren vielleicht 30 Leute im Wasser aber keiner davon sah nach Willi aus. Ich kramte nach meinem Handy. Schließlich wusste ich noch nicht einmal wie lange ich geschlafen hatte.

13:45 Uhr. »Hmmm.« Ich weiß, dass wir gegen 12 Uhr in dem kleinen Bistro saßen und uns gestritten hatten. Dann waren wir gegen halb eins vermutlich beim *Torrent* angekommen. Das heißt, etwa um ein Uhr bin ich eingeschlafen. 20, vielleicht 30 Minuten. Da musste ich mir vermutlich noch keine Sorgen machen.

Ich spazierte landeinwärts. An einem kleinen See setzte ich mich auf einen großen Stein und wählte Willis Handynummer.

Beim dritten Mal ging ein atemloser Willi ran. »Alex! Phuu, du ahnst es nicht wie schön das hier ist. Anstrengend aber atemberaubend schön.«

»Wo bist du?«

»Ich bin ein paar Meter in die Schlucht rein. Bin aber jetzt wieder auf dem Rückweg. Eine halbe Stunde, dann bin ich wieder da.«

»Okay, ich habe die Schlucht im Blick dann müsste ich dich ja bald sehen.«

»Bis gleich.«

Wenn wir ein Kind hätten, würde ich jetzt garantiert in dem kleinen See sitzen, Steinchen werfen, planschen, was man halt so an Unterhaltungsprogramm für ein Kind auffährt. Oder Willi wäre mit *dem*, nein, wenn schon, *der Kleinen*, in die Schlucht gewandert. So ein Vater-Kind-Abenteuer Ding halt. Ich wäre froh, mal für ein paar Minuten meine Ruhe zu haben, was zu lesen, den Tag ohne Gequengel zu genießen.

Ein älterer Mann, faltig, fast ledrig seine Haut, ließ sich in dem kleinen See nieder. Das Wasser war nicht tief, sein Oberkörper schaute aus dem Wasser heraus. Er lehnte sich mit den Armen nach hinten und genoss augenscheinlich den Moment in der Sonne und im kühlen Nass. Auf einem großen Felsen saß eine Möwe. Sie beobachtete das Wasser, wahrscheinlich auf der Suche nach leichter Fischbeute in dem niedrigen Gewässer. Eine Familie spazierte an mir vorbei Richtung Strand. Ein kleines Mädchen saß auf den Schultern des Vaters. Ein größeres Mädchen, vielleicht sechs oder sieben Jahre alt, lief vor der Sonnenmilch weg, mit der die Mutter winkte.

»Du kommst jetzt sofort hierher, Chantal. Ohne Sonnenschutz gehst du nicht ins Wasser.« Chantal war wenig beeindruckt und hüpfte fröhlich in den kleinen See. Die Möwe kniff die Augen zusammen, beäugte Chantal. Das Kind hatte rote Zöpfe, trug einen viel zu engen Badeanzug. Jede Speckrolle, und Chantal hatte viele davon, zeichnete sich deutlich ab.

Die Mutter, eine Bohnenstange in weißem Hot-Pan und geblümter Tunika, zappelte jetzt am Wasserrand mit der Sonnenmilch und da sich Chantal für den Einsatz ihrer Mutter so gar nicht interessierte, wendete sich die leicht hysterische Frau jetzt an den Vater. »Kevin! Kannst du nicht auch mal was dazu sagen?« Oha, sieh an, die Kevins dieser Welt hatten also inzwischen Familie gegründet und produzierten Chantals und, vermutlich, mit Blick auf das geschulterte Mädchen, Jacquelines. Ich überlegte gerade wie wohl die Bohnenstange im Hot Pan hieß, da rief Kevin lautstark: »Boah, Schatz, wat denn, soll ick die Kleene und dat Handjepäck fallen lassen, nur um dat Chantal einzucremen? Die wird schon nich verkokeln in de nächsten Minuten. Un wenn doch, dann hat se halt einen Sonnenbrand. Geschieht ihr recht.«

»Ach, und dat Jeheule heute nacht, wie willste dat abschalten?«

Da Kevin keine Anstalten machte Chantal vor der Sonne zu schützen, griff *Schatz* nach härteren Methoden. Sie schrie. Sie schrie laut, sie keifte vollhysterisch: »Chaaaaaaantal, du kommst jetzt auf der Stelle aus dem Wasser, sonst gibt es heute Abend keine Fritten.«

Guck an. Frittenverbot. Pädagogik vom Feinsten. Das Mädchen kam, wenn auch etwas motzig, aus dem Wasser. Sobald Chantal in greifbarer Nähe war, fasste die Mutter zu. Das Kind wurde in den Schwitzkasten genommen und eingecremt. Vermutlich war es eh schon zu spät. Die Sonne stand hoch am Himmel und die verräterischen roten Streifen hatten sich schon an den Säumen des Badeanzugs bemerkbar gemacht. Ich meine, das Kind war rothaarig. Ein Wunder, wenn es den Tag am Meer in der Sonne ohne Verbrennungen dritten Grades überstehen würde.

Die Familie stapfte weiter durch den Sand in Richtung Meer. Na denn, so blass wie die alle waren würde vermutlich nicht nur die kleine Chantal am Abend heulen.

Ich schaute den alten Mann an. Entweder er war taub oder komplett tiefenentspannt. Nicht einmal hatte ich auch nur ein Augenlid zucken gesehen, während Chantal neben ihm rumplanschte und quietschte. Erst als ich tief Luft holte und mit einem »na denn« aufbrach, um Willi entgegenzugehen, öffnete er die Augen und schaute mich an. »Das wird schon, junge Frau. Nicht aus jedem Ei schlüpft eine Chantal.« Er grinste über das sonnengegerbte Gesicht und kurz bevor er zurück in seine Sonnenanbeter Starre verfiel sagte er noch: »Wenn das Kind nach der Mutter kommt, kann es ja nur ein Sonnenschein werden.«

Da, schon wieder. Ich schaute an mir runter. *Ich* sah da keinen Babybauch. Wie zum Teufel kam der alte Mann *darauf*? Führte ich vielleicht Selbstgespräche, von denen ich nichts weiß? Vielleicht hatte ich ja schon Halluzinationen? Zuviel Sonne? Wechseljahre? Mitlife-Crisis?
Auf halbem Weg Richtung Schlucht drehte ich mich nochmal um. Ich erwartete förmlich, dass da gar kein alter Mann im Wasser saß und ich den nur geträumt hatte.

Der alte Mann saß nicht nur noch immer im Wasser, der alte Mann winkte mir sogar noch zu und hob den rechten Daumen aufmunternd in die Höhe.

Unser Rückweg in die Finca war nicht direkt frostig, aber keiner von beiden machte den Anfang. Die Spannung knisterte und ich kannte Willi gut genug, um zu wissen, das Thema *Keinkind* war noch nicht durch und würde heute, morgen, oder irgendwann, wenn ich nicht mehr daran denke, aufgewärmt werden.

Und ich blieb dabei, meine Gebärmutter, mein Bauch, meine Entscheidung. Klar, wenn ich auf der anderen Seite stehen würde, dann würde ich auch auf ein Mitspracherecht beharren. Aber speziell diese Entscheidung ist eine so weitreichende, ich meine, so ein Kind hat ja ein bisschen was an Ansprüchen und im Vergleich zu einem Haustier auch eine deutlich höhere Lebenserwartung. Da bist du nicht nach 18 Jahren aus der Verantwortung. Und einfach so sagen, »hier, nimm du«, und sich damit aus der Verpflichtung stehlen, ist auch undenkbar. Ist die Plage da, ist sie da.

Die Standuhr in der großen Wohnhalle schlug 16 Uhr, als wir die Finca betraten und der letzte Glockenschlag war noch nicht verklungen, da war klar, entspannen ist jetzt nicht.

»Ach, da seit ihr ja endlich. Wir haben Hunger.«
Mutter Schmütz überfiel uns quasi hinterrücks, als wir nach oben in unser Zimmer gingen.
»Wollten wir nicht gleich in Alcúdia alle essen gehen?«, fragte ich, mit Konzentration auf mein Taschenprojekt. Meine Mutter kam aus der Küche. »Wir haben ja seit dem Frühstück noch nichts gegessen.«

Ich vergaß. Meine Mutter brauchte ihr Mittagessen. Um 12 Uhr. Punkt 12 Uhr. Nicht früher und nicht später. Und offenbar hatte es, aus noch nicht geklärten Gründen, noch kein Mittagessen gegeben. »Hmmm, wir haben doch genug eingekauft. Kartoffeln müssten da sein, noch Grillfleisch, Salat, warum habt ihr euch denn nichts gekocht?« Ich ging hinter meiner Mutter in die Küche und wenn die Küche eins war, dann picobello sauber. Die hatten sogar die Fenster vom Pollenstaub befreit.

Das Lämpchen der Spülmaschine signalisierte, dass sie durchgelaufen war und ausgeräumt werden wollte. Im Vorbeigehen öffnete ich die Klappe und betrat dann den Vorratsraum. Da lagen sie, die Kartoffeln, zwischen Wasser, Bier und Chips.

Willi und Gertrud standen inzwischen neben meiner Mutter. Gertrud beträppelt und Willi verständnislos dreinschauend. »Warum habt ihr euch denn nichts gekocht?«, fragte er seine Mutter.

»Ja, die Spülmaschine war doch gelaufen und da hatten wir kein Besteck und so.«

»Die hättet ihr doch ausräumen können. Die ist doch bestimmt schon seit Stunden durch.«

»Jung, dat sachst du su einfach. Wenn die jetzt noch voller Wasser gewesen wäre, dann hätten wir die ganze Küche unter Wasser gesetzt.« Mutter Schmütz schüttelte über soviel Unvernunft ihres Sohnes den Kopf. Ich war mir sicher, sie hatten auch so die Küche einmal komplett mit Wasser und Reinigungsmittel konfrontiert. Es blinkte nämlich nicht nur, es roch auch noch wie in einer Essigflasche mit Deko-Zitrone.

Die hatten tatsächlich nichts gegessen, weil sie sich nicht getraut hatten, die Spülmaschine leerzuräumen und infolgedessen das Werkzeug zum Kochen fehlte. In diesem Moment wurde mir bewusst, warum es ausgewiesene Seniorenreisen gab. Woher sollte sich die Kriegsgeneration, die sich Zeit ihres Lebens auf die eigenen Hände beim Spülen verlassen hat, mit den technischen Finessen einer Spülmaschine auskennen? Meine Mutter hatte noch nie eine besessen und Willis Mutter hatte ja Karl-Friedhelm. Die brauchten so einen *neumodischen* Unfug nicht.

»Aber Mam, es sind doch noch Töpfe da und das ein oder andere Messer zum Schälen. Ihr hättet euch doch was kochen können.«

»Willi, das ist ein Gasherd. Nicht, dass wir noch das Haus in die Luft jagen.« Meine Mutter lachte und ich war froh, dass sie es mit Humor trug, denn ich für meinen Teil war mal wieder voll betroffen und hätte schon wieder losheulen können. Sie war alt. Ich seufzte meinen Heulimpuls runter, wie so oft in letzter Zeit.

»Dann lass uns doch alle fertig machen und etwas früher nach Alcúdia fahren. Ihr müsst ja am Verhungern sein.« Ich gab mir Mühe, fröhlich und unbeschwert zu klingen.

Der Hunger schien gewaltig zu sein, denn schon eine viertel Stunde später stand die komplette Reisegruppe parat. Haare gemacht, Outfit tiptop. Eingehüllt in eine Duftwolke aus Haarspray und Sonnenmilch bestiegen wir die Mietwagen.

Ein sonniger Parkplatz in Alcúdia war in der Nachmittagshitze schnell gefunden.

Wir überquerten eine breite Straße und standen direkt vor dem alten Stadttor von Alcúdia. Sascha informierte seine Mitreisenden ausführlich über sein Alcúdia-Fachwissen. Unser Weg führte uns, begleitet von Saschas Vortrag, durch malerische Gassen.

Wir lasen uns durch Speisekarten, welche vor den Restaurants in Vitrinen auslagen. Mal war das Restaurant zu teuer, mal die Speisen zu exotisch – für Menschen die vor einer Spülmaschine Angst haben und einen Gasherd für eine Waffe halten, sind Tapas nun mal exotisch und damit hochbrisant fürs Verdauungssystem. Da konnte Willi noch so sehr Aufklärungsarbeit leisten. Es half nichts. Schließlich hatte irgendein Kompetenzblättchen – ob es die Apothekenrundschau war oder eine Frauenzeitschrift, blieb unbeantwortet – unlängst geraten, im Süden keine exotischen Speisen auf der Straße zu sich zu nehmen. Offenbar hatten sowohl meine Mutter, als auch Gertrud den gleichen Artikel gelesen. Die Gefahr, so die zwei *Fachfrauen*, sich mit unbekannten Darmbakterien zu infizieren, sei groß. Es brachte auch nichts, zu erklären, dass unbekannte Darmbakterien keinen Unterschied zwischen Tapas und Schnitzel machen und die in der Zeitschrift sicherlich Länder meinten, die etwas weniger europäisch sind als Spanien. Als Sascha dann auch noch seine Mutter in ihrer Hypochondrie mit einem Hinweis auf seinen sehr empfindlichen Magen unterstützte, war klar, es musste irgendwas Deutsches, aber auf jeden Fall was mit Schnitzel sein.

»Willi, guck doch mal da drüben, das sieht doch gut aus. Die werben sogar mit einem Schild in Deutsch. Was steht da?« Die Gruppe näherte sich Saschas Entdeckung und vertiefte sich in das Werbeschild. Ich blieb stehen, schaute mir aus der Ferne Schild und Restaurant an und überlegte, mich von der Gruppe abzusetzen. Erstens, *mich* sprachen die spanischen Tapas-Variationen diverser Restaurants an. Zweitens, das scheinbar deutschsprachige Restaurant mit Kölsch-Werbung und angepriesenen XL-Schnitzeln, machte auf mich keinen guten Eindruck. Ich vermutete, dass alleine das Betreten dieser *Kneipe* eine deutlich erhöhte Gefahr darstellte, sich eine Ladung gesundheitsgefährdender Keime einzufangen. Drittens, ich hatte ja schon am ersten Tag in Palma, was die Restaurantfrage anbelangte, kleine Brötchen gebacken. Ganze zehn Tage meine Bedürfnisse nach hinten zu stellen konnte ja schon aus rein gesundheitlichen Gründen keiner wollen.

»Nein!«, rief ich laut und entschieden. »Ihr könnt euch gerne da hin setzen. Ich gehe da nicht rein.« Keiner reagierte auf meinen Einwand. Ich zuckte die Schultern und schaute mich um.

Auf der gegenüberliegenden Seite, ein paar Meter weiter, lud ein gemütlicher Außenbereich zum Essen ein. Die Tische waren aus dunklem Holz und mit weißen Stoffservietten und glänzendem Besteck eingedeckt.

Meine Reisegruppe rückte inzwischen Plastikstühle, mit blumigen Polsterkissen, zurecht. Das ist dann wohl gelebte Demokratie. Die Mehrheit entscheidet, dass es gemütlich ist, in einem Restaurant auf weißen Plastikstühlen sitzend, Schnitzel mit Pommes zu essen, während einer dumm rumsteht und so gar nicht mit der Entscheidung leben kann.

Kurz, ganz kurz war ich bereit, mich dieser Entscheidung zu beugen. Ich wollte ja eigentlich nicht schon wieder die *Komische* sein. Als ich aber auf einem kleinen Schild, neben dem Eingang meines ausgewählten Restaurants, die Info »free WIFI!« entdeckte, wählte ich, ohne weiter zu zögern, einen kleinen Tisch, in dem schnuckeligen Restaurant. Ich schlug die Beine übereinander und beobachtete das Treiben auf der Terrasse des Schnitzelrestaurants durch die Zweige eines Olivenbaumes. Mit Sicherheit würde mein Alleingang für familiäre Disharmonien sorgen. Vorausgesetzt natürlich, irgendwer bemerkte meine Abwesenheit überhaupt.

Ich dachte darüber nach, wie sich die Affäre möglichst klein halten ließ. Klar, eigentlich. Free WIFI! Das mussten alle verstehen. Ich muss schließlich hin und wieder mal nachschauen, ob irgendwer, irgendwas von mir möchte. Ja, genau, ich würde dem WIFI die Schuld geben. Auf jeden Fall schätzte ich das Konfliktpotential so niedriger ein, als wenn ich erkläre, dass mir das Restaurant zu deutsch, zu schnitzellastig, kurz, völlig indiskutabel für einen Vegetarier mit kulinarischen Ansprüchen ist, und, dass ich ihnen gerne ihr Schnitzel lasse aber auch kein Problem damit habe alleine zu Essen.

Ich bin schließlich introvertiert und das bringt es mit sich, dass ich kein Problem damit habe, meine Zeit mit mir selbst zu verbringen.

Eine Kellnerin mit weißer Bluse und schwarzer Schürze, mit dunkelrotem Logoemblem, reichte mir die Menükarte. Ich bestellte schon mal ein Glas Wasser und ein erster Blick beruhigte mich. Die Gerichte waren nicht so teuer, wie das Ambiente vermuten ließ.

Es gab sogar ein Menü-Verzeichnis für *Vegetarianos*.

Im Schnitzelparadies brach gerade Unruhe aus. Willi suchte nach mir. Die anderen schauten sich irritiert um. Ich sah schüttelnde Köpfe und zuckende Schultern. Einzig meine Mutter hatte den richtigen Riecher. Sie schaute mich direkt, durch den Olivenbaum an.

Weil mir nichts Besseres einfiel machte ich ein, ich-weiß-auch-nicht-wie-das-passieren-konnte Gesicht und zuckte mit den Schultern.

Sascha war der Nächste, dessen Blick auf den Olivenbaum fiel. Es dauerte eine Sekunde, bis seine Wahrnehmung den Weg durch das Tarngrün, in den großen Pflanzkübeln, gefunden hatte. Ein weiterer Augenblick verging, bis er die Frau zwischen den Olivenblättern zuordnen konnte. Die Gruppe war vielleicht 20 Meter von mir entfernt. Die entrüstet aufgepumpten Backen von Sascha und die verdrehten Augen waren dennoch recht gut zu erkennen. Ich wiederholte mein ich-weiß-auch-nicht-wie-das-passieren-konnte Gesicht und schickte noch ein unschuldiges Grinsen und Schulterzucken hinterher.

Es passierte, womit ich rechnen musste. Willi stand, nicht direkt erfreut, eine Sekunde später vor mir.

»Äh, Alex, was soll das jetzt?«, fragte er, in einem wie ich fand, viel zu aggressiven Ton.

»Ich dachte, ihr würdet *das* Restaurant meinen. Ich konnte ja nicht ahnen, dass Familie Schmütz, äh ...«, ich nickte in Richtung bessere Frittenbude, »... in so einem Lokal essen möchte, wenn es auf der anderen Seite so was Nettes wie dieses Restaurant gibt.« Für unseren Beziehungsfrieden hoffte ich, dass meine Simulation von Unschuldslamm und ich-weiß-gar-nicht-wie-das-passieren-konnte, überzeugte.

»Echt, Alex, wenn du nicht dein eigenes Ding machen kannst, dann bist du nicht glücklich.« Er schaute rüber zum Rest der Gruppe. Sascha, Inke und Papa Schmütz fühlten sich offenbar sehr wohl auf den Plastikstühlen und hatten auch schon Kaltgetränke vor ihrer Nase. Mutter Schmütz kam, meine Mutter eingehakt, über die Gasse und ließ sich an dem kleinen Vierertisch nieder. Damit war mein introvertiertes mit-mir-selbst-Essen wohl Geschichte.

Ich hätte ja mit viel gerechnet, aber ganz sicher nicht damit, dass Mutter Schmütz sich von ihrer besseren Hälfte löste und sich ausgerechnet zu der komischen Freundin ihres Ältesten setzt. Fast war ich versucht zu fragen, ob sie nicht Angst vor den Keimen hätte, aber eine weitere Belastung für den Urlaubsfrieden schätzte ich als eine zu viel ein.

»Ich mag gar kein Fleisch. Ich esse auch lieber was mit Gemüse, vielleicht auch Fisch«, begründete sie ihren Lokalwechsel. »Die da drüben«, sie nickte in Richtung Frittenbude, »... die können ja nicht ohne Fleisch. Der Sascha der isst ja soviel Fleisch. Ich sag dem immer, wie ungesund das ist, aber der hört ja keinen Schlag auf mich. Und die Carmen sagt auch, dass sie gar nicht so gerne Schnitzel isst.«

»Aha.« Ich schaute zweifelnd zu meiner Mutter. Sie lächelte und sagte: »Ich kann dich ja auch hier nicht alleine sitzen lassen, mein Kind.«

»Och, das hätte ich schon verkraftet«, erwiderte ich und lächelte zurück. »Aber, Gertrud, dass hier ist kein vegetarisches Restaurant. Du kannst hier auch *Kadaverhäppchen* bestellen.«

»*Was* haben die hier?«, hakte Mutter Schmütz interessiert nach.
»Kadaverhäppchen«, wiederholte ich und erzeugte ein mimisches Fragezeichen bei Mutter Schmütz.
»Kadaver. Totes Tier halt. Leichenteile.« Mutter Schmütz lachte. »Du wieder. Das sind doch keine Leichenteile. Das ist doch Fleisch.«
Willi knuffte mich unter dem Tisch. Sollte wohl soviel heißen wie, verdirb meiner Mutter nicht den ganzen Appetit und mir bitte nicht den ganzen Tag.

»Sind aber trotzdem Leichenteile«, flüsterte ich trotzig in seine Richtung und setzte noch einen drauf, »und die gehören nun mal unter die Erde und nicht auf den Teller.«

Bei dem ein oder anderen dauerte die Suche nach einer passenden Speise etwas länger. Die Gerichte waren neben spanisch auch in deutscher Sprache gedruckt, aber das Restaurant hatte sich kreative Mühe gegeben, aus einem gebratenen Fisch, schon mal verbal, *Haute Cuisine* zu machen. Mit der Folge, dass es Mutter Schmütz und meine Mutter ohne Hilfe nicht möglich war, herauszufinden was ihnen schmecken könnte.

Nach erklärenden Worten von Willi und mir, fiel die Entscheidung bei beiden auf Doraden Filets mit Gemüse und Fritten.

Ich wählte die vegetarischen Tapas. Willi orderte ein Steak, kündigte aber an, auch mal von den Tapas probieren zu wollen.

»Trinkst du auch einen Wein?«, fragte er mich und studierte die Karte. »Such du einen aus.« Ich fühlte mich, zumindest bis dahin, durchaus in der Lage endlich ein ganzes Glas Rotwein zu trinken. Ja ich fühlte mich geradezu bombig. Kein Bauchweh, kein Schwindelgefühl und das Ziehen in den Brüsten war sicherlich auch nur eine hormonelle Randerscheinung, wie Frau sie halt mitunter hat. Ha, ich war geradezu beflügelt und schimpfte mich schon selbst Hypochonder, beim Gedanken an die letzten Tage und Wochen. *Ich* brauchte keinen Arzt, erst recht keinen Gynäkologen.

Ich und schwanger.

Die Tapas schmeckten grandios, der Wein – gut man muss ja auch nicht immer Wein trinken.

Vielleicht war der Traubensaft aber auch einfach korkig, in jedem Fall hatte ich nach dem ersten kleinen Schluck schon genug und reichte das Glas an Willi weiter.

»Probier mal, schmeckt der dir?«

Willi fand den Wein süffig, schob mir den Autoschlüssel zu und grinste breit: »Ich würde sagen, du fährst.« Vor lauter Begeisterung über meine Gesundheit und die leckeren Tapas waren mir die langen Gesichter der Senioren entgangen.

Der Teller meiner Mutter war leergegessen aber Zufriedenheit sieht anders aus. Willis Mutter hatte die Fritten, bis auf ein paar vermatschte, die in der Soße schwammen, verputzt. Das Doraden Filet hingegen lag, bis auf ein paar Gabelpickserspuren, noch unberührt in der Weißwein-Schaumsoße. Selbst die Deko-Tomate, nebst Salatblatt, war noch unberührt.

Willi, in seiner unbekümmerten Art, man könnte auch sagen typisch Mann, hatte den Ernst der kulinarischen Notlage noch nicht erkannt und fragte fröhlich in Richtung Senioren: »Und, schmeckt es euch?«

Meine Mutter kommentierte als erste: »Mmmm, der Fisch war komisch. Der war so lappig in der Soße, gar nicht mit Kruste. Man koooonnte es essen.«

Jetzt erst bemerkte Willi, dass seine Mutter ihren Teller noch zur Hälfte voll hatte. »Mam, wat is los? Keinen Hunger?«

»Das schmeckt nicht. Ich weiß gar nicht, was soll das denn für eine Soße sein und der Fisch ist gar nicht gebraten?« Mutter Schmütz war sichtlich schlecht, sehr schlecht gelaunt. »Ich wäre besser drüben, bei den anderen geblieben. Die Speisekarte war wie beim Jugoslawen zuhause.«

»Och, Mensch, Mam, das tut mir aber leid.« Willi griff nach dem Teller seiner Mutter. »Wenn du nicht mehr magst, ich probiere mal.«

»Jung, dat schmeckt nicht. Aber du kannst ja gerne mal probieren.«

Willi machte sich die Gabel voll mit Soße und Fisch.

»Mmmmhhh. Lecker. Alex, probiere mal, die Soße ist ein Gedicht.«

»Nein, danke.« Ich lehnte ab.

»Ja, Mam, dann müssen wir mal gucken. Vielleicht haben die ja einen Nachtisch, der dir zusagt«, schlug Willi genüsslich kauend vor.

»Ich muss mal«, verabschiedete ich mich und suchte die Toiletten auf.

Als ich wieder an den Tisch kam, herrschte Aufbruchstimmung. Mutter Schmütz hatte keinen Nachtisch gefunden, der ihr gefiel. Willi hatte schon bezahlt, man wartete nur noch auf mich. Auch im Plastik-Schnitzel-Paradies gegenüber rückte man schon die Stühle zurecht und war auf dem Sprung. Als die Reisegruppe wieder vereint auf der Straße stand, wurde Mutter Schmütz nicht müde über die schlechte und in der Folge komplett überteuerte Küche unseres Restaurants zu schimpfen. »Ach, Mutti, wärst du mal bei uns geblieben.« Inke bemaß mit ihren zierlichen Händen die Größe der Schnitzel, die sie serviert bekommen hatten. »Die Schnitzel*chen* waren riesig. Ich habe mir die Hälfte einpacken lassen. Wenn du noch Hunger hast, nachher, kannst du das gerne haben.«

»Mam, mit dir essen gehen ist echt nicht einfach.« Willi legte beschwichtigend seinen Arm um seine Mutter. »Du musst mal ein bisschen offener werden, was Essen anbelangt. Das war ganz große Kochkunst, mit dem Fisch in der Soße, die du so eklig fandst.«

»Bah, geh weg. Früher hättest du das auch nicht gegessen. Das kommt davon ...«

Weiter kam Mutter Schmütz nicht mit ihren Ausführungen. Willi hatte eine Eisdiele entdeckt und spontan in die Runde gefragt, wer alles ein Eis möchte.

Ich, inzwischen im *Taschentunnel*, hatte in Bruchteilen von Sekunden die Straße gescannt und einen vielversprechenden Laden entdeckt. »Bin mal eben in den Laden dahinten«, verkündete ich und war schon auf dem Weg.

»Alex! Warte doch mal.« Willi war mit zwei großen Schritten bei mir. »Willst du auch ein Eis?« »Nein, danke.« Ich zeigte auf den Ladeneingang. »Ich bin da drin, wenn du mich suchst.«

Der Laden war nicht allzu groß. Was aber von außen so vielversprechend aussah, entpuppte sich als nicht mein Ding.

Indische Folklore. Bunte Kleider, wie ich sie mit 14, in meiner Öko-Phase, getragen hatte. Häkeltaschen, und in der Luft waberte der Duft von Patschuli. Ich fühlte mich augenblicklich in die ganz weit entfernte Vergangenheit katapultiert. Die Zeit, als ich LPs von Bettina Wegner, John Denver und so was wie »Karl der Käfer ist tot« hörte. Während ich weiter durch den Laden schlenderte, an Seifenstücken schnupperte und mir die Schmuckauslage anschaute, summte ich vor mich hin »Karl der Käfer wurde nicht gefragt, man hat ihn einfach fortgejagt ...«

An einem großen Ständer mit luftigen Kleidern, überlegte ich ernsthaft, ob ich eins von den *Sterntaler-Hängerchen* anprobieren sollte. Dass sich ein wadenlanges, bunt gemustertes Kleid in meiner Urlaubs Garderobe befand, war ja schon ein Ding, aber jetzt auch noch ein kurzes Kleid anprobieren? Also eins was oberhalb der Knie aufhört – ich glaube ich hatte zuletzt als 12jährige so was *Gewagtes* getragen. Gewagt, weil ich wagte mich spätestens seit meiner Pubertät nicht mehr in kurze Kleider, von kurzen Hosen möchte ich erst gar nicht reden. Ich war halt nicht so ganz einverstanden mit meinen Beinen und fand, die sahen deutlich besser aus, wenn man sie nicht sehen konnte.

»Die sind sehr angenehm zu tragen.« Eine helle Frauenstimme mischte sich in meine still reflektierte Kleiderphobie. »Hier, das passt farblich wunderbar zu deinen dunklen Haaren.« Es war offenbar die Verkäuferin. Ich schätzte sie auf 50. Sie sprach astreines Deutsch. Vermutlich eine dieser Auswanderinnen von denen man ja auch soviel im Fernsehen sieht. Eine von denen allerdings, die es, wenn ich mich so umsah, geschafft hatten, sich eine Existenz in der Ferne aufzubauen. Sie hatte wohl recht, dunkelrot passt recht gut zu meinen Haaren, doch die gute Frau wusste ja nichts über mein Beinproblem.

»Ach«, seufzte sie, »die Hängerchen habe ich auch getragen, als ich mit meiner Lilly schwanger war. »Die sind toll, bei der Hitze. Im wievielten Monat sind Sie denn?« Häh? *Ging das schon wieder los.* »Ähm, ich bin nicht schwanger. Wie kommen Sie darauf.«

»Ach so«, die Frau lachte, »wegen des Schildes dachte ich, Sie suchen nach Umstandsmode.«

Sie wies mit ihrer Hand auf ein Schild am Ständer:

»*Para las mujeres embarazadas 20 %*«.

Ich schaute sie fragend und mit zuckenden Schultern an. »Ach so, Entschuldigung. Ich vergesse das aber auch immer wieder, solche Schilder auch in englisch und deutsch zu übersetzen. 20% auf Umstandskleider, heißt das. Aus dem Grund dachte ich – sind Sie nicht?« Sie musterte mich von oben bis unten und nochmal zurück. »Ich hätte gewettet«, sagte sie, als ich energisch verneinte.

Ich erfuhr von ihr, dass sie selbst vor einem Jahr, mit 45 Jahren, ihr erstes Kind bekommen habe. Sie lachte. »Hey, ich war der festen Überzeugung, der Zug wäre abgefahren. Haha. Aus dem Grund hatte ich auch nicht verhütet. So kann man sich täuschen. Frauen ab 40. Ich sag's ja. Ein Leben lang verhütet und dann auf die 2% Klausel verlassen. Soll ja nur eine 2%ige Wahrscheinlichkeit geben, ab 40 noch schwanger zu werden. Aber was soll's. Es war das Beste, was mir passieren konnte. Meine kleine Lilly.«

Aha. Langsam entfernte ich mich von dem Kleiderständer. Der machte mir Angst, mindestens genau so viel, wie das Gespräch mit der Ladeninhaberin. *Selbsterfüllende Prophezeiung! Wenn das so weiterging, dann hat mich irgendwann noch jemand schwanger geredet.*

»Ich muss dann mal.« Ich zeigte nach draußen, auf die Eis lutschende Reisegruppe. »Die warten schon.«

»Alles Gute wünsche ich Ihnen. Das wird schon alles super laufen.«

Grrrrrrrrrrrrrrrr ...

Meine Lust am Rumschlendern, am Shoppen, hatte ich am Umstandsmoden Ständer aufgehängt. Warum zum Teufel glaubte hier jeder Dahergelaufene ich sei schwanger? Die haben sie doch nicht mehr alle. Zuviel Sonne abbekommen.

Mir ging das Eis-Gelutsche auf die Nerven, mir ging die Hitze auf die Nerven, ich wollte nach Hause. Ging nicht, noch nicht. Wir spazierten weiter im Schleichtempo durch die Straßen. Ich bekam Rückenschmerzen. Weit und breit keine diskutable Tasche.

Als wir dann endlich zurück in unserem Feriendomizil waren, hatte Mutter Schmütz natürlich noch Hunger und durchwühlte, auf der Suche nach geeigneter Nahrung, den Kühlschrank.

»Wir hatten doch noch soviel Wurst und Grillfleisch, wo ist das denn hingekommen?« Die Frage war an ihre beiden Söhne gerichtet, da die beiden für ihren gesteigerten Appetit auf alles Essbare bekannt waren.

»Du, Mam, keine Ahnung.«

Es machte mir wirklich Freude die beiden Jungs zu entlasten.

»Ach, Gertrud, das Zeug habe ich mir genommen.« Ich ließ ein wenig Zeit verstreichen, um etwaigen voreiligen Schlüssen und blöden Bemerkungen eine Chance zu geben. Wie erwartet schoss es mir auch direkt aus Saschas Richtung um die Ohren. »Ach, guck, Schwägerin. Der Fleischeslust hingegeben. Ist wohl doch nix, immer nur das Grünzeug.«

Der nächste Satz bereitete mir sehr viel innere Genugtuung und ich setzte dabei mein unschuldigstes Gesicht auf. »Nö, Sascha. Habe ich alles dem Hund gegeben, der nachts so hungrig in der Gegend rumbellt.«

»Ey, Willi, deine Freundin ist echt ne Nummer. Verfüttert die das Zeug an den Köter. Weiß die eigentlich wie teuer das Zeug ist?«

Ich ergriff die 1A Vorlage und schaute Sascha, Willi und Gertrud an. »Sie weiß es, Sascha. Sie hat sich ja schließlich an den Kosten für Wurst und Fleisch, Nahrungsmittel, die noch nicht einmal anteilig für sie bestimmt sind, beteiligen müssen. Wohingegen andere Menschen da ja nicht ganz so gelassen sind, wenn es um das Bezahlen von Nahrungsmitteln geht, die sie nicht konsumieren.«

»Jetzt biste aber sehr kleinlich, Schwägerin. Mam und Pap haben eine kleine Rente. Die verdienen nicht soviel wie du.«

Ich schnappte nach Luft, war kurz davor meine momentane Projektlage mit Sascha durchzudiskutieren, bekam aber die Kurve. Nichts was mein Leben anging, ging Sascha was an.

Inke unterbrach den sich anbahnenden Krieg. Sie reichte Mutter Schmütz das *Doggipack*, mit den Resten aus der *Frittenbude*.

»Hier, Mutti. Das ist soviel, da werden noch zwei von satt.« So gelang es letzten Endes doch noch, Gertrud zufrieden zu stellen.

Das folgende Gespräch, zwischen Sascha, Inke und Mutter Schmütz, über diese modernen Menschen, die plötzlich gegen dieses und jenes Essen intolerant sind, kein Getreide, keine Milch, kein Fleisch, verfolgte ich nur noch halb.

Ich ging nach oben und lag recht schnell im Bett. Es war ein langer Tag und er endete mit reichlich Thema, um sich noch mal mehr grübelnd und grollend von rechts nach links zu drehen, als sowieso schon. Glücklicherweise schlief ich aber sehr schnell ein und wachte erst am nächsten Morgen auf.

Tag drei. Wenn ich glaubte alle kulinarischen Tiefpunkte dieser Reise hinter mir zu haben, dann hatte ich mich sehr getäuscht. Mallorca hatte da ein breiteres Spektrum zu bieten, als ich jemals für möglich gehalten hätte.

Sascha vertrat den Standpunkt, wenn man auf Mallorca Urlaub macht, dann wäre es ein Vergehen, nicht beim Wurstkönig am Ballermann eine Currywurst zu essen.

Weder der legendäre Ballermann interessierte mich, noch die kulinarischen Highlights eines Bayern auf Mallorca.

»Gibt es auch einen Plan B für Vegetarier?«, fragte ich, mehr rhetorisch, nicht wirklich ernst gemeint, denn mein Plan A stand fest. Ich würde etwas anderes machen.

»Das wird lustig, Alex.« Willi nahm mich in den Arm. Du wirst sehen, Ballermann, die Schinkenstraße, muss man mal gesehen haben.«

»Äh, wieso muss man den Ballermann mal gesehen haben? Bin ich im Kegelverein, suche ich was zum Vögeln? Nein. *Ich* muss den nicht sehen. Das reicht völlig, wenn der mir bei Vorbeizappen auf RTL2 begegnet.«

»Alex, sei kein Spielverderber. Ein bisschen Lästern über die Abgründe der Menschheit wird dir Spaß machen.«

Den Ausschlag gab meine Mutter.

»Also, Alex, den Ballermann würde ich auch schon gerne mal sehen. Die Lüttkes, das Ehepaar mit denen ich auch schon mal wandern gehe, machen da öfters Urlaub und haben mir schon viel erzählt. Die

Frage ist auch oft im Kreuzworträtsel, wie die bekannteste Straße am Ballermann heißt.«

Uuuuuuuhhh.»Na, gut. Dass mir das aber ja keiner rumerzählt, dass *ich* am Ballermann war. So von wegen Postings bei Facebook mit Markierung.«

»Ist ja nur halb so schlimm, wenn du am Tag da vorbeischaust. Tagsüber sind da nur so ältere Herrschaften wie wir unterwegs.« Willi lachte.

Ich schüttelte resigniert den Kopf und schwor mir, dies ist nicht nur der erste, sondern gleichzeitig auch der letzte Urlaub dieser Art.

Nachdem die älteren Mädels sich ausgetauscht hatten und beide einhelliger Meinung waren, Stützstrümpfe würden wohl helfen, mussten wir nochmal eine halbe Stunde warten, bevor wir abfahren konnten. Es war halb zehn, die Sonne gab ihr Bestes, das Thermometer würde heute garantiert über 30 Grad ansteigen.

Ich schaute auf die strammen Strümpfe unter der beigen Leinenhose meiner Mutter.

»Meinst du nicht, das wird dir zu warm werden?«

»Kind, meine Beine werden sonst dick. Dann ist es mir lieber ein bisschen zu warm. Und wenn es *zu* heiß wird, kann ich es ja immer noch ohne versuchen.«

Vor Ort, in Arenal, zeigte die Temperaturanzeige im Auto exakt 35,8°, als wir in einer staubigen Gasse parkten.

Ich war gespannt, wann wir am nächsten Klo halt machen mussten, weil den Müttern der Reisegesellschaft untenrum zu warm wurde.

Wir schlenderten mit geschätzten 3 km/h entlang der Strandpromenade. Ich bekam Rückenschmerzen vom Langsamgehen und die Sonne brannte heiß vom Himmel. Wirklich, eine wahnsinnig tolle Idee, den Ballermann zu besuchen.

Während ich so vor mich hin grummelte, bekam mein *Aufpasserauge*, welches immer meine Mutter im Blick hielt, ihre Unruhe mit. Klar, war ja auch inzwischen schon nach zwölf Uhr. Mittagessen verpasst. Da war sie sehr kleinlich, was diese tägliche Routine anbelangte. Diverse Tabletten mussten nun mal pünktlich und die ein oder andere Pille nach, auf keinem Fall vor dem Essen, eingenommen werden. Es dauerte dann auch nicht lange und sie bestand auf *jetzt* essen. Egal was, nur auf jeden Fall *jetzt*.

Sascha versuchte zu diskutieren, ob denn nicht noch ein kleines Zeitfenster offen sei, der Wurstkönig und damit die Notwendige Nahrungs- und Pillenaufnahme sei auch gar nicht mehr weit weg. Es gab natürlich kein Zeitfenster mehr. Essen und trinken musste *jetzt* her.

So betraten wir einen der vielen Kioske, die sich entlang der Promenade aneinanderreihten und ich half meiner Mutter einen Apfel und eine Flasche Wasser zu erstehen.

Die einen schauten aufs Meer hinaus, die anderen begutachteten die *Auslagen* am Strand, während wir warteten, bis meine Mutter ihren ärztlichen Anordnungen Genüge getan hatte. Als sie mit ihrer kulinarischen und medizinischen Grundversorgung durch war und weiter wollte, fiel Mutter Schmütz ein, dass sie ihre Blutdruck- und Cholesterintablette ja auch noch nehmen müsste.

Natürlich mit was zu Essen. Wir warteten weiter und erfreuten uns weiter am Anblick verbrannter Körper, großen und kleinen Brüsten, dicken und dünnen Bäuchen und modische Auswüchse die man lieber nicht sehen möchte.

Als wir dann schließlich im Epizentrum des Ballermanns, beim Wurstkönig ankamen, erfasste mich eine schaurige Form von Voyeurismus.

Es war noch nicht allzu viel los. Die meisten Sangria Leichen lagen wahrscheinlich noch in ihren Kojen, auf versifften Matratzen und träumten von dem Sex, den sie wegen zugedröhnter Birne oder optischer Defizite nicht gehabt hatten. Aber auch unter den ich-such-was-zum-Vögeln Urlaubern war schon der oder andere unterwegs.

Schrille Plastiksonnenbrillen auf der Nase sollten wohl das andere Geschlecht auf die sexuelle Kompetenz aufmerksam machen. Ist gewissermaßen wie im Tierreich. Da laufen die Männchen auch gerne mit bunt gespreiztem Gefieder rum, damit irgendein Weibchen seinem tiefsitzenden Bedürfnis nach Deko folgend, sich seiner annimmt. Könnte aber auch sein, dass die lustigen Brillen, die mitunter von noch lustigeren Kopfbedeckungen oder T-Shirts getoppt wurden, vom Bierbauch ablenken sollten.

Es gab im Außenbereich des Wurstkönigs noch reichlich Platz. Wir setzten uns, wie an den Vortagen schon mehrmals geschehen, auf weiße Plastikstühle die einen runden Tisch umstellten. Hinter mir stand ein dicker Laternenpfahl, der als Halterung für einen roten Plastikmülleimer mit Langnese-Werbung herhalten musste. Auf dem Tisch lagerten noch die Reste vorheriger Gäste. Inke räumte mit rümpfender Nase die Plastikschalen, mit vermatschten Fritten in Ketchup und Mayo, in den Mülleimer hinter mir, während der Rest der Reisegruppe sich an der Theke anstellte.

Mädels mit knackigem Körper, in knappem Bikini und Flipflops, genauso wie Mädels, die ihre Körpermaße unterschätzt hatten und in der Folge zur falschen Bikinigröße gegriffen hatten, standen in der hungrigen Kundenschlange. Mittendrin männliche Touristen in weißen Socken und Sandalen. Genau wie wir wollten diese Urlauber in jedem Fall nicht von der Insel fliegen, ohne eine Currywurst vom Wurstkönig gegessen zu haben. Vermutlich hatte ihnen das ihr Reiseführer, welcher etwas Abseits gelangweilt an der Kaimauer stand, ans Herz gelegt.

Das Treiben an der Theke zog meinen Blick magisch an. Ich beobachtete die Rentner im lässigen Urlaubsschick. Ihre Blicke fielen ungeniert über die braungebrannten Bikinischönheiten her und der ein oder andere in der Schlange drängelte sich, mehr als notwendig, an die Vorderfrau. Etwas Abseits, an zwei zusammengeschobenen Tischen warteten die Ehefrauen der notgeilen Rentner.

Prosecco. Ich war mir sicher, die hatten mehr als ein kreislaufförderndes *Piccolöchen* am Morgen verabreicht bekommen. Von mädchenhaftem Gekickel, bis hin zu lautstarkem Lachen, war alles vertreten. Eine Unterhaltung an unserem Tisch war damit unmöglich geworden. Nicht schlimm für mich, die interessanten Themen zwischen Inke*chen* und mir waren ja eh sehr begrenzt.

Willi brachte mir eine Portion Pommes mit ohne alles mit.

»Damit du mir nicht vom Fleisch fällst.«

»Haha.«

»Die schmeckt aber echt lecker, Sascha.«

»Ja, finde ich auch«, bestätigte Mutter Schmütz die löbliche Bemerkung meiner Mutter.

»Ich habe doch gesagt, das lohnt sich, zum Ballermann zu fahren.« Wegen einer Currywurst mit in Soße und Mayo ersoffenen Pommes 60 Kilometer durch die Mittagshitze fahren. Na, ja, in meinem Fall wegen einer Portion Fritten ohne alles. Der Typ hatte echt limitierte Ansprüche.

»Ja, stimmt. Soooooo lecker Pommes gibt es nirgendwo«, ergänzte ich mit vor Ironie triefender Stimme.

»Och, schmecken die Pommes so jot?«, fragte Mutter Schmütz.

Eine Antwort blieb mir erspart, da am Nachbartisch gerade lautstark ein zotiger Witz quittiert wurde.

Im Extremschlendergang ging es nach dem Wurstkönigerlebnis wieder durch die glühende Hitze zurück zum Auto. Wir besuchten kurz vor Alcúdia noch den allseits beliebten Lidl und packten einen Einkaufswagen bis zur Oberkante voll, bevor wir zur Finca zurückkehrten. Die Rentner entspannten den Nachmittag auf der Terrasse. Willi, Sascha und Inke stürzten sich direkt in den Pool und belegten die besten Plätze unter den beiden Sonnenschirmen.

Ich stand im Bikini vor dem Spiegel im Schlafzimmer und damit vor einem Dilemma. Der Bikini war zu klein. Untenrum perfekt, aber das Oberteil ging gar nicht. Offenbar hatte ich dann doch in den letzten Jahren mehr zugenommen als abgenommen.

Die beiden schwarzen Dreiecke hatten Mühe und Not zu halten, was sie halten sollten.

Mit Sicherheit würden die komplett den Dienst quittieren, wenn es im Pool hochherging und dem Gekreische von draußen nach zu urteilen tat es das gerade.

Gestern, ganz ohne soziale Kontrolle durch die Familie, hatte ich gar nicht erst darüber nachgedacht, das Bikinioberteil anzuziehen. Hey, ich war auf Mallorca am Strand gewesen. Wer zieht da ein Bikinioberteil an? Aber hier, umringt von Familie Schmütz und von meiner Mutter, war das irgendwie zu nackt. Und ganz nebenbei, war ich auch nicht scharf darauf, dass meine blanke Brust auf den Urlaubsbildern von Sascha, Inke*chen* oder Mutter und Vater Schmütz, auftaucht.

Frustriert legte ich mich aufs Bett starrte auf den Bildschirm meines Handys und wartete auf die Aktualisierung meiner E-Mails. *Pinterest* informierte mich mit mehreren Mails über total interessante *Pins*, mein Netzanbieter hatte meine Online-Rechnung geschickt. Diverse Shopping-Portale informierten mich über die neuen Herbst- und Winterfarben. Aus welchem Grund mir Mode für Frauen in anderen Umständen angeboten wurde, war mir ehrlich gesagt schleierhaft. *Die NSA vielleicht, oder Google hat meinen Surfaktivitäten gepetzt.* Sehr viele Mails aber keine Arbeitsmail.

Es war einfach nicht mein Jahr. Auf der anderen Seite, so scheiße wie die ersten sechs Monate gelaufen waren, beruflich und gesundheitlich, es konnte im zweiten Halbjahr eigentlich nur besser werden. Es half ja nichts, wenn ich mich jetzt reinsteigere, dann kann ich mich genauso gut direkt im Pool ersäufen. Ich überlegte, ob das klappen könnte, im Pool umbringen. Der war vielleicht zwei Meter tief, an seiner tiefsten Stelle. Könnte gehen. Ich bin 174 Zentimeter groß. Mit ein bisschen gutem Willen, sollte das reichen, um sich zu ersäufen.

Mitten in der Nacht stand ich am Rand vom Pool. Die Hunde in der Nachbarschaft bellten. Ich versuchte zu springen, aber irgendwas hielt mich bleischwer am Boden fest. Ich schaute nach unten, in das dunkle Wasser, suchte meine Füße, konnte sie aber nicht sehen. Ich sah nur meinen Busen, der wie zwei bis zum Platzen aufgeblasene Ballons vor mir schwebte. Ich hörte das Hundebellen, immer näher kommend. Wenn die nach Nahrung suchten, dann würden die sich sicherlich über dieses riesige Stück Fleisch, was hier rumsteht und sich nicht bewegen kann, freuen. Ich wartete förmlich auf das Einschlagen von Reißzähnen in meinen Waden. Macht ruhig. Doch statt Reißzähne spürte ich eine leckende Zunge. Ich sah rechts an meinem Busen vorbei nach unten. Mein vierbeiniger Freund von vorletzter Nacht. Sein Fell leuchtete im Mondschein rötlich. Er wedelte mit dem Schwanz, leckte wieder, forderte mich auf, mit ihm zu spielen.»Hey, Hund, ich will mich umbringen, ich habe jetzt keine Zeit, ein andermal gerne.« Der Hund schmiegte sich an mein Bein. Er war warm und weich. Ich hatte den dringenden Impuls ihn zu streicheln.

»Hey, Schlafmütze. Wir waren am Pool warum bist du nicht rausgekommen. War Superlustig. Arschbombencontest.«
Arschbombencontest? Schlafmütze? Schleppend kam ich in der Realität an. Ich hatte mich also nicht umgebracht und das warme weiche Fell war Willis haariges Bein gewesen. Sanftes Wecken war noch nie seine Stärke. Und mein Ding war es noch nie, aus dem Tiefschlaf gut gelaunt aufzuwachen. Erst recht nicht, wenn ich seitlich angepöbelt werde und man mir so was wie »hey Schlafmütze ...« ins Ohr trompetet.
Ich rollte mich von Willi weg, setzte mich auf die Bettkante, rieb mir die Augen. Es war noch hell draußen, die Sonne schien, also hatte ich nicht allzu lange geschlafen
Willi rollte sich wieder vom Bett. »Wir haben beschlossen heute Abend hier zu grillen. Du bekommst lecker Aubergine, exklusiv von einem dich wahnsinnig liebenden Supertypen.« *Wuahh, war der nervig gut gelaunt.*
»Ich geh vorher duschen. Ich komme dann nach und gucke ob der Super Typ das mit den Auberginen auch hinbekommt.«

Ich bin mehr der sportliche, vielleicht burschikose Frauentyp und damit noch nie ein Kleiderfan gewesen. Aber, wenn Frau ihre Beine blöd findet und sich in warmen Gefilden aufhält, dann sind diese Maxikleider gar nicht mal so verkehrt. Ich hatte mir auf jeden Fall, speziell für diesen Urlaub, ein wadenlanges Sommerkleid gekauft.
Jetzt meint man vielleicht, die Alex, das ist so eine etwas Kühlere und man stellt sich ein graues vielleicht anthrazitfarbenes oder doch schwarzes Teil vor. Gefehlt. Es war so ein großgemustertes, buntes, luftiges Teil, mit eigentlich viel zu tiefem Ausschnitt. Ich hatte halt, das dezent in Schattierungen von Schwarz gefärbte Kleid, auf die Schnelle nicht gefunden.

Weil meine BHs allesamt irgendwie zwickten und mein Busen an den Rändern wie Hefeteig hervorquoll, ließ ich den BH gleich ganz weg.

Machte allerdings aus dem Megaausschnitt des Kleides einen Mordsausschnitt. Egal. Wie heißt es so schön: wir sind ja hier unter uns.

Der Duft von Gegrilltem zog durch die große Halle, als ich nach unten ging und mir in dem ungewohnten Fummel vorkam wie die plumpe Schwester von Cinderella, beim Betreten des Ballsaals.

Der große Terrassentisch war schon gedeckt und fünf ausgehungerte Touristen tilgten ihren ersten Hunger mit grünem Salat, Tomaten und Gurke. In einem Korb lag ein geschnittenes Baguette. Aioli und Käse lagerten zwischen Ketchup, Barbecue-Soße und Senf. Sascha hütete, wie nicht anders zu erwarten war, den Grill.

»Aaaah, Schwägerin. Kaum liegen die Würstchen auf dem Grill, kommst du auch runter.« Sascha lachte laut und dreckig. Fand seinen Witz außerordentlich witzig. Ich versuchte die Kampfansage zu überhören und steuerte den leeren Platz zwischen Willi und meiner Mutter an. Ein Teller mit gebratenen Auberginenscheiben und Fetastreuseln lachte mich an.

Ich hatte einen Mordshunger und häufte meinen Teller mit ein paar Scheiben Weißbrot, Salat und Aubergine.

Von der Mitte des Tisches lachte mich eine Rotweinflasche herausfordernd an. Aber ich hatte da wenig Hoffnung und wollte auch gar nicht weiter darüber nachdenken, warum mir nach zehn Jahren Rotweinstudie der Traubensaft plötzlich nicht mehr schmeckte. Nein, ich werde jetzt auch nicht mein Handy zücken und googeln. Ich esse einfach, denke nicht nach und schlürfe Wasser.

Sascha verteilte die ersten *Kadaverhäppchen* und legte direkt Nachschub auf den Grill.

Willi sah mich erwartungsvoll mit großen Augen an. »Und, wie schmecken die Auberginenscheiben?« Das ist so ein Männerding. Wenn sie denn mal irgendwas für dich tun, dann wollen sie nicht einfach so, was Banales wie »ja, gut, ich freu mich« hören, dann fordern sie direkt einen Hymnenchor und eine Beweihräucherung, inklusive Heiligsprechung, ein. Ich holte tief Luft. »Super, lecker. Sind dir echt großartig gelungen.« Ich zuckerte soviel Begeisterung in meine Stimme, dass es, nicht ganz ungewollt, ins Ironische kippte.

»Ja, gell. Ich kann kochen.«

»Ja, unglaublich, wie toll die Auberginen gebraten sind.«

»Ey, jetzt verarsch mich nicht.«

»Ich verarsche dich nicht. Sind echt klasse.« Zur Bestätigung gab ich Willi noch einen Kuss auf die Wange und hoffte jetzt war genug gelobhudelt.

»Wir müssen uns unbedingt auch so eine Steakpfanne besorgen. Die bekommst du nämlich nur darin so lecker.«

War wohl nicht der richtige Zeitpunkt, ihm zu sagen, dass das Grillgemüse ein bisschen viel Fett gezogen hatte, ein bisschen krosser hätte sein können. Vermutlich, weil er das Gemüse, wie immer, wenn er Auberginen brät, vorher nicht mit Salz entwässert hatte. Ich hatte mir im Laufe der Jahre abgewöhnt Willi diesbezüglich Tipps zu geben. Speziell am Herd nahm er solche Tipps nämlich immer persönlich und nicht sachlich entgegen. In der Folge endeten solche Kochszenarien meist in einer mittelschweren Beziehungsstörung.

Die Sonne ging zwischen den Bergen unter, die ersten Stechmücken plagten meine Beine, keiner zankte sich, keiner stritt.

Vermutlich können die Mitglieder der Familie Schmütz aber auch nicht anders. Die brauchen das. Andere mit provokativen Äußerungen herausfordern, damit auf jeden Fall ein hitziges Wortgefecht entsteht. Und weil man mich ja offenbar so gut provozieren kann, schoss sich Sascha auf mich ein.

»Warum isst du eigentlich kein Fleisch, Alex? Du weißt schon, man soll sich ausgewogen ernähren.«

Gähn. Nerv. Seitdem ich bei meiner Mutter ausgezogen war, esse ich kein Fleisch mehr. Das sind jetzt nahezu 26 Jahre. Mir geht es gut. Mir ging es noch nie schlecht und diese Art von Unterhaltung hatte ich in meinem vegetarischen Dasein schon viel zu oft führen müssen und kann aus dem Grund sagen, sie führt zu rein gar nichts. Das ist als würde man mit einem Islamisten darüber diskutieren wollen, dass es sich auch ohne Religion, als Atheist, sehr gut leben lässt. Völlig für die Füße.

Seufzend versuchte ich es mit der erklärenden Kurzform. »Zu Frage eins. Aus moralischen und gesundheitlichen Gründen. Zu *Behauptung* zwei. Ich ernähre mich ausgewogen – ohne Fleisch.« In meiner Sturm und Drang Zeit hätte ich jetzt ausführlich über die Qualen der Massentierhaltung referiert. Ich hätte den möglichen Zusammenhang zwischen Krebs und Fleischkonsum erörtert. Klima. Verseuchtes Fleisch. Falsch deklariertes Fleisch. Das Thema war so vielfältig, so uferlos, ich hatte da keine Lust mehr drauf. Schon gar nicht im Urlaub und erst recht nicht mit einem Schmütz.

Entweder er gehörte zur Kategorie jener, die jetzt unter den Tisch schauen um mögliche Lederschuhe in die Konversation einzuwerfen oder er gehörte zu den Fleischessern, die ihre Nahrungsquelle bedroht sehen, weil ich deren Gemüse esse.

Bevor Sascha jedoch antworten konnte, ergriff Mutter Schmütz die günstige Gelegenheit einen Schwank aus ihrer schweren Kriegskindheit zu erzählen.

»Ich weiß noch, wie die Sau früher gequickt hat, wenn der Schlachter, der extra gerufen wurde, die abgestochen hat.« Mutter Schmütz erzählte den Schwank mit soviel Begeisterung und Freude in ihrer kräftigen Stimme, dass mir fast die fettige Aubergine im Hals steckengeblieben wäre. Und das hieß schon was, denn die war echt fettig und damit auch flutschig. »Wir haben ja nix zu Essen gehabt und wenn der Schlachter kam, dann war klar, am nächsten Tag gibt es Schweinskopf. Ach war das ein Fest.«

»Aha. Soso. Schweinskopf«, nuschelte ich für mich in den Salat. Wenn ich mit soviel Begeisterung über Broccoli am Tisch reden würde, die würden mich alle für komisch erklären. Geschlachtete Sau, verbunden mit Begeisterung, ist da eher gesellschaftsfähig.

Vater Schmütz erwachte, beim Thema Vergangenes aus der Urlaubslethargie. »Damals war das so. Der Schlachter kam auf den Hof und alle haben zugeschaut, wie die Sau ausblutet. Danach wurde dann aus dem Blut Blutwurst gemacht und der Schweinskopf war eine echte Leckerei.«

»Kann ich mal bitte die Weinflasche haben«, fragte ich meine Mutter, die näher dran saß. Ich brauchte irgendwas, um die Realität zu dimmen. *Und wenn mein Körper sich schon wieder weigert, dann werde ich ihn eben zwingen.*

»Papchen, wir sind am Essen.« Oha, Inke, in den fettigen Fingerchen irgendein fetttriefendes Fleischteil haltend, meldete sich mit einem Anflug von Ekel in der Stimme.

Ich kippte das Glas so schnell runter, mein Körper bekam davon quasi gar nichts mit. Überraschungsangriff, sag ich nur. *Ging doch.* Das Glas war ratzfatz leer und ich machte das zweite Glas mit Rotwein voll, während Vater Schmütz von seiner Nachkriegszeit auf dem Bauernhof erzählte.

Als mein Teller leer war, ich den Wein schon deutlich im Kopf spürte, war Mutter Schmütz bei der Geschichte ihrer Evakuierung aus dem Norden Deutschlands angelangt. Ich kann gar nicht sagen, wie oft ich die schon hören musste. Gefühlt, bei jedem familiären Zusammenkommen. Und jedes Mal musste jemand Mutter Schmütz korrigieren.

»Ja, die haben uns damals deportiert. Ich bin ja eigentlich aus dem Norden.« Diesmal war es Sascha, der sie korrigierte. »Mam, ihr wurdet nicht deportiert, ihr wurdet evakuiert.«

»Jo, Jung. Evakuiert, deportiert, wo ich da der Unterschied.«

Oh, die Antwort war neu und gab mir direkt eine Steillage für eine zynische Antwort.

»Der Unterschied, liebe Gertrud, liegt darin, dass du noch lebst und nicht vergast wurdest.«

Stille wehte über den Tisch. Selbst Sascha hatte dem nichts hinzuzufügen. Gut so. Ich war froh endlich die Rotweinbarriere durchbrochen zu haben und nippte inzwischen mit einem verklärten Grinsen am dritten Rotweinschwenker. Der Urlaub wurde gerade richtig schön.

»Aaaaaach ...«, seufzte ich, die betroffene Stille ignorierend.

Ich lallte weiter: »Ist das schön hier. Ich dreh mal ne Runde durch den Garten.« Die Dämmerung hatte inzwischen eingesetzt und mit der Dämmerung fingen die Hunde in der Umgebung an, sich zu unterhalten. Es bellte von nah und fern und von allen Seiten. Ich ging Richtung Pool, umrundete das Becken und betrat durch eine Lücke in der Hecke den Olivenhain. Steiniger, staubiger Boden, hier und da kleine Büsche, die sich bei näherem Hingucken als Traubenreben entpuppten. Nach etwa 30 Schritten kam ich an die Grenze des Grundstücks. Eine Mauer aus Bruchsteinen, die mir bis zur Hüfte reichte. Dahinter befand sich ein Hühnerverschlag, ohne Hühner und ein Gemüsegarten der dem Augenschein nach gut gepflegt wurde. Das flache Haus glich allerdings tendenziell einer unbewohnten Ruine, von Menschen weit und breit keine Spur. Ich ließ mich auf der Mauer nieder und lauschte den Geräuschen von Insekten, Hunden und einem Hahn, der irgendwo krähte. Subtrahierte man Teile der Reisegesellschaft, dann könnte ich mir durchaus vorstellen auf dieser *Insel des Glücks* zu leben.

Ich spazierte entlang der Mauer, bis ich an die nächste Grenze stieß. Ein hoher Drahtzaun verlief nach rechts über die ganze Länge des Olivenhains. Ich hatte mich gerade umgedreht, wollte den Drahtzaun entlanggehen, da nahm ich eine Bewegung aus dem Augenwinkel war.

Gab es doch ein freilaufendes Huhn? Ich suchte das Grundstück hinter der Mauer ab und hätte ihn fast übersehen. Das schmale Gesicht schaute hinter einem knorrigen, abgestorbenen Baumstamm hervor. Blondes, rötliches Haar und zwei braune Augen verfolgten meine Bewegungen.

Da, ich lag bestimmt schon wieder im Bett und träumte. Das war der Hund, dem ich meinen Fleischanteil gegeben hatte. Der Hund vom Nachmittag, der aus meinem Traum, der mich bei meinem Selbstmordprojekt gestört hatte. Skeptisch schaute ich das Weinglas an. Ich kniff mich, rieb meine Augen, schaute nochmal hin. Weg war er. Bekomme ich auf meine alten Tage auch noch Halluzinationen? Ich ging zurück zum Haus und wurde unterwegs das Gefühl nicht los, von dem Hund verfolgt zu werden. Mehrmals drehte ich mich um, konnte aber weder eine Bewegung noch einen Hund ausmachen. Wahrscheinlich habe ich den Hund wieder nur geträumt.

Willi, Inke, Gertrud und meine Mutter spielten Mensch-ärgere-dich-nicht am Terrassentisch. Sascha rauchte etwas abseits und blätterte in seinem Reiseführer.

»Mir ist das ja egal, ob ich gewinne oder nicht. Ich freue mich ja, wenn andere sich freuen.« Mutter Schmütz erörterte ihren Mitspielern wieder mal ihre Spielmotivation. Ich sah wie Inke die Augen verdrehte. Willi stupste meine Mutter an und meinte in ihre Richtung gewandt: »Carmen, uns ist das nicht egal. Wir sind hier, um zu gewinnen.« Sagte es und wurde von meiner Mutter, im hohen Bogen, kurz vor dem *Häuschen*, rausgeschmissen.

Das Plastikmännchen flog vom Tisch, kullerte über den Boden und blieb in meiner Nähe liegen. Noch lachte ich, während ich mich bückte und auf dem Boden nach dem gelben Plastik-Männchen suchte. Meine Finger tasteten über die Fliesen, da passierte das Desaster.

Plötzlich, unerwartet und mitten im Lachen verabschiedete sich Aubergine, Salat und ein riesen Schwall Rotwein aus meinem Körper und verteilte sich über die Terrakotta Fliesen.

Mir brach der Schweiß aus, mir wurde kalt, mir wurde heiß, alles zugleich. Ich drohte umzukippen. Stehen und sitzen funktionierte nicht mehr. Ich kauerte mich mit angezogenen Beinen auf den Boden. Willi war als Erster neben mir.

»Alex! Och Mensch. Du bist ganz blass. Ich fahr dich zu einem Arzt. Scheiße! Wo findet man hier einen Arzt? Sascha! Blätter mal deinen Reiseführer durch. Gibt es da auch Notrufnummern?«

Ich saugte jedes Atom Sauerstoff, was ich bekommen konnte, in meine Lunge.

**So plötzlich wie der nahe Tot gekommen war,
so plötzlich war er beim vierten Mal einatmen verschwunden.**

»Ich werde überleben«, hauchte ich, noch etwas schwach. Vorsichtshalber blieb ich noch ein paar Minuten mit dem Kopf zwischen den Beinen auf dem Boden hocken. Erst als meine Atmung sich normalisierte, und wieder Wärme in meinen Extremitäten zu spüren war, zog ich mich an der Lehne des nächstgelegenen Stuhls vorsichtig hoch. Willi hielt meine andere Hand. Mein Hals brannte von der Magensäure, mir war nach Zähne putzen und ganz viel Wasser zum Durchspülen. Aber mir war auch die Sauerei auf den Fliesen megapeinlich und das Bedürfnis, die Kotze wegzuwischen siegte. »Ich brauche einen Eimer und einen Lappen.«

»Nix brauchst du. Du gehst jetzt auf direktem Weg ins Bett. Und wenn ich dich hochtrage. Ich mach das weg.«

Als ich oben, alleine im Bett lag, zog ich das Laken über meinen Kopf. Die Niederungen menschlichen Daseins: über der Kloschüssel hängen und kotzen. Die Steigerung, vor versammelter Mannschaft die Terrasse vollkotzen und dann im Bett liegen, während dein Partner die Kotze wegwischt. Nein, ich wollte nichts mehr hören, nichts mehr sehen, nichts mehr denken. *Beam me up Scotty.*

Am vierten Morgen wachte kurz vor acht Uhr auf.

Ich war ausgeruht und bis auf einen eklig, säuerlichen Nachgeschmack im Mund fühlte ich mich ausgesprochen gut. Anders hingegen ging es Teilen der restlichen Reisegruppe. Offenkundig hatte mein Gekotze am Vorabend eine Kettenreaktion ausgelöst.

Der Fernseher plapperte vor sich hin, als ich frisch geduscht die Treppen hinabstieg. Als erstes begegnete ich Inke, die, mit einem nassen Handtuch auf der Stirn, Couch und Fernseher hütete.

Kopfschmerzen. Möglicherweise Migräne. Genaues konnte die Nageldesignerin noch nicht sagen. Naja, so schlimm würde es wohl nicht sein, wenn sie das Moderatorengeplapper aus dem Fernseher noch ertragen konnte.

In der Küche ging es hektischer zu. Willi und meine Mutter kümmerten sich ums Frühstück. »Ach, mein Kind. Geht es dir besser?«

»Ja. War bestimmt irgendwas schlecht, von dem Essen dieser Tage.« *Oder du bist schwanger und solltest endlich jeglichen Gedanken an Rotwein streichen.* »Bis auf einen Mordshunger, geht es mir blendend, heute Morgen.«

Vater Schmütz betrat die Küche. »Guten morgen Karl-Friedhelm«, begrüßte meine Mutter ihn so zuckersüß, dass ich zweimal hingucken musste, ob da irgendwas lief.

»Wo hast du denn die Gertrud gelassen?«

»Ach, ihr müsst ein bisschen leiser sein. Der Gertrud geht es nicht so gut. Die hat es jetzt auch mit dem Magen.«

Sascha, der sichtbar übermüdet in der Tür stand, hatte dann auch den Grund für die Magenprobleme parat. »Sagt mal, habt ihr eigentlich das Wasser abgekocht, bevor ihr das in die Kaffeemaschine gekippt habt?«

Ich schaute Willi an, ich schaute meine Mutter an.

»Ach, muss man das abkochen?«, fragte meine Mutter entgeistert.

Sascha schüttelte seinen kahlen Kopf und schaute missbilligend in die Runde: »Natürlich, was glaubt ihr denn wo wir hier sind? Das steht auch im Reiseführer. Das Wasser auf der Insel hat nicht nur jede Menge Bakterien, sondern auch noch eine Reihe von chemischen Zusätzen. Jetzt sagt bloß, ihr habt die ganze Zeit Leitungswasser für Kaffee und Tee verwendet und ich habe das auch noch getrunken?«

Ha, wusste ich's doch. Nicht schwanger. Das Wasser ist schuld.

»Jetzt mal nicht künstlich aufregen. Wir leben noch und die Magenprobleme können von wer was kommen. Wie schlimm steht es denn um Mam, Pap?«, fragte Willi besorgt, während Sascha aus dem Kopfschütteln nicht mehr rauskam und intensiv in sich hineinhorchte, wie es um seine eigene Gesundheit stand.

»Die hat halt die ganze Nacht über Bauchschmerzen gehabt und heute morgen Durchfall. Sie hat eine Tablette genommen. Es geht schon ein bisschen besser aber sie will heute lieber nichts unternehmen.«

»Hier, steht im Reiseführer.« Sascha hatte nochmal extra nachgeblättert und hielt jetzt das kleine Taschenbuch hoch, pochte mit dem erhobenen Zeigefinger auf die entsprechende Stelle im Text: »Nur Wasser aus Wasserflaschen. Man soll sich mit fünf Liter Kanistern im Supermarkt eindecken. Noch nicht einmal abgekocht ist das Wasser genießbar. Oh, ich glaub es nicht, wie blöd kann man sein.«

»Immer so blöd, wie der Mensch, der sich am meisten aufregt«, antwortete Willi genervt. »Hättest ja mal selber kochen können, Bruderherz. Nachher schlaue Reden schwingen und alles besser wissen, kann jeder.«

Auf jeden Fall musste Kaffee und Tee nochmal neu aufgesetzt werden und nach kurzer Überlegung und Saschas ausdrücklichem Okay, wurden die in Leitungswasser gekochten Frühstückseier für geht-gerade-noch befunden.

Nachdem die Wasser-Krise vorerst ausgestanden war, machte sich Willi daran, einen supergesunden Obstsalat zu schnippeln. Vermutlich um etwaige exotische Wasserbakterien zu schocken.

Äpfel und Bananen waren schon zerkleinert, es fehlte die saftige Komponente. Er stand etwas verzweifelt vorm geöffneten Kühlschrank, zog die Gemüseschubladen auf und wühlte sich durchs Grünzeug.

»Sag mal, weiß jemand wo die Kiwis sind? Wir hatten doch bestimmt mehr als zehn Stück im Einkaufswagen. Die sind doch noch nicht alle gegessen.«

»Ja, ich erinnere mich. Deine Mutter hatte eine ganze Tüte voll eingepackt. Die müssen doch irgendwo im Kühlschrank sein.«

Ich kannte Willi. Da konnten die Kiwis vor seiner Nase liegen, wenn er sie vor seiner Nase nicht vermutete dann guckte der auch überall, nur eben nicht genau vor seiner Nase. Aus dem Grund schob ich Willi beiseite und suchte meinerseits, mit gezieltem Frauenblick, nach den Kiwis. »Mmmm. Komisch. Die sind echt nicht im Kühlschrank.« Meine Mutter suchte derweil zwischen den Äpfeln und Bananen in der Obstschale, auf dem Küchentisch. Auch da, keine Kiwis. »Ja, dann halt keine Kiwis im Obstsalat.« Willi zuckte mit den Schultern. »Vielleicht im Supermarkt vergessen?«, versuchte meine Mutter die Abwesenheit der Kiwi-Frucht fragend zu erklären. Es half ja nichts, die Kiwis waren verschwunden. Willi gab sich geschlagen. »Gut, dann gibt es halt nur Apfel mit Banane. Reicht ja auch. Aber ich wette, wenn wir abreisen, finden wir die Kiwis irgendwo, vergessen und verfault, in einer Ecke liegend.«

Mit reduziertem Obstsalat und Familienmitgliedern, setzten wir uns an den Frühstückstisch. Inke hütete weiter mit leidendem Blick die Couch und schaute *GZSZ*, die Wiederholung vom Vortag. Ich nahm an, so schlimm konnten die Kopfschmerzen nicht sein und die Tatsache, dass Inke und Sascha noch nicht miteinander geredet hatten, untermauerte meine Vermutung: Beziehungsstress.

Mutter Schmütz ließ sich nicht blicken und Papa Schmütz traute sich kaum irgendwas zu essen, aus Angst vor bösartigen spanischen Kampfbakterien. Er meinte, ein leichtes Unwohlsein zu spüren und wollte vorsorglich lieber, abgesehen von einem Tee, jetzt mit Wasser aus Wasserflaschen gekocht, nichts zu sich nehmen.

Mir hingegen ging es wieder blendend. Meine Mutter hatte auch noch Appetit. Willi schien es auch noch nicht erwischt zu haben und Sascha langte, trotz Bedenken, ordentlich zu.

Die größte Schwierigkeit im Urlaub besteht ja darin, Urlaub zu machen.

Sich neben den Aktivitäten, den Besichtigungen, den Shopping-, und Wandertouren auch mal gehen zu lassen. Einfach gar nichts tun. Maximal ein bisschen lesen, dösen und träumen. Man meint immer, in so kurzer Zeit, sieben, vielleicht 14 Tage, alles mitnehmen zu müssen, was der Urlaubsort bietet. Dabei geht es ja eigentlich darum, zu entspannen und sich nicht dem Stress des alles-sehen-wollens hingeben. Ist nämlich nicht viel anders wie der alles-erledigen-müssen Alltagsstress.

Als der Tisch abgeräumt war und klar war, heute würde nichts, außer vielleicht gemeinsam zu Abend essen, passieren, versuchte ich, genau das zu tun. Nichts. Ich belegte mit Willi die besten Schattenplätze am Pool. Meine Mutter blätterte auf der Terrasse in ihren Zeitschriften, machte Kreuzworträtsel und unterhielt sich zwischendurch mit Vater Schmütz, der sich dem Grillrost angenommen hatte und die angebrannten Fleischreste von zig Jahren versuchte zu entfernen. Er verwendete dafür meine heißgeliebte Urlaubszeitung, die ich just in dem Moment gerne entspannt gelesen hätte. Ich war so entspannt, ich sagte nichts. Wäre auch eh zu spät gewesen, denn die gesammelten Texte auf jetzt nassem Papier weichten das Grillrost gerade ein.

Sascha und Inke hatten sich in ihr Schlafzimmer zurückgezogen und Mutter Schmütz ließ sich erst gar nicht blicken. Super, war ja fast intim am Pool. Ich pfiff aufs Bikinioberteil und sprang mit einem Kopfsprung in den recht großen Pool. Na ja, was man halt groß nennt. Einmal kräftig am Beckenrand abstoßen und tauchend in Längsrichtung bis zum anderen Ende funktionierte ohne zu ertrinken.

Als ich wieder auftauchte, mich am Beckenrand festhielt umfassten Willis Hände meine nackten Brüste. Er drückte mich fest an sich, küsste meinen Hals und flüsterte mir irgendwas mit geil und jetzt und hier ins Ohr. *Hmmm. War das jetzt nicht zu viel des Guten, nach diversen Zankereien in den letzten Tagen?* Männer! Sex und ungeklärte Meinungsverschiedenheiten haben bei denen offenbar nichts miteinander zu tun.

Ein klares *Jein* zu dieser Situation. Ich war nicht sicher, ob die aktuelle Beziehungslage nicht erst ein klärendes Gespräch brauchte, bevor ich ihm meinen Körper zur Verfügung stellte, geschweige denn Spaß an seinem Körper finden kann. Während ich noch grummelte und grübelte, umklammerte Willis Linke weiter meine Brust.

Es dauerte nicht lange und ich verschob meine Pro und Contra Liste auf später. Auf seine höfliche Anfrage, ob ich ihn in mir haben will, hauchte ich ein heiseres »Ja« und als er in mich eindrang, waren alle Contras vergessen und auch sonst irgendwie alles andere. Kurz streiften meine Gedanken die Frage, ob das wohl gut fürs Kind ist, war aber vermutlich mehr eine durch zu viel Lust hervorgerufene Gedankenverwirrung.

Meine Hände umklammerten den Beckenrand, Willi umklammerte weiter meine Brust und ich genoss jeden Zentimeter.

Für Sekunden war das Paradies dieser Pool. Aber Sekunden gehen ja so schnell vorbei.

Im Nebel meiner Lust sah ich aus den Augenwinkeln Sascha und Pap Schmütz auf den Pool zukommen. Ihre Adiletten quietschten beim Auftreten.

Willi war gerade gar nicht ansprechbar. Noch eine Sekunde, eine verflixte Sekunde und wir hätten es zu Ende gebracht. Das es aber auch immer an uns Frauen liegt, wenn Vernunft gefragt ist.

Ich tauchte zwischen Beckenrand und Willis prallem Schwanz unter, griff in einer wasserballettreifen Drehung mein Bikiniunterteil, zog es an, stieß mich fest am Beckenrand ab und tauchte erst wieder auf der anderen Seite des Beckens mit einem kräftigen Schwung auf.

Kaum aus dem Wasser, hüllte ich mich, betont lässig, in mein Badetuch. Die beiden waren noch ein Stück vom Pool entfernt und unterhielten sich angeregt. Grund genug zu hoffen, dass sie nicht mitbekamen, wie atemlos ich war und wie rot mein Gesicht sein musste.

Willi stand immer noch im Wasser am Beckenrand. Er schaute verwirrt in meine Richtung. Bei seinem Anblick musste ich Grinsen. Er sah aus, wie ein Mann eben aussieht, dem man gerade seinen Orgasmus versaut hat. Offenbar hatte er auch noch nicht die Ankunft von Sascha und Karl-Friedhelm mitbekommen, wie ich an seiner

Schwimmhose bemerkte. Ich nickte Richtung Sascha und Karl-Friedhelm. Willi drehte sich um, verstand und positionierte seine Shorts in Richtung gesellschaftsfähig. Er schaffte es gerade noch rechtzeitig, bevor Sascha, bewaffnet mit einem Ball, ins Wasser glitt.
»Komm Papp, ist richtig angenehm im Pool.«
Vater Schmütz zögerte. »Jung, so einfach ist das nicht. Ich weiß ja gar nicht mehr, ob ich überhaupt noch schwimmen kann.«
»Dann bleibst du hier vorne, da ist es nicht tief und du kannst super stehen. Das Wasser reicht mir hier gerade mal bis über den Bauchnabel.«
Mutig stieg Vater Schmütz die Stufen hinab in den Pool. Man sah förmlich, wie sich sein sonst ruhender Gesichtsausdruck neu ausrichtete. Das erfrischende Nass, die Schwerelosigkeit, er traute sich sogar erste Schwimmzüge zu machen. Sascha und Willi warfen sich den Ball zu und nachdem Vater Schmütz eine Runde geschwommen war, sich sicherer im Element fühlte, machte er das Dreieck komplett und die drei spielten Handball im Wasser.

Ich lag auf meiner Liege, filmte und knipste den Spaß für die Nachwelt. Für seine 75 Jahre sprang Vater Schmütz erstaunlich sportlich nach dem Ball. Ich war beeindruckt und hoffte, dass Willi ein paar der guten Gene mit auf den Weg bekommen hatte.

Nach einiger Zeit winkte Sascha ab. »Stopp! Ich muss mal pinkeln«, sagte es, feuerte den Ball auf Willi, verließ das Wasser und verkrümelte sich hinter die Wacholderbäume. Vater Schmütz packte die Gelegenheit beim Schopf: »Jo, das kalte Wasser drückt schon ein bisschen auf die Blase. Ich glaub, ich muss auch ins Haus.«

»Papp, dann geh doch auch hinter die Sträucher da vorne, bevor du den ganzen Weg nass ins Haus gehst.«

»Meinst du?«

Vater Schmütz war erst ein wenig unschlüssig, folgte dann aber dem Vorschlag seines ältesten Sohnes. Doch statt sich *hinter* die Büsche zu schlagen, positionierte sich Pap Schmütz *vor* den Büschen und pinkelte. Alles wäre in Ordnung gewesen. Papa Schmütz wäre wieder in den Pool gestiegen, die Jungs hätten weiter Ball spielen können und der Rest des Tages wäre vermutlich auch in Harmonie verlaufen. Doch just in dem Moment, als Vater Schmütz in eindeutiger Position *vor*, statt *hinter* den Büschen, stand, tauchte Mutter

Schmütz mit meiner Mutter im Schlepptau auf. Offenbar hatte sie sich wieder erholt von ihrem Darmproblem. Mutter Schmütz ließ ihren Blick von links nach rechts schweifen.

Als sie die Rückseite ihres Gatten wahrnahm, der immer noch in eindeutiger Haltung am Wachholder stand explodierte sie förmlich. »Karl-Friedhelm! Geht es noch! Ich glaube du spinnst. Du kannst dich doch nicht hier einfach hinstellen und pinkeln.«

Pap Schmütz, mit seiner Hand noch in Halteposition, drehte sich reflexartig um. Im gleichen Moment als der Ertappte merkte, dass es untenrum luftig wurde, prustete Willi lautstark los: »Papp, der General ist schwer am zicken.« Mam Schmützens Blicke feuerten eine Maschinengewehrsalve nach der anderen. Erst auf ihren Mann, dann auf ihren Sohn, was Willis Lachflash wiederum befeuerte.

Angesteckt von soviel Fröhlichkeit und weil die Situationskomik auch an mir nicht vorüberging, musste ich auch lachen. Erst der Koitus Interruptus am Pool, jetzt der ertappte PapSchmütz.

Zuviel Gelächter für Mam Schmütz. »Ihr seid doch alle nicht mehr ganz dicht. Ich wollte ich wäre zuhause geblieben. Mit euch schämt man sich ja nur«, sagte es, drehte sich auf der Gesundheitssohle um und marschierte mit trotzig hochgerecktem Kopf, ganz *General*, ins Haus.

Auch wenn alle restlichen Anwesenden mehr lachen konnten, als sich aufregen, war es natürlich mit der ausgelassenen Stimmung am Pool zu Ende.

Pap Schmütz griff sich sein Badetuch und folgte seiner Frau.

»Ich geh dann mal besser«, verabschiedete er sich mit leicht unterwürfiger Tonlage.

Meine Mutter hatte offenbar gar nicht mitbekommen, warum Gertrud sich aufgeregt hatte und warum Willi immer noch nicht aus dem Lachen rauskam. »Was ist passiert, fragte sie«, als sie bei meiner Liege angekommen war. Ich hatte mich schon einigermaßen vom Lachflash erholt und erzählte ihr, nicht ohne Lachpausen einlegen zu müssen, von der *Pinkelpanne*.

Sie musste ihrerseits lachen. »So nass ins Haus zu laufen, da hätte sich der Karl-Friedhelm aber auch eine Blasenentzündung holen können.«

»Genau!«, sagte Willi und war schon wieder am Lachen.

»Wo ist eigentlich Sascha?«, fragte ich. »Der war doch hinter den Büschen?« »Stimmt, wo ist Sascha?« Willi schaute sich um. Saschas Handtuch lag noch auf der Liege, aber Sascha selbst war nicht zu sehen. »Der Angsthase hat sich bestimmt hintenrum ins Haus geschlichen. Schiss davor auch noch eine Abreibung zu bekommen. Ich verwette mein nächstes Steak darauf.«

Weil es schon 12 Uhr war und meine Mutter wegen des Mittagessens vermutlich schon nervös wurde, schlug ich vor, was zu kochen. Und weil offenbar ich hier der Küchenchef war, fragte Willi mich, was wir denn kochen sollen.

Ich ging in Gedanken unseren Kühlschrank durch und schlug Spaghetti Bolognese, mit und ohne Fleisch, oder Gegrilltes mit Kartoffeln, vor.

Willi hing Gegrilltes, man höre und staune, aus dem Hals heraus. Meine Mutter fand Spaghetti klasse und damit war die Sache geritzt.

Weil Tomatensoße, neben Mayo, auch zu Willis selbsternannten, kulinarischen Spezialgebieten gehörte, übernahm er das Ruder am Herd. Da machte es wenig Sinn, wenn ich mit koche. Erfahrungsgemäß entwickelt sich nämlich aus einer nicht richtig geschnippelten Zwiebel gerne mal eine ausgewachsene Disharmonie. Ich ging nach oben und duschte mir das Chlorwasser vom Leib.

Durch das große Haus zog der herzhafte Duft von angebratenen Zwiebeln, als ich nach unten ging.

Inke ging es offenbar besser, denn sie deckte eifrig den Tisch, hatte sogar eine kleine Vase gefunden und mit Blumen aus dem Garten liebevoll dekoriert. Pap Schmütz war nicht zu sehen und als ich in die Küche kam, stand Mam Schmütz am Herd und rührte in einem gusseisernen Topf. Meine Mutter saß am Küchentisch und löste weltmeisterlich Kreuzworträtsel.

»Hier, Mam, wenn du in der vegetarischen Soße rührst, dann nimm bitte einen anderen Löffel. Ich finde das nicht gut, wenn du da mit dem Fleischlöffel reingehst.«

Ach, sieh an, Mutter Schmütz ging es offenbar nicht nur wieder blendend, sie nahm es mit den vegetarischen Ansprüchen auch nicht ganz so genau.

Ich verkniff mir die Frage, ob ich helfen soll und bevor mich jemand bemerkte und mit Aufgaben betraute, schlenderte ich auf die Terrasse, setzte mich auf einen Terrassenstuhl, mit Blick Richtung Pool. Ich hatte mir, nach nunmehr fast vier Urlaubstagen, so was wie ein Gewohnheitsrecht an genau diesem Stuhl ersessen. Genau wie alle anderen. Jeder saß seit Beginn des Finca Aufenthaltes auf exakt dem Stuhl, auf den er oder sie sich am ersten Tag hatte fallen lassen.

Das ist so ein Ding. Man traut sich dann gar nicht mehr, sich mal ganz mutig und experimentell, mit Blick in eine andere Richtung, zu setzen. Quasi, sich die Welt mal aus einer anderen Perspektive anzuschauen. Geradeso, als würde man auf der Stelle explodieren, oder wahlweise von dem, der bisher auf diesem Stuhl saß, eine gewischt bekommen, weil man so was Ungeheuerliches, wie den Platz zu Wechseln, gewagt hat. Ich glaube ja, das steht im Lehrplan. Schon als Kind, von der ersten Schulklasse an, lernst du, der Tisch, der Stuhl, auf dem du am ersten Tag mit deinem Hintern gelandet bist, der ist und bleibt unverrückbar deiner. Wehe du wagst es, an irgendeinem x-beliebigen Tag, dich mal auf einen völlig anderen Platz zu setzen, um mal ganz neue Ausblicke zu erhaschen. Chaos. Anarchie. Weder deinen Lehrer, noch der Schulkollege, der ein Sitzrecht auf eben diesen Stuhl hat, wird das begeistern. Ergo, du gehst dem Ärger aus dem Weg und sitzt brav, jeden Tag, über Jahre hinweg, auf exakt dem Stuhl, den dir das Schicksal zugewiesen hat. Und du wirst ihn auch erkennen, den einen Stuhl, selbst wenn die Putzfrauen den mal umgestellt haben. Du suchst nach deinem Stuhl, mit deinen Kratzern und Krakeleien. Es sei denn, du plapperst zu viel mit deinem Nachbarn, dann kann es schon mal passieren, dass du einen anderen Platz und Stuhl zugewiesen bekommst. Ansonsten bist genau da festgenagelt.

Das zieht sich dann durch die Schuljahre und durch dein ganzes, weiteres Leben. Poolliegen, Esstisch, Sitzplatz in der Sauna, Bettseite oder die Position deiner Yogamatte in einer riesigen Sporthalle. Flexibilität an der Stelle ist unerwünscht und kann hochgefährliche Konsequenzen nach sich ziehen. Glaube ich wenigstens.

In meinen Gedanken versunken und ich hatte nun wirklich ein episches Werk an Gedanken, hatte ich Pap Schmütz gar nicht wahrgenommen. Erst als ich ein Stöhnen vernahm, sah ich den alten Mann auf der Liege, neben dem gemauerten Grill.

»Hallo, Karl-Friedhelm, ist dir nicht gut?«, fragte ich und machte mir ernsthaft Sorgen über seinen Zustand. Ich hatte Vater Schmütz noch nie so blass gesehen. »Ach, ich weiß es auch nicht, aber ich glaube, jetzt hat mich die Spanienbakterie auch erwischt.«
»Soll ich dir was holen? Ein Wasser vielleicht, einen Tee könnte ich dir machen.«
»Ach, geht schon. Bleib ruhig sitzen«, hauchte Karl-Friedhelm zurück.
»Okay, aber du meldest dich, wenn du was brauchst!«

Nicht ganz überzeugt, dass er wirklich nichts brauchte, zog ich mein Handy aus der Tasche und stöberte durch die allwissende Welt des Internets, wo ich allerdings auch nicht die finale Antwort darauf fand, ob ich nun tatsächlich schwanger war, oder nicht. Sogar im App-Store hatte ich nachgeschaut.

Es gibt doch bestimmt eine Schwangerschaftstest-App?!

So von wegen, drüber pinkeln und Siri sagt mir dann, positiv oder negativ. Vermutlich erforderten App-Schwangerschaftstest aber auch ein paar Eingaben und ohne den Hauch einer Ahnung, wann meine letzte Periode war, würde das wohl auch nicht funktionieren. Aber ich meine, was ist schon dabei, vielleicht sollte ich es mal, ganz klassisch, mit einem analogen B-Test versuchen. *Was heißt eigentlich das B in B-Test? Hmmm, Be..., Beischlaf? Begattung? Befruchtung? Baby?* Karl-Friedhelm riss mich aus meiner B-Überlegung.

»Kannst du der Gertrud sagen, ich brauche bitte die Reisetabletten. Die sind im Schlafzimmer, in der Nachttischschublade.«

»Klar, Karl-Friedhelm.« Ich sprang auf, legte mein Handy auf den Tisch und lief in die Küche. Ich rief laut in die Runde: »Gertrud, der Karl-Friedhelm fragt, ob du ihm die Durchfalltabletten bringen kannst.«

»Pah, soll er sich die selbst holen. Mir hilft ja auch keiner.«

Oha. Die Pool-Geschichte wirkte wohl noch nach. Mich beschlich der Gedanke, dass es sich bei Pap Schmützens Magenproblem wohl mehr um ein zwischenmenschliches Problem handelte.

Da Willi beschäftigt war und Gertrud offenbar noch schwer beleidigt, entschied ich, die Tabletten selbst aus dem Schlafzimmer zu holen.

Ich betrat den abgedunkelten, kühlen Raum. In der Luft lag der Duft von *Kölnisch Wasser* oder war es doch *Tosca*? Auf jeden Fall kannte ich den Geruch aus meiner Kindheit. Das Schlafzimmer meiner Oma roch auch immer irgendwie so. Alles war penibel aufgeräumt. Wie nicht anders zu erwarten. Da Karl-Friedhelm mir nicht gesagt hatte, welche Schublade, zog ich die nächstgelegene auf.

Es war wohl die Bettseite von Gertrud. Erfrischungstücher, Tempos, diverser Schmuck, die gesuchten Tabletten und – ich staunte nicht schlecht, beim Anblick der Kiwis, die mir aus dem hinteren Bereich der Schublade entgegenkullerten. Diese Kriegsgeneration aber auch. Nach über sechzig Jahren immer noch Angst vor einer Nahrungsmittelknappheit. Nein, ich werde die Kiwis jetzt nicht mit in die Küche nehmen und Gertrud fragen, ob sie noch alle auf dem Christbaum hat. Für diesen Tag hatte die Frau schon genug unter ihren Mitmenschen gelitten. Ich hob mir die Kiwi-Info für einen anderen Moment auf. Welchen wusste ich noch nicht, aber es würde ihn geben.

Die Küche war inzwischen leer, ich füllte ein Glas Wasser und ging dann auf die Terrasse. Der Rest der Reisegesellschaft saß schon vor gefüllten Tellern, als ich mit ausladenden Gesten und bewusst lauter Stimme, Karl-Friedhelm die Tabletten und das Glas überreichte.

»Hier Karl-Friedhelm. Ich habe die Tabletten gefunden. Ich hoffe sie helfen.«

Mutter Schmütz Kopf drehte sich pfeilschnell in Karl-Friedhelms und meine Richtung. »Ah, wat, Karl-Friedhelm, du stellst dich doch an. So schlimm is et doch gar nicht. Der immer, als würde er sterben, von ein bisschen Bauchweh.«

Bevor Mutter Schmütz sich der Nahrungsaufnahme widmete, schossen noch zwei bedrohliche Blicke in meine Richtung. Ich hob, mehr provozierend als fragend, die Augenbrauen. Sollte heißen, *ja ich habe die Kiwis gefunden. Und, ja, ich bin reichlich erstaunt über soviel Selbstsucht.* Natürlich sagte ich nichts, noch nicht.

Inke merkte schon nach der dritten Gabel, dass es wohl doch mehr als nur Kopfschmerzen waren, die sie geplagt hatten. Würgend, die Hand vor den Mund haltend, stolperte sie vom Tisch Richtung nächstgelegenes Klo.

Dieses Klo war nun mal das von Mutter Schmütz. Ja, es war ein echt schwarzer Tag für Gertrud. Als sie begriff, wohin Inke rannte und womit sie ihr Klo kontaminieren wollte, schnappte sie hörbar nach Luft. Sie ließ Gabel und Löffel sinken und wurde von einem plötzlichen Schwächeanfall ergriffen. »Ich, ich kann eigentlich auch noch nichts essen. Mir wird schon vom Geruch übel. Ich gehe mich besser hinlegen«, hauchte sie über den Tisch.

»Ui, Mam, geht es denn, soll ich dich stützen?«, fragte Sascha.

»Ach, mein Jung, es geht schon.« Sie machte sich, etwas übertrieben gebrechlich, auf den Weg ins Schlafzimmer, blieb an der Terrassentür stehen und hauchte in die Runde, mit der Rechten an ihrer Stirn: »Sascha, kannst du dann mal nach deiner Freundin gucken. Ich kann leider nicht, ich fühle mich zu schwach, um nach dem Bad zu sehen.«

Damit hatten wir für den Rest des Tages drei ausgeknockte Touristen. Eigentlich ja vier. Auch wenn es Sascha noch gut zu gehen schien, so musste er sich doch um Inke kümmern.

Wir übrig gebliebenen aßen schweigend zu Ende, räumten den Tisch ab und weil die Stimmung im Keller war, schlug Willi vor, eine Shopping Tour zu machen. »Mädels ...«, richtete er sein Wort an meine Mutter und mich »... was haltet ihr von einer Shopping Tour nach Pollença. Das ist auch hier um die Ecke und wir können uns mit weiteren Reisetabletten eindecken. So wie ich das sehe, greift der Durchfall ja rasend schnell um sich. Ich meine gelesen zu haben, dass die auch jeden Mittwoch einen Markt haben. Allerlei Tinnef und ganz bestimmt auch tolle Taschen.« Er zwinkerte mir zu.

Klasse Idee. Nicht nur wegen des Taschenprojektes.

Ich hatte noch gar kein Geburtstagsgeschenk für Willis 50igsten, der am Sonntag gefeiert werden würde.

Der eigentliche Grund, warum wir ja alle hier auf dieser Insel festsaßen. Willis 50zigster. Ich hatte mir zwar vorgenommen nichts zu schenken. Schließlich war meine Mitwirkung an diesem Familienurlaub ja schon Geschenk und Opfer genug. Aber, ich würde ihm schon gerne eine kleine Freude mit irgendwas machen. Vielleicht bot dieses Pollença Möglichkeiten, für die Geschenksuche. Parfum, vielleicht ein Schmuckstück, ein tolles T-Shirt, was mir halt so Schönes vor die Füße fällt.

Wir parkten in Pollença am Fuß eines Berges. Der Himmel war, wie auch schon an den Vortagen, eine blaue Schönwetterpracht. Kein Wölkchen, die Mittelmeersonne brannte ungehindert auf die Insel.

Die hohen Sandsteinhäuser, rechts und links, entlang der schmalen Gassen, boten, Gott sei Dank, genug Schatten, um nicht gegrillt zu werden in der Nachmittagssonne.

Nur zwei Straßen weiter vom Parkplatz weg startete der Straßenmarkt mit ersten, verlockenden Ständen. Silberschmuck, Leder, luftige Kleider und Röcke, Mützen, Hüte, alles was das Urlauberherz begehrt. Ich scannte alles ab, war allerdings fürs erste *auf Tasche*. Schließlich war die Investition unumgänglich. Aus dem Grund war es auch kein Marktstand, der mich als erstes anlockte, sondern ein Ladenlokal. Genauer, ein Taschengeschäft.

Ein riesiges Schaufenster, nur mit Taschen. Und die Taschen sahen vielversprechend aus. Ich vergaß meine Mutter, die sekündlich Gefahr lief über einen Bordstein zu stolpern und ich vergaß auch gänzlich Willi und das noch fehlende Geschenk. Magisch angezogen betrat ich den Laden, der bis in die hinterste Ecke mit Taschen dekoriert war.

Was sollte ich machen, ich brauchte nun mal eine Tasche. Da führte kein Weg dran vorbei. Das musste jeder verstehen. Und, dass man so eine Tasche nicht im Vorbeigehen kaufen kann – bei den Preisen sowieso nicht – leuchtet ja wohl auch jedem ein.

Eine Handtasche muss zu einem passen. Sie darf nicht zu viel Schnickschnack haben, nicht überkandidelt sein. Die Fächeraufteilung muss stimmen, die Größe – ach, soviel was es zu beachten gibt.

Nach einer geschätzten halben Stunde hatte ich von den vielen Taschen die der Laden hergab, zwei mögliche eingekreist. Beide hatten ein Problem. Sie waren teuer. Zu teuer, eigentlich und die schönere der beiden Taschen war noch teurer als die weniger schönere. Ich befand mich tief im Shoppingdilemma. Kein Geld, eigentlich und keine Tasche, eigentlich. Dreimal umrundete ich die Regale, dreimal schaute ich mir meine Auserwählte an. Sie war dunkelbraun, hatte silberne Karabinerhaken, an denen das breite Nylon-Schulterband befestigt war. Genau mein Fall. Beim vierten Mal umrunden entschied ich: »Scheiß drauf, ich kaufe die Tasche jetzt.«

Mit der Schultertasche und einem angestrengten Gewissen, wegen des Preises, stellte ich mich an der Kasse an. Eine Kundin war vor mir. Ich zählte aus der Seitentasche meiner total teuren und vollkommen versauten Tasche hundertsiebzig Euro.

Sauteuer. Aber ich brauche die Tasche.

Die Verkäuferin drückte mir gerade lächelnd den Stoffbeutel – ja, bei so einer Tasche gibt es einen Stoffbeutel mit Logoaufdruck, keinen schnöden Plastikbeutel – mit meiner Neuerwerbung in die Hand, da stürmte ein Terrorist brüllend den Laden.

»Venga! venga Señora!«, rief er laut.

Hieß bestimmt, Hände hoch. Der kannte die Preise hier und wollte jetzt den Diebstahl seines Lebens begehen. Die hatten doch bei den vielen teuren Taschen bestimmt einige tausend Euro in der Kasse.

Ich drehte mich auf den Gummisohlen meiner Flipflops um, wollte schon die Arme hochreißen, war bereit zu sterben, da erkannte ich den wild gestikulierenden Terroristen. Willi.

Ich tauchte bei seinem Anblick aus meinem *Taschentunnel* auf. Ich und die Tasche, wir waren ja nicht alleine auf Mallorca. Venga, venga war mit Sicherheit die spanische Version von »Auf! auf! Mach hinne.«

»Jaaaa, ich komme ja schon«, beruhigte ich Willi, der nicht so richtig freundlich guckte.

Es gab natürlich vor der Ladentür eine Standpauke. »Kannst du nicht Bescheid sagen, wir suchen dich überall. Mal wieder typisch«, *blah, blah, blah* ... Natürlich hatte Willi und auch meine Mutter recht, ich hätte Bescheid sagen können, aber wenn Frau im Bann einer Tasche ist, dann geht das halt nicht. Das mussten die beiden verstehen.

Wir schlenderten weiter durch die Gassen. Ich mit meinen Gedanken bei dem Inhalt meines Stoffbeutels, Willi vermutlich immer noch gedanklich am Rumzetern und meine Mutter versicherte mir, wie froh sie sei, dass mir nichts passiert wäre.

Nachdem sich die Aufregung gelegt hatte, suchte meine Mutter nach Geschenken für die Daheimgebliebenen. Ich beriet sie ein bisschen und schaute mich zwischendurch, mit jetzt stark geschrumpftem Budget, nach einem Geschenk für Willi um.

Der Markt war voll von Menschen und mitunter verlor ich meine Mutter aus den Augen. Wenn ich ihre kleine Statur dann in der Menge wiederfand, ihren kleinen Rucksack vor ihrer Brust festklammernd, machte mich das schon wieder traurig. So wenig Dynamik, so immobil und verletzlich. Ich musste schon wieder schniefen, was mich nahtlos zurück zu diesen *fucking* Schwangerschaftsgedanken, rund um mögliche Symptome, brachte. Ich war in diesen Tagen schon arg nah am Wasser gebaut und wenn normal das Übliche ist, das, was man ein Leben lang kennt, dann war *das* Geheule nicht mehr normal.

An einem größeren Platz, mit einer Kirche aus gelbem Sandstein und einer Ansammlung von Gemüseständen, winkte Willi uns heran. Er hatte einen freien Tisch in einem Eis-Café gefunden.

Meine Mutter seufzte erleichtert, als sie sich in einem der Korbstühle niederließ.»Ah, tun mir die Beine weh.«

Obwohl wir noch nicht lange unterwegs waren, tat mir der Rücken weh. Extrem-Schlendern, mit geschätzten zwei km/h ist, einfach nix für mich und meinen Rücken.

Jeder von uns genoss es zu sitzen und das Treiben auf dem gut besuchten Wochenmarkt zu verfolgen.

Meine Seele fing an vor sich hinzubaumeln.

Ich schaffte es, für den Moment, an gar nichts zu denken, nur gucken und da sein.

Aus der Vielzahl der Eiskreationen in der Karte wählte ich, ganz deutsch, das Eis was ich immer esse. Ein Spaghetti Eis. Ich hatte zwar einen kurzen Moment der Experimentierfreude und wollte schon ganz mutig eine Pistazien-Mango Kreation mit Sahne bestellen, aber als der Kellner dann fragte, zeigte mein Finger, ohne mit mir Rücksprache zu halten, auf die Nummer 33, das Spaghetti Eis. Muss ein innerer Mechanismus sein, der zuverlässig immer das gleiche Eis auf den Tisch verlangt. Nun schmeckt aber nicht jedes Spaghetti Eis gleich lecker. Manche sind zu süß, andere zu sahnig-cremig. Ich habe schon Spaghetti Eisbecher stehen gelassen, weil sie mir nicht schmeckten.

Das Spaghetti Eis hier in Pollença gehörte auf jeden Fall zu den super leckeren Spaghetti Eisbechern und machte den Urlaubsmoment perfekt.

Nicht lange und ich döste wieder vor mich hin, schwebte auf einem problemfreien Wölkchen, weit über meinem verkorksten Leben, als Willi meine sonnige Stimmung mit profanen Darmproblemen störte.

»Durchfalltabletten! Wo mag man die hier bekommen?«

Die Frage konnte ja nur rhetorisch gemeint sein, denn weder meine Mutter noch ich hatten Spanien-Durchfalltablettenerfahrung. Außerdem fragte ich mich, was jetzt Durchfalltabletten thematisch bei einem genussvollen Eisbecher zu suchen hatten.

Ich zuckte mit den Schultern, murmelte so was wie »Farmacia«, und meditierte mich dann sofort wieder in Seele-baumeln-lassen-Stimmung.

»Alex, kannst du mal googeln, wo es hier eine Apotheke gibt?«

Wieder zurück aus meinem kleinen Seelenurlaub, kramte ich mein Handy aus meiner Handtasche, wischte und tippte mich nach Pollença und schon hatte ich eine Liste von Apotheken vor meiner Nase.

Direkt der erste Klick verwies, laut Google Maps, auf eine *Farmacia* direkt um die Ecke.

»Okay, super. Denkt dran, wir müssen noch Durchfalltabletten kaufen, bevor wir wieder zurück fahren. Pap hat heute die letzte Tablette aus der einzigen Packung genommen. Wir haben keine dabei und so wie es sich momentan entwickelt, ist wohl jeder mal dran.«

»Mmmmm«, bestätigte ich das Gehörte, während ich eine weiße Katze beobachtete, die um die Tische schlich und nach Nahrungsresten suchte.

Als wir bezahlt hatten und losgingen steuerten wir direkt die von Google gefundene *Farmacia* an.

Wir betraten zu dritt den modernen, recht großen Laden. Es gab Regale hinter dem Tresen und Regale im Kundenbereich. Während

Willi die Apothekerin mit seinem Spanisch beeindruckte, er hatte sich die Fachausdrücke in meiner App rausgesucht und aufgeschrieben, schauten meine Mutter und ich uns um. Sonnenmilch, Fußcremes, Gesichtscremes, Wattezeug, Tampons. Kurz dachte ich an die Handvoll Tampons, die ich zuhause auf die Schnelle noch eingepackt hatte. Ob ich wohl eine Packung kaufen sollte? Wenn ich heute meine Tage bekomme, dann reicht die Handvoll nicht ganz. Bevor ich mich entschied, streifte mein Blick das nächste Regal.

Schwangerschaftstests. Von günstigen 4 Euro bis hoch zu 21 Euro lagerte da eine große Auswahl. Würde ja helfen *ein* gedankliches Problem aus der Welt zu räumen. Ich ertappte mich dabei, wie ich, völlig automatisch, nach einer Packung griff.

»Alex, schau mal, die haben hier auch Nagelscheren. Ich glaube davon nehme ich eine mit.« Meine Hand zuckte zurück. Schnell entfernte ich mich von dem verräterischen Regal. Also, nicht, dass ich *wirklich* an eine Schwangerschaft glaubte, aber es wäre ja super es auch zu wissen und nicht nur zu glauben. Klar war ja mal, unabhängig von diffusen Symptomen und sofern ich mich nicht mitten in den Wechseljahren befand, ich hätte längst meine Periode haben müssen. Bei aller Verdrängung, daran konnte ich nichts mehr rütteln.

Aber wenn ich jetzt tatsächlich so eine dusselige Packung kaufe, dann zieht das nervige Unterhaltungen nach sich. Ich konnte mir bildhaft vorstellen, wie begeistert meine Mutter reagieren würde, wenn ihre Tochter endlich was *Vernünftiges* aus ihrem Leben machen würde. Wahlweise konnte es aber auch sein, mich halten alle für eine verantwortungslose Schlampe, die nicht aufpasst und in einem Alter, in dem man so was einfach nicht macht, schwanger wird. Ein Kind bekommt. Ich will mir gar nicht erst ausmalen, was Sascha an Fachwissen zu dem Thema beisteuern würde.

»Ja, sieht super aus, die Schere«, kommentierte ich abwesend.

Warum ich da eigentlich nicht schon früher drauf gekommen war. Einen Schwangerschaftstest zu machen. *Einfach drüberpinkeln und schon weißte Bescheid.* Das geht ohne Hilfe, davon braucht keiner zu wissen und ich kann erst mal alleine mit dem Ergebnis, was ja sowieso negativ, also eigentlich positiv, sein wird.

Als wir die *Farmacia* mit Nagelschere, Durchfalltabletten und ohne Schwangerschaftstest verließen, kreisten meine Gedanken einzig und allein darum, wie ich unbemerkt diesen beknackten Pinkeltest kaufen kann.

Wir schlenderten weiter durch die Gassen. Meine Mutter hatte sich inzwischen beim starken Schwiegersohnliebling eingehakt und die beiden unterhielten sich angeregt über Rheuma und Arthrose. Meine Mutter bekam erklärt, wie wichtig Muskelaufbau ist und, dass er ihr gerne am nächsten Morgen eine Gymnastikstunde geben würde. Meine Mutter war noch am Zweifeln, ob das wohl ein gutes Angebot wäre oder ob das ihre Schmerzprobleme verschlimmern könnte. Willi, der wandelnde medizinische Ratgeber.

Gar nicht auszudenken, was der mir alles erzählen würde, wäre ich in anderen Umständen. Ich versuchte, mir den Weg, den wir seit der Apotheke zurückgelegt hatten, zu merken. Links, geradeaus, rechts. Eine Straße weiter und ich war mir sicher, den Weg würde ich nicht mehr finden.

Glücklicherweise verfügte der Ort über mehrere Apotheken und Gelegenheit bot sich, als Willi begeistert eine Konditorei stürmte, um eine Ladung Kuchen, für die Daheimgebliebenen zu besorgen. Klar, die kotzen alle, haben Durchfall, freuen sich aber bestimmt über ein *exotisches* Süßgebäck. Das ist Männerlogik. Der einzige dem hier nach Kuchen war, war Willi selbst. Eine andere Zeit, eine andere Situation und ich hätte mich lustig gemacht, über seine Ausrede sich selbst ein oder zwei Stück Kuchen zu gönnen, kurz nachdem er einen riesen Eisbecher verputzt hatte.

Bevor er mit meiner Mutter, die offenbar dem Süßen auch nicht abgeneigt war, den Laden betrat, machte ich eine Kehrtwende und murmelte: »Ich guck solange mal da in dem Laden nach Oliven und Baguette.«

Neben dem Laden mit Brot und Oliven gab es eine Farmacia und als die beiden von der Straße verschwunden waren, huschte ich schnell durch die Glastür. Ich schaute mich um. Keine Regale. Ich musste, wohl oder übel, meine Wünsche an der Theke äußern.

Super! Was heißt jetzt Schwangerschaftstest auf Spanisch?

Ich versuchte es erst mal mit Englisch. »Excuse me, i need a ... a Pregnancy Test, please?« Die junge Frau hinter der Theke schaute mich lächelnd an. Die lächelte bestimmt, weil sie dachte, was wohl so eine Alte mit einem Schwangerschaftstest will.

Das lächelnde Gesicht ging in ein fragendes Gesicht über.

»No entiendo!« Wie lange braucht man, um in einer spanischen Konditorei eine Ladung Kuchen zu kaufen? Bestimmt nicht so lange, wie man braucht, um einen Schwangerschaftstest zu kaufen, wenn man sich mit der Apothekerin nicht verständigen kann. Mir brach der Schweiß aus, als ich mein Handy auspackte und nach dem entsprechenden, spanischen Wort suchte. Scheiß Netz. Kein G3 nur ein G für Ganz lahmes Netz. Ich drehte mich um, die beiden schienen noch in der Konditorei beschäftigt zu sein. Als mein Handy nach einer gefühlten Ewigkeit das entsprechende Wort gefunden hatte, hielt ich der Apothekerin das Display vor die Nase.

»Aaaaah, el Embarazo Test«, sie strahlte bei dem Ausruf über beide Backen und ich erlebte die Begeisterungsfähigkeit des Spaniers, beim Thema Fortpflanzung. Die Frau rief ihre drei Kolleginnen zusammen und gemeinsam gratulierten sie mir überschwänglich für meinen *möglichen* Zustand. Es hätte Millionen Jahre gedauert mit dem schlappen Netz die Übersetzung für »Ich bin mit Sicherheit nicht schwanger, ich teste, nur so, damit ich es weiß, und nicht glauben muss«, zu finden. Also sagte ich nichts und nahm fatalistisch lächelnd die freudige Gratulation entgegen.

Das Produkt meiner Begierde lag nach einer gefühlten Ewigkeit endlich auf der Theke. Der Preis war schon eingetippt, ich suchte nach meiner EC-Karte und reichte sie über die Theke.

Als ich mich umdrehte und aus den Augenwinkeln wahrnahm, dass Willi und meine Mutter offenbar die Konditorei verlassen hatten, zeigte ich geistesgegenwärtig noch auf eine Packung Dolormin, im Regal hinter dem Tresen. »Dolormin!«

Die Mädels hinter der Theke redeten unisono in einem Schwall und natürlich in spanisch auf mich ein.

»No, no. De ningún modo durante Embarazo!« Ich verstand im wahrsten Sinne des Wortes nur spanisch.

Aus welchem Grund auch immer, statt Dolormin, wie von mir gewünscht, packten sie mir Paracetamol ein. Na gut, war ja egal. Hauptsache unverfänglich.

Eine gefühlte Ewigkeit später war alles bezahlt. Mein Einkauf lagerte in einer kleinen Plastiktüte. Noch während ich zur Tür ging kramte ich hektisch den Schwangerschaftstest aus der Tüte und verstaute ihn in meinem Stoffbeutel, neben meiner supertollen, neuen Tasche.

Hochkonzentriert merkte ich nicht, dass jemand gerade die Glastür mit Schwung aufdrückte und während ich einen schnellen Schritt nach vorne machte, knallte mir die schwere Tür auf die Stirn. Ich torkelte nach hinten, versuchte mich, auf den Fersen balancierend, wieder ins Gleichgewicht zu bringen und versagte. Noch im Sturz sah ich Willis Gesicht über mir. Mit meinem Hinterkopf knallte ich auf den weißen Fliesenboden.

Als ich wieder zu mir kam beugte sich Petrus über mich und eine Heerschar Engel stand hinter ihm mit besorgtem Gesicht. Ich flackerte mit den Augen. Nein, es war nicht Petrus. Petrus hat einen Bart, der hier war glattrasiert und ich kannte das Gesicht irgendwoher. Die Engel waren viel zu grell geschminkt und Flügel hatten die auch keine. »Hallo Welt. Ich lebe noch«, flüsterte ich und merkte erst jetzt wie mein Hinterkopf pochte. Ach, ja. Der bartlose Petrus war Willi und die Engel gar keine Engel, sondern spanische Apothekerinnen.

Ich richtete mich auf, Willi ließ es sich nicht nehmen, mir dabei zu helfen. »Geht schon«, quälte ich schmerzerfüllt heraus und befühlte meinen Hinterkopf.

Erst nachdem ich millionenfach versichert hatte, dass es mir gut ginge, ich keinen Arzt, erst recht kein Krankenhaus brauchte, gestattete mir Willi aufzustehen. »Geht's«, fragte er besorgt. »Ja, ich denke schon.«

Die Apothekerinnen zeigten sich überglücklich, tätschelten mir die Wange, tätschelten mir den Bauch. Ich lief rot an und versuchte die Mädels loszuwerden. Sie wendeten sich Willi zu, drückten und herzten ihn. Ich verstand nicht wirklich was sie sagten, aber das Wort, das böse Wort *Embaraco* kam vor. So, jetzt weiß er es.

Ihrem Verhalten nach, gratulierten sie gerade Willi zu seiner schwangeren Frau.

Ich drängte nach draußen. Mein Kopf wummerte und Willi war zuzutrauen, dass er jetzt seinen ganzen Charme sprühen ließ und eine längere Unterhaltung mit den Damen führen würde. Mein Schwangerschaftstest wäre dann wohl die längste Zeit geheim geblieben.

Unser Auto war nicht mehr weit entfernt und ich hatte mich von dem Sturz recht schnell erholt. Auf der kurzen Fahrt nachhause, befühlte ich meinen Hinterkopf. Ohne fette Beule würde ich nicht davon kommen. »Sei froh, Alex, so wie du hingefallen bist, das hätte schlimm enden können, wenn du auf die Kante vom Tresen geknallt wärst.« *Dann wäre ich alle meine Probleme auf einen Schlag los. Wie schön.* Willi war sich nicht sicher, ob es ein Fehler war, nicht ins Krankenhaus zu fahren. »Wenigstens einmal röntgen, ob dein Kopf auch in Ordnung ist.« Ich beruhigte ihn, nicht ganz überzeugend, aber fürs erste reichte es: »Geht schon, Willi. Ich melde mich, wenn ich mich unwohl fühle.«

»Was war eigentlich mit den Apothekerinnen los. Wenn ich die richtig verstanden habe, dann haben die mir für irgendwas gratuliert.«

Ich zuckte die Schultern, hob meine Augenbrauen und schüttelte, vielleicht etwas zu engagiert, meinen lädierten Kopf, der sich auch direkt mit wummernden Schmerzen zurückmeldete. »Du, keine Ahnung. So einen kernigen Bruce Willis Typen wie dich sieht man halt selten. Da flippen Frauen in den mittleren Jahren schon mal aus.«

Wie zu erwarten, hatte Willi mehr Kuchen gekauft, als notwendig. Sein Vater, sonst erklärter Kuchenliebhaber, wollte in seinem noch nicht genau definierten Zustand lieber keine Experimente mit *exotischen* Nahrungsmitteln machen. Inke und Mutter Schmütz hingegen freuten sich über ein Stück leckerste Konditoreiware. Meine Mutter war auch gerne mit von der Partie, bei einem Nachmittags-, fast ja schon Abendsnack.

»Aber nur die Hälfte von dem Eclair, bitte.« Klar, wie sollte sie auch sonst die 64,4 kg halten, wenn sie immer ein ganzes Stück essen würde.

Ich ging in die Küche und traf auf Willi, der den Kaffee vorbereitete. Selbstverständlich mit Wasser aus einem Lidl-Wasserkanister. Er stand neben dem Kühlschrank und ich beobachtete wie er den Inhalt eines Tetra-Packs H-Milch in die kleinen Milchkännchen von Bärenmarke, aus der Delikatessenabteilung des Supermarktes in Palma, füllte.

»Was machst du da?«, fragte ich. »Wir können doch die Milch auch direkt aus der Tüte in die Tasse schütten.«

»Na, ja...«, antwortete Willi mit einem amüsierten Unterton. »... meine Mutter trinkt ja neuerdings nur Kaffeesahne von Bärenmarke im Kaffee. Und das Scheißzeug ist hier so was von teuer. Ich sehe nicht ein, wegen des Spleens meiner Mutter sechs Euro für Kondensmilch auszugeben. Die merkt das gar nicht, dass sie schon seit gestern H-Milch im Kaffee trinkt.«

»Na, du bist ja ein feiner Sohn.« Wenn mein Kopf nicht so schmerzen würde, ich hätte mich scheckig gelacht. »Hätte ich dir gar nicht zugetraut, soviel Raffinesse.«

Zwar war mir ausnahmsweise mal nicht zum Kotzen, dennoch hielt sich meine Lust auf Kaffee und Kuchen in Grenzen. Auch wenn es mir sehr viel Freude bereitet hätte, mit Gertrud die leckere Bärenmarke zu erörtern, verzog ich mich nach oben ins Schlafzimmer.

Mit einer Paracetamol und einer halben Flasche Wasser versuchte ich meinen wummernden Kopf zu beruhigen. Ein nasses, kühles Handtuch ergänzte meine Therapie und ich zwang mich, nicht an all die Dinge zu denken, die durch meinen Kopf rauschten. Stoffbeutel, neue Tasche, lila Pappschachtel ...

Es war wieder das Hundegebell, mit dem ich am fünften Tag wach wurde und im Urlaub, in einem fremden Schlafzimmer, ist das so, wenn man blitzartig, mitten in der Nacht die Augen öffnet, überlegt man zwangsläufig, wo genau man sich eigentlich gerade befindet.

Eine fette Beule in Hirnnähe lässt den Prozess der Selbstortung dann etwas andauern.

Als Geist und Körper endlich wieder vereint auf Mallorca landeten, spürte ich erst durch meinen Körper. Mehr lebendig oder doch mehr tot? Ich richtete mich probeweise auf. Kein Schwindel, kein Kotzgefühl. Mit meiner Hand befühlte ich meinen Hinterkopf und spürte eine deutliche Beule, die auch ungern angefasst werden wollte. Über 12 Stunden hatte ich durchgeschlafen. Oder war ich vielleicht bewusstlos? Nicht auszuschließen, denn so lange durchschlafen war ungewöhnlich, für meinen Biorhythmus. Egal, auf jeden Fall schien ich den Schlaf gebraucht zu haben.

Willi lag neben mir und atmete ausnahmsweise still und leise.

Es war halb sechs. Ich zog mir leise ein T-Shirt über, griff nach meinem Stoffbeutel, den ich direkt neben meiner Bettseite deponiert hatte. Ich wollte meine Tasche umräumen und –.

Wenn ich es jetzt tue, dann habe ich noch ein bisschen Ruhe das Ergebnis, wie auch immer es lauten mag, sacken zu lassen.

Ich schloss leise die Schlafzimmertür, betrat das angrenzende Badezimmer, setzte mich auf die Klobrille und kramte die Pappschachtel aus dem Leinenbeutel. Vielleicht ist es ja schlauer, den Test erst nach dem Urlaub zu machen, damit ich die paar Tage entspannen kann und nicht über etwas nachdenken muss was – ich musste ja fast laut los lachen. *Entspannen! Wie witzig. Los jetzt! Drüberpinkeln und gut ist. Memme!* So schwer kann das ja nicht sein.

Ich kramte bedächtig den Inhalt aus der lila-weißen Packung. Wieso war die eigentlich lila? Fast schon rosa. Funktionierte die nur für weibliche Nachkommen?

Ich fummelte den weißen Teststab aus der Plastikverpackung und faltete dann die Bedienungsanleitung auseinander, bemerkte während des Lesens der kleingedruckten Hinweise, nicht zum ersten Mal in den letzten Monaten, ich musste zum Optiker. Irgendwie ver-

schwamm das Kleingedruckte vor meinen Augen. Ich musste mich über kurz oder lang der Tatsache stellen, dass ich eine Form von Altersweitsicht entwickelte. Gleitsichtbrille war vermutlich angesagt. Ich zog meine Brille die ich fürs Weitsehen brauchte aus, die Buchstaben standen jetzt deutlicher, schwarz auf weiß, vor meinen Augen.
Aha, der Morgenurin ist der optimale. Halb sechs, da sollte ein 1A Urin für den Test bei rumkommen.
»... *Die Absorptionsspritze nach unten halten. Das Saugende mindestens 6 Sekunden in den Urinstrahl oder den Auffangbehälter halten, bis dieses ausreichend durchnässt ist. Nicht auf den Bereich oberhalb der Markierung urinieren.*«

Jetzt saß ich da, auf dem wackligen, spanischen Klo und wusste nicht, soll ich besser drüberpinkeln oder einen Becher verwenden.

Ich suchte das Badezimmer ab und fand nur zwei Möglichkeiten. Der rosafarbene Zahnputzbecher von Inke und der hellblaue Zahnputzbecher von Sascha. Der rosafarbene mit MAUS bedruck, der blaue mit SCHATZ bedruckt.
»Mmmmmm.« *Wenn ich danebenpinkle und dann den Test wegwerfen kann? – Becher hat schon Vorteile.* Ich verwarf den Gedanken an den Becher dennoch und entschied mich fürs Drüberpinkeln.
»... *Setzen Sie die Schutzkappe wieder auf das Ende und warten Sie auf das Erscheinen der Farbstreifen. Lesen Sie das Testergebnis nach 5 Minuten ab.*«
Ich hielt die Luft an.
Ich pinkelte.

Als ich fertig war und den Teststick, wie beschrieben, mit der Schutzkappe versehen wollte, um die fünf Minuten abzuwarten, hatten sich schon zwei Striche auf dem dicken Löschpapier manifestiert.
»Doppelnegativ!« Kein Häkchen und auch kein Pluszeichen.
Ich vergewisserte mich, mit einem Blick in die Bedienungsanleitung, ob der Hersteller das genauso sah wie ich.
Ich las einmal, ich las zweimal. »... Es erscheinen eindeutige Farbstreifen im Kontroll- (C) und Testbereich (T). Das bedeutet, dass sie schwanger sind. Herzlichen Glückwunsch.«

Kann nicht sein.

Ich las den Text ein drittes Mal. Jetzt aber ganz langsam – Ich soll ja fünf Minuten warten, auf das Testergebnis. Die beiden deutlich sichtbaren Streifen gehen bestimmt wieder weg.

Ich saß auf dem Klo, winkte mit dem Teststick in der Luft und fixierte dann die beiden dunkelrosa Streifen. *Wenn ich die Augen zusammenkneife, dann sind die gar nicht mehr so deutlich zu sehen.* Ich zog den Streifen noch ein paar Mal durch die Luft.

Ich weiß nicht wie lange ich bewegungslos in einer Schockstarre, auf dem Klo saß, auf jeden Fall verschwanden die beiden Streifen trotz durch die Luft paddeln und Augen kneifen nicht. Auch Augen rollen und Augen massieren half null, machte aus den beiden Streifen nicht einen oder keinen Streifen. Weder nach einer Minute, noch nach fünf Minuten und auch nach zehn Minuten waren da immer noch zwei deutlich sichtbare Streifen.

Ich dachte an den Tag, als ich das erste Mal meine Tage bekommen hatte. Ich war 14. Seither verging kein Tag, an dem ich mir auch nur im Ansatz ein Kind gewünscht hätte. Ich war jetzt 44 Jahre und ein paar Wochen alt, saß auf einem wackligen Klo auf Mallorca und so ein Stück rosa Löschpapier sagte mir, du bist schwanger.

Es waren nicht die Wechseljahre, es war kein Magengeschwür, nicht die spanische *Wasserbakterie* und auch nicht Spaßkiller Krebs, es war schwanger.

Na, bitte, da kann man doch was gegen tun. Ich war fast ein wenig erleichtert. *Problem erkannt, Problem gebannt.*

Ich drehte den Teststick, und nein, es gab kein zweites Feld, was mir jetzt mitteilte in der wievielten Woche ich mich befand. Wenn ich mich recht entsinne, gibt es für eine Abtreibung die Problemgrenze, dritter Monat, 12. Woche. Für mich war klar, diese Zusammenrottung von Zellen hat sich in den falschen Wirt verirrt. Ich werde nicht Mutter.

Möglicherweise gibt es ja auch für Frauen in meinem Alter eine Sonderreglung und ich kann über die 12. Woche hinaus abtreiben. Es kann ja keiner erwarten, dass *ich* Mutter werde. Ich brauche eine Lesebrille, meine Haare werden grau und außerdem benötigt man für so ein Kind Geld und Zeit. Von beidem habe ich entschieden zu wenig.

Ich zog die Klospülung, wusch mir die Hände, schaute in den Spiegel. Irgendwie hatte sich da was verändert, in meinem Gesicht. Ich ging näher an mein Spiegelbild heran. Vermutlich, nein, ziemlich sicher, lag es an der Sonnenbräune meiner Gesichtshaut, dass meine Augen heller strahlten als üblich. Lag bestimmt am Farbkontrast.

Als ich das Schlafzimmer wieder betrat, war Willi schon munter. Er zog sich gerade seine Laufklamotten an. »Was macht dein Kopf? Geht es oder willst du lieber hier bleiben?«, fragte er, vor Energie strotzend. *Laufen? – nicht schlecht. Ist in meinem Risikoalter bestimmt auch ein 1A Weg, um die Schwangersache auf natürlichem Weg zu beenden. Genau. Damit wäre das Problem dann gelöst. Wir kommen zurück, ich bekomme meine Tage. Alles ist wieder wie vorher.*

Den Schwangerschaftstest versteckte ich auf die Schnelle unter meinem Kopfkissen und lief dann beschwingt die Treppen nach unten, wo Willi fertig auf mich wartete. Auf dem Weg nach unten meldete sich nochmal deutlich die Beule an meinem Hinterkopf.

Es fühlte sich an, als würde die Beule bei jeder Treppenstufe schmerzvoll auf und ab wippen. *Was denn? Lieber Abtreibung? Ausschabung? Oder lieber ein bisschen Kopfweh, dafür fast natürlicher Abbruch?* Zähne zusammenzubeißen.

Ich startete vielleicht ein bisschen zu verbissen und erntete direkt vom Hobbytrainer an meiner Seite den ersten Anschiss.

»Lexa, nicht so schnell. Du kannst nachher nicht mehr. Wann lernst du es endlich, langsam anfangen, dann kannst du gegen Ende nochmal Gas geben.«

Wie ich es liebte, wenn mir jemand erklärt, wie ich was zu machen habe. »Ja ja«, antwortete ich, nach Luft schnappend. »Siehste, wir sind noch keinen Kilometer gelaufen und du bist schon am Hecheln. Mach langsam, es hetzt dich keiner und wenn du Kopfschmerzen hast oder dir schwindlig wird, sag Bescheid.«

Wir liefen die gleiche Strecke, wie ich sie schon am ersten Tag gelaufen war und ich nahm mir schon am Anfang vor, die Steigung an den Gärten vorbei würde ich laufen, wenn nötig, mit dem Messer zwischen den Zähnen. Ich lief schließlich nicht einfach so. Ich lief in eine bessere Zukunft. Eine Zukunft ohne schwanger sein. *Wenn ich diesen Körper nur hinreichend quäle, dann sucht dieser Embryo ganz von selbst und völlig natürlicherweise das Weite.* Ich bin schließlich 44 und keine 22. Risikoschwangerschaft! Da ist jede Anstrengung, eine Anstrengung zu viel. Zumindest hatte ich das mal in irgendeinem Artikel bei Facebook gelesen.

Ich erwartete jede Sekunde einen stechenden Schmerz. Irgendwas, was signalisierte, Schwangerschaft vorbei. Erstaunlicherweise lief es sich aber recht gut. Selbst die Steigung meisterte ich mit Bravour.

Ich saugte die Inselluft ein, schaute in die Berge, in den blauen Himmel und erschrak vor mir selbst, als ich ein fast verlorengegangenes Gefühl in mir spürte. Mein Gesicht war trotz Anstrengung entspannt, ich bemerkte wie sich meine Wangen in eine ungewohnte Richtung verzogen. Ich lächelte.

»Was los, Alex«, Willi lachte mich von der Seite an. »... du siehst so anders aus, irgendwie – mmm – wie soll ich mal sagen, nicht erschrecken, du siehst so zufrieden, geradezu glücklich aus. Als wärst du frisch verliebt.«

»Ja, siehste mal, Sport macht froh.«

Wir lachten beide in den frühen Morgen und liefen noch ein Stück schneller.

Außer Atem, nass geschwitzt, aber fröhlich und munter kamen wir eine knappe Stunde später wieder bei der Finca an. Mir ging es blendend, kein Hinweis auf irgendwelche Unterrumprobleme. Ich war wohl immer noch schwanger.

Meine Mutter vertrieb sich mit Mam Schmütz auf der Terrasse die Zeit. Sie falteten gemeinsam die Wäsche vom Vortag und versuchten zu sortieren, welche Schlüpfer zu wem gehörten was aber eigentlich relativ einfach war. Die rosafarbenen mit Spitze gehörten Inke, die schwarzen gehörten mir, die bunten Sascha, die unbunten Willi und die Feinripp- und hautfarbene Wäsche, nun ja, da wussten die beiden Frauen wohl Bescheid.

Während Willi auf der Terrasse noch ein Dehnprogramm absolvierte, ging ich in die Küche und füllte Wasser in meinen Körper nach. Bestimmt, aber ganz locker, mehr als einen Liter Schweiß, eher zwei, musste mich die Runde heute gekostet haben.

Ich beobachtete aus dem Fenster, wie die beiden Frauen Willi bei seinem Gymnastikprogramm zusahen.

»Die kenn ich, die Übung«, bemerkte meine Mutter, mit Fingerzeig, stolz. »Ach, und wann zum letzten Mal gemacht?«, fragte Willi frech und schickte ein entwaffnendes Lachen hinterher. »Komm, mach mit. Ich turn vor und ihr macht nach. Ein bisschen Bewegung kann nichts schaden«, forderte Willi die beiden Frauen auf.

Meine Mutter winkte ab: »Nö, nö, lass mal, nicht das wir uns noch was verrenken oder brechen. Aber danke für das Angebot, Willi.«

»Na, gut«, Willi stand mit einem Schwung wieder auf beiden Beinen und verließ die Frauen, in Richtung Küche.

Ich stand noch am geöffneten Küchenfenster und sinnierte darüber, dass ich vermutlich zu krasseren Methoden greifen musste, um die Schwangersache vom Hals zu bekommen, als Willi sich in der Küche auszog und die verschwitzten Laufsachen direkt in die Waschmaschine schob. Erst als er sich umdrehte bemerkte er mich und hielt sich reflexartig die Joggingschuhe vor seinen Schwanz. Ich lachte: »Ich bin es nur.«

»Ja dann, du darfst natürlich meinen ganzen Körper in seiner wunderbaren Pracht bewundern.«

Willi streckte beide Arme, samt Turnschuhe nach oben und posierte nackisch vor der Waschmaschine.

Der Tag war noch jung, er hatte recht gut angefangen und Chancen gehabt, weiterhin harmonisch zu verlaufen, wenn nicht just in diesem Moment Mam Schmütz, mit meiner Mutter im Schlepptau, die Küche betreten hätte.

Willis Pose wechselte schlagartig von enthemmt zu gehemmt und da er lediglich seine Nikes zur Hand hatte mussten diese als Sichtschutz herhalten.

Wenn es sich um einen Comic handeln würde, dann würde man jetzt sehen, wie sich Gertrud Schmütz blasses Gesicht mit roter Farbe füllte und psychedelische Spiralen sich in ihren Augen drehen. Ich erwartete förmlich, dass es aus ihren Ohren dampfte und ihre Haare sich struwwelig gen Himmel recken.

»Willi Schmütz!«, rief sie aus Leibeskräften und ich war froh, dass die Finca auf einem 10.000 qm Grundstück alleine stand. Vermutlich waren schlagartig alle Oliven von den Bäumen gefallen, als Gertrud

Schmütz loslegte. »Du kannst doch hier nicht einfach so *puddeligrüh* in der Küche rumstehen. Was soll denn die Carmen von dir denken.«

Ich grinste: »Nur das Beste, wenn ich mir den Körper so angucke.« Vielleicht war es eine Form von Anspannung, die kurzzeitig von mir abfiel, aber ich musste schallend loslachen über meinen eigenen blöden Witz. Ich kam aus dem Lachen gar nicht mehr raus. Mir kullerten die Tränen, ich schnappte nach Luft.

Ich habe keinen Krebs und ich bin auch nicht in den Wechseljahren. Ich bin schwanger! Ich lachte mich schier kaputt und bekam den mordenden Blick von Mam Schmütz gar nicht mit.

Meine Mutter fragte nur trocken: »Was heißt denn puddeligrüh?«

Gertrud hatte offenbar stückchenweise ihre Fassung wiedererlangt. Vielleicht lag es auch an meiner Mutter, die nicht hintenüberkippte, nur weil ein nackter Willi in der Küche stand.

»Das heißt nackisch. Ohne alles«, erklärte Gertrud mit aufgebrachter Stimme. Ich musste wieder loslachen. »Aber er hat doch noch Schuhe an«, prustete ich los. Mein Bauch tat inzwischen weh und, dass Willi jetzt auch noch zu lachen anfing, half wenig.

»So machst du aber kein Frühstück, Willi.«

»Och Mam, jetzt krieg dich wieder ein. Ich bin dein Sohn. Schon vergessen, du hast mich früher gewickelt, da war zwar weniger aber immer noch der gleiche Willi.«

»Erbarmen!«, rief ich. »Geh duschen und pack deinen Willi ein. Ich kann nicht mehr.«

Das Badezimmer war frei, Willi und ich duschten gemeinsam. Wir kamen aus dem Lachen nicht mehr raus. Selbst als ich über das Waschbecken gebeugt stand, lachte ich Tränen. »Jetzt aber mal ein bisschen Ernst, bei der Sache. So kann ich nicht arbeiten.«

Orgasmus mit Lachflash. Ob man das wiederholen kann, fragte ich mich, als Willi schon das Badezimmer verlassen hatte?

Als ich das Schlafzimmer betrat und die stramm gezogenen Decken auf dem Bett sah, wusste ich, lustig hatte ein Ende.

Natürlich lag die Packung nicht mehr unter meinem Kissen. Das wusste ich, ohne nachzusehen, denn die Pappschachtel lag nun anklagend *auf* meinem Kopfkissen und der Teststick, nebst Bedienungsanleitung, war nicht mehr drin.

Geiler Sex am Waschbecken hin oder her, es gab Dinge mit denen konnte Willi nur sehr schlecht umgehen. Zu diesen Dingen gehörte mit Sicherheit auch eine verheimlichte Schwangerschaft.

Scheiße!

Ich hörte von unten Geklapper. Frühstücksvorbereitungen. Ich machte mich langsam fertig, diskutierte das anstehende Gespräch hundertmal in Variationen mit mir selbst durch und mit jeder Variation stieg meine Unlust darauf, nach unten zu gehen.

Egal wie ich es drehte und wendete, es konnte nur dabei bleiben, Abtreibung. Selbst wenn ich das Kind wollte, es geht nicht.

Ich war zwar nicht bereit, für das was mich erwarten würde, aber ich stieg die Stufen nach unten und ich war mir sicher, diese Sache würde meine Beziehung zu Willi in den nächsten Minuten oder Stunden, je nachdem wann Willi seinem Ärger Luft machen würde, stark zusetzen, wenn nicht sogar beenden. *Keinkind* würde der nicht akzeptieren.

In der Küche liefen sich meine Mitreisenden gegenseitig über die Füße. Offenbar waren die Magenprobleme fürs erste verbannt, anders konnte ich mir nicht den kollektiven Aktivismus bei der Nahrungszubereitung erklären. Es wurde alles aufgefahren. Gebratener Speck, Rührei, Obstsalat, Haferbrei und belegte Platten mit Käse, Wurst, Tomaten und Gurke. Willi ließ sich nichts anmerken. Man könnte auch sagen, er trug eine übertriebene Fröhlichkeit zur Schau. Mir schwante Böses.

Als er mich in der Tür stehen sah, überzog er maßlos. Erst nach einer langen, übertrieben zärtlichen Begrüßung, ließ er endlich von mir ab und widmete sich dann wieder pfeifend und trällernd den Frühstücksvorbereitungen.

Noch mehr Hände und Füße in der Küche hätten garantiert einen Unfall verursacht. Ich ging auf die Terrasse, setzte mich, legte den

Kopf in den Nacken und versuchte gar nichts zu denken. Ging natürlich nicht. Ich war schwanger. Willi hatte den positiven Test gefunden und hatte vermutlich auch in der Bedienungsanleitung nachgelesen, was die beiden Striche bedeuten. Es ließ sich nicht dran rütteln. Willi war Beteiligter bei der Sache und ein Willi wäre kein Willi, wenn er jetzt nicht das ganz große Kino auspackt. Blieb zu hoffen, dass er es nicht bei Tisch und vor versammelter Familie tat.

Eigentlich ging es mir prima. Von den ganzen Beschwerden der letzten Wochen, nichts zu spüren aber wenn ich an die kommenden Minuten dachte, wurde mir dennoch anders.

Als alle am Tisch saßen und kräftig zulangten, zog eine zufriedene Ruhe ein. Aber ich konnte mich auch täuschen.

Vielleicht war es ja eher die bedrohliche Stille die über den üppig gedeckten Tisch wehte.

Die Ruhe oder Stille, wie auch immer begründet, wurde dann durch Sascha unterbrochen. »Willi, wie willst du eigentlich deinen Geburtstag am Sonntag feiern. Sollen wir was essen gehen, oder hier *big Party* machen.«

»Habe ich mir noch gar keine Gedanken gemacht. Hier hätte natürlich den Vorteil, keiner muss fahren und wir können einen drauf machen. Poolparty. Die Mädels kommen leicht bekleidet und singen mir ein Ständchen.« Willi lachte.

Geburtstagsplanung! Das würde dauern. Ich wähnte mich in Sicherheit. Das Gespräch unter vier Augen musste warten. 50 Jahre war schließlich nicht irgendein Geburtstag. Ein halbes Jahrhundert, da kann man den *B-Day* nicht so einfach übers Knie brechen.

Ich nahm mir eine Scheibe vom Käse, besser gesagt, ich wollte sie mir nehmen, als Willis Hand plötzlich hervorschoss und meinen Arm festhielt.

»Rohmilch!«, flüsterte er bedeutungsschwanger und mit bedrohlichem Unterton.

»Häh?«, fragte ich verdutzt. Ich war gedanklich irgendwie ganz woanders und hatte vermutlich mal wieder irgendein Gespräch nicht verfolgt, gar nicht erst mitbekommen, verpennt.

»Ja, kann schon sein«, antwortete ich und betrachtete nachdenklich die Scheibe Käse. Ich streckte wieder meinen Arm, pickte den Käse auf meine Gabel. »Rohmilch!«, wiederholte Willi, diesmal etwas lauter. »Ja, ich bin aber noch kein Veganer. Ich ernähre mich schon auch hin und wieder von Milchprodukten«, erwiderte ich ein wenig genervt und legte die Scheibe Käse auf meine Brötchenhälfte.

Die Blicke von Mutter Schmütz und Inke klebten neugierig auf Willi und mir. »Ich finde die Sache mit der Milchproduktion echt scheiße. Von wegen, die Kühe müssen ständig werfen, damit wir Latte Macchiato trinken können und Käse, Joghurt und den ganzen Kram im Kühlschrank stehen haben ...«

»Darum geht es doch gar nicht«, sagte Willi und lächelte mich verklärt an.

»Das ist doch nicht gut fürs Kind«, flüsterte er, etwas zu laut und als ob das nicht schon genug wäre, legte er auch noch besorgt seine Hand auf meinen Bauch.

»Neeee!«, entfuhr es Inke im breitesten Rheinländisch.

»**Du bis schwanger?**« **Ich sah förmlich wie ihr Make Up bröselte, als sie Augen und Mund weit aufriss.**

»Ja, wusste ich es doch«, entfuhr es Gertrud Schmütz. Sie boxte ihren Mann in die Rippen und schnalzte mit der Zunge. »Sach ich dir doch schon die ganze Zeit, wir werden Opa und Oma.«

Meine Mutter, links neben mir, nahm mich umgehend in den Arm, drückte mich mit einer Kraft die ich ihr nicht zugetraut hätte. War wohl doch rüstiger als sie uns vorspielte.

»Och, mein Kind, dass ich das noch erleben darf, bevor ich unter die Erde komme. Ich werde nochmal Oma und dann auch noch von meiner einzigen Tochter.« Vor Freude tropften ihr ein paar Tränen aus den dunklen Augen auf meine nackten Schultern. Bevor ich mich zu dem, was da gerade über mich hereinbrach, äußern konnte, ergriff Sascha das Wort.

»Ihr seid doch nicht mehr ganz dicht. Ein Kind, in eurem Alter.« Kawumm. Der Typ war eine echte Freude fürs Gemüt.

»Das kann ja wohl nur ein Versehen sein. Mal ganz davon abgesehen, dass die Wahrscheinlichkeit, ein behindertes Kind zu bekommen *in eurem Alter* nicht gerade gering ist, ihr seid fast sechzig, wenn die Plage in die Pubertät kommt.« Sascha schüttelte über soviel unvernünftige Familienplanung den Kopf.

Für gewöhnlich wäre ich jetzt, schon aus reinem Prinzip, gegenteiliger Meinung, egal was der Typ sagt. Aber in dem Fall, war ich hoch erfreut über die 1A Vorlage. »Genau, so sehe ich das auch ...«, bestätigte ich den *Feind*, bevor irgendwer weitere Bekundungen von Freude über mir ausschütten konnte. »... und aus diesem Grund werde ich dieses Kind auch nicht bekommen. Um es deutlicher auszudrücken, ich werde dieses Kind abtreiben.«

Jetzt brach der Ärger erst richtig los. Willi plusterte sich auf: »Das wirst du nicht tun. Das ist schließlich auch mein Kind und da habe ich wohl ein Mitspracherecht.«

Der sonst so stille Karl-Friedhelm Schmütz warf ein: »Sünde. Du versündigst dich am Leben. Kein Mensch darf über Leben und Tot entscheiden. So Gott will wird dieses Kind ein neuer Erdenbürger.«

Gott?! Was hatte der denn jetzt damit zu tun, musste ich jetzt auch noch auf den fiktiven Weltherrscher mit Rauschebart Rücksicht nehmen?

»Alex! Wir müssen reden.« Willi drehte mich energisch mit meinem Stuhl in seine Richtung. »Ich will das Kind!«

»Schön ...«, erwiderte ich trocken. »... ich muss das Kind bekommen und ich will das Kind nicht. Was machen wir jetzt?«

Willi holte tief Luft, wahrscheinlich nicht weil er am Ersticken war. Ich verdrehte meine Augen in Erwartung einer Moralpredigt über Vorstellungen von Gleichberechtigung, Sturkopf-Mentalität und was ihm sonst noch an Überzeugungsversuchen einfallen würde.

»Alex, wenn ich das richtig sehe, weißt du es auch erst seit heute morgen, vielleicht seit gestern Abend. Lass die Tatsache erst einmal sacken, bevor du dich gegen *unser* Kind entscheidest. Wir werden dann später nochmal in Ruhe drüber reden. Ich will an der Stelle nur, dass du weißt, ich will *unser* Kind bekommen, ich will es mit dir großziehen, ich freue mich riesig. Gemeinsam werden wir das wuppen.«

Ja, super. Ein lauter Streit mit irrationaler Argumentation und Vorwürfen, wäre mir an der Stelle lieber gewesen. Ich hätte trotzig sagen können: »Und ich lasse es doch abtreiben. Du hast mir bei dem Thema gar nichts zu sagen«, aber so fehlte mir die Luft in den Segeln, um egoistisch zu sein. Anderseits, ich hatte auch gar keine Lust über das Thema zu streiten und das hatte nichts mit sacken lassen zu tun. Für mich war die Sache klar wie dreimal gefilterte Gemüsebrühe und da würde ich mir auch nicht reinreden lassen, weder heute, noch in einer Woche. Aber vielleicht würde ja Willi auch, mit ein bisschen Zeit, zur Vernunft kommen.

Allerdings hieß Keinkind-Diskussionspause zwischen Willi und mir nicht, dass alle anderen das Thema mieden. Im Gegenteil. Bis auf Sascha schwelgten jung und alt in Vorfreude und hatten meinen Einwand, bezüglich der Abtreibung, offenbar schon vergessen.

Meine Mutter erwähnte, dass sie sich ja über ein Mädchen freuen würde.»Das macht mehr Spaß Kleidchen einzukaufen, als Hosen für Jungs.«

Mutter Schmütz plante schon ihre Tage mit Enkelkind.

»Also, wenn ihr beiden dann arbeiten müsst, dann nehme ich natürlich das Kind. Ist doch selbstverständlich.« Mir blieb fast das Rührei im Hals stecken, bei der Vorstellung, dass mein Nachwuchs Mutter Schmützens Erziehung ausgesetzt wäre. Davon konnte die aber nur träumen. Was für ein Glück für das Kind, dass es nicht zur Welt kommen würde.

Einzig Sascha war auf meiner Seite. Nach über neun Jahren, die wir uns jetzt kannten, waren wir zum ersten Mal einer Meinung.

Er beteuerte ausdrücklich, wie vernünftig er meine Entscheidung finden würde.»Ihr wollt euch ja schließlich nicht den Rest eures Lebens mit einem behinderten Kind rumschlagen. Down Syndrom und was es da alles gibt. Die Natur hat das einfach nicht vorgesehen, Kinder in dem Alter noch zu bekommen. Schwägerin, ich finde deine Entscheidung sehr vernünftig.«

Vater Schmütz explodierte förmlich bei den Bemerkungen seines Sohnes. Er wiederholte die Sache mit Gottes Kind, Gottes Wille und so weiter.

Ich ersparte mir an der Stelle den ironischen Beitrag, dass es Willis Kind und nicht Gottes Kind ist.

Inke*chen* freute sich und überlegte in welchem Verwandtschaftsverhältnis sie dann mit meinem Kind stehen würde.»Ich bin dann ja irgendwie auch Tante von dem Kind«, warf sie ein.»Du brauchst ja auch dann Taufpaten. Ich würde mich freiwillig anbieten«, sagte sie und schien sich ehrlich zu freuen.

Natürlich hätte ich es an der Stelle nicht erwähnen müssen, aber fraglos bereitete es mir eine große Freude:
»Ich bin doch Atheist. Es wird keine Taufe geben, so oder so.« Damit hatte ich jetzt natürlich Vater Schmütz vollends fertig gemacht. Noch während er über die Erbsünde und deren Folgen für die Menschheit im Allgemeinen und mein Kind im Speziellen referierte, stand ich auf und fing an den Tisch abzudecken. Sobald Diskussionen in die fiktive Parallelwelt Religion abgleiten machen sie selten Sinn. Beweisführungen sind da für beide Seiten schwierig.

Willi sprang auf, nahm mir ruppig den Stapel Teller aus der Hand. »Alex, mach langsam.«

Wie jetzt, was jetzt, das waren gerade mal sieben Porzellanteller und nicht ein 20 kg Sandsack. Er nahm mir die Teller ab, trug sie in die Küche und räumte sie in die Spülmaschine.

Meine Mutter folgte uns und als Willi wieder aus dem Raum war, nahm sie mich spontan in den Arm und gratulierte mir. »Ach, Alex, dass ich das noch erleben darf. Du wirst Mutter. Ich freue mich so für dich.«

»Häh, sag mal, hat hier jeder zu viel Sonne abbekommen.« Ich schüttelte den Kopf. »Ich bin 44. Jede weitere Diskussion erübrigt sich.«

Meine Mutter grinste in sich hinein und meinte in einem süffisanten Ton, den ich ihr gar nicht zugetraut hätte: »Wir werden sehen.«

Mutter Schmütz tänzelte beschwingt durch die Küche, und griff sich meine Mutter für ein Freudentänzchen.

»Ach Carmen, ist es nicht schön. Ich freue mich so, dass mein Willi doch noch Vater wird.«

Bekloppt. Alle bekloppt. Fluchtartig verließ ich die Küche, bevor ich auch noch in Freudentänze involviert werden würde. Ich ging nach oben, in der Hoffnung, da meine Ruhe vor völlig überdrehten Rentnern zu haben.

Auf dem Bett liegend betrachtete ich, völlig entmutigt mein Handydisplay. Noch entsetzlich lange 126 Stunden und 23 Minuten bis zum Abflug. Ich seufzte.

Es half nichts, ich musste da durch. Irgendwie. Es sei denn – bucht *airberlin* vielleicht spontan um? Möglicherweise kann ich ja schon morgen fliegen. Ich könnte auf medizinischen Notfall plädieren. Schwanger! Risikoschwanger! Da müssen die reagieren. Genau. Das würde ich machen. Auf den Rückflugtickets steht bestimmt eine Servicenummer, die ich anrufen kann.

Wo hatte ich noch gleich die Unterlagen verkramt? Ich schaute mich um, überlegte. Meine Handtasche? – Nein. Die Reisetasche. Seitenreißverschluss. Da war es. Mein Flugticket nach Hause und tatsächlich, kleingedruckt, aber mit ein bisschen Entfernung lesbar, die Servicehotline.

Ich wählte und bekam nach nur viermal Klingeln sogar einen echten Menschen an den Apparat, der sich mit »*airberlin*« und »Rita Hirsch« meldete. Ich war so perplex, dass mir im ersten Moment nicht mehr einfiel, aus welchem Grund ich eigentlich anrief. Warum hatten die keinen Ansagetext, der mich erst mal fragte, was ich eigentlich, grob sortiert, wollte? Unmöglich.

»Ähhh, Engel hier. Alex Engel«, stotterte ich, um Zeit zu gewinnen und dann, weil mir nichts Schlaueres einfiel: »Ich bin schwanger.«

»Da gratuliert *airberlin* ihnen aber aufs Herzlichste. Wann soll es denn kommen?«, fragte mich Rita Hirsch mit unterdrücktem Berlinerisch. Kurz ging mir durch den Kopf, war ja *airberlin*, logisch, dass die nur mit *berliner Schnauze* sprechen.

»Also, das ist ja der Grund warum ich anrufe. Es soll gar nicht kommen.«

»Och, das tut mir leid.«

»Also, das muss ihnen nicht Leid tun. Ich will's ja gar nicht und das ist ja der Grund warum ich ihre Hilfe brauche. Ich muss nach Hause, zum Arzt. Ich weiß ja gar nicht in der wievielten Woche ich bin und wenn ich nun schon zu lange schwanger bin, dann kann ich nicht mehr abtreiben. Ich kann es mir nicht erlauben noch einen Tag länger zu warten. Verstehen sie?«

»Ja, ich habe verstanden, was sie sagen. Aber verstehen tue ich sie nicht.«

Die Freundlichkeit, sofern man bei Berlinerisch überhaupt von Freundlichkeit im Tonfall sprechen kann, war mit einem Mal wie weggeblasen. Dafür kam jetzt die geballte Ladung Dialekt. »Erstens, wat hat *airberlin* damit zu tun und zweetens ick habe für Abtreibung keen Verständnis. Ein Kind ist ein Geschenk Gottes, da sollte man sich drüber freuen.«

Ich verdrehte die Augen und antwortete: »Ich brauche nicht ihr Verständnis, alles was ich brauche ist eine Umbuchung für mein Flugticket, von Palma de Mallorca nach Köln, am Dienstag, nächste Woche. Ich muss so schnell wie möglich fliegen. Am besten noch heute. Die Flugnummer ist ...« Ich kam nicht mehr weiter mit meinem Anliegen. Frau Hirsch unterbrach mich.

»So kurzfristig wird eine Umbuchung nicht möglich sein. Tut mir leid. Und jetzt mal ehrlich, warum wollen Sie dat Kind nisch?«

»Ich bin 44! Reicht Ihnen das als Begründung?«

»Nein. Zig Frauen bekommen heute mit über 40 ein Kind und beide Seiten sind glücklich damit.«

War das hier die Seelsorge oder die Servicehotline von *airberlin*?

»Ich will es einfach nicht. Verstehen sie. Ein Kind braucht Zeit und, drumrum reden wäre auch blöd, ein Kind kostet viel Geld, wenn man es vernünftig heranzüchten möchte. Die wollen reiten, Mofa fahren, einen Computer und, um es mal nicht zu vergessen, die kommen irgendwann in die Pubertät und wiiiiiie alt bin ich dann? Na ... Ne, kommt nicht in die Tüte.«

»Sie machen es sich ganz schön einfach. Icke wäre froh gewesen ick hätte ein Kind bekommen können. Aber bei mir klappte et nisch.«

Die Service-Hotline-Frau schluchzte. »Heute bin ick über fufzisch, sitze alleene in meenem kleenen Wohnzimmer.« Sie schluchzte weiter. »Mein Kurti ist tot, wissen Se. Icke bin Weihnachten alleene, Ostern alleene, niemand den ich bekochen kann, dem ich was schenken kann ...«

Die arme Frau. Zaghaft schlug ich vor: »Wie wäre es mit einem Hund?« Sie schluchzte lauter. »Der ist gestorben, vor einem Jahr.«

Scheiße.

»Überlegen Se sich dat doch noch Mal mit dem Kind. Sie sind ganz bestimmt eine gute Mutter. Ich spüre dat. Auch wenn Se et jetzt noch nisch wahrhaben wollen. Wat wenn da ein Bundeskanzler in Ihnen heranwächst oder möglicherweise da neue Messias? Wollen Sie das wirklich verantworten?« Okay. Bundeskanzler, meinetwegen, aber die Sache mit dem Messias war jetzt wirklich etwas weit hergeholt. Das machte hier überhaupt keinen Sinn mehr. »Äh, ja. Ich glaube ich überlege es mir dann noch und melde mich dann wieder.« Sie schluchzte abermals: »Ja, tun Sie das und wenn sie jemanden zum Reden brauchen, ich bin die Rita, die Rita Hirsch.« Rita Hirsch verabschiedete sich mit einem Seufzer und den Worten: »Ach, ja, ick wollte ich wäre Sie.«

Na, die hatte eine Ahnung von meinem Leben. Nämlich keine.

Ich war schwanger und in den nächsten Tagen konnte ich an der Situation offenbar nichts ändern.

Der Donnerstag war fast vorbei, blieben noch Freitag, Samstag, Sonntag, Montag und Dienstag. Noch über sechs Tage, in denen sich die Zellansammlung in meiner Gebärmutter weiterentwickeln durfte. Vielleicht sollte ich wenigstens schon mal meine Frauenärztin auf meinen Besuch vorbereiten und einen Termin vereinbaren. Roaming Gebühren hin oder her.

Meine Frauenärztin, das ist so eine rothaarige, wild gelockte. Immer fröhlich, immer ein bisschen zu laut. Zumindest war sie das, als ich vor geschätzten drei Jahren das letzte Mal bei ihr gewesen war.

Viele Jahre meines Lebens bin ich, wie jede andere verantwortungsbewusste Frau, regelmäßig zum Frauenarzt gegangen. Mindestens zwei Mal im Jahr. Die geben ja sonst keine Pille raus. An dem Tag, an dem ich mich entschieden hatte, mich auf Willis Aussage, hinsichtlich seiner Zeugungsunfähigkeit, zu verlassen, war auch meine Motivation zur Gynäkologin zu gehen dahin.

Hinzu kommt, dass ich Privatpatientin bin, was die laute, rothaarige *Zora*, die mir regelmäßig den Unterleib abgetastet hatte, als Freifahrtschein betrachtete, die Gesundheit meines Unterleibs sehr genau im Auge zu behalten. Was Frau Doktor nicht bedachte, ich hatte 1200 Euro Selbstbeteiligung im Jahr. Nach der dritten Rechnung wurde ich sehr sauer und meine Lust auf Frauenarzt war von null auf minus zehn gesunken. Außerdem bekam ich regelmäßig mitgeteilt, dass es nicht zu verantworten wäre, einer rauchenden Frau über 40 die Pille zu verschreiben. Ich müsste mich entscheiden. Rauchen oder Pille. Ich hatte mich seinerzeit fürs Rauchen entschieden, gegen die Pille und damit hatte mich meine Frauenärztin als *Kundin* verloren. Inzwischen rauchte ich seit über zwei Jahren nicht mehr, aber, wie schon erwähnt, Willi war ja eh zeugungsunfähig und Spaßkiller wie Gebärmutterkrebs und Eierstocksonstwas, bekommen eh nur die anderen. *Tätäää*.

Nun war ich, laut B-Test und Google Recherche, schwanger. Vermutlich ein geeigneter Zeitpunkt, die Beziehung zur *roten Zora* wieder aufleben zu lassen.

Während ich auf den Freiton wartete, malte ich mir aus, wie sich Frau Doktor freute, wenn ich ihr die frohe Botschaft mitteile. Risikoschwangerschaft einer privat Versicherten. Ich würde vermutlich aus den Voruntersuchungen neun Monate lang nicht rauskommen.

»Praxis Doktor Schmidt-Hamacher«, meldete sich die piepsige Stimme der Sprechstundenhilfe. Ich musste mich erst mal räuspern, musste Zeit gewinnen, weil ich nicht wusste, was Frau, in einem solchen Fall, sagt. »Ich bin schwanger und brauche einen Termin für die Abtreibung«, schien mir irgendwie zu kaltblütig. Ich startete einfach mal, wie sich das gehört, mit meinem Namen.

»Engel. Alex Engel. Ich brauche einen Termin, bei Frau Doktor.«

»Mmmmm«, antwortete die Sprechstundenhilfe. »Was haben *wir* denn?«, fragte sie *uns* weiter. »*Wir* sind schwanger«, informierte ich *uns* knapp. »Ach, Frau Engel, ich sehe gerade, sie waren ja schon seit über drei Jahren nicht mehr bei uns. Da wird es aber Zeit für eine Vorsorgeuntersuchung.«

Ich räusperte mich lauter: »Ich habe einen Schwangerschaftstest gemacht und der teilte mir mit, ich bin schwanger.«

»Ja ja, ich gratuliere, aber überlassen Sie das mal der Frau Doktor, das festzustellen. Wissen Sie, diese Schwangerschaftstests sind ja, unter uns gesagt ...«

»Okay, ich bin mit 99,9 prozentiger Wahrscheinlichkeit schwanger und ich brauche einen Termin bei Ihnen.«

»Ja, lassen sie mich mal sehen ... oh, sie sind ja schon 44 ...« Es folgte eine längere Pause. Vermutlich nur weil sie nach einem Termin suchte, oder schon zusammenrechnete, was so eine 44jährige Schwangere an Einnahmen bringt.

»Kommen sie doch einfach heute Nachmittag rein. Frau Doktor kann sie bestimmt dazwischen nehmen.« In gewisser Hinsicht hat man als Privatpatient natürlich auch Vorteile.
»Heute geht leider nicht. Mittwochnachmittag, nächste Woche, wäre super.«
»Mittwoch haben wir geschlossen. Dann doch Donnerstagvormittag?«
»In Ordnung. Donnerstagvormittag, in einer Woche. Uhrzeit?«
»Ach, Frau Engel, kommen Sie doch einfach rein, wenn Sie Zeit haben. Frau Doktor hat für Privatpatienten immer einen freien Termin.«

Irgendwie fühlte ich mich sehr viel wohler, nachdem ich aufgelegt hatte. Der erste Schritt, diese Ansammlung von ungewollten Zellen in meiner Gebärmutter aus dem Weg zu räumen, war getan. Und zum ersten Mal war ich froh Privatpatientin zu sein und in dieser zeitlich brenzligen Situation nicht noch vier Wochen oder länger auf einen Termin warten zu müssen.

Ich stand im Raum und fühlte mich gut. Ungewohnt gut. Das Unwohlsein war in den letzten Wochen zur Normalität geworden und ich stellte mir, Aufgrund des unnormal guten Gefühls die Frage, ob irgendwas mit dem Kind nicht in Ordnung war. In Gedanken versunken streichelte ich mit meiner rechten Hand über meinen Bauch.

»Vielleicht brauchen wir einfach ein bisschen Ruhe.«
Mit wem rede ich da. Ruckartig zog ich meine Hand zurück.

Die Zellwucherung sollte sich bloß nicht an Zuwendung gewöhnen.

Da für diesen Tag noch nichts anderes geplant war, entschied ich mich, mich mit meinem Ebook-Reader an den Pool zu legen und das *Schwangerproblem* einfach mal zu vergessen.

Während ich mich in den viel zu engen Bikini klemmte, hörte ich durch das geöffnete Schlafzimmerfenster die Stimme von Willis Vater, ungewohnt laut und aufgeregt: »Willi, ihr könnt das Kind aber nicht ungetauft lassen. Das ist dir hoffentlich klar?«
»Pap, lass es erst mal da sein. Eins nach dem Anderen.«
Inke stellte die Frage, die mich auch brennend interessierte:

»In der wievielten Woche is sie denn? Ich meine, bevor sie den dritten Monat nicht durch hat, ist das eh noch eine recht unsichere Sache. Gerade auch in ihrem Alter. Wie geht es der Alex denn? Hat sie viel Bauchweh? Stimmungsschwankungen und Ziehen in den Brüsten? Ich kenne mich da aus. Meine Freundin, die ...«

War ich schon über den dritten Monat hinaus? Während ich vor dem Spiegel stand und den Sitz meines Bikinioberteils betrachtete, betrat Mutter Schmütz mit meiner Mutter die Terrasse und gab bekannt:

»Ich habe mich mit Carmen geeinigt, wenn es ein Mädchen wird dann wird es eine Gertrud-Carmen Schmütz sein. Einen Jungen werden wir nach Alex verstorbenem Vater Erich und mit Zweitnamen Friedhelm taufen. Also, Erich-Friedhelm Schmütz. Jung, ihr müsst euch beeilen mit dem Aufgebot, bevor man was sieht.«

Aufgebot! Heiraten! Klar doch. Erich-Friedhelm, Gertrud-Carmen, was sonst. Scheiß Bikini. Mein Busen quoll aus den Dreiecken heraus. Das sah mega-scheiße aus.

Für die Frage, wie und wo wir eigentlich Willis 50igsten Geburtstag am Sonntag feiern sollten, interessierte sich, dem Anschein nach, niemand mehr.

Die richtige Location für die unbedingt notwendige Hochzeit wurde jetzt zum Kernthema.

Mutter Schmütz nahm die Planung beherzt in die Hand: »Beim *Bayer*, würde ich sagen. Die Martha Schlömer hat da letztes Jahr ihren 75igsten gefeiert und die waren alle hin und weg vom Buffet.«

»Mam, ich glaube nicht, dass Alex beim Bayer feiern will. Alex isst kein Fleisch, wie du weißt.«

»Öh, ja, aber jetzt wo sie schwanger ist, wird sie Fleisch essen *müssen*, damit das Kind gesund zur Welt kommt. Mal ehrlich, Willi, nur Gemüse ist einfach nicht gesund. Sie muss sich jetzt in erster Linie um die Gesundheit des Kindes kümmern und das braucht Fleisch.«

Ich bekam Schnappatmung und konnte einen lauten Urschrei nicht verhindern. Es kam so einfach aus mir raus. Es reichte.

Im viel zu engen Bikinioberteil lehnte ich mich aus dem Fenster und schaute auf den Rücken von Mutter Schmütz und das Terrassenvordach. »Ich glaube es hackt«, rief ich nach unten. »Heiraten, taufen, Fleisch essen, ihr habt sie doch nicht mehr alle auf dem Christbaum.

Dieses Kind wird es nicht geben. Es wird ungetauft und ungeheiratet wieder verschwinden. Nächste Woche. Termin ist schon gemacht. Jede weitere Planung zu diesem Thema, Namen, Fütterung der Mutter und Aufgebot, sind hinfällig. Danke fürs Zuhören.« Ich knallte die Läden zu und schnappte nach Luft. Strich über meinen Bauch: »Was glauben die wer sie sind? Über unser Leben bestimmen. Soweit kommt's noch.«

Als ich mich wieder einigermaßen beruhigt hatte und von der Terrasse kein Mucks mehr zu hören war, griff ich mir mein Badetuch, den Ebook-Reader, meine immernoch nicht umgeräumte Tasche und machte mich auf den Weg in Richtung Pool. Im Flur blieb ich kurz stehen. Das Bikinioberteil zwackte. Weil es unbequem oder möglicherweise weil mir nach Protesthaltung war, warf ich das kleine Stück Stoff durch die Flurtür aufs Bett. Als ich mich umdrehte kam mir eine weitere grandiose Idee. Also, fand ich wenigstens grandios.

Besondere Umstände erfordern besondere Maßnahmen. Außerdem war mir danach. Ich ging nochmal zurück in Schlafzimmer und kramte in meiner Nachttischschublade. Da lagen sie, die Kippen. Einmal Raucher, immer Raucher, heißt es doch so schön. Da konnte ich auch heute mit dem Rauchen wieder anfangen, statt noch ein paar Jahre zu warten. Ein Feuerzeug hatte ich auch in meiner Handtasche, ich war gewappnet, für das *Familienduell*.

Barbusig, eine Nikotinwolke hinter mir herziehend ging ich nach unten. In der großen Halle, vorm Fernseher, saßen Mutter und Vater Schmütz zusammen mit meiner Mutter und schauten Tierpflegern dabei zu, wie sie das Erdmännchen Gehege im Kölner Zoo sauber machten. Ich zog an der Zigarette unterdrückte ein Husten, warf mir mein Badetuch über die rechte Schulter, straffte mich und flipflopte die Treppen nach unten. Man könnte sagen, ich war weder zu übersehen, noch zu überhören, noch zu überriechen. Aber offenbar hatte man entschieden, mich bis auf weiteres zu ignorieren. Da musste wohl noch so Einiges sacken. Viel schlimmer als die Tatsache, dass ich das Kind wegmachen würde, wog vermutlich die Weigerung, das Kind den Händen eines Priesters zu überlassen. Ein ungetauftes Kind in den Händen unverheirateter Menschen. Das ging gerade mal eben bei Bekannten von Bekannten, aber in der eigenen Familie – .

Wie meine Mutter über die Sache dachte, konnte ich nur, aufgrund eines kurzen Augenzwinkerns von ihr, vermuten. Erhobenen Hauptes und mit vorgestreckter Brust durchquerte ich das Wohnzimmer.

Mit der Zigarette zwischen den Lippen ging ich Richtung Pool. Inke und Sascha dösten auf den Sonnenliegen. Willi war nicht zu sehen. Ich hatte erwartet, er würde nach meinem Ausraster raketenmäßig das Schlafzimmer stürmen und mir seine Rechte als Vater vorpredigen. Nichts dergleichen. Willi war vorerst verschwunden und auch wenn es mich brennend interessierte, wo er sich rumtrieb, jemanden fragen wollte ich auch nicht.

Ich breitete mein Handtuch auf der Liege aus. Inke*chen* nickte mir, über den Rand ihrer großen Sonnenbrille blickend zu.

Sascha übte sich im Ignorieren. Es war inzwischen nach zwölf Uhr, die Sonne stand senkrecht am Himmel und es war brütend heiß. Ich drückte die Zigarette im Kakteenbeet gründlich aus, hielt mich nicht lange mit Abbrausen auf, sprang kopfüber in den Pool und tauchte erst auf der anderen Seite des Beckens wieder auf. Ich stieß mich wieder vom Rand ab und versuchte die Bahn mit kräftigen Zügen durchzutauchen. Prustend kam ich am anderen Beckenrand wieder hoch.

»Alex, das ist jetzt auch nicht wirklich gut, was du da tust.«

»Äh, was genau meinst du«, fragte ich Inke, die mich maßregelnd über ihre dunkle Riesenbrille anschaute. »Na, ohne dich vorher abzukühlen in den Pool springen. Auch wenn du sagst du willst das Kind nicht, du hast es auf jeden Fall noch in dir und da ist dein Körper empfindlicher als sonst. Du solltest vorsichtiger sein. Auch so lange die Luft anhalten. Ich weiß nicht ob das gut ist. Und wo ich dabei bin, das mit dem Rauchen ist ja *richtig* schädlich, fürs Kind.«

Ich tauchte augenrollend unter, stieß mich wieder vom Rand ab, zog meine Bahn bis ans andere Ende vom Pool und verließ dann über die Treppenstufen das Wasser. Als ich auf meine Liege zuging, wurde ich unverhohlen von Inke gemustert.

»Hmmm«, überlegte sie laut. »Alex, ich würde schätzen du bist mindestens über die 12. Woche hinaus. Dein Busen war doch sonst kaum zu sehen, der ist ja jetzt schon aufgepumpt wie zwei Fußbälle.

Und wenn ich nicht irre, dann sehe ich auch schon einen Bauch. So einfach wird das mit der Abtreibung nicht werden.«

Okay. Das würde nichts werden. Entspannen am Pool. Während ich meine Sachen zusammenkramte, wies ich Inke auf ihren nicht leichten, sondern deutlichen Bauchansatz hin. »Familienplanung oder zuviel Cola?«, fragte ich, ohne Erwartung einer Antwort.

»Eeeecht, findest du? Schaaaatz, bin ich zu diiick?«

Ich drehte mich auf den Flipflops um und stieß beinahe mit Mutter Schmütz zusammen, die überraschend wendig und schnell um die Ecke gepreścht kam und offenbar genau mich gesucht hatte.

»Jetzt will ich dir mal was sagen, mein Fräuleinchen.«

Häh, Fräuleinchen? Die meinte damit mich.

»Ich will das Kind nicht taufen. Das, das, das geht einfach nicht. Ein ungetauftes, uneheliches Kind, weißt du überhaupt was das heißt?«

Die hatte tatsächlich Fräuleinchen zu mir gesagt.

Mir platzte nicht nur der Kragen, sondern mir fiel auch noch mein Handtuch zu Boden und damit stand ich jetzt, bis auf mein Bikiniunterteil, nackt vorm Schmütz Gericht.

Mit wippendem, blanken Busen und nicht weniger blanker Wut baute ich mich meinerseits vor Mutter Schmütz auf. »Du hast sie nicht alle, du hast sie noch nie alle gehabt, liebe Gertrud. Alles in allem, du glaubst doch wohl nicht, ich würde Willi heiraten. Schon alleine deshalb nicht, weil ich dich dann zur Schwiegermutter habe, ganz zu schweigen von Schwager Sascha. Im Leben nicht.«

Ich erwartete, dass Mutter Schmütz mir jetzt mindestens mal ins Gesicht springen würde, doch sie starrte nur auf meinen Busen.

»Was jetzt? Noch nie einen nackten Busen gesehen? Ach, ja, ich vergaß, nackt ist ja nicht so dein Ding.«

Die Wut hatte mich gepackt. Ich vibrierte.

»Und dann soll ich auch noch mein Kind von dir hüten lassen? Damit es dann irgendwann genauso verkniffen und verklemmt durch die Gegend rennt? Davon träumst du.«

Bevor Mutter Schmütz reagierte, sammelte ich meinen Kram zusammen und ging mit hochrotem Kopf Richtung Haus.

In solchen Momenten bin ich nicht mehr Chef über meinen Körper und meine Gedanken. In meinem Kopf tickerte ein Laufband: +++ sie muss Fleisch essen +++ Heiraten +++ Taufen +++ viel zu alt für ein Kind +++ Mein Hirnkarusell lief auf Hochtouren. Ich sah Mutter Schmütz mit meinem Kind im Arm, ich sah eine Hochzeitsgesellschaft die XXL Schnitzel auf Plastikstühlen sitzend vertilgte und ich sah mich in einem weißen, rüschenüberladenen Kleid. Schleier, Blumenstrauß und lange, glitzernde Fingernägel inklusive.

Ich lief im wahrsten Sinne des Wortes neben der Spur. Stolperte auf dem Weg zum Haus und fiel in einen Kaktus.

Dutzende langer Stacheln bohrten sich in meinen Oberschenkel. Ich sah wie Mutter Schmütz vom Pool gelaufen kam. Bloß weg hier. Noch ein Wort, noch einen Ton und ich werde zur Mörderin.

Wie von Sinnen lief ich ins Haus, die Treppen nach oben. Dass mein Oberschenkel inzwischen voller Blut war, welches auf die Fliesen tropfte, merkte ich gar nicht.

Im Schlafzimmer stülpte ich mir mein Kleid über, sammelte das Notwendigste und lief dann wieder nach unten. Auf der Kommode, neben der Haustür, lagen die Autoschlüssel. Ich griff mir wahllos einen und verließ fluchtartig das Haus. Natürlich war es der Sonnenparker, der blinkte, als ich die Fernbedienung betätigte.

Ich setzte mich ans Steuer und verließ, Staub aufwirbelnd, die Finca. Im Rückspiegel sah ich meine Mutter, Inke und Sascha aus dem Garten kommend. Die konnten mich doch alle mal kreuzweise. Hinter dem großen Tor bog ich nach links ab.

Ich hatte null Plan wo ich hinwollte. Egal, einfach nur weg von all den beknackten Zukunftsplänen die man hier, ohne mich zu fragen, schmiedete.

Heiraten, taufen, Fleisch essen.
Diese Familie war definitiv nicht meine Familie.

Ich fuhr wie eine Verrückte durch die mediterrane Pampa und es war reines Glück plus ein bisschen super Reflexe, dass ich rechtzeitig meinen Fuß auf die Bremse haute, als der Hund plötzlich von der Mauer auf die Straße sprang und sich in dann in aller Gemütlichkeit den langen Weg vor dem Wagen hinlegte. Geradeso als wollte er Suizid begehen.

Staubwolken umhüllten das Auto als ich zum Stehen kam.

Ich konnte nicht erkennen, ob der Hund sich nun aus dem Staub gemacht hatte, oder noch immer da lag. Ich stieg aus, um nach dem Tier zu sehen. Die Straße flimmerte. Grillen zirpten. Ziegen beäugten mich interessiert von rechts. Kein Hund. Weder vor dem Wagen noch hinter dem Wagen und auch nicht unter dem Wagen.

»Schwangerschafts-Halluzination«, diagnostizierte ich mir selbst.

Ich stieg wieder ein und ärgerte mich, die Fahrertür offengelassen zu haben. Staub hatte sich auf dem Sitz ausgebreitet und ich musste erst einen riesigen Käfer nach draußen befördern, bevor ich meine Flucht fortsetzen konnte.

Ich fuhr weiter, entlang der schmalen Straße. Wuttränen liefen meine Wangen hinunter. Ich fuhr, mit Ziel ungewisse kurzfristige Zukunft, durch die trockene Landschaft. Ich flennte. Ich schrie. Ich fluchte. Alles zugleich. Der ganze Scheiß, den ich seit Monaten mit mir alleine versuchte zu regeln, kam aus mir heraus. Man konnte hier nicht mehr von ein bisschen Stimmungsschwankungen reden. Es war ein gigantischer Wasserfall der Gefühle. Zwischen, wie bringe ich mich schmerzfrei um oder wahlweise Mutter Schmütz, und der Vorstellung, mit einem Kind irgendwo in Köln unter einer Brücke zu leben, mischte sich ein Funken Vernunft. Ich musste irgendwie, irgendwo, runterkommen. Nebenbei entwickelte ich auch noch einen mordmäßigen Heißhunger auf Pommes mit Essiggurke.

»Essiggurken!« Vom hemmungslosen Flennen wechselte ich zu irrem Lachen. Ich war noch nie scharf auf Essiggurken.

Klischeeschwanger!

Das war einfach ein schlechter Film. Eine von diesen deutschen Fernseh-Schmonzetten, die, wenn nicht gerade auf Cornwall, dann ganz gerne in südlichen Gefilden spielen. Wenn ich jetzt in den Spiegel gucke, dann ist mein Gesicht mit blonden Locken umrahmt, ich bin gepudert und unter meinen Augen befinden sich dramaturgisch gut machende Spuren von verlaufener Wimperntusche. Ich schaute kurz in den Rückspiegel, nur um mich zu vergewissern. Keine blonden Locken, keine verlaufene Wimperntusche, immer noch eine graue Strähne in den kurzen, schwarzen Haaren. Gut, dann konnte es nur noch das Paralleluniversum sein. Wir sind auf dem Hinweg mit dem Flieger durch irgendeine Zeitverzerrung geflogen, keiner hat's gemerkt und jetzt sitze ich mittendrin, im Schlamassel meiner Parallel-Alex. Genau. Kennt man ja auch zu Genüge von Steven King.

Das bin gar nicht ich, das ist nur so eine erweiterte Urlaubserfahrung.

Ein Science Fiction Urlaub, in dem du mal was ganz Extremes erleben kannst. Irgendwas, was du dich nie trauen würdest, im realen Leben. Am Dienstag ist der Urlaub vorbei, ich kann mich wieder vor meinen Rechner setzen, auf Aufträge warten und meine Orchideen pflegen. Ich muss gar nicht am Donnerstag zur *roten Zora* um ihr zu beichten, dass ich nicht verhüte und schwanger geworden bin. Ich bin wieder ich, die alte Alex. Vorhersehbarer Tag, vorhersehbares Leben, alles im Lot.

Aus dem Dunst meiner verrutschten Gedankenwelt nahm ich ein Ortsschild wahr: *Andratx*.

Ich wischte mir die Tränen aus den Augen, versuchte mich auf den Verkehr, der immer dichter wurde, zu konzentrieren.

Vor mir, im Kreisverkehr manövrierte sich ein vollbesetzter Reisebus in die Stadt. An den Fenstern klebten knipsende Menschen. Der steuerte doch garantiert einen »Point of Interest« an. Ich beschloss, mich dem Bus anzuschließen, ihm hinterherzufahren. Der wusste auch garantiert einen super Parkplatz. Ich brauchte nämlich meine Gürkchen mit Pommes. Dringend.

Der Reisebus kurvte, erwartungsgemäß, souverän durch das Städtchen. Allerdings steuerte er keinen Parkplatz an, er fuhr weiter in Richtung *Port Andratx*, wie ein Schild verkündete. Keine zwei Kilometer weiter sah ich dann auch schon das Blau des Meeres und der Bus steuerte einen großen Schotterparkplatz an.

15 Uhr. Mehr als zwei Stunden war ich unterwegs gewesen. Als ich zurücksetzte, um meine endgültige Parkposition einzunehmen, erblickte ich eine weitere Überraschung meiner *erweiterten Urlaubserfahrung*.

Aus dem Rückspiegel schauten mich zwei braune Rehaugen, umrahmt von rötlich-blondem Fell, an. Ich hatte einen Hund. Also, zumindest im Auto. Es war der Hund, den ich am Pool gefüttert hatte, der mich im Traum, beim Versuch mich im Pool zu ertränken, gestört hatte und es war der Hund, der vor knapp zwei Stunden vor den Caddy gesprungen war.

Er hatte die Gelegenheit, die Gegend zu verlassen, beim Schopf gepackt und sich als blinder Passagier ins Auto geschmuggelt.

Lachte der mich gerade verlegen an?

»Mmmmmmm – und jetzt?«, fragte ich mein Gegenüber. Im Auto bleiben konnte er nicht, bei der Hitze. Tür auf und tschüss, hielt ich auch nicht für die beste Lösung. Der war ja schließlich nicht in Andratx zuhause, wenn der überhaupt *irgendwo* zuhause war, so dürr und verwahrlost wie er daherkam. Ich brauchte eine Leine, irgendwas, womit ich ihn sichern konnte, während ich nach Nahrung suche.

Mein Blick fiel auf die Sicherheitsgurte. Ist aber sicherlich nicht so erfreulich für die Leute von Sixt. Ich könnte mein Kleid ausziehen, irgendwie ließe sich der Hund daran befestigen. Wäre aber blöd, nackt, nach Gürkchen und Pommes suchend, mit einem Hund *am Kleid* durch das Hafenstädtchen zu laufen.

Ich war kurz davor den Verbandskasten nach einer geeigneten Mullbinde, vielleicht einem Dreieckstuch, zu durchsuchen, da fiel mir die Kordel, die mein Kleid in den Hüften zusammenraffte, ein.

Okay, das Kleid hatte damit vollends an Form verloren. Ich glich jetzt mehr der abgerissenen Touri-Version von Sterntaler, mit Hund und abgeranzter Handtasche. Egal. Ich bewegte mich Richtung Strandpromenade und kam mir irgendwie frei vor. So Hippie mäßig.

Touristengeschäfte reihten sich aneinander. Zu zweit mussten wir uns an den üppig beladenen Ständern mit Tüchern, Mützen, Gummireifen, Luftmatratzen, diversem Souvenirkram und shoppenden Touristen vorbeimanövrieren.

Der Hund blieb an meiner Seite und warf regelmäßig Blicke nach oben zu mir. »Nein, meine Süßer, ich werde nicht anfangen über einen Namen für dich nachzudenken. Ich meine, vermutlich hast du ja auch schon einen, was gut für dich wäre, denn ich bin ein ganz miserabler Namensgeber.«

Was war das für ein wochenlanges Überlegen, bevor meine beiden Kater, die seit einigen Jahren nicht mehr sind, einen Namen, oder besser eine Bezeichnung von mir hatten. Sämtliche Popstars aus den 80ern – meine Zeit halt – waren in Frage gekommen, für die Namensgebung meines ersten Katers. Sein offizieller Name lautete dann auf Madonna. Ich weiß, er war ein Kater, aber ich stand nun mal auf Madonna und ich ging davon aus, dass es dem Kater egal war, ob er nun Boy Goerge oder Madonna heißt. Stand dann auch so in seinem Pass, Madonna. Wie habe ich ihn gerufen? Kater. Nicht einmal hatte ich ihn wirklich Madonna genannt.

Bei meinem zweiten Kater hatte ich dann wieder wochenlang gegrübelt. Es sollte natürlich was super Spezielles werden. Leonardo, Raffael, Michelangelo – ich hatte meine Renaissance-Phase – waren in der engeren Wahl und weil die Wahl halt dauerte, nannte ich ihn, aufgrund seiner Schwarzfärbung, vorrübergehend Panther, woraus dann Panni wurde. Bei dem Rufnamen war es dann geblieben. Panni.

Ich legte meine freie Hand auf meinen Bauch, streichelte ihn und fing dann auch noch an, mit ihm zu reden:

»Das willst du echt nicht, dass dich jemand ganz schnöde *Kind* oder *Quengelmops* nennt. Du kannst wirklich froh sein, dass dir das erspart bleibt. Nicht auszudenken, in der Schule, die würden dich auslachen und mobben. Du bekämst einen Knacks, wärst gestört, dadurch schlecht in der Schule, später keinen Job. Alkoholiker. Sonstige Drogen. Komplett Absturz. Viel zu früh tot. Das nur, weil du blöderweise das Kind einer Frau geworden bist, die nicht imstande ist, ihren Kindern auch einen vernünftigen Namen mit auf den Weg zu geben. Mensch, hast du ein Glück, dass ich so vernünftig bin und dich abtreiben werde.«

Während ich mir selbst 1A Argumente aufzählte, warum ich keine Mutter werden konnte, ließ ich mich in einem der einladenden Promenadenrestaurants nieder.

Ich hatte einen Mordhunger. Gürkchen oder nicht Gürkchen, irgendwas musste ich jetzt essen.

»Setz dich, *kleiner Mann*!« Kaum hatte ich es gesagt, schon lag der *kleine Mann* neben mir.

Ich blätterte durch die Karte. Die Speisen waren in Deutsch und in Spanisch erklärt und das einzige Gericht mit Gurke war ein Baguette. Dazu bestellte ich mir eine große Portion Pommes und eine Flasche Wasser. Nach einem kurzen Blick auf den *kleinen Mann*, fragte ich die Bedienung in Englisch, ob ich eine Schale mit Wasser haben könnte. »Sin gas«, ergänzte ich grinsend, dem sehr freundlichen Kellner. Immerhin hatte er nicht nur eine Schale Wasser, sondern auch noch einen liebevollen Blick für den *kleinen Mann* übrig.

Ich musste mich unbedingt schlau machen, wo hier in der Nähe ein Tierheim ist. Irgendwer vermisste vielleicht den *kleinen Mann*. Später würde ich mich kümmern. Jetzt hatte ich Hunger und Durst.

Mein Handy zeigte inzwischen drei Anrufe und eine Reihe von *Whats App* Nachrichten an. Für einen kurzen Moment war ich in Versuchung das free WIFI des Restaurants zu nutzen, packte aber mein Handy wieder in meine schäbige Tasche zurück und ärgerte mich, weil ich noch nicht umgeräumt hatte und jetzt mit dieser verlotterten Handtasche in *Port Andratx*, dem Hotspot auf Mallorca, saß. *Wenn du sonst keine Probleme hast.*

Aber eigentlich war die Aussicht, der Moment, viel zu schön, um sich über irgendwas aufzuregen. Tasche, schwanger, Familie, scheiß drauf. Vor mir ankerten eine Reihe von kleinen Yachten und Segelbooten. Zu meinen Füßen liefen Stockenten, Spatzen und Möwen auf der Suche nach Essensresten. Der Himmel leuchtete blau, das Mittelmeer plätscherte türkisfarben an die Kaimauer. Ich streckte meine Füße aus, lehnte mich zurück, kraulte die weichen Ohren vom *kleinen Mann* und streifte mit meinem Blick über die Berge.

Der freundliche Kellner brachte meine Bestellung, verschwand und tauchte nicht nur mit einer silbernen Schüssel Wasser für den *kleinen Mann* wieder auf, sondern servierte dem Hund auch noch einen Teller mit einer Knackwurst, inklusive Dekomöhrchen.

Er fragte mich: »Whats his name?« Ich zuckte die Schultern: »Don't know. He is a Streetdog and he jumped in my car and now we both must see, what to do.« Mehr für mich selbst setzte ich hinterher, »Wir sind ja jetzt zu dritt und nicht *both*.«

»Ah, german Señorita. Das hättest du sagen müssen.« Der Kellner lachte begeistert. »Ich habe Familie in Deutschland. Mein Bruder und seine Frau.« Ich erfuhr von ihm, dass es sich bei dem Hund um einen spanischen Windhund, einen sogenannten *Podenco*, handeln müsse. Das diese Hunde gerne zur Hasenjagd eingesetzt werden und wenn sie keine Leistung bringen, setzt man sie aus oder tötet sie. In ganz seltenen Fällen geben Jäger die Tiere im Tierheim ab, wo sie dann auf Adoption oder die staatlich angeordnete Tötung warten. Besser sei es, den Hund bei einer Tierschutzorganisation abzugeben. »Ich bin übrigens der Mario«, stellte er sich vor, bevor er wieder lachend seiner Arbeit nachging und mich meinen Pommes und meinem Baguette überließ.

Ich entschied, die, was mache ich mit dem Hund Frage, zu verschieben, genauso wie die, wie bekomme ich mein Leben wieder zurechtgerückt Frage. Ich versuchte mich ausschließlich dem Moment hinzugeben. Hätte auch super geklappt, wenn da nicht dieses Kind aufgetaucht wäre. Nicht mein Kind, sondern das Kind dieser ignoranten, Softeis lutschenden Eltern, die an der Kaimauer entlangliefen. Während die Eltern die Boote bewunderten, kickte der speckige Quengelmops nach den Tauben und Enten, die, wenig scheu, vor ihm her liefen.

»Hey!«, rief ich ihm zornig zu. »Geht's noch? Pass auf, dass ich nicht zu dir komme und *dich* trete.« Das Kind blieb stehen, schaute mich an. In Sekundenbruchteilen verzogen sich die speckigen Backen. Das Kind flitzte schreiend zu seinen Eltern und zeigte dabei anklagend in meine Richtung. Der Dreikäsehoch krallte sich in die Hüften seiner Mutter und plärrte drauflos. Zwischendurch versuchte er, mit kaum verständlichem Brabbeln, zu erklären, was die böse Frau mit dem Hund ihm angedroht hat. Offenbar war mir das Glück hold. Das Kind sprach deutsch, es hatte meine Drohung verstanden und die Eltern schauten jetzt in meine Richtung. Etwas nervös wippte ich mit meinem Fuß. Nervös, weil der Vater zur Typen-Kategorie *Schrank* gehörte. Groß, muskelbepackt, tätowiert. Ich schluckte. Okay. Vögel kicken, ging nun mal ganz und gar nicht. Sollte er kommen, der motivierte *Vaterschrank*. Und natürlich bewegte er sich, mit seinem missratenen Spross an der Hand, in meine Richtung. Er baute sich vor meinem Tisch auf und startete mit der Konversation.

Mein rechter Fuß wippte sich ein. Auch ein Flipflop Fuß kann wehtun, wenn man ihn gezielt einsetzt. Wider Erwarten fragte der tätowierte Schrank, mit höflicher Stimme, so gar nicht meiner Erwartung nachkommend: »Entschuldigung, aber mein Sohn sagte, sie wollten ihn treten. Da ich mir das kaum vorstellen kann, würde ich gerne von ihnen wissen, ob mein Sohn Winfried mir auch die Wahrheit erzählt.«

»Ja, er hat Ihnen die Wahrheit erzählt.«, antwortete ich und wippte weiter mit meinem Fuß, während ich den kleinen Mops anvisierte. »Hat Ihnen ihr Spross auch erzählt, womit er sich meine Drohung verdient hat?« Der Spross hatte natürlich versäumt, den Grund zu erwähnen. Ich holte das mit Freude und dramatischen Höhepunkten in der Erzählung nach.

Ich weiß nicht so genau, was ich erwartet hatte, auf jeden Fall nicht, das was dann kam. Der Schrank nahm sich seinen Sprössling vor und nötigte ihn, zu erklären, warum man keine anderen Lebewesen, ob Mensch oder Tier, treten darf. Man konnte mit Fug und Recht behaupten, der Junge hatte einen scheiß Tag, denn für die Halbwahrheit gab's eine Backpfeife, was den Jungen noch lauter Flennen ließ.

Die Familie zog ihres Weges, das Kind jetzt an der Hand. Ich war wieder alleine mit mir, dem *kleinen Mann* und – würde ich meinem Kind eine Backpfeife geben? So ganz in Ordnung schien mir das nicht. Klar, ich hatte früher auch die ein oder andere im Affekt ins Gesicht bekommen, weil ich, aus der Sicht meiner Mutter, frech gewesen war.

Hatte es mir geschadet? Kann ich gar nicht so genau sagen. In jedem Fall ist die Beziehung zu meiner Mutter nicht direkt durch das Bedürfnis nach Nähe geprägt. Ob eine Backpfeife daran schuld sein kann? – Nein, ich glaube ich würde mein Kind nicht schlagen. *Und wenn doch, so im Affekt, wenn dein Kind nach Katzen oder Tauben tritt?* »Boah, das wäre im Leben nicht mein Kind. Würde ich zur Adoption frei geben.« Aber, ist ja nicht mein Thema und wird auch nicht mein Thema werden. Schon in einer guten Woche kann die Angelegenheit so was von Vergangenheit sein.

Die Pommes waren gegessen, das Baguette hatte ich mir mit meinem kleinen Kumpel geteilt und die Flasche Wasser war auch leer.

Ob ich wollte oder nicht, die Gedanken kamen. Zurück zur Finca oder gibt es eine andere Option für die Nacht?

Ich hatte so gar kein Bedürfnis, mir die Wünsche und Visionen meiner familiären Mitreisenden weiter anzuhören.

Ich genoss das Alleinsein. Keine quäkende Mutter Schmütz, kein piepsendes Inke-Mäuschen, kein Sascha, kein Willi und auch keine Mutter, die ständig Gefahr läuft sich einen Oberschenkelhalsbruch zuzuziehen. Aber was ist die Alternative? Ein Hotel. Was sonst. Blöd nur, weil, alles was ich mit mir führte war mein Kleid, meine Bikinihose und meine durchgelutschte Handtasche, mit allem Pipapo, aber keiner Zahnbürste und auch nichts für meine Kontaktlinsen, geschweige denn meiner Brille.

Der nette Kellner war gerade im Megastress, weil das Lokal sich mit einer Busladung Rentner füllte. Ich beschloss, einen günstigen Augenblick abzuwarten, um ihm einen Hoteltipp zu entlocken. Allerdings befürchtete ich, dass hier, in Port *Andratx*, dem Hotspot auf Malle für alles was reich und schön ist und auch jene die sich für reich und schön halten, die Hotels mein Budget übersteigen würden. Aber, als Einheimischer, vielleicht kannte er ja auch was Günstiges, ein bisschen außerhalb.

Natürlich kam es mal wieder ganz anders, als locker geplant.

Der *kleine Mann* lag schlafend neben mir, ich hatte meine Beine ausgestreckt, beobachtete durch meine Sonnenbrille das Treiben auf den Booten in der Bucht und überlegte, ob ich doch mal einen Blick auf die Nachrichten in meinem Handy werfen sollte. Ich entschied aber, es bleiben zu lassen.

Meine Laune mit Willis Gemecker verderben ist blöd und außerdem musste ich Akku Zeit sparen, da ich bei meinem plötzlichen Aufbruch natürlich nicht ans Ladegerät gedacht hatte. Der Kellner wuselte immer noch hin und her, hatte gerade kein Ohr für mich. Ich hatte Zeit. Eigentlich. War ja im Urlaub.

Ein Motorboot flog, eine schnittige Kurve ziehend, in die Bucht hinein und manövrierte sich an den Anlegersteg. Kurz darauf, schlenderte die Frau, die das Boot in den Hafen gelenkt und an der Kaimauer vertäut hatte, mit einem Einkaufskorb am Arm in meine Richtung. Ich stellte mir vor, sie braucht wahrscheinlich nur ein paar persönliche Dinge wie Tampons oder Kondome. Wenn man ein solch ein Boot sein eigen nennt, dann ankert hier irgendwo vermutlich die dazugehörige Riesenyacht und Menschen die eine Riesenyacht besitzen, lassen sich bestimmt die Vorräte an Bord liefern. Den Champagner, den Rotwein, den Beluga-Kaviar, Lachs und was weiß ich, was man da so braucht, in den Kreisen. Nur halt so was wie Tampons und Kondome nicht. So was will Frau eher alleine kaufen. Sag ich mal, von mir auf andere schließend. Gut, Willi hatte mir auch schon mal eine Packung Tampons vom Einkaufen mitgebracht. Mini, statt normal und das *OB* die Marke des Vertrauens ist, wusste er auch nicht.

»Nein, Willi, bei Tampons keine sparsamen Kompromisse.« Er hatte dann tatsächlich die falsche Packung zurückgebracht und gegen die richtige Packung umgetauscht.

Die Frau die auf mich zukam war klein, trug eine Basecap und ein blonder Zopf wippte auf ihrem Rücken auf und ab. Als sie sich näherte, mich ins Visier nahm, blitzte eine Reihe weißer Zähne. Sie lachte. Sie hob die Hand, winkte in meine Richtung.

»Hey, Alex! Wo ist deine Familie?« Die Frau war die Dani aus dem Flieger. Sie fiel mir um den Hals, geradeso, als wären wir dickste Freundinnen. *Ich habe keine Freundin und ich möchte auch keine. Die wollen ständig anrufen und angerufen werden. Die wollen mit mir shoppen, mir ihr Leid mit Typen klagen und im Gegenzug sich an meinem Leid ergötzen. Nein Danke. Das Liebesleid anderer Frauen interessiert mich nicht und mein Leid mache ich mit mir selber klar.*

Die Dani machte sich über so Sachen aber offenbar keine Gedanken, setzte sich auf den freien Stuhl und ignorierte mein, lass mich alleine Gesicht.

»Wie guckst du denn. Haste nisch Urlaub?«, fragte sie mich und entdeckte erst jetzt den Hund. »Och, biste auf den Hund gekommen oder haste den aus Deutschland eingeflogen. Der is aber so was von süß. Nur duschen sollte der einmal. Bisschen verdreckt, das Kerlchen.« Ohne Punkt und Komma. »Wo is denn jetzt die Familie?« Dani schaute sich um. »Die hat genervt, die Familie«, antwortete ich. »Du hattest es ja schon vorausgesehen.«
»Och, ne, warum haste nicht angerufen. Haste meine Nummer verloren? Was denn passiert?«
Nein, ich brauche keine Freundin, um mein Leid zu lindern.
Ich erzählte ihr, was seit unserer Landung auf Mallorca passiert war. Ich ließ nichts aus und ergänzte ausschweifend mit Kommentaren, Flüchen, aber vor allem mit meiner Sicht der Dinge.

Mein Gegenüber kam aus dem Lachen kaum raus und als ich dann endlich beim Schwangerschaftstest angelangt war, warf sie ein, dass ich aber auch ein bisschen blöd wäre. »Ich meine, dat musste doch merken, dass de schwanger bist. Keine Periode und dann die Bauchschmerzen, das Geflenne und so.« Sie schüttelte verständnislos den Kopf.

»Ich habe halt so gar nicht mit so was gerechnet. Ich und ein Kind.« Ich versuchte mich zu verteidigen, weil, objektiv gesehen, natürlich saublöd. Ausbleibende Periode, ist nun mal ausbleibende Periode. Da hilft kein Verdrängen. »Ich bin selbst so was von unerwachsen, bekomme *mein* Leben ja schon nicht richtig auf die Reihe. Ehrlich, ich kann mir nicht vorstellen auch noch Verantwortung für ein Kind zu übernehmen. Nehmen wir mal dieses ganze Familiengedöns ...« Dani schnitt mir das Wort ab. »Och jetzt komm aber mal runter. Du bekommst ein Kind und das braucht eine Familie. Die Zeit zu Flennen ist vorbei. Jetzt ist deine Zeit gekommen zu kämpfen. Ich sag's dir, aus eigener Erfahrung. Ein Kind holt die Löwin aus dir raus.«

Ach so, warum ich gerade so aus mir heraussprudelte, bei einer Person, die ich lediglich vom Zappen durch die Fernsehkanäle kannte? Keine Ahnung. Nicht darüber nachdenken. Ich sage nur, Paralleluniversum. Da konnte einem auch mal eine Wasserstoffblonde mit Silikonbusen als beste Freundin begegnen. Ich erzählte ihr auch noch den Rest der Geschichte. Von den Visionen über heiraten, Fleisch essen, taufen und meinem spontanen Abflug aus der Familienidylle. Abschließend betonte ich nochmal sehr deutlich, dass ich dieses Kind in keinem Fall austragen werde.

»Du, das überlegst du dir noch«, sagte sie mit Überzeugung. Für eine kurze Zeit war es still am Tisch. Dani schaute über das Wasser, ich schaute über das Wasser. Großes *Schmonzetten* Kino. Ich war gespannt, was das Drehbuch als nächstes parat hielt. Jürgen Drews im roten Samtmantel redet mir gut zu? Micky Krause mit farblich abgesoffener Pumuckl-Perücke macht Animationsprogramm fürs Ungeborene? Bevor ich ins ganz Trashige abdriftete, holte mich Dani aus meinen Drehbuchfantasien.

Sie fragte mich, was ich denn jetzt plane.

»Na, ja, Hotel halt. Ich kann jetzt nicht zurück zu denen.«

»Verstehe.« Wir schauten weiter über das Wasser. Ich trotzig, schon nach den passenden Worten suchend, dass ich auf gar keinen Fall zurückfahre, falls sie mich überzeugen will, das wäre der bessere Weg.

»Weißte was, du packst deinen Hund ein und kommst mit zu mir.« Sie lachte: » Dann lernst du mal eine wirklich bekloppte Familie kennen. Wirst dir noch wünschen, deine rheinländischen Luftpumpen wieder um dich zu haben.«

Nachdem ich mit der Dani in einem nahegelegenen Supermarkt alles Notwendige besorgt hatte, machten wir uns auf den Weg zurück zu ihrem Motorboot.

Zum Notwendigsten gehörte aktuell auch Hundefutter, inklusive Leckerchen. Und es brauchte schon ein paar von den Keksen, bevor der *kleine Mann* überzeugt war, dass ins Boot springen nicht tödlich endet.

Schnittig wie Dani das Boot in die Bucht gesteuert hatte, verließ sie die Bucht auch wieder. Das hieß, die G-Kräfte drückten mich in den weichen Sitz. Den Hund hielt ich mit den Armen, zwischen meinen Beinen fest, damit er nicht von Bord ging.

Dem *kleinen Mann* gefiel die Bootsfahrt augenscheinlich mindestens genauso gut wie mir. Er reckte seine schmale Nase in die Luft und ich schwöre, er hatte ein Lachen im Gesicht. Vielleicht ging es ihm ähnlich wie mir. Die Sorgen des Alltags im Moment der Freude vergessen. Der Hund glaubte bestimmt, die besseren Zeiten in seinem Leben seien angebrochen. »*Tschaka!*« Dabei war er nur auf mich getroffen. Ich kann mich nicht um einen Hund kümmern. Die müssen ständig Gassi gehen, wollen erzogen werden und überhaupt, ich bin der Katzentyp. Mir fiel mein – ich nenne es lieber mal Embryo, erlaubt eine größere Distanz – Embryo ein. Diese Zusammenrottung von Zellen hatte sich sein Schicksal sicher auch anders vorgestellt. Ich bin nun mal der Einzelgänger-Typ. Ich bin froh, wenn ich mich und mein Leben geregelt bekomme. Das kann echt keiner wollen, weder Hund noch Embryo, mich als Verantwortliche, als Diejenige, auf die man sich verlassen kann. Ich kann mich ja noch nicht einmal auf mich selbst verlassen. Ich zuckte bei meinen Gedanken entschuldigend mit den Schultern. Sowohl Hund als auch Embryo mussten erkennen, sie hatten sich die Falsche ausgesucht.

Ich betrachtete die kleine blonde Frau, die das Motorboot gekonnt und schnittig durch die Wellen lenkte, und stellte fest, sie war weniger *blond*, als sie uns im Fernsehen vormachte.

»Im Fernsehen kommst du deutlich – hmmm, wie soll ich sagen …«, rief ich laut, um den Motor zu übertönen.

»Du meinst wahrscheinlich, im Fernsehen komme ich etwas blöder rüber.«

»Na ja, so hätte ich es nicht ausgedrückt. So eine gewisse Schläue kommt schon rüber, aber wenn man dich jetzt so am Steuer sieht bist du nicht ganz so blond wie man meinen könnte.«

Dani lachte. »So hat das noch keiner vor dir gesagt.«

Wir brausten schweigend an der steinigen Küste entlang und ich hielt Ausschau nach der zum Boot gehörenden Yacht. Dani steuerte aber keine der Yachten, die weiter draußen vor Anker lagen, an. Sie hielt das Boot nahe der Küste, die von modernen Villenbauten gesäumt war.

Nach etwa zwanzig Minuten legten wir an einem Anlegersteg, der mehrere ähnliche Motorboote beherbergte, an. Sie *parkte* das Boot gekonnt ein und befestigte ein dickes Tau an einem Poller.

Der *kleine Mann* sprang, als würde er täglich Bootstouren unternehmen, an Land und hüpfte freudig um uns herum, geradeso, als wären wir schon immer ein Team.

»Mensch, da haste aber einen Freund gefunden.«
»Ja, aber unsere Freundschaft wird wohl von kurzer Dauer sein.«
»Wieso denn? Der ist doch bestimmt allerhöchstens zwei Jahre alt und so wie der aussieht, hat der auch niemand anderen als dich.«
Ich schüttelte den Kopf. Doch blonder als vermutet.
»Der kann nicht bei mir bleiben. Ich kann mich nicht um einen Hund kümmern. Außerdem bin ich der Katzentyp.« Dani lachte.
»Genau deshalb kommste ja jetzt mit zu mir.« Es dauerte ein wenig, bis ich den Witz verstand, aber dann musste ich doch lachen.
»Schwangerschaftsdemenz«, diagnostizierte Dani. »Kenne ich, hatte ich auch. Da vergisste sogar manchmal morgens aufzustehen.«
Wir überquerten einen Zebrastreifen und befanden uns mitten im Neubaugebiet. Nicht so ein banales deutsches Doppelhaushälften-Neubaugebiet. Ein mediterranes Villenneubaugebiet. Die Wohnhäuser waren groß und allesamt mit einer dicken Mauer, inklusive Kamerabestückung und teilweise sogar mit Stacheldraht, abgesichert.

Wir erreichten Danis Zuhause. Ein Gebäude im Bauhausstil. Abgesehen von der Farbgebung wenig mediteran.

In dem kühlen Haus kam uns ein kleines Mädchen, auf noch wackligen Kinderbeinchen, entgegen. Dani nahm das Kind schwungvoll auf den Arm, knuddelte und liebkoste es, bevor sie es wieder absetzte. Die kleine führte uns vor, wie gut sie schon auf ihren speckigen Beinen laufen konnte. »Super machst du das. Und jetzt lauf schnell zu Omi.« Das Mädchen wackelte vor uns her ins Wohnzimmer, wo sie von einer schwarzhaarigen Frau aufgefangen wurde, bevor sie vornüber kippte. *Kinderfreuden die an mir vorüberziehen werden.* Dani stellte mich der Frau mit meinem Vornamen vor und ergänzte erklärend: »Eine Freundin, die ein bisschen Auszeit von der Familie braucht.«

»Da habe ich vollstes Verständnis für. Ich frage mich nur, wo ich hin soll, wenn ich Auszeit von denen hier brauche.« Sie lachte, gab mir die Hand und stellte sich als die Mutter von der Dani, vor.

»Ich bin mit der Kleinen in die Stadt. Für heute Abend einkaufen«, informierte die Mutter und Oma. »Ist okay, Mama.«

Auf dem Weg nach oben, ins Gästezimmer erklärte mir Dani, sie hätten am Abend ein paar Leute zum Essen da. »Nichts großes, nur ein bisschen rumsitzen und dummes Zeug labern.« Sie lachte.

»Kannst dich gerne dazusetzen, wennste magst.«

»Mal sehen. Ich würde mich erst gerne frisch machen und meine Garderobe irgendwie aufpolieren«, antwortete ich und war mir sicher, mit dem Hängerchen ohne Kordel würde ich mich mit Sicherheit nicht dazusetzen.

Das Gästezimmer war der Hammer.

Blick auf den Pool und dahinter das Mittelmeer. Die Ausstattung pragmatisch und stilvoll. Zum Wohlfühlen.

»Hier kannst du es dir gemütlich machen, solange du willst.« Meine Schwester wohnt hier, wenn sie auf der Insel ist. Seitdem die diesen neuen Lover hat, passiert das allerdings selten. Unter uns, ne Luftpumpe, der Typ. Aber da machste nix. Dat Mädel ist verliebt.«

Während sie mir weiter über Torsten, die Luftpumpe berichtete, öffnete sie eine angrenzende Tür.

»Hier ist das Badezimmer. Handtücher Shampoo und so, ist alles da. Aber jetzt lasse ich dich mal alleine. Ich muss noch ein bisschen was vorbereiten.« Bevor sie den Raum verließ, beäugte sie skeptisch mein Outfit. Das Sterntaler-Hippie-Hängerchen war, so ganz ohne Kordel, ein nicht direkt erfreulicher Anblick.

»Hmmm, du bist ein bisschen größer. Aber passen könnten dir meine Sachen. Weißte was, ich such dir mal ein paar Klamotten raus.«

Ich für meinen Teil hielt es eher für unwahrscheinlich, dass mir die Kleider der drallen Blondine passen könnten. Aber schlimmer als das, was ich trug, konnte es eh nicht kommen. Ich weiß gar nicht, was in mich gefahren war, als ich mir dieses fröhlich, geblümte Kleid gekauft hatte. Wahrscheinlich so ein Schwangerschaftshormon was infantil macht.

Alleine, in einem komfortablen Schlafzimmer, mit Blick über das Mittelmeer, einem Badezimmer der Extraklasse und auch noch einem Hund, der gerade aus einer Glasschüssel Wasser schlappte – ganz klar, Paralleluniversum. Dienstag katapultiert mich das Universum wieder in mein ursprüngliches, überschaubares Leben. Kein Kind, kein Hund, nur Willi und der kommt, im äußersten Notfall, auch ohne mich klar. Genau, ich brauchte mir gar keine Sorgen zu machen. Einfach den Urlaub im Paralleluniversum genießen.

Nachdem ich nicht nur mich, sondern auch den *kleinen Mann*, der sich mit Hundekeksen zu der Prozedur überreden ließ, geduscht hatte, suchte ich mir aus dem Kleiderstapel, den Dani mir in der Zwischenzeit aufs Bett gelegt hatte, was Passendes aus. Es stellte sich heraus, die Kleidergröße war nicht so sehr das Problem. Ich meine, wann hatte ich jemals in meinem Leben was in Pink getragen? Ich erinnere mich ganz entfernt an ein Nachthemd. Es war ein Geschenk meiner Tante und es war pink, inklusive Rüschenbordüre.

Meine Tante hatte mich halt selten gesehen und ging aus dem Grund selbstverständlich davon aus, das Kind ist ein Mädchen, es ist sechs Jahre, ergo, das Kind hat jetzt seine Rosaphase. Ich war aber nicht wie jedes Kind. Ich hatte keine Rosaphase und Prinzessin wollte ich auch nie werden. Mein Ziel war immer recht simpel, schon als Kleinkind. Ich wollte Millionärin werden. Na ja, wie es dazu kam, dass ich weder mit 30 noch mit 40 Jahren Millionärin geworden bin, weiß ich auch nicht so genau. Vermutlich fehlende Planung und ein nicht vorhandenes Konzept.

Das gut gemeinte Stück rosa Stoff meiner Tante Ilse fand dann recht schnell seinen Weg in die dunkelste Ecke meines Kleiderschranks. Erst als ich mit 18 Jahren von zuhause auszog und mein Kinderzimmer leerräumte, fiel es mir wieder in die Hände. Es wanderte in einen großen Kleidersack, der wiederum wanderte in einen Kleidercontainer und so könnte das Geschenk meiner Tante, mit viel Glück, irgendwann bei einem Kind gelandet sein, was rosa Nachthemden mit Rüschenbordüre zu schätzen weiß.

Die restlichen Jahre meines bisherigen Lebens kam ich dann super an der Farbe pink vorbei. Ich schaute auf den Stapel Klamotten und es war klar, meine pinkfreie Zeit würde an diesem Tag ein Ende nehmen, wenn ich nicht weiter im schlabbrigen Kindergärtnerinnenlook rumlaufen wollte.

Vor dem riesigen Wandspiegel musterte ich die Frau, die da vor mir stand. Kaum wieder zu erkennen. Das rosa Shirt umschloss meine gefühlt ums doppelte angeschwollene Brust wie eine zweite Haut.

Ich rückte meine Brust mehrmals zurecht, aber der Pornoausschnitt blieb ein Pornoausschnitt.

Vielleicht gab es in dem Stapel Klamotten ja noch eine Weste die ich drüber ziehen könnte. Ich fand eine Sweatshirt-Jacke und knotete sie um meine Schultern, so dass meine Umwelt und nicht zuletzt ich, sich Schritt für Schritt an den Mörder-Ausschnitt gewöhnen konnte. Zusammen mit der dreiviertel Legging in dunkelpink und meinen Flipflops war ich echt ein Hingucker. Paulchen Panter würde sich in mich verlieben.

Als es an der Zimmertür klopfte, sprang der *kleine Mann*, noch beleidigt von der Duschaktion, auf, und verkroch sich unter einen kleinen Beistelltisch. Dani steckte ihren blonden Kopf in das Zimmer. »Ich wollte nur sagen, wir ...« Sie hielt inne. »Hey, Alex, toll siehste aus. Steht dir klasse, die Titten.« *Super. Danke. Sind mir übers Duschen gewachsen.* »Also, wir essen gleich ein bisschen was. Wenn du fertig bist, komm doch einfach runter.«

Vielleicht sollte ich mir das große Bettlaken überwerfen?

Zehn Minuten später betrat ich eine großzügige Terrasse – ohne Bettlaken Überwurf. Das Schauspiel Sonnenuntergang war in vollem Gang und der Blick über den Pool, mit dem Mittelmeer und dem glühenden Sonnenball im Hintergrund, war überwältigend. Nur mit Mühe und Not unterdrückte ich den Flennimpuls, der sich schon wieder schluckend bemerkbar machte. *Alex, ist eh nicht dein Film.*

Mehrere Personen saßen an einem großen Tisch. Tapas, Rotwein und Salatschüsseln dekorierten den Tisch.

Die Oma, Mutter von Dani, saß auf einem Rattansessel. Daneben Danis Ehemann, den ich vom zappen durch die Kanäle kannte. Weitere drei Männer und zwei Frauen gehörten noch mit zur Runde. Man brauchte nicht Fan zu sein, um zu erkennen, dass hier Teile des harten Kerns der Ballermann Schlagerprominenz zu Gast war. Es gibt Gesichter, die kennt man, auch ohne sich zu interessieren.

Ich winkte mit einem knappen »Hi« in die Runde, nachdem Dani mich mit, »das ist die Alex«, vorgestellt hatte. Es waren nicht die Fernsehgesichter, die hier völlig entspannt auf den Sesseln saßen, die mich aus der Spur warfen. Es war der dunkle Typ, der abseits saß, den ich erst später bemerkte und der mich mit einem Grinsen in den Augen unverhohlen anstarrte. Graue, fast weiße, kurze, wellige Haare. Braungebrannt. Ein Lächeln im Gesicht, was immer breiter wurde und eine Reihe weißer Zähne freilegte. Der Mann stand von seinem Stuhl auf, kam auf mich zu. »Bellagioia!« Er fasste mich an den Schultern, ich schaute in seine dunkelbraunen Augen. Das war der Typ, der mir, als ich am Berg kläglich versagt hatte, beim Joggen begegnet war und das war auch – mir blieb die Luft weg. Ich fühlte mich mehr als elf Jahre in die Vergangenheit katapultiert. Nein, ich will gar nicht reden. Geht eh nicht. Ich werde stottern. So wie damals, als wir uns das erst mal begegnet sind. Adriano und ich. Ich fand, jetzt übertrieb dieses Paralleluniversum mit seiner erweiterten Urlaubserfahrung aber maßlos. Das ist doch nicht mehr glaubwürdig, dass ich ausgerechnet hier und heute eine uralte Affäre von mir antreffe. Pffff, echt jetzt. Bis zu dem Augenblick hätte ja alles noch Realität sein können. Ich meine, klar, man trifft sich immer zweimal im Leben, sagt man. Aber so, auf Mallorca in der Finca einer Fernsehblondine?

»Lexa, der Trotzkopf. Ist das die Möglichkeit.« Für einen Sekundenbruchteil dachte ich, jetzt wird er mich küssen, auf dem Terrassenboden flach legen und tun, was immer auch ein Adriano tun will. Ich hatte das Vergnügen, den drahtigen Italiener, der jetzt vor mir stand, kennenzulernen, als er noch nicht ganz so sportlich unterwegs war und noch nicht ganz so grau auf dem Kopf daherkam. Über elf, eher zwölf Jahre ist das jetzt her, dass wir uns, nach ewig langen Chat-Gesprächen und Telefonaten in München getroffen hatten und dieses verlängerte Wochenende in seiner Wohnung verbracht hatten. Und ich hatte mich damals in ihn verliebt, hatte sogar in Erwägung gezogen, München gegen Köln auszutauschen. Aber es kommt ja immer anders als man plant und denkt. Adriano war aus heiterem Himmel nicht mehr erreichbar. Auf keinem der zahlreichen Kommunikationskanälen. Monate später hatte er sich wieder gemeldet. Ich erfuhr, viel Stress, beruflicher Worstcase, er musste nach New York für ein paar Monate und hätte erwartet, dass ich dafür Verständnis habe und auf ihn warte. Hätte ich vielleicht gemacht, gewartet. Wenn ich aber von nichts weiß, kann ich auch nicht entscheiden ob ich Verständnis habe, für gar nicht mehr melden. Ich hatte meinen Liebeskummer mit einer Reihe von Dates *weggevögelt* und als sich Adriano nach Monaten wieder meldete, war es zu spät. Willi war in mein Leben getreten. Ich bekam zu hören, dass ich noch viel über Männer lernen müsste und jede Menge *väterlichen* Rat mehr. Wir blieben dennoch irgendwie Freunde.

Ich hatte in meiner Eigenschaft als Grafikdesignerin sogar den ein oder anderen Job für ihn erledigt aber als ich nach ein paar Jahren dann mit Willi zusammenzog, war der Kontakt wieder wie abgeschnitten. Adriano war auf allen Leitungen nicht mehr erreichbar. Genau dieser Typ stand jetzt, in der deutlich älteren aber auch sportlicheren Variante vor mir.

»Du bist keinen Tag älter geworden. Na ja, bis auf die kleine Strähne hier.« Er strich mir mit seinen kräftigen Händen durch die Haare und ich konnte es nicht verhindern, die gut verstaute Erinnerung bahnte sich seinen Weg von meinem Hirn zwischen meine Beine. Es kribbelte da, wo es besser nicht kribbeln sollte.

»Ich brauch was zu trinken«, stieß ich heiser hervor. Half ja auch nichts, jetzt zu behaupten, er würde sich irren und mich mit jemandem verwechseln.

Ich hätte nur allzu gerne nach der Rotweinflasche auf dem Tisch gegriffen und sie in einem Zug geleert. Aber vor versammelter Prominenz und vor Adriano zu kotzen schien mir blöd. In solchen Kreisen steht so was bestimmt einen Tag später, mit verdrehten Wahrheiten, in der Bild. Ich lenkte meinen Arm um und griff nach der Wasserflasche.

Zwei Gläser brauchte ich, bevor meine Fassung und meine Stimme wieder gesellschaftsfähig waren. »Die Welt is ja so klein«, stotterte ich.

»Lexa, Lexa, du weißt immer noch nicht, was für eine tolle Frau du bist. Immer noch schüchtern.« Dem Typen konnte ich damals nichts vorspielen und heute offenbar auch nicht.

»Gibt es denn keinen Mann in deinem Leben, der es geschafft hat, dir das klar zu machen? Ich sollte dich vielleicht nochmal übers Knie legen und dir den Hintern versohlen.« Er schmunzelte. Ich hingegen wurde wieder knallrot, bei der Erinnerung an damals.

Ich schielte auf die anderen Gäste. Sie lachten, tranken, erzählten sich Geschichten. Adriano und Alex interessierte sie nicht.

»Das wirst du ganz bestimmt nicht!«, erwiderte ich und hätte mich augenblicklich treten können, weil ich mich, genau wie damals, von ihm so einfach provozieren ließ.

Adriano lachte, nahm mich in den Arm.

»Bellagoia, erzähl, wie geht es dir. Du siehst auf jeden Fall blendend aus.«

»Danke, du auch. Weniger Speck um die Hüften, wenn ich das mal so sagen darf.«

Adriano erzählte mir, dass er die Frauen aufgegeben hätte und sich dem Sport zugewandt hat. »Es konnte nach dir keine andere mehr geben«, erklärte er mir und zeigte lachend seine weißen Zähne.

»Ha, ha«, erwiderte ich. »Es hat keine mit dir ausgehalten. So wird es sein.«

Adriano erzählte mir, er kenne Dani schon seit sie *geschlüpft* sei. »Seit sie etwas mehr Geld verdient, berate ich sie in finanziellen Fragen.«

Wir hatten uns inzwischen in einer Sesselgarnitur niedergelassen. Adriano mit einem Rotweinglas, ich klammerte mich an eine Wasserflasche. Adriano erzählte von seinem Leben, welches er in den letzten Jahren in New York verbracht hatte, dass er immer noch keine Familie gegründet hätte und seine Mutter schon die Hoffnung aufgegeben hat eine Fußballmannschaft Enkel um sich zu scharen. Ich konnte nicht umhin, genau wie damals genoss ich den Klang seiner sonoren Stimme.

Dani näherte sich mit zwei Tellern, angefüllt mit Leckereien, und stellte sie vor uns auf den Tisch.

»Na, ihr beiden habt euch ja schnell gefunden.« Und nach einer kurzen Pause riss sie die Augen auf. »Ne, Adriano, jetzt sag bloß, du bis der Vater von dem Kind. Ich fall um.«

Zackbum, damit war der Genuss-Teil des Abends gelaufen.

»Kind?« Adriano sah mich fragend an. Ich winkte ab.

»Nur kurzfristig. Wird nächste Woche weggemacht und ist dann Vergangenheit. War nicht gewollt, war ein Versehen.«

Adriano war, genau wie Willi, Sternzeichen Krebs und genau wie Willi fand er die Idee »Kind wegmachen« nicht einmal halb gut. Ficken mit schüchternen Onlinebekanntschaften, aber ansonsten katholisch bis zur Oberkante des Armani-Hemdes. Ich sollte ihn mit Vater Schmütz zusammenbringen. Die hätten sich sicher sehr viel biblischen Firlefanz zu erzählen.

Man muss sich das mal bildlich vorstellen, der Italiener, mal gut drei Zentimeter kürzer als ich, schüttete jetzt über mir eine Standpauke aus.

»Das kannst du nicht machen, Lexa. Abtreibung ist Sünde. Dieses Kind ist ein Geschenk und du hast nicht zu entscheiden über Leben und Tot.« Er holte noch weiter aus mit seiner *Predigt*. Was sagt der Vater dazu, Sünde, Geschenk Gottes, Recht auf Leben ... blah, blah. Er vergaß auch nicht zu erwähnen, dass er das Kind sehr gerne adoptieren würde, wenn ich es nicht haben will.

Danke, das hatte ich schon bei Familie Schmütz. Ich verdrehte die Augen und als Adriano endlich eine Pause einlegte, hakte ich ein und fragte ihn, wie er darauf käme, sich auch noch einzumischen. Weder mein Leben und erst recht nicht mein Kind, gingen ihn irgendetwas an. »Wer hat sich denn damals nicht mehr gemeldet? Tu jetzt bloß nicht so, als wäre ich dir in irgendeiner Weise jemals wichtig gewesen. Wir sind bestenfalls Bekannte. Ficken war wichtig, sonst nichts. Super, dass wir es getan haben, klasse, dass wir uns nochmal sehen, damit ich dir das ins Gesicht sagen kann.« Was los war, weiß ich auch nicht, auf jeden Fall sprudelte mein ganzer Frust aus mir heraus.

> **»Am Ende steht man doch immer alleine da, mit den Problemen, die man nicht hätte, wenn ach so gutmeinende Menschen dir nicht reingeredet hätten.**

Ins Gewissen und ins Leben sowieso. Geh mir doch weg, mit deiner Moralpredigt.«

Leider stand der Caddy nicht vor der Tür. Sehr nachlässig von mir. Normalerweise plane ich meine Flucht immer mit ein.

Ob bei einer Einladung zu Kaffee und Kuchen oder einem Kinobesuch. Meine Escape-Taste aus blöden Situationen ist mein Auto. Konnte ich aber auch nicht ahnen, von wem ich mir hier den gleichen Blödsinn anhören musste, wie von Familie Schmütz.

»Mädchen, Mädchen. Du hast aber auch gar nichts dazugelernt.«

Es reichte. Ich sprang auf, lief durch den Garten, durch die große Wohnhalle nach oben ins Gästezimmer. Mir schossen die Tränen in die Augen, während ich meinen spärlichen Kram zusammensuchte. Ich strich über meinen Bauch: »Irgendwie werden wir schon ein Hotelzimmer finden. Und morgen dann den Caddy. Und dann – ach scheiß drauf.« *Der kleine Mann* klebte an meinen Fersen, als ich das Haus verließ.

Ich lief durch die Nacht, unter einem klaren Sternenhimmel und heulte hemmungslos vor mich hin. Über mein Elend, und wo ich gerade dabei war, auch über das Elend der Welt. Ich kam kaum zum Atmen, vor lauter Heulen und Selbstmitleid. Ja, ich tat mir leid. Ich war nämlich ganz alleine auf der Welt. Keiner verstand mich und keiner wollte mich verstehen. Und ob ich irgendwem wirklich wichtig war, zweifelte ich auch an. Denen ging es doch allen nur um dieses Kind. Wenn ich bei der Geburt sterben würde, es stünde garantiert keiner an meinem Grab.

Ich lief vielleicht zwei Stunden durch die Straßen eines Ortes den ich noch nicht einmal kannte, bevor ich mich wieder halbwegs beruhigt hatte. Kioske hatten noch geöffnet, in den Bars tummelten sich Touristen, die Welt drehte sich weiter, niemanden interessierte die Frau in Pink, mit der grauen Haarsträhne und den verheulten Augen. Der einzige der mir keine Predigt hielt und hartnäckig an meiner Seite blieb, war *der kleine Mann*.

In einer Frittenbude kaufte ich mir eine doppelte Portion Pommes, dem Hund eine Bratwurst und eine große Flasche Wasser für uns beide. Ein paar Schritte weiter gab es einen Sandstrand. Ein Liebespaar knutschte auf Handtüchern, ein paar nächtliche Spaziergänger wateten am Wasser entlang. Ich ließ mich unter einer Palme nieder. Von irgendwoher kam Musik.

Ich strengte mich an, das Lied zu erkennen. Eingängiger Rhythmus. Seicht. Modern Talking vielleicht. *Hört die heute noch jemand?* Als hätte man in der Ferne meine Probleme beim Identifizieren der Musik erkannt, wurde jetzt die Lautstärke höher gedreht. Helene Fischer. Das Paralleluniversum kannte keine Gnade. Der Tag war anstrengend gewesen ich war müde. Die letzte Fritte war noch nicht gegessen, da döste ich zu den Klängen von Atemlos durch die Nacht unter einem wundervollen Sternenhimmel ein.

Ein lautes Motorengeräusch weckte mich aus einem irrwitzigen Traum, in dem ein pinker Kinderwagen eine nicht unwesentliche Rolle spielte.

Es war kein Traum, den man gerne träumt und ich war den großen Traktoren, die den Strand für sonnenhungrige Urlauber in Form brachten, sehr dankbar, dass sie mich aus der rosa Kinderwagenhölle rausgeholt hatten. Mein Handy zeigte unglaubliche 08:28 Uhr. Ich hatte eine Nacht am Strand hinter mir, an meiner Wange klebte Sand, in meiner Unterhose kratzte der Sand, ich fühlte mich dennoch ausgesprochen gut. Tag sechs war angebrochen. Ich brauchte dringend ein Klo und die Sache mit der pinken Legging und dem viel zu engen Shirt hatte über Nacht nicht an Charme gewonnen.

Ein Zimmer mit Dusche und ein üppiges Frühstück mussten her. Schließlich musste ich mich ja jetzt, also, zumindest vorläufig, für zwei ernähren. Ich schaute in das freudige Gesicht des *kleinen Mannes.* »Okay, für zwei, plus einen Hund.« Ich strich ihm über den Kopf, sprang auf die Füße, schnappte mir meine Tasche und machte mich auf die Suche.

Keine 100 Meter weiter fand ich dann recht zügig ein bezahlbares Hotel, die kein Problem mit dem *kleinen Mann* hatten, sofern ich den *Perro* an die *Correa* nehme. Den Handzeichen entnahm ich, dass sie den Hund gerne an einer Leine sehen würden. Ich nickte, begeistert und überglücklich, so schnell eine Bleibe gefunden zu haben, und versprach, *immediately* eine *Correa* zu besorgen.

Es war ein einfaches Zimmer, aber es hatte ein sauberes Badezimmer mit Dusche und sogar einen kleinen Balkon.

Glücklicherweise hatte ich die Einkäufe vom Vortag noch nicht aus meiner Handtasche geräumt. Ohne Zahnbürste wäre ja noch irgendwie gegangen, aber bei einer Dioptrien von -3,5 ist Frau ziemlich aufgeschmissen, ohne funktionierende Sehhilfe.

Ich beeilte mich mit Duschen, weil das Frühstücksbuffet nur bis 11 Uhr geöffnet hatte. Den kleinen Mann ließ ich vorerst im Zimmer und stürzte mich dann mit einem Mordshunger auf frische Brötchen, Käse, Rührei und Nutella. Ich konnte mein Glück kaum fassen, als ich auf der großen Käseplatte saure Deko Gürkchen erblickte. Ich räumte die komplette Dekoration auf meinen Teller. Würde hier vermutlich eh keiner essen.

Pappsatt ging ich noch ein letztes Mal ans Buffet, bunkerte reichlich Wurst und ein gekochtes Ei in einer Serviette. Der *kleine Mann* sollte es ja nicht schlecht haben, solange er mit mir durch die Gegend zog.

Zurück im Zimmer freute sich der Hund königlich über sein Frühstück. Ich zerlegte alles in mundgerechte Stücke und schaute dabei zu, wie er in Sekundenschnelle alles verputzte. Zufrieden legte er sich neben meine Füße und ich überlegte, was ich als Nächstes tun sollte. Ein Taxi rufen und den Caddy in Port Andratx abholen, wäre eine Möglichkeit. Zurück zur Finca schloss ich erst mal aus. Ich war noch nicht soweit und, wenn ich darüber nachdachte, fühlte ich mich auch gerade urlaubsverdächtig entspannt. Den Zustand wollte ich so lange wie möglich beibehalten.

Aber, ich sollte Bescheid sagen, dass es mir gut geht und ich Zeit brauche. Irgendwie schien an diesem Morgen nicht Alles aber Einiges klarer. In den diversen Nachrichtenzentralen meines Handys warteten Messages auf mich. Willi hatte mehrmals angerufen. Ich hielt mich gar nicht erst damit auf, mir Willis Meinung zu meinem spontanen Selbstfindungstrip auf der Mailbox anzuhören. Ich schickte ihm nur eine kurze Nachricht:

»Mir geht es gut ... ich brauche ein bisschen Zeit für mich ... ich melde mich ...« Nach einer kurzen Überlegung, setzte ich noch ein »Grüß meine Mutter und genießt euren Urlaub«, hintendran. Ein zusätzlicher Smiley sollte helfen die Situation zu entschärfen. Senden.

In meiner Handtasche lagerte noch die Telefonnummer, die mir Dani am Flughafen gegeben hatte. Ich schickte auch ihr eine Nachricht, dass alles in Ordnung sei, ich mich dieser Tage nochmal bei ihr melde.

Dann war da noch ein unbekannter Anrufer, mit einer Sprachnachricht. *Und wenn es ein Job ist?* Ich übersprang Willis Nachrichten auf der Mailbox und hörte mir an, was der unbekannte Anrufer zu sagen hatte: »Bellagoia, Trotzkopf. Mach keinen Scheiß, Lexa. Wenn du jemanden brauchst, zum Reden, ich bin da. Ruf mich zurück, sofort, wenn du das hörst!«

Den Befehlston mit Hammerstimme gab es nur einmal. Adriano. Der hatte tatsächlich meine Telefonnummer die ganzen Jahre in seinem Handy gelagert. Neben meinem Geburtsdatum so ziemlich die einzige Nummer in meinem Leben, die sich noch nie geändert hatte. Bevor aber noch mehr Meldungen von irgendwem auf meinem Handy ankommen würden, schaltete ich das Teil aus. Ich hatte weder auf Willi Bock, noch auf meine Mutter und auf Adriano erst recht nicht. Und, im Urlaub soll man ja auch das Handy sowieso ausschalten. Ich war erstaunt wie einfach das ging. Stundenlang keinen Blick aufs Display zu werfen. Kein Facebook, kein Email, kein gar nichts. Die Welt drehte sich tatsächlich und unglaublicherweise trotzdem weiter.

Ich beschloss, erst mal eine Leine für den *kleinen Mann* zu besorgen und dann würde ich versuchen den Caddy zu finden. Ein guter, ein vernünftiger Plan, wie ich fand.

Schon zwei Straßen weiter konnte ich eine Leine und ein Geschirr erstehen. Es war mehr ein Haustierladen für *Handtaschenhunde* und die müssen, aus einem unerfindlichen Grund, wohl alle an Glitzerleinen durch die Gegend geführt werden. Mein T-Shirt glitzerte in Pink und jetzt glitzerte auch der Hund. Zusammen bildeten wir ein 1A Promenadengespann.

Ich betrachtete mich in einer Schaufensterscheibe und es führte kein Weg dran vorbei.

Ich musste shoppen.

Kein Ersatzschlüpfer und noch länger mit der dreiviertel Leggins und dem pinken Shirt wollte ich auch nicht rumlaufen. Auch wenn die Glitzersteinchen sich hervorragend mit der Hundeleine ergänzten.

So zog ich mit dem Hund durch die Boutiquen und in nahezu jedem Geschäft gab es Leckereien für den *kleinen Mann*. Ein Herzensbrecher. Die weiblichen Bedienungen waren meist völlig verzückt, bei seinem Anblick. Sie kramten Butterbrote hervor und der *kleine Mann* sagte nicht nein.

Am frühen Nachmittag, ich war inzwischen vollgepackt mit bunten Tüten, musste ich meine Shoppingtour beenden. Mein Magen knurrte. Ich brauchte Nahrung. Oder sollte ich sagen, *wir* brauchten Nahrung? Womit nicht *der kleine Mann* gemeint war. Der hatte in den letzten Stunden deutlich an Bauchumfang dazugewonnen. Willis Kind. Kein Zweifel. »Verfressen wie dein Vater.« Ich ertappte mich dabei, wie ich nicht nur mit der Zellansammlung redete, nein, ich streichelte auch noch über meinen Bauch. »Dann schauen wir mal, wo wir was Leckeres für uns bekommen.« Ich könnte mich an der Stelle auch rausreden, nur mit dem *kleinen Mann* Gespräche zu führen, aber das wäre wohl Selbstbetrug.

Kurz überlegte ich, vorher zurück ins Hotel zu gehen. Mich frisch machen, endlich was Anderes anziehen. Ich war schon auf dem Weg in die kleine Gasse, wo das Hotel lag, da stolperte ich über ein ansprechendes Bistro. Ich entschied, die Welt musste mich noch ein bisschen im Tussenlook ertragen. Das Outfit hatte mir immerhin, im Laufe meiner Shopping-Tour, fast ein paar *traumhafte* Highheels beschert. Eine Verkäuferin erklärte, in gebrochenem Deutsch, die roten Higheels würden hervorragend zu der magentaroten Legging passen. Ich konnte ihre Meinung nicht teilen, aber gestört wie ich zur Zeit war, hatte ich die Mörderteile wenigstens anprobiert. Sehr froh war ich, den Gang zum Spiegel ohne Knochenbrüche überstanden zu haben.

Überrascht stellte ich beim Blick in den Spiegel fest, meine Beine waren lang. Länger als ich bisher vermutet hatte und auch weniger plump, als ich geschätzte 30 Jahre angenommen hatte. Alleine für diese Erkenntnis hätte ich die Schuhe kaufen sollen. Ich musste aber aufs Budget achten und einfach zum hin und wieder zuhause vor dem Spiegel angucken und das Ego streicheln, waren sie *viel* zu teuer.

Und so langsam gewöhnte ich mich auch an den Leggins-Tussenlook. War ja auch irgendwie bequem, so eine Stretch Hose. Wenn ich während der Schwangerschaft völlig aus den Nähten platze, bietet so ein Teil schließlich elastischen Spielraum, den eine Jeanshose nun mal nicht hat. *Was, wie? Blödsinn. So weit wird es nicht kommen.*

Ich bestellte mir in dem Bistro einen Salat mit Brot. Der *kleine Mann* bekam eine Schüssel mit Wasser, die Welt war in Ordnung, bis zu dem Augenblick, als diese schmale, kühl wirkende Schwarzhaarige mich mit gierigem Blick anstarrte.

Lesbisch und notgeil!
Ich gab mir ehrlich allergrößte Mühe maximales Desinteresse zu zeigen. Ging in die Hose. Die Frau stand von ihrem Tisch auf und kam auf mich zu. Sie lachte mich an, sie sprach mich an, in Deutsch. »Sprechen Sie deutsch?« Wenn ich jetzt irgendein Kauderwelsch, mit freundlich, fragendem Blick, von mir gebe, dann geht sie bestimmt. Aber wie so oft, sagte ich nicht das, was ich sauber durchdacht hatte. Ich schaute freundlich zurück – das müssen die Hormone sein, nicht das erste Mal in den letzten Tagen bemerkte ich, wie eine unbekannte Form von Nettigkeit von mir ausging. Das war nicht ich. Das war Paralleluniversum-Alex!

»Ja, spreche ich.« *Aber ich bin nicht lesbisch.*

»Darf ich du sagen?«, fragte sie. »Klar«, antwortete ich lässig und grübelte, wie ich ihr schonend beibringe, kein Interesse an einer Urlaubsaffäre, ob weiblich oder männlich, zu haben.

»Ich guck die ganze Zeit und denke, Mensch, das T-Shirt, wo hat sie das denn nur gefunden? Ich war im Fan-Shop aber das T-Shirt habe ich nirgends gesehen.«

Es dauerte einige Sekunden bis ich das Gesprochene mit dem Gemeinten verband und verstand. Die glitzernde Katze auf dem pinken Shirt war nicht irgendein Deko Element. Ich musste meine Menschenkenntnis überdenken. Ich wäre im Leben nicht drauf gekommen, die Schwarzhaarige könnte ein Dani-Fan sein. Dani-Fans stellte ich mir nicht nur durch die Reihe weg blond vor, sondern auch mindestens mal mit wenigstens vorgetäuschter Körbchengröße D. Vor mir stand aber eine schmalbrüstige, sportliche Frau mit geschätzter Körbchengröße A. Ich schaute vielleicht eine Sekunde zu lange verdutzt.

Sie lachte und winkte ab. »Neeeeein, das T-Shirt brauche ich nicht für mich. Ist für eine Kollegin. Die ist auch so was von Fan, völlig verrückt. Für mich ist das nichts. Schon allein farblich.«

Aha, es war ihr peinlich, dass ich sie für einen *lesbischen*, pink tragenden Dani-Fan hielt. Ich konnte mich ja so gut reinfühlen.

»Darf ich mich zu dir setzen?«

»Klar, wenn dich der Hund nicht stört.«

Sie liebte Hunde. »Besser als wenn du so einen kleinen nervigen Quengelmops auf zwei Beinen neben dir hättest. Dann würde ich mich wohl nicht ohne weiteres neben dich setzen wollen.«

Sie lief lachend zu ihrem Tisch, griff nach ihrem Kaltgetränk und kam dann wieder zurück.

»Was hast du denn gegen Kinder?«, fragte ich und konnte auch nicht so genau sagen, warum ich mich in Kinder-Verteidigungsposition begab. Noch bis vor ein paar Tagen hätte sie mir aus der Seele gesprochen. Wir wären beste Freundinnen geworden. *Seltsam, sehr seltsame Dinge gingen da vor.*

»Ooooh, Kinder«, sie verdrehte die Augen und erzählte von der Sandra, die Kollegin, für die das Dani-T-Shirt als Mitbringsel gedacht war. Die Sandra hatte offenbar auch ein Kind und dieses Kind war nervig. Man konnte sich seither mit der Sandra gar nicht mehr unterhalten, ohne sich eine große Geschichte über die Fortschritte in der Entwicklung der kleinen Nele, so hieß das Kind, anhören zu müssen. Sie machte ihre Kollegin mit einer piepsigen Stimme nach:

»Gestern hat die Nele zum ersten Mal zwei Schritte gemacht, ohne hinzufallen.« Sie ergänzte, zurück in normaler Tonlage: »Und dann bekommst du garantiert das Großereignis in 50 Serienbildern auf dem Handy gezeigt.« Sie redete sich so in Rage, musste erst mal einen Schluck trinken. »Echt, mit diesen Vollblutmüttern kannst du ja gar nichts mehr anfangen. Voll der Tunnelblick. Im Leben würde ich kein Kind wollen. Dann eher einen Hund.« Sie streichelte dem *kleinen Mann* liebevoll über den Kopf. »Und wie dich die Leute immer angucken, wenn du sagst, nein, ich möchte kein Kind. Als wärst du vom anderen Stern oder nicht ganz dicht.«

Ich schaute die burschikose Schwarzhaarige an und fühlte mich an wen erinnert. Ja, ich fand Quengelmopse auch nervig. Wenn sie einem Kakao über die sauteuren Schuhe kippen und ständig nach irgendwelchem Scheiß suchen, den sie anstellen können, nur damit du in jedem Fall in die Tischkante beißt. Und, ja, ich fand auch Mütter hatten einen Sonderstatus. Den Sonderstatus asexuell und langweilig. Wollte ich nie werden. Aber, mir wurde in dem Moment bewusst, warum ich mich so gut fühlte, von Tag zu Tag mehr lächelte. Vielleicht waren es auch nur die Hormone, eine Art Drogencocktail der den *anderen Umstand* erträglicher machen soll und dir vorgaukeln

237

soll, dass wäre eine ganz prima Sache, ein Kind bekommen. Funktionierte bei mir.

Seitdem ich diesen beknackten Pinkeltest gemacht hatte, wuchs in mir etwas heran, und ich meine damit nicht die Zellwucherung. In mir keimte ein Kampfgeist, den ich schon lange verloren glaubte. Als Jugendliche hatte ich den. Während meines Studiums und eine Zeitlang auch danach.

Auf der obersten Stufe meiner persönlichen Karriereleiter war der Job zwar nicht einfach aber es stellte sich Routine ein. Routine beim Bewältigen von Problemen und Routine beim Genießen von Erfolgen. Die Abenteuer in meinem Leben fanden beim Joggen im Stadtwald von Köln und im Urlaub, mit Halbpension, statt. Nicht, weil mein Leben keine Abenteuer mehr zu bieten hatte. Weil ich um jedes sich anbahnende Abenteuer einen großen Bogen machte.

Abenteuer erfordern nämlich ein hohes Maß an mentaler Flexibilität und physischer Stärke. Es ist deutlich komfortabler die Abenteuer-Abzweigungen, die der Weg des Lebens hin und wieder bietet, zu meiden und weiter den ausgelatschten Trampelpfad zu gehen, als sich mit der *Machete* den Weg durchs Gestrüpp zu bahnen. Um Himmels Willen nichts anstoßen was die Pulsfrequenz aus dem Takt bringt. Nun hatte mich das Abenteuer aber eiskalt erwischt.

Man könnte in dem Fall auch sagen, das Abenteuer hatte mich *gefickt* und ich hatte nicht aufgepasst.

Und wenn einen das Abenteuer in seinen Fängen hat, dann beginnt es zu Kribbeln. Im Körper, im Kopf, überall. Abenteuer inspirieren. Abenteuer sind das Salz in der Suppe. Es fühlte sich von Stunde zu Stunde immer mehr so an, als würde mein Kampfgeist aus einem langen Winterschlaf erwachen, sich freuen auf die Herausforderung, auf den Wahnsinn der Veränderung. Auf *mein* Kind.

Ich schaute über die Schulter meines Spiegelbildes, auf die Weite des Meeres, meine rechte Hand ruhte auf meinem noch flachen Bauch und mir wurde bewusst, ich hatte die Entscheidung ohne es zu wissen längst getroffen.

»Wir werden das schaffen. Du und ich.«
»Wie bitte?«, fragte mein Gegenüber irritiert.

»Ach, nichts. Ich war gerade woanders.«

»Ja, also, das T-Shirt, wo hast du das denn nun her?«

»Ich bin übrigens die Alex«, stellte ich mich vor und ergänzte »und bin eigentlich nicht so pink, wie es gerade aussieht. Eine Freundin hat mir aus der Patsche geholfen und mir die Klamotten geliehen. So genau kann ich auch nicht sagen, ob und wo es das T-Shirt nochmal gibt, aber ich kann sie ja mal fragen.« Ich schaltete mein Handy ein, ignorierte die eingetroffenen Nachrichten und wählte die Nummer von Dani. Sekunden später quietschte mir Danis Stimme aufgeregt ins Ohr. Wo ich denn sei, warum ich abgehauen wäre und überhaupt. Auf jeden Fall war sie froh von mir zu hören, dass es mir gut ging.

Ich erklärte ihr die Sache mit dem Shirt und erfuhr, es handelt sich um eine Sonderedition. Davon gäbe es nicht all zu viele.

»Aber, komm doch mit deiner Freundin hier vorbei. Ich bin im Café. Im Lager habe ich bestimmt noch ein paar rumliegen.« Das war jetzt peinlich. »Äh, wo ist das Café und vor allem wie heißt es?«

Mein Trommelfell drohte zu platzen als sie loslachte: »Kennste echt nicht? Ein Fan bist du nun wirklich nicht.«

Sie erklärte mir den Weg zum Café, ich schrieb auf einer Serviette mit und wiederholte das Gekritzelte vorsichtshalber nochmal laut.

»Jep, so findest du mich. Bis denn, Lexa.«

Wenn das so weiterging, lachte ich mir auf meine alten Tage nicht nur ein Kind sondern auch noch eine blondierte Freundin mit Extensions an. Hier griff wohl das Prinzip, Gegensätze ziehen sich an.

Nachdem wir gezahlt hatten, machten wir uns mit einem Haufen Tüten und dem *kleinen Mann* auf den Weg, folgten dem Gekritzel auf der Serviette. Die Schwarzhaarige war eine Andrea und genauso alt wie ich. Sie war Inhaberin einer Werbeagentur und machte aktuell, mit ihren Angestellten, einen Betriebsausflug auf Mallorca. In solchen Augenblicken stellt man sich ja unweigerlich die Frage, was man selbst falsch gemacht hat, im Leben. Warum man selbst nicht eine Werbeagentur hat oder zumindest irgendwo arbeitet, wo der Betriebsausflug Wort wörtlich ein *Ausflug* und keine Ausfahrt ins nächste Brauhaus ist. Andererseits, reicht auch, wenn man die lieben Kollegen täglich vor der Nase sitzen hat und einmal im Jahr zu Weihnachten besoffen erlebt. Auch noch gemeinsam urlauben könnte eine bisschen zu viel Kollegialität sein. »Aber komm doch mal bei uns vorbei. Wir brauchen immer mal eine freie Designerin.«

Bevor ich meiner Freude über das Angebot mal vorbei zu kommen Ausdruck verleihen konnte, erblickte ich auf der anderen Straßenseite unnatürlich viel Pink. Pinkes Banner an der Straße, pinke Werbung über dem Haus, ein rosa leuchtender Schriftzug mit Danis Namen.

Dani hatte uns schon gesehen und winkte uns, unter einem Sonnenschirm stehend, zu. Ich war in dem Moment so abgelenkt, sah nicht was sich vor meinen Füßen abspielte.

Aber so ist das Leben nun mal, du planst, machst und tust, hast deine Vorstellungen, nur noch ein paar Schritte und das Ziel ist erreicht, dann kommt das Schicksal um die Ecke zeigt dir den Stinkefinger und macht breit grinsend »Ätschibätschi!«

Nicht, dass es in dem Moment mein Schicksal betraf, also, zumindest nicht direkt. Eher indirekt.

Aus den Augenwinkeln nahm ich die Katze war, die, aufgeschreckt von einer Reisegruppe auf Segways, das Weite suchte. Wenn ich bis zu diesem Augenblick dachte, ich hätte den entspanntesten Hund, den besten, speziellsten seiner Art an meiner Seite, dann musste ich meine Sicht auf den *kleinen Mann* in diesem Moment über den Haufen werfen. Er konnte nicht wiederstehen. Eine Katze jagte vor seiner Nase den Bürgersteig entlang. Der *kleine Mann* tat was Hunde gerne tun, jagen. Von null auf hundert km/h in nullkomma-nix Sekunden. Also, zumindest gefühlt. Die Wucht mit der er das Ende der Leine erreichte riss mir die Leine aus der Hand und der Hund überquerte, ohne auf irgendwas zu achten, die Straße. Wollte er zumindest, wenn ihn nicht ein schwarzer SUV ausgebremst hätte. Mit einem dumpfen Wums, hörte ich den Körper des *kleinen Mannes* auf dem Boden aufschlagen. Ich blieb eine gefühlte Ewigkeit wie versteinert stehen, bevor ich verstand, was da gerade passiert war.

**Als ich wieder halbwegs klar denken konnte,
roch es antiseptisch.**

Ich starrte auf mintgrüne 60er-Jahre Fiesen, eine Glasvitrine mit vielen, kleinen Pappschachteln, und direkt vor meiner Nase stand ein junger Mann im grünen Kittel. Der Mann redete. Er sprach astreines Deutsch und schaute mich dabei an. Offenbar war die Ansprache an mich gerichtet.

»... müssen abwarten. Morgen wissen wir mehr, ob es schlimmere innere Verletzungen gibt. Wir werden ihn unter Beobachtung halten. Sollte der Notfall eintreten und wir müssen eine Not-OP durchführen oder sein Zustand verschlechtert sich so sehr, dass wir ihn einschläfern müssen ...« *Einschläfern!?* Der *kleine Mann*, die Katze, das SUV. Mir wurde schlecht. »Ich muss mich setzen.« Sagte es und setzte mich auf den Boden, bevor ich kotzen musste. Der Kittelmann ging sofort vor mir auf die Knie, fühlte meinen Puls. Hinter mir hörte ich eine bekannte Stimme: »Sie ist schwanger. Vielleicht ist es besser, sie erzählen mir, was sie wissen muss.«

Ich hörte zu, wie der Mann, der offenbar den *kleinen Mann* behandelte, erklärte, man müsse abwarten, wie sich sein Zustand im Laufe der Nacht entwickelt. Mit viel Glück hätte er keine inneren Verletzungen. Wir sollten morgen Vormittag anrufen, dann könnte er mehr sagen.

Dani hakte mich ein und auf dem Weg zu ihrem Auto wiederholte sie, was der Doc erzählt hatte. Sie wollte mich überzeugen, die Nacht bei ihr zu verbringen. »Du kannst doch jetzt nicht alleine bleiben.« Ich wollte aber alleine bleiben.

»Das geht schon«, antwortete ich schluchzend. »Ist ja nicht mein Hund. Das verkrafte ich schon.« *Problemalleinlöser. Schon immer gewesen.*

Im Hotelzimmer heulte ich einen mittleren Ozean aus mir heraus. Wegen dem *kleinen Mann*, wegen dem Embryo, wegen Willi, wegen meiner Mutter, wegen Flüchtlingskrise, wegen Massentierhaltung ... Ich kaute auf meiner Unterlippe, schluchzte mal laut, mal leise, vor mich hin.

Ohne dich, hat der Hund niemanden, der sich kümmert. Ohne dich ist der Hund verloren. Er hat dich ausgesucht, er vertraut dir. Klar, ich weiß noch nicht, wie ich das mit dem Kind hinbekommen soll, da packe ich mir gleich noch einen Hund drauf, damit ich auf jeden Fall am Rädchen drehe. Nur mal so, was ist, wenn ich mich von Willi trenne, weil -, oder, ach ich weiß auch nicht warum sonst noch, dann muss ich auf jeden Fall Kind, Hund, Haushalt und Geld verdienen

alleine stemmen. Ich sehe schon die mit Graffiti vollgeschmierte Wohnungstür, im abgeranzten Treppenhaus, irgendwo am Kölnberg, in Wesseling. Da, wo du zum Müll runter bringen sicherheitshalber ein Klappmesser und Pfefferspray mitnimmst. Mit HartzIV, Kind und Hund, kriegste halt nix Besseres.
Morgen. Morgen kümmere ich mich um einen Platz im Tierheim. So ein toller Hund würde ratzfatz ein neues zuhause finden. Und, dass die im Tierheim so einen tollen Hund töten, will ich nicht glauben. Der Kellner hatte mit Sicherheit übertrieben.

Nach wirren, schweißtreibenden Träumen, in denen ein blutender Hund und ein schreiendes Monsterbaby eine nicht unwesentliche Rolle spielten, erwachte ich an Tag sieben unausgeschlafen im Hotelbett.

Ich brauchte einen kurzen Moment, um zu realisieren was von dem Traum nun Realität und was Fiction war.
Ich schaute auf mein Handy. Halb acht. Noch kein Anruf von der Tierklinik. Das musste ein gutes Zeichen sein. Ich duschte und schlüpfte in die neuen Klamotten. Hatte *ich* diesen Stapel bunter Sommerklamotten gekauft? Schon wieder ein Fehler in der Matrix. Ich habe noch nie kurze Röcke gekauft, geschweige denn getragen. Das sah nämlich immer, aber wirklich immer, scheiße aus. Zumindest ab der Stelle, wo meine nackten Beine sichtbar wurden. Aber, weil ich, abgesehen von der Leggings und dem engen Dani-Shirt, nichts anderes hatte und die Sachen halt nach zwei Tagen tragen, in der Hitze von Mallorca, nicht direkt nach Frühlingsfrische rochen, musste die Welt und ich heute mit meinen nackten Beinen klar kommen. Viel schlimmer als Legging und Pornoshirt war das auch nicht und außerdem, entweder die Schwangersache veränderte meine Wahrnehmung oder auf Mallorca funktionieren Spiegel anders. Meine Beine sahen nur halb so blöd aus, wie ich mir selbst seit vielen Jahrzehnten erzählte.
Ich setzte mich auf das hohe Boxspringbett und wählte die Nummer der Tierklinik. Eine Frau meldete sich. Sie sprach spanisch. Ich verstand nichts. Englisch ging dann eben so und ich erfuhr, dass sie mir nichts sagen könnte, sie müsste warten bis der Arzt da wäre. In

solchen Situationen überlegt man ja zwangsläufig, ob alles ganz schlimm ist und der Gesprächspartner die Wahrheit lieber jemand anderem überlässt.

Meine Schuld. Wenn ich den Hund nicht gefüttert hätte und wenn ich einfach nur gehupt hätte, dann wäre er nicht in das Auto gehüpft, und dann hätte dieser scheiß *Stadtpanzer* auch keine Chance gehabt ihn durch die Gegend zu schleudern. Und überhaupt, wenn ich nicht so blöd wäre, verhütet hätte – ...

Ich musste zur Tierklinik. Ich hatte zwar die Visitenkarte mit Adresse, aber kein Auto. Der Caddy! Aber der musste vorher irgendwie von da wo er jetzt war, nach hier, wo ich bin, gebracht werden. Ich überlegte, Willi anzurufen. Er könnte mit dem Zweitwagen vorbeikommen und mich zum Auto bringen. Schwierig. Würde nämlich heißen, ich brauche Hilfe. Und Hilfe brauche ich nicht. Ich bekomme meine Probleme alleine gelöst.

Taxi? Wäre möglich, aber teuer und wie ich dem Fahrer erkläre, wo jetzt genau das Auto steht, wusste ich auch nicht.

Also gut, Problemalleinlöser! Wie kommst du jetzt zu dem Scheißauto, um in die Tierklinik zu fahren? Ich entschied, das Café von der Dani zu suchen, vielleicht konnte sie mir ja wenigstens eine Adresse mitteilen, wo sie mich mit ihrem Boot aufgegabelt hatte. Die Adresse könnte ich einem Taxifahrer in die Hand drücken und den Weg von dem Restaurant am Hafen zum Auto würde ich finden. Glaubte ich zumindest.

Es erstaunte mich selbst. Ich hatte das Café im Gewirr der staubigen Gassen tatsächlich wieder gefunden. Die Tische waren vollbesetzt mit Frühstücksgästen. Ich suchte den Raum nach der quirligen Blonden ab. Ein schwieriges Unterfangen, denn nicht nur die Mehrzahl der Bedienungen verfügte über eine hellblonde Haarpracht, auch bei einigen der Gäste musste ich zweimal hinschauen, Dani oder nicht Dani. An der Theke dauerte es ein bisschen, bis eine der Bedienungen für mich Zeit hatte.

»Was kann ich dir bringen?«, fragte sie mich und wischte mit einem feuchten Lappen über die Thekenoberfläche. »Ähm, ein Kaffee. Milchkaffee. Und, ich müsste mal mit der Dani sprechen. Ist die im Haus?« Das Mädel lachte. »Na, das wollen alle die hier sitzen.

Wenn die Chefin mit jedem hier reden würde, dann wär die aber beschäftigt.« Weiterdiskutieren oder nicht weiterdiskutieren? Warum war ich auch hier her gekommen? Ein Anruf hätte mir auch die Information, die ich brauchte, gebracht. Ich lachte höflich, gab ihr Recht und während ich auf meinen Kaffee wartete, suchte ich in meinem Handy nach Danis Nummer. Fatalerweise befand sich mein Akku schon im Batteriesparmodus. Läppische 7% Ladung noch. Das würde nie und nimmer reichen, um zu klären, was zu klären war. Damit das Telefongespräch wegen Lautstärke nicht noch mehr Akku fressen würde als nötig, ging ich auf die Toilette, um mit ihr in Ruhe zu sprechen.

Das Freizeichen tutete und ich legte mir schon zurecht, was ich sagen wollte, da wurde ich von hinten überfallen. Ja, richtig, überfallen. Aufm Klo. Zuerst hörte ich nur ein Kreischen.»Aaaaaaalex!« Bevor ich zum Gegenschlag ausholen konnte, versank ich zwischen zwei mächtigen Armen. Vor Schreck fiel mir mein Handy aus der Hand.

Ich hörte es dumpf knirschen. Nein, es waren nicht meine Knochen, es war mein Handy. Mutter Schmütz trampelte gerade mit ihren Füßen über das Display. Das einzige was ich dachte, der *kleine Mann*, der Caddy, wie sollte ich die Geschichte jetzt ohne Handy geregelt bekommen. *Mutter Schmütz? Was macht die eigentlich hier?* Ich liege noch im Bett und träume. Die Sache mit dem blutenden Hund und dem schreienden Monsterbaby ist noch nicht ausgestanden. Als mir Sekunden später auch noch Inke um den Hals fiel, dämmerte es mir. Die waren tatsächlich hier im Café. Logisch. Eigentlich. Wer den Ballermann besucht, der besucht auch über kurz oder lang das Café von der Dani.

Familie Schmütz saß, fast komplett versammelt, an einem großen Ecktisch.

Willi und meine Mutter fehlten und ich fragte mich, ob es wohl Krach gegeben hat. Nach einer überschwänglichen Begrüßung durch die Mitglieder der Familie Schmütz, machte ich dann den Fehler und fragte nach Willi und meiner Mutter. Sascha legte enthusiastisch los: »Was glaubst du eigentlich warum wir zwei Mietwagen haben, Schwägerin? Du machst hier nicht alleine Urlaub. Alle passen schlicht und ergreifend nicht in einen Wagen. Gut, wir könnten deine Mutter sicherlich im Kofferraum verstauen aber freuen würde die sich darüber möglicherweise weniger. Willi und deine Mutter sind in der Finca und warten da auf dich.« Ich schluckte fürs erste meinen Ärger über die Standpauke von Sascha runter. Ich hatte aber auch wirklich nicht darüber nachgedacht, dass die zusammen nicht in einen Wagen passen. Ja, jetzt fühlte ich mich echt mies. Egoistisch und gemein bin ich. Behielt ich aber für mich und erklärte, dass der Wagen irgendwo in Port Andratx auf einem Schotterparkplatz am Hafen steht und ich gerade dabei war, den zu organisieren, als durch das ungeplante Zusammentreffen mein Handy totgetrampelt wurde.»Nur noch ein technisch ganz weit vorne liegender Schrotthaufen aus Glas und Metall.« Die Sache mit dem *kleinen Mann* erzählte ich vorläufig nicht. So wie ich Familie Schmütz einschätzte, wäre deren Verständnis gering, bis gar nicht vorhanden, was Leib und Leben eines Straßenhundes anbelangt.

»Ja dann, lass uns mal losfahren und den Wagen suchen. Port Andratx ist ja nicht soooo groß. Werden wir schon finden.« Sascha klopfte mir versöhnlich auf den Rücken.«

Der Rest der Familie wollte im Café warten. Hätten ja eh nicht alle in den einen Wagen gepasst. Gedanklich war ich schon zu Fuß auf dem Weg nach Port Andratx gewesen. Bei meinem desolaten Orientierungssinn wäre ich aber vermutlich sonst wo gelandet, nur nicht in dem beliebten, kleinen Urlaubsstädtchen. Aus diesem Grund war ich ein bisschen froh, über die Fügung des Schicksals.

Den Wagen hatten Sascha und ich dann recht zügig gefunden. »Da kannst du aber noch von Glück reden, dass den keiner aufgebrochen hat, in der ganzen Zeit wo der hier herrenlos rumsteht.«

Zum ersten Mal war ich nicht völlig genervt wegen einer spitzen Bemerkung von Sascha. Ich war einfach dankbar, den Wagen wieder zu haben, stand dann aber mit einem Schlag vor meinem nächsten Problem. Auch durch intensives Anstarren wurde ich nicht schlauer, aus der Adresse auf der Visitenkarte der Tierklinik. *Clinica Veterinaria Paguera, Calle Pou 5, Paguera.* Da konnte ich noch so sehr ein Problemselbstlöser sein, ich würde das nie und nimmer finden, ohne mein Handy und damit eine vernünftige Navigationsmöglichkeit. Ich kaute auf meiner Unterlippe. Dachte angestrengt nach. Die einzige die hier weiterhelfen konnte war Dani. Die kannte sich aus und den Zettel mit ihrer Telefonnummer hatte ich noch in meiner Handtasche. Ich musste telefonieren. Ich musste Sascha um einen Gefallen bitten. So ein Scheiß.

»Du, Sascha, kann ich mal eben mit deinem Handy telefonieren? Meins ist, wie du weißt, Vollschrott.«

Wider Erwarten reichte mir Sascha ohne nachzuhaken sein Handy. Dani ging auch sofort ans Telefon und ich erklärte ihr kurz die Situation und meine geografische Lage. »Du bist die einzige die mir helfen kann, zur Klinik zu kommen.« Dani versprach, in einer halben Stunde bei mir zu sein. »Rühr dich bloß nicht von der Stelle.«

»Klinik?«, fragte Sascha. »Geht es dir nicht gut? Ist was mit dem Kind?« Hörte ich da Besorgnis heraus. »Nein, alles in Ordnung. Um mich geht es nicht. Es geht um den *kleinen Mann*.«

Ich erzählte ihm in kurzen Stichworten von dem Hund.

»Und komm mir bloß jetzt nicht mit so Sprüchen wie, is doch nur ein Hund.«

»Ne, mit solchen Sprüchen komme ich nicht. Ich akzeptiere ja, dass du ein bisschen eigen bist, Alex. So von wegen, ich brauche niemanden. Aber könntest du dir mal die Mühe machen die Situation aus anderer Perspektive zu sehen. Beispielsweise aus der des Hundes?«

»Häh?«

»Verstehste, nicht. Dachte ich mir. Du willst doch das Beste für den Hund. Stellst dich auf den Kopf um ihm zu helfen, da hättest du doch durchaus mal Willi, mich, kurz, den ein oder anderen Menschen anrufen können, der dir und damit dem Hund, helfen kann. Stolz ist eine feine Sache, aber manchmal solltest du darüber nachdenken, zugunsten der guten Sache über deinen Schatten zu springen. Glaubst du etwa, ich hätte dich nicht in die Klinik gefahren? Oder der Willi? Aber Hauptsache, du kannst am Ende sagen, alle anderen sind doof. Man, man, man, Alex. Wir müssen uns ja nicht lieben, reicht wenn du den Willi liebst, aber ...« Dani kam um die Ecke gehupt. Sascha musste seinen Monolog stoppen.

Dani fuhr vor, Richtung Klinik, ich, im geretteten Caddy, hinterher. Warum Sascha uns folgte wusste ich nicht. Schließlich wartete der Rest des Clans noch im Café auf ihn. Vermutlich wollte der seinen Vortrag noch zu Ende führen, bevor er sich verabschiedet.

Der Arzt, vor dem ich bei der Einlieferung eingeknickt war und der glücklicherweise deutsch sprach, erzählte gar nichts Schlimmes.

Im Gegenteil. Der *kleine Mann* hatte Glück gehabt. Nur ein Beinbruch und eine dicke Beule am Kopf. Keine inneren Verletzungen, keine Trümmerbrüche. Dennoch wurde mir schwummrig. Der Geruch in der Praxis, die schwüle Luft draußen, die Schwangerschaft. Vom Stand in die Horizontale, im Bruchteil einer Sekunde.

Als ich wieder zu mir kam, lag ich auf einer Pritsche. Der Tierarzt, mit dem ich vorhin noch über den *kleinen Mann* geredet hatte, fühlte meinen Puls, schaute mich dabei mitfühlend an.

»Sie waren nur kurz weg. Wie geht es Ihnen, soll ich den Notarzt kommen lassen?«

Notarzt! Krankenhaus!

»Nein! Bloß nicht. Ich hasse Krankenhäuser. Es geht gleich wieder. Ich ertrage im Moment nur nicht solche Katastrophendinger.«

»Im wievielten Monat sind Sie denn, wenn ich fragen darf?«

»Ich habe nicht die leiseste Ahnung. Ich wusste ja bis vorgestern noch gar nicht, dass ich in irgendeinem Monat bin. Ich war ja so blöd anzunehmen, dass Frauen in meinem Alter, wenn die Periode ausbleibt in die Menopause gerutscht sind und nicht schwanger sind.« Selbstverständlich lachte der Typ ausgiebig über meine Blödheit.

»Menopause! Sie sind doch allerhöchstens 36.«

»Ha, ha, ha. Fast 45, wenn das Kind da ist. Und Sie sagen mir jetzt bestimmt, wie unvernünftig das ist, in dem Alter noch ein Kind zu bekommen.«

»Wieso sollte ich? Nein. Bekommen Sie das Kind. Aber lassen Sie sich auf jeden Fall so schnell wie möglich durchchecken, ob alles in Ordnung ist.«

Er dachte kurz nach. »Wenn Sie einen Tierarzt ranlassen wollen und es nicht weitersagen, wir können einen Ultraschall machen und gucken nach, wie es ihrem Mitbewohner geht. Wenn ich da Komplikationen sehe, dann überweise ich Sie ins Krankenhaus und wenn nicht, dann können Sie weiter Urlaub machen. Ist das ein Deal?«

Der sympathische Tierarzt glitschte mir den Bauch mit Gel voll und suchte nach meinem Nachwuchs.

Gebannt starrte er auf einen schwarz weiß Monitor und machte dabei dieses beängstigend, ernste Gesicht.

»Wichtig ist, ab der achten Woche, dass das Herz schlägt. Die meisten Schwangerschaften, gerade die von älteren Frauen, enden an diesem Punkt.« Er glitschte weiter und die dringende Antwort auf die Frage, an welchem Punkt meine Schwangerschaft sich befand, zögerte sich hinaus. Wenn der so lange suchen muss, dann ist es bestimmt nicht mehr richtig da. Tot, verschrumpelt. Eine Mini-Leiche in meinem Körper. Wäre doch eigentlich eine Superlösung, wenn es sich von selbst verabschiedet, das kleine Ding in meinem Körper.

Statt mich über diese mögliche Wendung der Dinge aber zu freuen, geschah etwas anderes mit mir. Auch wenn wir erst seit ein paar Tagen voneinander wussten, ich hing an dem wachsenden Zellhaufen. Als ich mich jetzt unter dem glitschigen Scanner des Ultraschall-Gerätes liegend, mit der Möglichkeit von, kein Herzschlag, auseinandersetzen musste, gefiel mir das nicht. Und wenn ich eins in diesem Moment genau wusste, dann, ich will dieses Kind.

Eine gefühlte Ewigkeit war vergangen, bis der Arzt wieder einen Ton von sich gab. »2,3 Zentimeter.« Er zeigte mit seinem Finger auf den schwarzweiß Monitor.

»Sehen Sie, hier!«

Aha. Ich strengte mich wirklich an, auf dem Monitor 2,3 Zentimeter Mensch zu erkennen. Wenn das jetzt ein Intelligenztest ist, dann habe ich versagt. Ich sah da nämlich nichts, was mich annähernd an ein Baby erinnerte. Könnten genauso gut *Dementoren* sein, die da in meinem Bauch schweben und mitten drin, Harry Potter mit einem leuchtenden, pulsierenden Zauberstab.

»Wenn Sie jetzt eine Katze wären, würde ich sagen, nicht mehr lange bis zur Geburt.« Er lachte.

Jetzt würde er mir sicherlich auch noch sagen, dass es bei mir aber, im Gegensatz zur Katze, nicht zur Geburt reicht. Zellhaufen ist tot. Herz schlägt nicht. Der Druck hinter meinen Augen staute sich. Ein Wort noch und ich flenne.

»Sehen Sie hier, den hellen pulsierenden Fleck?« *Ja, Harry Potter zaubert.* »Das ist sein Herzchen und es schlägt einwandfrei, soweit ich das beurteilen kann. Ich bin kein Frauenarzt, aber nach meinem Dafürhalten werden Sie im Januar ein Kind bekommen. Vorausgesetzt natürlich alles läuft glatt. Ist ja nicht immer der Fall. Nichts destotrotz. Wir wollen nicht den Teufel an die Wand malen. Herzlichen Glückwunsch Frau Engel, Sie befinden sich etwa in der 8. eher 9. Schwangerschaftswoche.«
Er lächelte mich an. Ich heulte.

Der Arzt drückte mir beim Verlassen des Raumes einen Ausdruck des Ultraschallbildes in die Hand. »Sie versprechen mir, sobald sie in Deutschland sind, einen Gynäkologen aufzusuchen.« Ich versprach es ihm und vor lauter Wahnsinnsnachrichten hatte ich den *kleinen Mann* völlig vergessen.

»Was ist denn jetzt mit dem Hund?«, rief ich, als er schon auf dem Weg zur nächsten Behandlung war. Der Arzt rief mir durch den Flur zu, dass die Sache mit dem Hund schon von meinem Mann geregelt worden wäre. *Mein Mann?* »Häh?« *Willi war hier?* War er nicht. Als ich in die andere Richtung schaute, sah ich Sascha an der Anmeldungstheke stehen und eine Unterschrift unter ein Formular setzen.

»Ah, Schwägerin. Geht's wieder?« Guckte der schon wieder besorgt?

»Ja, geht wieder. Was ist mit dem Hund?« Alles zur vollsten Zufriedenheit geklärt. Rechnung ist bezahlt, Hund ist versorgt.« *Jetzt zwinkerte der mir auch noch zu.* War wohl besser, wenn ich mich nicht persönlich von dem *kleinen Mann* verabschiede.

Ich hatte den Jungen nämlich richtig lieb gewonnen und ertappte mich dabei, wie ich versuchte ihn, zumindest theoretisch, in mein Leben zu integrieren. Wie ich in Gedanken rumpuzzelte, um ein Leben mit Hund, Kind und Arbeit zu wuppen. Sascha hatte mir mit seinem Einsatz eine sehr schwere Entscheidung abgenommen.

»Hier, dass hat dir deine blonde Freundin dagelassen. Die musste wieder weg. Termin oder so.« Sascha drückte mir ein Navigationsgerät in die Hand. »Meinst du, ich kann dich jetzt alleine lassen? Bist du fit genug selbst zu fahren? Mam wird unruhig, sitzt immer noch mit den anderen im Café. Die muss in die Finca. Tabletten oder aufs Klo oder irgend so was. Weiß man ja bei ihr nie.« Er lachte und zuckte mit den Schultern. »Kennst sie ja.«

» Fahr ruhig. Ich komme schon klar, jetzt mit Navi. Schöne Grüße.«

»Was machst du denn jetzt? Zur Finca oder immer noch keinen Bock auf Familie?«

»Mal sehen. Ich muss erst mal ins Hotel zurück. Bezahlen, meine Sachen holen. Morgen werde ich auf jeden Fall da sein. Willis Geburtstag feiern.«

Sascha verschwand und ich setzte mich ins Auto. Im Schoß das Ultraschallbild, im Kopf so viele Gedanken, dass ich mich erst sammeln musste. Das erste Bild von meinem Kind. Mein Kind. Wie schön sich das auf einmal anhörte. Ich starrte auf die Dementoren mit dem leuchtenden Punkt in Mitte. Schon was anderes als so ein dahingepinkelter Strich auf Löschpapier.

»Hello from the other Side ...« Aus dem Autoradio tönte der passenden Song zur passenden Zeit. Wie es jetzt wohl dem *kleinen Mann* ging? »Nein!«, schalt ich mich selbst. »Die Welt ist nun mal kein Ponyhof. Und selbst auf dem Ponyhof wird gestorben und gibt es kranke Hunde.« Ich wischte mir die Gedanken aus dem Kopf, die Tränen aus dem Gesicht, machte das Navi klar und startete den Wagen.

Alle freuten sich riesig, als ich wieder zurück im Schoß der Familie angekommen war.

Willi wurde nicht müde mich zu drücken und mir zu sagen, alles würde gut werden. Wir hätten schon ganz andere Probleme gelöst. Meine Mutter musste erst ihren Unmut über meinen Egoismus loswerden, bevor sie mich in den Arm nahm und sich von mir versichern ließ, dass mit dem Kind alles in Ordnung ist. Sie heulte vor Freude, weil ich wieder da war, weil ich nicht mit Willi stritt, weil sie vielleicht ein bisschen glücklich war. Ich heulte, aber das wundert an der Stelle ja niemanden mehr.

Einen Tag später feierten wir Willis 50. Geburtstag. Da ich ja immer noch kein Geschenk hatte und Willi in den letzten Tagen ja deutlich durchblicken ließ worüber er sich freuen kann, schenkte ich ihm das Ultraschallbild. Und er freute sich riesig. Nicht jetzt über das Schwarzweißbildchen von den Dementoren, sondern über die Tatsache, auf seine alten Tage Vater zu werden. Eine echte Familie zu gründen. Er überlegte einen Tätowierer aufzusuchen, um sich das Dementorenbild auf den Oberarm tätowieren zu lassen. Ich fragte ihn, ob er sie noch alle hat, er überlegte, wo er zusätzlich das Geburtsdatum hin tätowieren könnte.

Mich schauderte beim Gedanken an komische Tätowierungen und beim Klang des Wortes Familie. Aber ich sagte nichts.

Ob es wohl Kinderwagen gäbe, die sich zum Joggen eignen und wo er diesen Antrag für Vaterschaftsurlaub stellen kann, entwickelten sich zu vorgerückter Stunde zu seinen Kernfragen.

»Muss ich direkt, wenn wir zurückkommen, googeln.«

Wir verbrachten, nach einer sehr langen Nacht, die ich mit Willi im Swimming-Pool beendete, noch ein paar entspannte Tage. Zwangsweise ganz ohne Handy. War aber nicht wirklich schlimm, wie ich bemerkte.

Überhaupt, ich konnte über all die Ideen, Meinungen und Vorstellungen zum Thema Kind schmunzeln und wenn es zu heftig wurde setzte ich mich ab. Ging spazieren, joggen oder besuchte Adriano, der, wie sich rausstellte, nur zwei Fincas weiter sein Feriendomizil hatte. Da der aber auch seine Ideen und Vorstellungen über Kind und Kinder kriegen nicht für sich behalten konnte, warf ich hin und wieder ein, dass ich 44 Jahre alt bin und die kritischen ersten drei Monate noch nicht hinter mir habe. Das ließ die Fantasien dann fürs Erste ersticken.

Friede, Freude, Eierkuchen. Alles könnte für den Moment so schön sein, wenn da nicht die Sache mit dem *kleinen Mann* gewesen wäre. Es machte mich traurig, dass ich nicht mehr Mumm hatte und ihn einfach zu mir genommen habe.

Als sich der Urlaub den letzten Stunden näherte, waren alle Koffer zügig verschnürt. Die Reisegesellschaft freute sich auf zuhause. Wir fuhren zum Flughafen und gaben die Mietwagen bei Sixt ab. Ich war niedergeschlagen. Die Hormone möglicherweise, wahrscheinlicher aber war es die Sache mit dem *kleinen Mann*. Sicher war es vernünftig, ihn im Tierheim abzugeben aber es fühlte sich nicht richtig an. Ich saß auf meinem Koffer, während wir auf die Schmütz-Brüder warteten und ich versank im Elend. Im Hundeelend. Es war jetzt 14 Uhr. Noch zwei Stunden bis zum Abflug.

Ach scheiß drauf. Läuft eh alles anders im Leben als man plant.

Schicksal mischt sich in Planung und dann hat man plötzlich ein Kind *und* einen Hund. Ich musste mich doch gar nicht so elend fühlen. Ich konnte was dagegen tun.

Ich sprang auf, ließ Inke, Mutter Schmütz nebst Mann und meine Mutter mit meinem Koffer zurück und lief in Richtung Sixt. Ich brauchte einen Mietwagen. Das Navi hatte ich in der Tasche, ich würde den Tierarzt finden. Ich lief in Richtung Parkhaus, darauf hoffend, dass ich Willi und Sascha treffe und einen der beiden Mietwagen noch für ein paar Stunden haben kann.

Typisch Alex. Das Ziel im Blick, den Weg aus den Augen verlieren. Ich stolperte über einen im Weg stehenden Koffer und flog schon wieder den langen Weg auf den Boden. Ich hatte mich aber diesmal rechtzeitig mit den Händen abgestützt und so war nichts Schlimmeres passiert. Als ich aufschaute und aufstehen wollte, schaute ich auf schwarze Gitterstäbe. Rehbraune Augen lächelten mich an. Es winselte und es jaulte, als es mich sah, das Etwas hinter den Gitterstäben. »Ne, ist nicht war. Ist das ein Zufall. Du siehst aus wie ...« Ich kam nicht weiter, denn ich kannte die Schuhe und die Beine die neben der Transportbox nach oben in den grinsenden Gesichtern der Schmütz Brüder endeten.